NOODLANDING

Ook verschenen van Madelein Kerseboom bij Xander Uitgevers
Een vlucht naar jou (2022)

MADELEIN KERSEBOOM

Noodlanding

XANDER

MIX
Papier | Ondersteunt verantwoord bosbeheer
FSC® C104608

Omslagontwerp: zero-media.net, Munich
Omslagbeeld: FinePic®, Munich
Auteursfoto: Stefan van Ruijven Fotografie
Zetwerk: Mat-Zet b.v., Huizen

Deze uitgave kwam tot stand door bemiddeling van
Marianne Schönbach Literary Agency B.V.

Eerste druk 2023

ISBN 978 94 0162 006 2 | NUR 301

@madeleinkerseboom
@madeleinkerseboom

Voor oma Renske, die al fan was toen ik ooit als klein meisje mijn eerste verhaal over wasknijpers schreef

Proloog

Mijn telefoon ligt op de eettafel. Ik staar ernaar en twijfel voor de zoveelste keer of ik er goed aan doe het belletje te plegen. De lastige afweging houdt me al de hele dag in zijn greep. Ik wil heus geen onrust stoken en haar leven op stelten zetten, maar ik weet dat ik geen keus heb.

Na nog een laatste keer diep adem te halen dwing ik mezelf het nummer te bellen.

Een vrouw met een vriendelijke stem neemt op. 'Goedemiddag, met Marjon ter Karspel,' zegt ze, gevolgd door de naam die groots bovenaan de website staat die ik net heb bezocht. 'Waarmee kan ik u van dienst zijn?'

'Ik wil graag melding maken van wangedrag onder werktijd,' zeg ik zacht. Mijn hart klopt in mijn keel. Ga ik dit echt doen?

'Dan bent u aan het juiste adres. Wat betreft het?'

'Nou... Het zit zo... Het is niet dat ik dit nu graag doe...'

De woorden verlaten mijn mond zonder dat ik er verder bij stilsta. In mijn hoofd blijf ik het schouwspel maar afspelen: die verwarde ogen, de handelingen die duidelijk niet met een nuchter hoofd werden gedaan, de cabincrewleden die stuk voor stuk doorhadden dat er iets vreemds aan de hand was. In een waas vertel ik wat ik heb gezien, en terwijl ik praat hoor ik de vrouw aan de andere kant van de lijn driftig meetikken op een toetsenbord. Op de een of andere manier irriteert het geluid me ogenblikkelijk. Geërgerd bijt ik mijn kiezen op elkaar en wacht totdat ze klaar is.

'Bedankt. We gaan hiernaar kijken. Bent u bereid om gecontacteerd te worden voor verder onderzoek?'

'M-moet dat echt? Ik kan u horen typen door de telefoon heen. Kunt u niet gewoon een aantekening plaatsen in haar dossier of zo? Het spijt me, maar dit telefoontje is al moeilijk genoeg. Het enige wat ik vraag is of jullie haar in de gaten willen houden. Ik denk echt dat jullie dat moeten doen.'

'Een hulpverzoek indienen is een zeer serieuze aantijging, mevrouw. Dit nemen wij niet licht op. Daarom is het voor ons belangrijk om zo precies mogelijk te weten wat er speelt én van wie het hulpverzoek komt. Zonder uw naam kunnen wij niets met uw melding doen. Begrijpt u dat?'

'Ja, ik begrijp het.'

'We snappen heel goed dat het een enorme drempel kan zijn om contact met ons op te nemen en ik wil dan ook benadrukken dat uw hulpverzoek haar mogelijk juist de kans biedt om van eventuele verslavingsproblematiek af te komen.'

'Goed dan.' Zuchtend laat ik me op de bank zakken. Mijn blik dwaalt rond door mijn woonkamer, alsof ik iets zoek wat me steun zou kunnen bieden. Natuurlijk vind ik niets. Mijn koffer staat nog steeds lukraak naast het dressoir geparkeerd. Die moet ik straks nog uitpakken.

'Alleen als niemand er ooit achter komt dat de melding bij mij vandaan komt. Ik blijf graag anoniem.' Dat ik deze melding doe is al erg genoeg; ik wil niet ook nog mijn reputatie op het spel zetten. Dit is voor de veiligheid van elke betrokkene... niet om iemand er voor de lol bij te lappen en de boeman van KLM te zijn.

'Bij verder onderzoek is de melding sowieso niet naar u terug te leiden. Uw hulpverzoek wordt vertrouwelijk behandeld en uw naam is puur en alleen voor onze eigen administratie.'

Een diepe zucht verlaat mijn keel.

'Dus u weet heel zeker dat niemand erachter komt dat ik contact met u opnam?'

'Daar kunt u op rekenen.'

Mijn schouders trekken zich op, de spanning in mijn lijf is duidelijk voelbaar terwijl ik mijn naam doorgeef.

Nu is er geen weg meer terug.

1

Dat ik blij word van de geur van Dettoldoekjes heb ik nooit begrepen.

Mijn ene hand trekt verticale banen over de zwart geaderde marmeren salontafel, met de andere zet ik de twee koperen kaarsenstandaards terug op hun plaats. Het bruine glazen bolvaasje van de vloer zet ik erbij.

In het vaasje heeft nog nooit een bloem gezeten, omdat ik nog niet eens in staat ben om een cactus in leven te houden. De vele en soms lange vluchten die ik maak zijn zeker een nadeel voor dorstige planten, maar het is eerlijker erbij te vermelden dat ik gewoon geen groene vingers heb. Toen ik twee jaar geleden mijn huis in Haarlem kocht heb ik het geprobeerd – een tuin met fleurige planten en een huis vol groen leek me op de een of andere manier heel volwassen.

Al snel kwam ik erachter dat er bij mij enkel twee uitersten mogelijk waren: een verzuipende plant, of een uitgedroogd hoopje niets. Het was de frustratie mij persoonlijk niet waard.

Gewapend met de schoonmaakdoekjes maak ik voor de tweede keer binnen een halfuur een rondje door mijn tuin, om te controleren of ik echt niets vergeten ben.

Mijn vriendinnen Yara en Esmee zijn er al en staan samen met

Yara's vriend Jeroen en een aantal buren uit mijn straat te kletsen. Allemaal hebben ze een drankje in de hand.

In het voorbijgaan geeft Esmee me een veelbetekenende blik. Ik glimlach en knik haar toe, ten teken dat ik zo klaar ben en me iets gezelliger zal opstellen op mijn eigen verjaardagsfeestje.

Mijn diepe tuin is praktisch ingericht met grote donkere tegels, met daarop een loungeset met legergroene kussens. Achterin bevindt zich een robuuste houten overkapping met een feestelijk aangeklede tikibar. Tegen het strodak, dat versierd is met een felgekleurde lichtslinger, leunt een surfbord. In de bar staan knalroze flamingo's en ananassen ter decoratie. Twee levensgrote opblaaspalmbomen aan weerszijden van de bar maken het af. Het tropical-partythema is goed gelukt, al zeg ik het zelf.

Schuin voor de overkapping staat een jacuzzi, waar een krokodil en een watermeloendonut in drijven. Hoewel het water koud is geef ik toe aan de verleiding mijn vrije hand in het water te laten glijden. Zodra ik mijn ogen sluit doemt er een beeld van de Caribische Zee op in mijn hoofd. Ik kan de zilte zeelucht zelfs ruiken. Het mulle zand tussen mijn tenen voelen.

Ik open mijn ogen en bedenk dat ik mijn teenslippers nog moet omwisselen voor iets charmantere schoenen die bij mijn outfit passen.

De Caribische Zee zal moeten wachten. Nog een paar dagen.

'Ik kom zo, beloofd,' zeg ik tegen mijn vriendinnen, terwijl ik terug naar binnen loop en me naar de eerste verdieping begeef.

Yara knikt, maar Esmee schudt lachend haar hoofd als ze de verpakking schoonmaakdoekjes in mijn hand ziet. Ze heeft gelijk. Mijn feestje is al begonnen, ik moet nu echt stoppen met poetsen.

In mijn slaapkamer zoek ik in mijn kledingkast een paar witte vetersandaaltjes met een hoge hak. Net als ik op de rand van mijn bed ga zitten om ze aan te trekken gaat de bel.

Voor de deur staan mijn ouders en ik kan een lach niet onderdrukken. Op mijn vaders hoofd prijkt een gigantische strohoed en hij draagt een zonnebril waarvan de gele plastic glazen ananassen vormen, met een gouden glittermontuur en felgroene kronen. Mijn moeder draagt een zwart wijdvallend shirt en over haar spijkerbroek heen heeft ze een halflange hoelahoep-rok aangetrokken, die fluorroze is en pijn doet aan mijn ogen. In haar zwarte krullenbos draagt ze een haarband met plastic bloemetjes, die op zich nog niet zo heel verschrikkelijk zou zijn als er niet twee rechtopstaande palmbomen uit staken.

'Ja, kijk maar eens even goed!' Mijn moeder trekt haar wenkbrauwen op, waardoor de horizontale lijnen in haar voorhoofd diepe groeven worden. Ze kantelt haar hoofd in een snelle beweging een paar keer van links naar rechts, waarbij de kleine kokosnoten van de palmbomen geluid maken en rinkelende belletjes blijken te zijn.

'Mijn hemel, jullie hebben je uitgedost! Kom binnen, dan voelt Jeroen zich niet meer zo alleen met zijn hawaïkrans.'

'Jeroen?' vraagt mijn vader met een opgetrokken wenkbrauw. 'Hebben we iets gemist?'

'Nee, pap, dat is de vriend van Yara. Je hebt hem weleens ontmoet.'

Mijn ouders lopen langs me heen door de gang naar de woonkamer zonder me ook maar een kus te geven. Bij wijze van begroeting legt mijn moeder haar hand even op mijn schouder. Ik ben er inmiddels aan gewend en geef ze allebei een biertje zonder glas, omdat ik weet dat ze dat onzin vinden.

'Wow, wat heb je er een werk van gemaakt!' roept mijn moeder verrukt terwijl ze de eettafel bekijkt, en ik volg haar blik.

Schone glazen staan alvast klaar, net als gehalveerde uitgeholde ananassen met daarin een tropische fruitsalade, schaaltjes met olijven, borrelnootjes en kaaszoutjes, twee drankdispensers met tapkranen waar fruitwater in zit – in de ene limoen, komkommer en munt en in de andere sinaasappel en rood fruit – en een overdadige drielaagse taart, die ongetwijfeld veel te groot is voor het bescheiden gezelschap dat ik heb uitgenodigd.

'En wat een prachtige taart!' Mijn moeder buigt voorover om de zwart-gouden taart van dichtbij te kunnen bekijken.

Opnieuw klinkt het geluid van de bel. Ik laat een buurvrouw binnen en wil net de voordeur weer dichtdoen en haar volgen naar de tuin, als Esmee naar me toe komt.

'Kan ik je ergens mee helpen, Rox? Je bent zo druk in de weer steeds.'

'Dat is lief van je, maar alles is onder controle nu.'

'Gelukkig maar... Je ouders hadden dezelfde gedachte als Jeroen, blijkbaar. Hij moppert nog steeds dat niemand hem heeft verteld dat het geen verkleedfeest is, maar alleen een themafeest.'

Ik grinnik. 'En toch houdt hij die felgekleurde bloemetjesketting stug om zijn nek.' Wijzend naar haar nauwsluitende rood-zwarte jumpsuit zeg ik: 'Had ik trouwens al gezegd dat je er geweldig uitziet?'

'Dank je. Zo voel ik me ook. Gisteren ben ik teruggekomen uit Hongkong. Javier was daar ook. Dus ik moet een beetje afkicken, vrees ik. Maar ergens ben ik ook blij om weer thuis te zijn. Mijn eigen omgeving, de rust van mijn appartement... Hoe dan ook, hoe is het met jou? Voel je je een beetje jarig?'

'Nou, ik heb vanmiddag een reusachtige verjaardagstaart opgehaald en er zwemt een opblaaskrokodil in de jacuzzi, dus volgens mij zit dat wel goed.' Met mijn heup leun ik tegen de deurpost en ik buig mijn bovenlichaam een beetje naar haar toe, tot we ruw onderbroken worden.

'Ja hoor, daar is ze! Roxan, de partygirl!'

Esmee en ik draaien allebei ons hoofd naar de man die vanaf de overkant van de straat de weg oversteekt in de richting van mijn bescheiden voortuintje, grenzend aan de stoep. Zijn in een felgekleurd tropisch overhemd gehulde armen zijn wijd gespreid. Met een zelfverzekerde tred stapt hij op ons af, en ik probeer fronsend te bedenken waar ik hem eerder heb gezien.

Hij grijnst breed naar ons terwijl hij een fles bubbels vasthoudt.

'Ik heb het gevonden, hoor!' roept hij luid, terwijl hij de laatste afstand overbrugt. 'Wat woon je hier mooi, Roxan. Hartje Haarlem. Geweldige plek. Wat een tof huis.' Als ik nog steeds niets zeg, zet hij zijn zonnebril af en houdt zijn hoofd schuin. 'Wat is er?'

'Sorry, maar... Wat kom je hier doen?' vraag ik verbouwereerd.

'Je hebt me zelf uitgenodigd, weet je nog?' Er valt een stilte die net iets te lang duurt. 'Vorige week donderdag? In de stad? Tijdens het stappen? Die man die je drankjes inschonk?'

'O! Ja!' Ik steek een priemende wijsvinger naar hem uit als het me eindelijk te binnen schiet. 'Jij werkt achter de bar bij The Jonesclub!'

'Gelukkig. Ik was al bang dat ik geen goede indruk heb achtergelaten.' Hij grijnst en ik kan wel door de grond zakken. 'Hoeveel had je eigenlijk gedronken die avond?'

'Dat zou jij toch moeten weten, meneer de barman,' probeer ik grappend te zeggen. Helaas komt het er ietwat piepend uit.

Hij overhandigt mij de fles champagne en ik probeer mijn verbazing te verbergen als ik het dure gouden Moët & Chandon-etiket herken. Hij had ook een wijntje van de supermarkt als aardigheidje mee kunnen nemen.

'Deze is voor jou. Ik weet toevallig dat je hem lekker vindt.' Weer die grijns.

'Dank je wel. Heel attent. Loop maar door, hoor.'

De barman drukt een kus op mijn wang, groet Esmee met een gulle glimlach en loopt voor ons uit naar het overige gezelschap in de tuin. Esmee geeft me een veelbetekenende blik. Ze buigt zich in mijn richting en fluistert in mijn oor: 'Geef maar toe. Je hebt geen idee hoe hij heet, of wel?'

Ik bijt op mijn lip en schud mijn hoofd.

'Komt goed. Ik stel me zo wel even aan hem voor en ontfutsel zijn naam.' Ze legt haar hand op die van mij en geeft er een geruststellend kneepje in. Maar ik ken haar te goed om de pretlichtjes in haar ogen over het hoofd te zien; ze geniet hier ontzettend van. Ik kan haar wederom geen ongelijk geven. Het ís ook absurd.

Esmee, de barman en ik voegen ons bij Yara, Jeroen, het groepje buren en mijn ouders in de tuin. Ik snij de taart aan, die vanbinnen net zo mooi blijkt te zijn als vanbuiten, en voorzie iedereen van een drankje. Mijn ouders overhandigen me hun cadeau – een kaart met een boekenbon, zoals elk jaar, waar ik blij mee ben want ik hou van lezen – en ik krijg nog meer flessen drank van nog meer buren die aanwaaien. Eigenlijk heb ik hen alleen voor de vorm uitgenodigd. Oké, en misschien ook een beetje omdat het anders zo opvalt hoe klein de kring mensen is waar ik mee omga.

Yara prikt haar gebaksvorkje in de luchtige cake met een vulling van witte chocolade en framboos en stopt een groot stuk in haar mond. Ze maakt een verrukt geluidje. 'Die taart is hemels!'

Ik wil het compliment wel aanvaarden, maar mijn aandacht is totaal niet bij mijn taart. Ik blijf kijken naar de barman, met zijn open overhemd en gebruinde borstkas die volledig de aandacht vraagt.

Esmee volgt mijn blik vanaf de loungeset waar we op zitten.

'Dus, je kunt je niet meer herinneren dat je de barman voor je feestje hebt uitgenodigd?' vraagt ze nuchter.

Mijn ellebogen rusten op mijn knieën en met een diepe zucht vouw ik mijn handpalm als een kommetje onder mijn kin. 'Nee. Geen flauw idee.'

'Kun je je echt helemaal niets meer van hem herinneren?' vraagt Esmee door.

Zonder iets te zeggen neem ik een slok.

'Wel dus.' Yara trekt haar wenkbrauwen zo hoog op dat ze bijna in haar haargrens verdwijnen. 'Hebben jullie...'

'Dat weet ik dus niet meer,' zeg ik beschaamd. 'Het is echt heel gênant.'

'Hij had het over vorige week donderdag,' helpt Esmee me herinneren. 'Waar was je toen?'

'Met Joey in de stad. Het was gezellig. Ik had een beetje te veel gedronken in The Jonesclub. We stonden te kletsen aan de bar... in mijn beleving met een heleboel mensen.' Ik zucht en doe een poging om mijn vertroebelde herinneringen terug te halen. 'Ik weet nog dat de barman heel lekkere cocktails maakte, en dat hij prachtige spieren had… Maar daar houdt het wel mee op.'

'Misschien dat je je broertje straks kunt vragen of…' begint Yara.

'Of wat?' Ik stoot een vreemd lachje uit en schud mijn hoofd. 'Ik ga mijn broertje toch niet vragen of hij weet of ik seks heb gehad met de barman? Als dat zo is, was hij er sowieso niet bij. Althans, dat hoop ik.'

Yara en Esmee schieten in de lach, maar ik praat stug verder. 'Het is niet grappig. Of misschien ook wel. Maar ik weet echt niet wat hij hier doet, en hoe het kan dat hij weet dat ik van champagne hou.'

Yara doet een poging een nieuwe lach te onderdrukken en haar gezichtsuitdrukking weer in de plooi te krijgen. 'Is dat niet gewoon een redelijk algemeen iets? Ik bedoel, houden we daar niet allemaal van?'

'Jawel,' zegt Esmee, terwijl er een diepe fronsrimpel tussen haar wenkbrauwen verschijnt. 'Maar het leek er toch sterk op dat hij voorkennis had over die fles Moët & Chandon.'

'Ja, precies! Hoe kan dat?' Ik trek mijn knieën op het bankje tussen mijn vriendinnen in. 'Vorige week vrijdag ben ik gewoon wakker geworden in mijn eigen bed. Dus…'

Esmee haalt quasinonchalant haar schouders op. 'Wie weet hebben jullie wel seks gehad in het wc-hokje van The Jonesclub en heeft de barman de afdrukken van jouw nagels nog steeds in zijn huid staan.'

Yara begint een nieuw lachsalvo en ik werp mijn vriendinnen om beurten een vuile blik toe.

'Dit helpt niet. Nou goed, ik kom er wel achter als ik over negen maanden een kind uitpoep dat geweldige cocktails blijkt te kunnen shaken.'

'Zo is dat.' Yara glimlacht. 'Ah, jongens, ik heb dit gemist. Voor ons doen hebben we elkaar best lang niet gezien.'

Ik neem even de tijd om Yara's hippieachtige bohemienjurk in me op te nemen. Hij is crèmewit, met kant en veel details in de stof. Ze draagt er een opvallende lange ketting op met veertjes en turkooizen stenen kralen en daaronder bruine suède laarzen tot aan haar knieën, die matchen met haar haarkleur.

Esmee knikt als reactie op Yara's woorden. 'Stom, hè? Onze vliegroosters kwamen de laatste tijd totaal niet overeen. Gelukkig komt ons reisje naar Mexico er bijna aan.'

'Donderdag vertrekken we al!' jubelt Yara. 'Vier dagen met elkaar. Zon, zee, cocktails... Ik kan echt niet wachten.'

'Ik ook niet.' Ik zet mijn glas op mijn knie en laat de witte wijn rondjes walsen. 'Eindelijk alle tijd om ongestoord bij te praten.'

'En leuke dingen te doen,' voegt Yara eraan toe. 'In Mexico krijg je je verjaardagscadeau, Rox. We hebben bedacht dat dat veel leuker is dan dat we je nu iets geven.'

'Wat een goed idee. Ik ben benieuwd.'

Ik wil nog iets zeggen, maar zwijg als de excentrieke barman vanonder de overkapping onze kant op komt lopen. Het ergert me dat ik nog steeds zijn naam niet weet.

'Heb je ijs, Roxan?' vraagt hij halverwege de tuin.

'Ja, heb ik,' piep ik, vurig hopend dat hij geen gedachten kan lezen. Ik maak aanstalten om op te staan, maar hij legt zijn handen op mijn schouders en duwt me terug in de legergroene kussens van de loungebank.

'Blijf zitten! Dit is jouw feestje, daar moet je van genieten. Ik maak me graag nuttig. Heb je ijs in de vriezer liggen? En ik ben op zoek naar rietsuiker. Ik zag de cocktailspullen in je houten bar liggen en voel me hier al helemaal thuis.'

'Ik loop wel even met je mee,' zeg ik terwijl ik alsnog opsta. Hij klinkt aardig, maar hoe goed ken ik hem nou? Dat hij zegt dat hij zich hier thuis voelt wekt eerder mijn argwaan dan dat ik hem ogenblikkelijk vertrouw.

Binnen pak ik een pot rietsuiker uit een keukenkast en haal drie grote gevulde ijsblokjesvormen uit de vriezer. Ik leg alles op het zwarte aanrechtblad waar hij met zijn billen tegenaan leunt.

'Je hebt echt een mooi huis,' zegt hij, terwijl hij zijn getatoeëerde armen over elkaar slaat voor zijn lichaam en zijn blik door mijn keuken laat dwalen.

'Dank je. De meeste mensen die hier komen vinden mijn donkergrijze en zwarte keuken veel te strak en modern. Zelf ben ik er nog elke dag verliefd op.'

Hij knikt. 'En terecht. Het is trouwens ook leuk om je ouders te ontmoeten. Je vader is ontzettend grappig.'

Ik frons. Mijn vader is heel veel dingen, maar écht grappig is hij niet. Toch vind ik het ergens leuk dat hij dit zegt. Leuk op een aandoenlijke manier.

De tatoeage ter hoogte van zijn spierbal trekt mijn aandacht, net waar zijn felgekleurde exotische overhemd stopt.

Shit, zag hij nou dat ik naar het doodshoofd zat te staren?

'Ga je weer mijn tatoeages afkraken?' Zijn stem klinkt streng, maar hij kan het geamuseerde trekje rond zijn mondhoeken niet verhullen. 'Ik heb nog nooit eerder een vrouw ontmoet die me in zulke duidelijke woorden vertelde wat ze ervan vond.'

'Eigenlijk ben ik best een voorstander van tattoos, hoor. Mijn rechterarm zit er vol mee,' verdedig ik mezelf snel.

Hij houdt zijn lippen op elkaar en kijkt me zo een ogenblik lang aan. Ineens besef ik dat ik die nacht in The Jonesclub een strapless jurk droeg en hij mijn sleeve, die nu onder mijn jurk met wijd uitlopende mouwen verborgen zit, dus allang heeft gezien.

'Weet ik. Je kon niet begrijpen hoe ik een naakte vrouw naast een doodshoofd kon plaatsen. Maar de bloemen en bladeren op mijn rug...' voegt hij eraan toe, als hij in de gaten heeft dat ik de overige inkt op zijn armen inspecteer, '... die vond je wel mooi.'

Behalve zijn borstkas heb ik blijkbaar ook zijn rug gezien. Het kan toch haast niet anders dan dat we...

'Zeg eens eerlijk, hoeveel had je die avond nou gedronken?' Hij kijkt me indringend aan en ik probeer me los te maken van zijn bruine ogen. 'Ik heb maar één cocktail voor je gemaakt. En je broertje bestelde die fles champagne, maar daar heb ik je maar één glas van zien drinken. Was je ervoor nou zo hard gegaan of bestelde je ook drankjes bij mijn collega's?'

Betrapt ontwijk ik zijn blik. Er valt een ongemakkelijke stilte. Gelukkig stapt precies dan Yara de keuken in.

'Hé Rox, Jeroen en ik moeten zo naar een andere verjaardag. We kunnen nog wel even een drankje doen, hoor. Maar dan weet je in ieder geval dat we niet al te lang blijven.'

Haar ogen volgen mij, om vervolgens naar de barman te glijden. Zoetjes glimlacht ze naar hem, met uitgestoken hand. 'Ik geloof niet dat ik je ooit heb ontmoet. Ik ben Yara, wat is jouw naam?'

'Jef. Aangenaam.' De naam doet nog steeds geen belletje bij me rinkelen.

Hij schudt kort haar hand en wendt dan zijn blik af om de spullen van het aanrecht te pakken. 'De ijsblokjes smelten. Ik zie je zo.' Hij draait zich om en loopt met stevige passen terug naar de tuin.

'Alles oké?' Yara's helderblauwe ogen nemen me onderzoekend op. 'Of was het niet nodig dat ik naar je toe kwam?'

Ik glimlach en praat mijn vriendin snel bij.

Yara knikt begripvol. 'En nu? Vind je die Jef een lul en wil je hem weg hebben? Of heb je misschien interesse in een avondje bewuste seks met hem?'

Haar vragen bevatten nul oordeel. Juist daarom ben ik zo gek op haar.

Een wanhopige kreun verlaat mijn mond. 'Dat weet ik dus niet! Ik kan toch geen mening over hem vormen als ik cruciale info mis?!'

Yara lacht om mijn radeloze armgebaar. 'Misschien moet je om te beginnen het vanavond maar even wat rustiger aan doen met de drank. Oké?' Ze slaat een arm om mijn schouder en ik laat me door haar naar mijn tuin dirigeren.

Rond het avondeten komt er een scholier op een scooter een stapel pizzadozen bezorgen. Yara en Jeroen eten een paar pizzapunten mee, maar vertrekken dan inderdaad naar een andere verjaardag.

In de bar onder de overkapping staat Jef limoenen te snijden voor de mojito's van mijn gasten. Met een paar tikjes van zijn hand wekt hij het aroma van een bosje munt tot leven. Ik zet de muziek harder en verbaas me over het feit dat hij doet alsof hij thuis is. Oké, het is zowel irritant als verschrikkelijk aantrekkelijk, maar wat is er in godsnaam gebeurd die avond, dat hij het zich hier zo comfortabel durft te maken?

Net als ik besluit dat ik klaar ben met dat geheimzinnige gedoe en ik hem ga confronteren, springt mijn broer Joey over de schutting.

De entree past goed bij hem; ik kan een glimlach niet onderdrukken. Dat hij veel later komt dan de rest verbaast me niet. Precies zoals mijn vader begint hij meteen met veel grootse handgebaren te praten met mijn ouders en Esmee. Je kunt mijn broertje uittekenen met een petje op zijn hoofd, afgetrapte sneakers en een stoppelbaardje. Ik kijk of ik zijn vriendin ergens zie, maar ze is nu nog nergens te bekennen. Vreemd.

'Van harte gefeliciteerd, Rox,' zegt hij guitig, met zijn armen gespreid.

'Dank je.' We omhelzen elkaar en ik snuffel in zijn nek. Hij draagt het geurtje dat ik laatst voor hem heb meegenomen uit Dubai. 'Waar is Jessica, of ben je alleen gekomen?'

Net als Joey wil reageren, duikt er een andere, knappe vrouw naast hem op: Celeste, eigenaresse van de koffiesalon Latte Art en al jaren bevriend met Joey. Ze moet via de poort aan de achterkant van mijn huis de tuin in zijn gekomen, toen ik zojuist Yara en Jeroen bij de voordeur uitzwaaide.

'Hé Roxan.' Celeste glimlacht. Haar bloemetjesjurk is in haar hals geknoopt en doet me een beetje denken aan de jaren vijftig. Het staat haar prachtig; ik zou willen dat ik daarmee wegkwam. 'Ik hoop niet dat je het erg vindt dat ik ongevraagd op je feestje verschijn.

Joey vroeg me mee. Hij verzekerde me dat jij het helemaal oké zou vinden, maar…'

'Je bent meer dan welkom,' onderbreek ik haar. Een tikje ongemakkelijk druk ik drie kussen op haar wangen. 'Heel leuk dat je er bent,' haast ik me te zeggen als we elkaar loslaten. 'Wil je wat drinken?'

Naast ons heeft Joey inmiddels een pizzadoos op de bar gevonden. Hij vouwt hem open, haalt er een stuk *quattro formaggi* uit en neemt meteen een hap. 'Jij ook?' vraagt hij Celeste met volle mond en een brede glimlach.

'Lekker.' Ze lacht. 'Het is maar goed dat ik je vriendin niet ben. Het zou iets galanter zijn als je dat precies andersom had gedaan.'

Joey lacht ook en geeft Celeste een pizzapunt. 'Jou ken ik al zo lang dat je mijn verrotte eigenschappen allemaal hebt gezien, en nog steeds zijn we bevriend. Eigenlijk moet je het als een compliment beschouwen dat ik gewoon mezelf ben bij jou. Dat was met Jessica wel anders... Daarom is het ook uit.'

Ik schrik. 'Is het uit met je vriendin?'

Joey knikt en haalt zijn schouders op. 'Dat vertel ik later nog wel.' Met zijn vrije hand graaft hij in zijn broekzak. Hij haalt er een zwart, plat vierkant doosje van zo'n tien bij tien centimeter uit. 'Voor jou.'

Ik maak het doosje open. Er zit een heel mooi rosékleurig armbandje in met een opvallende paarse steen. 'Wow, prachtig! Ik vind hem echt erg mooi. Dank je wel.'

'Celeste heeft me geholpen, hoor,' reageert mijn broertje en hij neemt nog een hap pizza.

'Het was geen moeite,' zegt Celeste als ik dankbaar naar haar glimlach.

'Wat willen jullie drinken?' vraag ik Joey en Celeste. Dit is niet het moment om door te vragen naar het liefdesverdriet van mijn broertje. 'Bier, wijn, een cocktail misschien?' Ik maak een handgebaar naar Jef, die soda bij twee nieuwe *strawberry*-mojito's schenkt in longdrinkglazen voor mijn ouders. Ze staan een stukje verderop te kletsen met wat buren.

'Een cocktail. Lekker,' reageert Celeste opgewekt. De rand van haar bloemetjesjurk beweegt wat mee met de wind en lachend duwt ze haar rok omlaag.

Mijn broertje loopt om de bar heen en slaat Jef tamelijk hard op zijn schouder. Mijn oog valt op het opvallend glimmende horloge om zijn pols dat ik niet herken. Het ziet er duur uit. Misschien heeft mijn broertje het nieuw.

'Wat doe jij hier? Ik dacht dat ik je die avond duidelijk had gemaakt bij Rox uit de buurt te blijven.'

'Je zus had daar overduidelijk een andere mening over,' zegt Jef koeltjes, terwijl hij de cocktailshaker schudt. 'Maar maak je niet druk, ik heb goed voor haar gezorgd. Beetje bijgekomen van het feestje van laatst?'

Joeys blik verzacht. 'Volgens mij hadden we hem allemaal aardig zitten. Rox zeker. Zij drinkt mij er altijd met gemak uit.' Joey lacht om zijn eigen grap en Jef valt hem bij. Ik geneer me en groepeer een paar lege glazen. 'Ik had behoorlijke koppijn de volgende dag,' praat Joey verder. 'Jij had vast ook een kater, of niet dan?'

Jef schudt zijn hoofd.

'Dat kan toch haast niet anders?' pakt mijn broertje door. 'Je stond boven op de bar te dansen, man. Zonder shirt. Ga mij nou niet vertellen dat je nuchter was.'

Er gaat een golf van opluchting door me heen. Dus daarom herkende ik zijn borstkas en heb ik de tatoeages op zijn rug gezien. Dat verklaart een hoop.

Ik laat de glazen voor wat ze zijn en merk hoe mijn blik automatisch in Jefs richting wordt getrokken.

'Ik was gewoon aan het werk,' zegt hij neutraal, maar er trekt iets bij zijn mondhoek dat verdacht veel op een binnenpretje lijkt. 'Op sommige avonden hoort entertainment er gewoon een beetje bij als barman. Dat vinden de dames leuk.' Zijn blik blijft op mij hangen, en ik versteen. Met geen mogelijkheid lukt het me om weg te kijken. Dan voegt hij er met een schamper lachje aan toe: 'Bovendien levert het aanzienlijk hogere fooien op.'

'Wat sta jij hier te dromen?' Esmees stem doet me opschrikken. Ze lacht en trekt speels aan het touwtje van mijn bikini dat boven mijn jurk uit piept. 'Straks jacuzzitijd!'

2

De zon is volledig onder; we hebben geluk met deze aangename lenteavond in april. De peertjes van de lichtslinger in de overkapping en de brandende kaarsen die her en der gegroepeerd staan verspreiden een warm en sfeervol licht in mijn verder donkere tuin. Ondanks het feit dat de aanblik van Jef die aldoor cocktails staat te shaken me nerveus maakt, zit de stemming van het feestje er goed in.

Jef doet zijn beroep eer aan; de verschillende cocktails, aardbei en mango, zien er prachtig uit. Hij heeft er kruiden bij gedaan, waarvoor hij het kruidenrekje in de keuken heeft geplunderd. Alhoewel hij me wat te vrijpostig is, moet ik toegeven dat zijn drankjes behoorlijk lekker smaken.

Ik probeer Yara's advies op te volgen en rustig aan te doen met alcohol. We hebben geen herhaling nodig van het beschamende voorval van vorige week.

Mijn ouders en de laatste overgebleven buren zijn net vertrokken. Alleen Jef, Esmee, Celeste en Joey zijn nog over… en zij hebben wél al aardig wat gedronken.

'Is de jacuzzi al warm?' vraag ik luid, terwijl ik in de richting van Esmee en Celeste loop.

Esmee laat haar hand in het blauwpaars ogende water glijden en knikt. 'Warm genoeg. We kunnen erin.'

Celeste staart ondertussen gebiologeerd naar het wateroppervlak. 'Als ik dit had geweten, had ik mijn bikini wel meegenomen.'

'Je kunt ook in je ondergoed erin gaan zitten,' oppert Esmee. 'We zijn onder elkaar, toch?'

Celeste rimpelt haar neus. 'Tja, jullie zijn goed gezelschap, maar een rode kanten string gaat me net iets te ver. Bovendien ken ik Jef amper.'

Ik grinnik. 'Goed punt. In mijn kast in de slaapkamer liggen een heleboel bikini's en badpakken. We hebben niet dezelfde cupmaat, maar misschien zit er in ieder geval iets van een broekje voor je bij.'

Celeste knikt enthousiast.

'Zal ik met je mee lopen?' biedt Esmee aan. 'Dan kleed ik me zelf ook even om.'

Celeste en Esmee gaan naar binnen. Ik trek mijn jurk uit, leg hem op een stoel onder de overkapping en klim in de jacuzzi. Het water is heerlijk warm en ontspannend. Ik laat me er tot mijn schouders in zakken, neem plaats op een van de vier zittingen en sluit even mijn ogen.

'Alsjeblieft. Uw tropische verrassing, mevrouw.' Jefs stem maakt dat ik mijn ogen weer open. In niets meer dan een korte donkerblauwe zwembroek staat hij naast de jacuzzi. Zonder shirt en met ontbloot bovenlijf is zijn lichaam nog indrukwekkender. Zijn armen, bovenbenen en schouders zijn flink gespierd en de tatoeages zijn mooi verdeeld over zijn lijf. Zijn buik telt met gemak zes blokjes. Onwillekeurig blijft mijn blik erop hangen.

Jef grijnst en reikt me een lichtrode cocktail aan. Even vraag ik me af of hij met zijn opmerking het drankje bedoelde of dat hij het over zichzelf had. Ik neem de cocktail aan, neem een slokje en zet het glas in de ingebouwde bekerhouder op de rand van de jacuzzi. Jef stapt behendig in het water met eenzelfde soort drankje voor hemzelf. Hij gaat tegenover me zitten en als het geklots van het water overgaat in rustig gebubbel is het ineens stil in de tuin, op het zomerse achtergrondmuziekje na. Er zijn geen stemmen. Joey, Esmee en Celeste zijn nog ergens diep binnen in het huis.

'Zitten we dan,' zegt Jef met een klein, charmant glimlachje. Pardoes vergeef ik hem zijn suffe opmerking. Hij blijft me aankijken met zijn bruine ogen. Ook ik verbreek het intense oogcontact niet.

Als er een moment is waarop ik hem om opheldering zou willen vragen, is het nu wel. Bij uitstek. Een luttele seconde lang balanceer ik op het randje om het wel of niet te doen.

Een vlaag van verontwaardiging overvalt me. Hallo – dit is mijn huis, mijn tuin, mijn jacuzzi en míjn verjaardag. Ik hoef me niet onzeker te voelen. En wat kan het mij ook eigenlijk schelen? Ik vraag het gewoon.

'Jef, ik moet je iets opbiechten. Eerlijk gezegd schaam ik me er een beetje voor.'

Zijn rechtermondhoek trekt een klein stukje omhoog. 'Ik voel hem denk ik al aankomen. Je wist écht niet meer wie ik was, of wel?'

'Nee. Sorry. Ik kan me die avond in The Jonesclub niet meer zo goed herinneren, maar dat ligt volkomen aan mij. Jij was vast net zo aardig als je nu bent… Per slot van rekening heb ik je uitgenodigd voor mijn verjaardag. Je wist zelfs dat je je zwembroek moest meenemen. Dat zegt natuurlijk ook iets.'

'Het zegt vooral dat je heel erg dronken was, Roxan Berkhout.'

Een ogenblik kijk ik hem verbouwereerd aan en dan schieten we allebei in de lach.

Jef neemt een slokje van zijn strawberry-mojito. 'Dus eigenlijk stond er net gewoon een wildvreemde voor je deur?'

'Zo voelde het wel, ja.' Ik zet mijn handpalmen aan weerszijden naast mijn billen en schuif een stukje heen en weer. 'Maar ik vind het echt leuk dat je er nu bent, hoor… Het is alleen… Jemig, dit is zo gênant.' Ik stoot een lachje uit in de hoop daarmee de spanning die tussen ons in de donkere avondlucht hangt weg te nemen.

Stiekem hoop ik ook dat hij begrijpt welke kant ik op wil met dit gesprek. Dat zou nog steeds ONGEMAKKELIJK in een koeienletterhandschrift betekenen, maar op een schaal van één tot tien toch misschien eerder een negen dan een overtuigende dikke tien. 'Ik kan me dus nog wel flarden van die avond herinneren, maar grote delen zijn een waas. Het moment dat ik je uitnodigde voor mijn verjaardag is verdwenen, bijvoorbeeld, of hoe de avond überhaupt tot een einde kwam...'

Zijn gezichtsuitdrukking betrekt en iets in zijn gekwelde blik maakt dat ik het bloed razendsnel naar mijn wangen voel stromen. Ik bloos nooit! Dit is absurd, waarom voelen mijn konen aan als brandende kolen?

Godzijdank is het donker buiten. De ledlampjes van de jacuzzi kleuren het water blauwpaars en werpen een mysterieus schijnsel over onze schouders en gezichten. Hopelijk mysterieus genoeg om mijn blozende wangen te kunnen verbergen.

'Het spijt me, maar ik moet het vragen. Hebben wij tweeën samen...'

'Of we seks hebben gehad?' Jef kijkt me strak aan en het liefst zou ik me nu heel lang onder water willen verstoppen, totdat er enkel luchtbelletjes aan het wateroppervlak verschijnen.

Dus toch. Ik heb hem de mijne gemaakt. Ik heb elk deel van zijn lichaam allang gezien en aangeraakt... En nu vraag ik hem botweg of hij in mij heeft gezeten?

'Dus je weet niet meer dat je mijn naam kreunde toen je boven op mij klaarkwam?' vraagt hij, terwijl hij me met dezelfde strakke gezichtsuitdrukking blijft aankijken. 'Je bent vergeten hoe je je voldaan in mijn armen liet vallen en vroeg of ik alsjeblieft op je verjaardag wilde komen, omdat ik het beste cadeau was dat je je maar kon wensen? Weet je echt niet meer dat je dat hebt gezegd?' Hij laat een stilte vallen en schudt ongelovig zijn hoofd. 'In een overhemd dat bij het tropical-partythema paste zou ik de tropische lekkernij zijn die jij aan het einde van de avond zou uitpakken. Helemaal voor jou alleen. Je had wilde plannen met ons in de jacuzzi...'

O, wat een lul! Eindelijk is het me duidelijk. Jef lacht als reactie op mijn gezichtsuitdrukking. In een vlugge beweging schep ik water omhoog en spetter zijn gezicht nat. Hij krijgt de volle laag en houdt zijn drankje met een gestrekte arm boven zich uit.

'Je liegt!' protesteer ik luid. 'Ik zit me hier een potje ongemakkelijk te voelen en me kwetsbaar op te stellen en jij… Eikel.'

Zijn gegrinnik gaat over in een aanstekelijke lach. 'Sorry hoor, maar die had je echt dik verdiend. Natuurlijk hebben we geen seks gehad. Waar zie je me voor aan? Vóór die avond in The Jonesclub kende ik je niet eens en ik had heus wel in de gaten dat je van de wereld was. Ik vond je evengoed leuk, dat wel, maar ik zou daar nooit misbruik van maken. Zo'n gast ben ik niet.'

Ik bijt op mijn lip en realiseer me hoe stom ik ongetwijfeld op hem overkom. Zo ben ik normaal nooit. 'Het spijt me. Volgens mij maak ik de situatie alleen maar erger.'

Jefs ogen fonkelen door de verlichting van de jacuzzi. Zijn blik is warm. Eigenlijk is zijn gezicht net zo mooi als zijn lichaam. 'Roxan, geloof me als ik zeg dat ik je nooit de kans zou geven om te vergeten wat ik met je zou doen als ik je een nacht in mijn bed zou hebben. Als ik dat geluk had, om jou een nacht te mogen verwennen… Je zou je elke kronkeling onder mijn lichaam levendig voor de geest kunnen halen. Je zou je elke zoen kunnen herinneren. Elke kreun van genot.'

Geluidloos hap ik naar adem. Zijn blik blijft op mijn hand rusten, die de rand van de jacuzzi stevig vastgrijpt.

'Je lijkt daar nogal overtuigd van te zijn,' mompel ik uiteindelijk.

Hij knikt, bijna ernstig. En hoewel ik zijn zelfverzekerdheid eerder deze avond eigenaardig vond en misschien zelfs een tikkeltje arrogant vond overkomen, is het nu bloedsexy.

'Hebben jullie nog iets te drinken, of zal ik wat inschenken?' klinkt de stem van mijn broertje plotseling. Met een schok besef ik dat we niet alleen zijn, en ik wend mijn blik van Jefs lippen af.

Gekleed in een oranje boxershort nadert Joey de jacuzzi, een flesje bier in zijn hand. De alcohol die hij heeft gedronken beïnvloedt zijn manier van lopen zichtbaar.

Snel pak ik mijn cocktail uit de houder. Jef vangt het signaal op.

'We zijn nog voorzien. Dank je,' antwoordt hij snel.

Joey doet een klungelige poging om de jacuzzi in te stappen; tevergeefs. Als hij bijna omvalt lacht hij luid. Bij zijn tweede poging neemt hij een aanloopje en springt in de jacuzzi. Ik wend mijn gezicht en drankje af om een plens water te vermijden. Nog steeds ben ik perplex door wat Jef net allemaal zei. Te perplex om iets te kunnen zeggen.

Jef glimlacht naar me en in een fractie van een seconde beweegt hij zijn wenkbrauwen op en neer. Als een onderonsje. Een klein intiem moment dat aangeeft dat hij zich heel erg bewust is van het gesprek dat we net hadden.

Gauw neem ik een slokje.

'Lukt het bij Esmee en Celeste?' vraag ik als mijn broertje vanwege de aanhoudende stilte fronsend van Jef naar mij kijkt. 'Of moet ik er even heen?'

'Ze moesten een keuze maken tussen al jouw zwemkleding. Daar bemoei ik me niet mee,' antwoordt Joey schouderophalend.

We horen gegiechel vanaf het huis de tuin in komen en Esmee en Celeste voegen zich bij ons. Het vermoeden dat Celeste een prachtig lichaam heeft, dat ik altijd alleen in kleurrijke jurken gehuld heb gezien, blijkt te kloppen. Ze draagt mijn zwarte halterbikini met spaghettibandjes, die bij haar vanwege haar vrouwelijke vormen eigenlijk mooier staat dan bij mij.

Ik zie mijn broertje en Jef ongegeneerd naar de twee dames staren en moet ondanks alles zelf ook moeite doen om mijn bewondering niet te opvallend te uiten.

'Esmee vertelt me net een heel grappig verhaal, jongens,' zegt Celeste, terwijl ze een been over de rand van de jacuzzi slingert en erbij stapt. 'Ik vroeg naar haar meest bizarre ervaring tijdens haar werk als stewardess.'

Ah. Vast het verhaal over de man die poedelnaakt door het vliegtuig liep – dat ken ik goed.

Esmee knikt instemmend. Ze strekt haar armen langs haar lichaam en trekt zich zittend op de rand, waarna ze soepel in het water glijdt.

'Maar Rox kan ook nog wel een boekje opendoen, hoor,' zegt Esmee lachend. 'De meest bizarre verhalen komen meestal van onze copiloot.'

Ik tuit mijn lippen en hou mijn hoofd schuin. 'In de cockpit is het een stuk rustiger dan bij al die passagiers waar Esmee en onze andere vriendin Yara mee te maken hebben. Ik zou mijn gekste gebeurtenis tijdens een vlucht niet zo een-twee-drie weten.'

'Dat geeft niets. Het ging om de gekste gebeurtenis tijdens je werk,' merkt Celeste scherp op. 'Dus het kan ook iets op de luchthaven of op de bestemming zijn.'

Esmee steekt haar vinger op en ik hou mijn hart vast voor wat er nu komt. De alcohol heeft haar loslippig gemaakt. 'Die keer dat je met die piloot van Air Canada in dat verlaten zwembad eindigde, Rox! Op dat dak van het hotel in Havana. Was die piloot ook alweer een man of een vrouw?'

Jef trekt geamuseerd zijn wenkbrauwen op. 'O? Val je ook op vrouwen?'

'Waarom zou ik niet op vrouwen vallen? Ze zijn prachtig,' reageer ik schouderophalend, terwijl ik aanstalten maak om uit de jacuzzi te stappen. 'Willen jullie nog iets drinken? Celeste? Esmee?'

'Nou, kom op, zus. Vertel ons je gekste ervaring,' spoort Joey aan.

Vier paar ogen kijken me nieuwsgierig aan en ik ga overstag. 'Nou vooruit, maar die keer in dat zwembad op dat dak in Havana hou ik voor mezelf.'

'Jammer,' mompelt Jef.

Ik negeer hem en richt me tot de andere drie. 'Verwacht geen smeuïg seksverhaal, want mijn gekste ervaring was helemaal niet het soort seks dat je wilt. Het waren mijn buren, in de hotelkamer naast me, die seks hadden. Ze schreeuwden het uit. Ik heb nog nooit zulke luidruchtige mensen gehoord.'

'Wat erg!' reageert Celeste. 'En jij moest daarnaast slapen?'

'Ja, maar dat lukte natuurlijk voor geen meter. Ik zat me met elke oerkreet en elke keiharde bonk van dat bed tegen de muur meer op te winden, omdat ik een vroege vlucht had. De captain had de heenreis gevlogen en we hadden afgesproken dat ik terug zou vliegen, dus ik moest scherp en uitgerust zijn. Ze kreunden niet alleen heel hard. Die vrouw riep ook hele teksten tegen haar man in het Engels. Van die smerige aanmoedigingen, weet je wel? Echt vies. Op een gegeven moment was er een repeterend *Fuck me! Oh yeah, fuck me! Fuck me!*' Ik schuif van voor naar achteren op mijn zitplek. Het is jammer dat er geen stoelpoten onder me zijn die met een schuivend kabaal over de grond slepen om het geluid na te bootsen en de situatie eer aan te doen. Esmee, Celeste, Joey en Jef lachen evengoed. Ik sluit mijn ogen, sla mijn armen om mijn bovenlichaam en herhaal die laatste woorden.

'*Fuck me, Iron man! I want you to fuck me with that giant piece of steel!*'

'Roxan, je buren...' merkt Celeste op met een nerveus lachje.

Ik open mijn ogen en grijns. Ze heeft gelijk. Mijn buurman, die links van mij woont en niet op het feestje was, heeft vanaf de eerste verdieping van zijn huis het gordijn opengeschoven en staat voor het raam. Door de plafondlamp die de kamer achter hem fel verlicht is zijn gedaante donker. Hij gluurt mijn eveneens donkere tuin in, die verlicht wordt door de lichtslinger, kaarsen en de jacuzzilampen, en wil blijkbaar weten wat er gaande is. Ik steek mijn hand naar hem op en zwaai kort.

Meteen schuift hij met een ruk het gordijn dicht. Hij voelt zich blijkbaar betrapt en ik grinnik inwendig. Dan richt ik me op mijn vrienden. 'Zo ging het een tijdje door. Er kwam geen einde aan hun sekspartij. Plotseling klonk er een zware mannenstem uit een van de andere hotelkamers: *Come on Iron man! Fuck her already and get done with it! We all want to get some sleep in here.*'

Het water drupt in stralen langs mijn lichaam op de tegels. Onder de overkapping pak ik een grote handdoek die ik om mijn lichaam vastbind. Gehuld in de geïmproviseerde jurk maak ik drankjes voor Esmee en Celeste klaar in de bar. De avond is nog jong. Ik voel me vrij en gelukkig en krijg spontaan zin om te dansen.

Als de intro van een Caribisch zomernummer klinkt zet ik de muziek harder. Even hou ik de ramen op de eerste en tweede verdieping van de omwonenden nauwlettend in de gaten, maar dan besluit ik dat ik best een keer wat geluidsoverlast mag veroorzaken. Het is immers mijn verjaardag en bovendien is het zaterdagavond en pas vlak na tienen. Dit moet kunnen. Daarbij hebben mijn buren niets te klagen met mij als hun buurvrouw. De meeste feestjes vier ik buiten de deur en bovendien ben ik keer op keer dagenlang weg van huis. Komende week is het hier weer doodstil, dan zit ik met mijn vriendinnen in Mexico. Nu ben ik hier en vier ik feest.

Rond middernacht verplaatsen we ons naar binnen, waar de gezelligheid onverminderd doorgaat. In de woonkamer dans ik met Celeste op zwoele muzieknummers. Celeste danst prachtig. Haar heupen wiegen sierlijk en bewegen soepel tegen mij aan. Alle keren dat ik in haar koffiesalon Latte Art was, kwam ze bescheiden en ingetogen op me over. Daar is nu geen sprake van. De alcohol heeft haar losser gemaakt. Vrij van remmingen en beperkingen die we onszelf opleggen.

'Maar goed dat je ouders al weg zijn, hè?' mompelt Esmee als ze voorbijloopt. Celeste lijkt er niets van te horen, en ik werp Esmee een waarschuwende blik toe.

Mijn ouders weten niks van mijn voorkeuren, en dat hou ik graag zo. Het ligt allemaal al ingewikkeld genoeg.

Giechelend loopt ze verder, maar niet voordat ze een nieuw glas in mijn hand geduwd heeft. Hoewel ik me een paar uur geleden had voorgenomen om niet te veel te drinken blijkt dat in de praktijk nog best lastig uitvoerbaar. Keer op keer duwt een van mijn vrienden een nieuw gevuld glas in mijn handen en ik denk er niet eens over na om het te weigeren of weg te zetten. Het doet er ook niet meer toe. Ik hoef niet langer de schijn op te houden. Jef weet allang hoe het zit, dus wie hou ik voor de gek?

Opnieuw voel ik de ogen van Jef in mijn rug branden. Zachtjes druk ik mijn billen tegen Celeste aan, die achter mij staat. Samen deinen we mee op het ritme van de clubdancemuziek. Celeste haakt haar vingers in de mijne en onze armen maken bewegingen alsof ze samen één zijn. Op dat moment verschijnt Jef in mijn gezichtsveld. Hij knijpt zijn ogen tot spleetjes. Ik ben me ervan bewust dat ik met hem speel en weet dat hij daar zowel van geniet als dat het hem tart. Al dans ik niet met Celeste om die reden. Ik vind het gewoon heerlijk om met haar te dansen.

Blijkbaar is Jef er klaar mee om alleen maar toe te kijken, want hij tikt Celeste af op haar schouder. Ze glimlacht warm, maakt ruimte voor hem en danst op nog geen meter bij ons vandaan verder. Celeste gooit haar armen in de lucht en beweegt haar lichaam alsof er geen ogen op haar gericht zijn. Ik blijf naar haar kijken. Haar zelfvertrouwen is prachtig om te zien. Jef eist mijn aandacht op door me zachtjes naar zich toe te trekken. Ik glimlach naar hem, ga in op zijn danspasjes en als ik in zijn donkere ogen kijk word ik direct herinnerd aan ons gesprek in de jacuzzi. Nieuwsgierige vonkjes schieten door mijn binnenste. De manier waarop hij mijn blik vasthoudt maakt dat ik me afvraag hoe deze nacht zal eindigen.

Snel kom ik daar niet achter. Pas rond drie uur maken Esmee, mijn broertje en Celeste aanstalten om naar huis te gaan. Ik zwaai ze in stilte uit vanaf mijn voortuin.

'Tot dinsdag!' roept mijn broertje iets te hard, als hij al een paar huizen verderop is.

Ik sluit de deur achter het drietal, maar als ik de woonkamer weer in loop staat Jef ook klaar om te vertrekken.

'Doen we nog een laatste drankje?' vraag ik langs mijn neus weg.

'Volgens mij hebben we er allebei genoeg op.' Van de woonkamer loopt hij door naar de gang. Ik volg hem en probeer mijn teleurstelling te verbergen, maar als hij zich vlak voor mijn voordeur omdraait en me aankijkt trek ik toch een pruillip. Niet elke man is even goed in het oppikken van een subtiele hint. Jef houdt zijn hoofd schuin en fronst.

'Dus ik kan je niet verleiden met een likeurtje om het af te leren? Een Amaretto misschien?'

'Nee, Roxan. Echt niet. Ik heb je al gezegd dat ik niet zo'n jongen ben. We kennen elkaar nog maar net. Ik jou iets langer dan jij mij...'

Ik negeer zijn opmerking en het charmante trekje rond zijn lippen. 'Je zei ook andere dingen.'

Jef glimlacht flauwtjes.

Plotseling verandert zijn blik en duwt hij me met mijn rug tegen de muur van mijn gang aan. Aan weerszijden van mijn schouders plaatst hij zijn handen tegen het donkere behang met een grafische print. Zijn lichaam is heel dichtbij. Ik voel zijn warme adem in mijn hals. Vlak voordat onze lippen elkaar raken kijkt hij me nog een keer aan op een manier die hypnotiserend werkt op mijn brein. De zachte druk van zijn lippen op de mijne is hemels. Toch blust het maar een klein deel van het verlangen dat in mij groeit. Ik wil meer van hem en trek hem nog dichter tegen me aan. De kus gaat over in een zoen en wordt vuriger. Wilder. Mijn handen gaan op verkenning onder zijn overhemd. Zijn sterke rugspieren en gladde huid maken me nog geiler. Jef laat zijn ene hand door mijn korte zwarte haar gaan en de andere knijpt zacht in mijn billen. Onze lichamen schuren tegen elkaar aan. Door zijn spijkerbroek heen voel ik zijn erectie en ik ben dan ook verbaasd als Jef de zoen beëindigt en een beetje afstand tussen ons laat ontstaan.

'Je bent heerlijk. Maar zoals ik al zei, niet vandaag,' mompelt hij plagerig tegen mijn hals.

Hij hoeft niet te denken dat ik hem ga smeken om te blijven slapen.

Jef drukt nog een laatste kus op mijn lippen, waarbij hij met zijn duim en wijsvinger mijn kin vastpakt. Dan draait hij zich om en vertrekt hij.

Ik sluit de deur achter hem en draai hem met fanatieke bewegingen op slot. Zijn zelfbeheersing is bewonderenswaardig. Eerlijk gezegd kan ik daar alleen maar respect voor opbrengen. Toch dringt dat niet helemaal door tot het kloppende gevoel tussen mijn benen. Teleurgesteld ebt het langzaam weg.

3

Op dinsdagavond sta ik met mijn mountainbike in de straat van mijn ouders voor ons afgesproken etentje. De huurhuizen in deze buitenwijk van Haarlem lijken exact op elkaar. Allemaal hebben ze dezelfde kleur kozijnen, in een ondefinieerbare oranjetint waarbij je je afvraagt wie dat ooit een goed idee vond. De meeste voortuintjes zijn voorzien van plantenbakken, bloemenperkjes en een bankje naast de voordeur. De bankjes worden nog steeds goed gebruikt voor kopjes koffie en kletspraatjes tussen buurtgenoten, die lief en leed met elkaar delen.

Nog altijd is de straat van mijn ouders op Koningsdag en tijdens voetbal-EK's en -WK's versierd met talloze oranje vlaggetjes en in december gaat iedereen hier helemaal los met uitbundige kerstversieringen. De opblaassneeuwpoppen, vliegende arrensleeën, rendieren, elfjes en kerstmannen vliegen je dan om de oren. Rond die tijd van het jaar zijn er ook ontelbaar veel lichtjes in de hele straat. Geel, maar ook in allerlei discokleuren. Knipperend en op neonverlichte borden.

Ik heb veel goede herinneringen aan de buurt waarin ik ben opgegroeid en als kind smeekte ik mijn ouders ieder jaar om ook mee te doen met de versieringen. Een klein lichtsnoer bevestigd aan het huis kon toch wel? Of een paar lichtjes in de appelboom? Mijn moeder was het probleem niet. Al hield ze stellig haar mond in de wetenschap dat mijn vader het niets vond. De buurtgenoten die hun kostbare tijd verdeden door constant met elkaar te ouwehoeren waren gek, de versieringen waren volgens hem te veel werk en bovendien had ik geen idee wat dat allemaal zou verbruiken aan stroomkosten. Ik probeerde hem ervan te overtuigen dat het heus niet groots en meeslepend hoefde te zijn, zoals de rest van de straat, maar we vielen zo op als we helemaal niets deden. Mijn vader keek me dan aan op een manier die duidelijk maakte dat ik de grens opzocht. Een strakke blik. Zijn ogen waarschuwende spleetjes. Ik hield mijn mond en nam me heimelijk voor om het volgend jaar opnieuw te proberen. Jaar na jaar ging voorbij. Keer op keer leek het in onze straat wel kermis en was het donker in onze eigen voortuin.

Dat zijn mijn ouders in een notendop. Doen hun best, maar het is het altijd net niet… en daar heb ik onderhand vrede mee.

Ik parkeer mijn fiets tegen de grijze kliko, naast de scooter van mijn moeder die zo op het eerste oog zijn beste tijd wel heeft gehad. Bij de voordeur twijfel ik of ik mijn eigen huissleutel zal gebruiken, maar bel dan toch maar aan. Mijn moeder doet open. Ze is blij om me te zien. Ik zie het aan haar minzame glimlach. Ze leeft voor dit soort momenten. Haar gezin bij elkaar.

'Hoi mam. Hoe gaat het met je?'

'Goed, schat. Kom erin.' Ze zet de deur verder open en ik hang mijn jas aan de kapstok in de hal. Met mijn moeder gaat het altijd goed. Zelfs als ze krom loopt van de rugpijn die haar met enige regelmaat teistert, gaat het volgens haar nog goed.

We gaan de woonkamer binnen, waar mijn vader op zijn vaste plek voor de tv te vinden is. In een bordeauxrode leren stoel, die je met een hendel achterover kunt zwiepen, waarbij er een voetenbankje omhoogkomt. Ik kan hem niet meer uit die stoel denken.

'Hoi pap. Hoe is het met jou?' vraag ik opgewekt.

'Hé Rox. Prima. Gaat het goed met mijn meissie?' Als ik knik gebaart hij naar de bank. 'Ga zitten. Ga zitten. Laat je moeder iets te drinken voor ons inschenken. Wijntje? Biertje?'

Hij knijpt zijn bierblik fijn en legt het op de salontafel, die altijd bezaaid ligt met spullen. Boven op een stapel paperassen ligt zijn ananaszonnebril en de haarband van mijn moeder met de uitstekende palmbomen.

Inmiddels heeft mijn vader zijn aandacht alweer gevestigd op de tv. Met het lege bierblik in mijn handen boven op een bord vol kruimels en een verpakking van een Magnum loop ik naar de keuken. Gewapend met twee ovenhandschoenen zet mijn moeder een dampende ovenschaal op een onderzetter op het aanrecht. Ik gooi de troep in de prullenbak, zet het bord in de vaatwasser en snuif de geur van de ovenschaal op.

'Ruikt lekker, mam.'

'Het is een aardappelschotel, met prei en kerriesaus. Recept van buurvrouw Corrie. Je vader is er gek op.'

'Joey komt ook, toch?'

'Hij zal wel weer te laat zijn,' bromt mijn vader vanuit de woonkamer, voordat mijn moeder iets kan zeggen.

'Hij zal zo wel komen,' vergoelijkt mijn moeder. 'Was het nog gezellig op je verjaardag?'

'Zeker. We hebben met een klein clubje in de jacuzzi gezeten en gedanst tot in de late uurtjes.'

'Klinkt goed, schat. Je vader en ik vonden het leuk om erbij te zijn. De cocktails van die barman waren een succes, hè? We vonden dat zo'n leuke jongen.' Ze staart uit het keukenraam en haar gezicht klaart op. 'Daar zal je je broer hebben. Doe jij even open? We kunnen meteen aan tafel.'

Via de keuken loop ik naar de gang en open de voordeur voor Joey. 'Hé, broertje.'

Alleen al bij zijn aanblik overvalt me het instinct om hem te beschermen.

Mijn broertje is negenentwintig jaar – een kleine drie jaar jonger dan ik – en draagt doorgaans kleding die een paar maten te groot lijkt voor zijn lichaam. Niet dat hij klein is. We hebben allebei de atletische bouw van onze vader. Althans… Vroeger was mijn vader groot en sterk en voor mijn gevoel keek iedereen tegen hem op. Tegenwoordig heeft zijn bourgondische levensstijl hem echter een aanzienlijke buik gegeven, of misschien is het gewoon al het bier dat zich rond zijn middel heeft verzameld. Hoe dan ook, atletisch is nu niet meer per se het woord dat ik zou gebruiken om mijn vader te omschrijven.

Joey ziet er daarentegen nog wél heel atletisch uit. De meisjes vallen met bosjes voor hem. Nu valt dat niet zo op: hij heeft een zwart petje op zijn hoofd en slentert op zijn afgetrapte sneakers de gang in. Hij grijnst breed naar me en valt me om de nek.

'Hoe gaat-ie?' mompel ik tegen zijn pet.

'Celeste en jij waren Jef wel lekker aan het teasen, hè? Wilde je hem jaloers maken?' Steevast negeert hij mijn vraag.

Iets eraan irriteert me en ik geef hem een duw. 'Hou op, hoor. Ik had een drankje op. Aan het begin van de avond had ik me voorgenomen om het rustig aan te doen, maar je kent me.' Als hij iets té enthousiast knikt, grinnik ik even.

'Geen commentaar,' zegt hij wijselijk. 'Is Jef nog lang gebleven?'

'Nee, dat is niks geworden,' zeg ik hoofdschuddend. Maar dat is ook niet belangrijk. Mijn brandende vraag, echter… 'Vertel, Jo, het is dus uit tussen jou en je vriendin? Wil je al delen wat er tussen jullie is gebeurd? Op mijn feestje wilde ik het niet uit je trekken.'

Joey loopt langs me heen en even wordt ons oogcontact verbroken door de klep van zijn petje. 'Er valt niet zoveel te vertellen. Ze heeft het uitgemaakt en me gewoon meteen haar huis uit gegooid. Geen medelijden. Niks.'

'Jeetje, Joey. Wat rot voor je.' Ik wacht even totdat hij me weer aankijkt.

In een nonchalant gebaar haalt hij zijn schouders op, maar zijn ogen vertellen me een ander verhaal.

Normaal gesproken heeft Joey de meisjes voor het uitkiezen en hij zit dan ook niet stil. Zijn relaties duren nooit langer dan twee à drie weken. Na die termijn verliest hij altijd zijn aandacht. Misschien komt het doordat Joey te veel van de ontdekkingsfase houdt of misschien zelfs alleen van het jagen. Ik kan niet ontkennen dat we daarin op elkaar lijken.

Maar: Jessica was de uitzondering op de regel. Haar leek hij echt leuk te vinden. Vanaf dag één was het dik aan tussen die twee en na anderhalve week woonde Joey al praktisch bij haar in. Dat heeft zo'n twee maanden geduurd. Een eeuwigheid als je het vergelijkt met alle andere meisjes.

'Het ging niet meer,' praat hij verder op het moment dat ik denk dat hij het hierbij laat. 'Ik dacht dat we iets goeds hadden, maar blijkbaar dacht Jessica daar anders over. Ze had mijn spullen gepakt en ik kon vertrekken. Meteen.'

'Kwam het zomaar uit het niets?' vraag ik geschrokken. 'Ik bedoel, heb je het helemaal niet zien aankomen?'

'Nou ja, we hadden de laatste dagen steeds ruzie om de kleinste dingen. Het ging nergens over. Ik denk dat ze er gewoon klaar mee was. Of misschien had ze wel een ander. Weet ik ook eens hoe dat voelt.' Hij staart gepijnigd voor zich uit, knippert met zijn ogen en doet dan een poging tot een glimlach. 'Alleen is ook maar zo alleen. Ik haat het om alleen naar een feestje te gaan, dus daarom had ik Celeste meegevraagd. Wel zo gezellig.'

'Het was zeker gezellig.' Ik sla mijn arm om mijn broertjes schouder en weet instinctief dat hij het hierbij wil laten. Het achterste van onze tong laten zien is sowieso niet iets waar wij Berkhouten ons heel comfortabel bij voelen.

'Jo! Rox!' buldert mijn vaders stem. 'Komen jullie eten?'

Een halfuur later is de ovenschaal leeg en is er een opengescheurde doos Cornetto's uit de vriezer op tafel gekomen. Mijn vader en broertje hebben net een tweede gepakt. In het tempo waarin zij hun eerste ijsje hebben opgegeten, zijn mijn moeder en ik pas net halverwege.

'Dat was heerlijk. Trouwens, door die barman hadden jullie moeder en ik het er nog over... We vinden het zo jammer dat jullie nou nooit eens iemand mee naar huis nemen,' zegt mijn vader, terwijl hij het papier rond zijn ijshoorntje afscheurt.

'Nou, pa, ik was van plan Jessica aan jullie voor te stellen op Roxans feestje, maar ze heeft me eruit gegooid.'

'Nee! Wat erg! Kun je het niet goedmaken?' probeert mijn moeder. 'Misschien kun je haar met een romantisch gebaar weer voor je winnen. Het is het eerste meisje waar ik je al een tijdje over hoor, dus volgens mij vind je haar echt leuk.'

Joey schudt zijn hoofd. 'Nee, ma. Ze is echt klaar met me, dat heeft ze zeer duidelijk gemaakt.' Daarmee is de kous af. Zonder ons aan te kijken zet hij zijn tanden in de nootjes, het roomijs en de chocola.

Mijn vader knikt langzaam, alsof hij de informatie over zijn voormalige schoondochter moet verwerken. 'En jij, Rox? Hoe is het met die barman?'

Ik trek een moeilijk gezicht en lik aan het roomijs, waarbij ik het ijshoorntje in mijn hand ronddraai.

'Wat kijk je vreemd. Hij maakte jou toch het hof?' vraagt mijn vader door.

'Niet echt,' zeg ik ietwat sikkeneurig.

'Hoe kan dat nou?' vraagt mijn vader oprecht verbaasd. 'Zo'n knappe griet. Volgens mij moest je hem van je af slaan.'

'Ja, die Jef,' zegt mijn moeder. 'Ik had ook het idee dat hij je leuk vond. Ik kreeg zelfs even de indruk dat hij een wit voetje bij zijn toekomstige schoonouders probeerde te halen.' Mijn moeder lacht om haar eigen grapje en krijgt bijval van mijn vader.

'Mijn vriendje moet meer kunnen dan alleen lekkere cocktails maken, mam,' snauw ik haar toe. Het komt er onaardiger uit dan bedoeld.

'Je hoeft geen medelijden met ons te hebben, hoor, pa,' reageert Joey, naar me knipogend. Op zijn eigen manier schiet hij me te hulp; ik kan hem wel zoenen. 'Roxan krijgt genoeg aandacht en geniet volop van het singleleven. Dat ga ik nu ook weer doen,' vervolgt hij vrolijk.

'Je vriendinnen hebben ook een vriend, toch?' vraagt mijn moeder zodra ze is uitgelachen. 'Zou jij dat niet willen, Roxan? Huisje, boompje, beestje. Je settelen met een leuke man.'

'Misschien ooit,' zeg ik naar waarheid. In de verre toekomst zou het me wel leuk lijken, een man, een kind, een wat vaster leven om me in vast te bijten, maar... 'Nu nog niet. Ik vind het eigenlijk wel prima hoe het is. En het vliegen houdt me flink bezig!'

'Ik snap niets van die jongelui van tegenwoordig,' moppert mijn vader. 'Vroeger koos je gewoon de allermooiste vrouw die je kende uit het dorp en je nam een baan bij een werkgever waar je de rest van je leven bleef en dat was dan dat. Tegenwoordig willen jullie alles maar eindeloos openhouden. Alsof jonge mensen niet meer bereid zijn knopen door te hakken. Niet meer in staat te leven met de keuzes die ze hebben gemaakt.' Mijn vader neemt een hap ijs en praat met volle mond verder. 'Neem nou Joey. Wanneer was de laatste keer dat jij echt ergens voor bent gegaan?'

'Dat met Jessica lag niet aan mij. Maar om antwoord te geven op je vraag: net nog. Bij het openscheuren van die doos ijsjes van ma. Ik denk dat ik ze allemaal opeet.'

'Ja, doe maar grappig. Ik heb het over echte toewijding, jongen. Je hebt elke keer weer een andere vriendin, je bent al tig keer van baan gewisseld...'

'Joey werkt nu toch alweer een tijdje in dat magazijn?' Dit keer neem ik het voor mijn broertje op.

Mijn vader trekt een moeilijk gezicht. 'Het is niet alsof ze binnenkort een feest voor hem organiseren omdat hij al zoveel jaar in dienst is.'

'Er komt sowieso geen feest,' merkt Joey schuchter op. 'Ze hebben me ontslagen.'

'Wat? Waarom vertel je ons dit nu pas?' vraagt mijn moeder in shock.

Joey haalt zijn schouders op. Het gebaar is nonchalant, maar zijn blik is op tafel gericht, waardoor zijn ogen worden afgeschermd door de zwarte klep van zijn petje.

'Wat ontzettend rot voor je, broertje,' zeg ik zacht.

Mijn vader zit hoofdschuddend aan tafel. 'Het zal wel weer je eigen schuld zijn geweest.'

'Nou, rustig maar, pap,' zeg ik. 'Joey is eerst zijn vriendin kwijt en nu ook nog zijn baan. Hij kan wel wat steun van ons gebruiken.'

'Steun?' kaatst mijn vader terug. 'Hij maakt er een teringzooi van.' Opnieuw schudt hij zijn hoofd, dan kijkt hij van mij naar Joey. 'En nu?'

'Ik vind wel iets anders, pa.'

Plotseling slaat mijn vader hard met zijn hand op tafel en de sfeer slaat om. Joey gaat meteen rechtop zitten.

'Wat kom je hier eigenlijk doen?' Mijn vaders stem klinkt onaangenaam hard. Mijn moeder krimpt een beetje ineen. 'Gezellig een hapje mee-eten? Of om geld vragen bij je moeder?' Hij snuift. 'Bij mij hoef je in ieder geval niet meer aan te komen. Als je dat maar weet. Wij hebben al genoeg naar je overgemaakt.'

'Wat is dat nou weer voor stomme opmerking?' Ik doe mijn best om mijn stem in bedwang te houden en niet op het volume van mijn vader te praten.

'Je vader bedoelt het niet zo,' sust mijn moeder. 'Hij wil gewoon dat...'

'Stomme opmerking?' praat mijn vader dwars door haar heen. 'Hoor nou wat hij zegt. Hij is ontslagen! Dit is niet de eerste keer dat je broertje er een potje van maakt, hè Rox? Ik heb toch geen slappeling opgevoed?' Zijn neusvleugels verwijden zich en hij steekt een priemende wijsvinger uit naar Joey. 'Die gozer maakt helemaal niets van zijn leven!'

'Alsof jij zo'n hoogvlieger bent!' kaatst Joey terug.

'Wat is er mis mee om stukadoor te zijn? Ben je ooit iets tekortgekomen? Ik heb me uit de naad gewerkt voor jullie en je moeder was altijd thuis voor jou en je zus. Ik heb mijn pensioen verdiend door hard te werken. Ik weet tenminste wat hard werken is.'

Het is ijzig stil aan tafel. Joey blijft onze vader een paar seconden gekweld aankijken, en ik voel een bekende golf frustratie door mijn lichaam trekken. Met een diepe inademing ga ik langzaam rechtop zitten.

'Ik vind dit echt totaal niet terecht,' zeg ik uiteindelijk, uiterlijk kalm. 'Bovendien schieten we hier helemaal niets mee op.' Voorzichtig leg ik mijn hand op Joeys arm en kijk hem aan. 'Er zijn nu heel veel mensen in de beveiliging nodig op Schiphol. Ik heb wel wat contacten en zal eens met ze gaan praten, als je dat wilt.'

'Echt? Zou je dat willen doen?' vraagt Joey zacht. Een soort mengeling van kwetsbaarheid, onzekerheid en dankbaarheid spreekt uit zijn blik.

'Ja hoor, daar gaan we weer. Laat je zus het maar weer voor je opknappen.' Alhoewel het een rotopmerking is, is mijn vaders stemgeluid veel kalmer dan daarnet.

'Er is toch niets mis mee om Joey te helpen, pap?' reageer ik geïrriteerd, en mijn moeder knikt. Nog steeds houdt ze zich opvallend afzijdig.

Mijn vader kijkt nog steeds nors. 'Als je maar goed beseft dat je zus haar nek uitsteekt.'

Zonder iets te zeggen laat Joey zijn hoofd hangen, als een jongetje dat net straf heeft gekregen. Een frustratie die ik al jaren niet zo sterk heb gevoeld borrelt in mijn buik.

Mijn vader neemt een hap ijs en schuift zijn stoel een beetje naar achteren. 'En anders kun je altijd eens met die geldschieter gaan praten, Jo. Die advocaat... Hij was laatst op tv. Voor dat statige pand: Van den Brinck Advocaten.' Die laatste vier woorden spreekt hij uit met een bekakt stemgeluid, waarbij hij zijn hoofd hooghartig heen en weer schudt. 'Wisten jullie dat de vader van Esmee de advocaat is van die crimineel die steeds in het nieuws is? Hoe heet hij ook alweer?' Hij werpt een blik op mijn moeder, die vragend haar handen opheft. 'Nou goed, doet er ook niet toe. Die criminelen hebben vast geen moeite om zijn hoge honorarium te betalen...'

Ik bijt op mijn lip. Het lijkt als de dag van gisteren dat Esmees vader mij 's nachts thuisbracht. Ik herinner me nog hoe ik me schaamde. Ik was zestien en had net mijn scooterrijbewijs gehaald. Trots was ik met mijn gloednieuwe rode scooter naar Esmees feest gereden in Bloemendaal. Ik had mijn scooter zelf bij elkaar gespaard met talloze bijbaantjes vanaf mijn twaalfde. Krantenwijken. Auto's wassen. Bollen pellen. Oppassen op kinderen uit de buurt. Werken in de supermarkt. Ik deed het allemaal.

We hadden een leuke avond met een heleboel vrienden van onze middelbare school, in het tuinhuis van Esmees ouders. Niets was daar te gek. Ik voelde me intens gelukkig door mijn nieuw verworven vrijheid en dronk veel te veel. In die tijd mocht dat gewoon. Esmees ouders waren naderhand gek genoeg niet boos, maar vonden het wel onverantwoord als ik zelf naar huis zou rijden. En dus werd ik gebracht door meneer Van den Brinck. In zijn peperdure sportauto die prima paste bij de reusachtige Bloemendaalse villa waar Esmee en haar gezin woonden.

Verschil moet er zijn. Ik schaamde me rot toen Esmees vader mijn straat in reed; inmiddels schaam ik me juist omdat ik me op dat moment schaamde. Hoezo was het huurhuis van mijn ouders niet goed genoeg? Op zestienjarige leeftijd lijken dat soort verschillen immens belangrijk, maar achteraf gezien had ik juist trots moeten zijn op waar ik vandaan kwam.

Nou ja, misschien had ik niet trots hoeven zijn op het moment dat mijn vader op zijn versleten sloffen naar buiten stormde in zijn mouwloze witte hemd en zwarte boxershort, en al begon te tieren voordat meneer Van den Brinck ook maar de tijd had gehad zijn autoraampje te laten zakken.

Na al die jaren kan ik me het gesprek nog pijnlijk levendig voor de geest halen.

'Wat is dit nu weer? Hoe laat hadden we nou afgesproken?' had mijn vader veel te hard geroepen. Dat het al na middernacht was en hij midden op straat in zijn ondergoed stond te schreeuwen maakte hem klaarblijkelijk niet uit. 'Ik hoop maar dat je scooter nog steeds heel is. Als ik erachter kom dat...'

'Er is niets mis met de scooter van uw dochter,' had Esmees vader de mijne onderbroken, op een toon die je van een gerenommeerd advocaat kunt verwachten. 'Het is onze schuld dat ze te laat is. Excuses hiervoor. Haar scooter staat veilig bij ons voor het huis.'

Mijn vader knikte beleefdheidshalve.

'Nou, schiet op, naar binnen jij,' had hij gesnauwd, terwijl hij meneer Van den Brinck strak aankeek. 'Het is al laat.'

Ik hield mijn adem in. Mijn vader draaide zich om, beende op zijn sloffen naar binnen en smeet de voordeur achter zich dicht.

Ik klemde mijn vuist om de huissleutel die ik al de hele weg hiernaartoe in mijn schoot klaar had liggen. Blozend putte ik me uit in verontschuldigingen voor mijn vader en bedankjes voor het brengen.

'Het is al goed,' onderbrak meneer Van den Brinck me en ik hield abrupt mijn mond. 'Je hoeft me niet te bedanken.'

Esmees vader keek me even aan met een soort ouderlijke bezorgdheid. Uiteindelijk had hij iets gezegd waarvoor ik hem tot op de dag van vandaag dankbaar ben. 'Je hoeft je niet te schamen, Roxan. Deze buurt en welke persoon dan ook zegt niets over wie jij vanbinnen bent. Alles is mogelijk. En als er ook maar iets of iemand is die jou van het tegendeel probeert te overtuigen, dan kom je naar mij. Afgesproken?'

'In het verleden heeft hij onze dochter toch goed geholpen?' haalt mijn moeders stem me uit mijn gedachten. Voorzichtig voegt ze eraan toe: 'Zonder Esmees familie was Roxan nooit copiloot geworden.'

'Inderdaad. Onze zoon kan wel een geldschieter gebruiken.' Mijn vader lacht om zijn eigen grap en ik kan het niet langer aanhoren. Ik sta op van tafel, leg het vuile bestek in de lege ovenschaal en loop ermee naar de keuken. Mijn moeder loopt gedwee achter me aan met een stapel borden en de overgebleven ijsjes.

'Laat maar. Ik ruim wel op,' zegt ze zachtjes als Joey de vriezer opent om de Cornetto's in op te bergen.

We knikken allebei. Zonder het nog verder over het voorval van zojuist te hebben neem ik afscheid van mijn moeder en druk een kus op haar wang, gevolgd door Joey, die hetzelfde doet.

Met de deurklink van de voordeur in mijn hand twijfel ik even of ik terug naar de woonkamer zal gaan om mijn vader gedag te zeggen.

Ineens bereikt de harde monotone stem van een sportcommentator mijn oren. Joey en ik kijken elkaar aan. Onze vader heeft de tv aangezet. Hij is vast alweer in zijn luie stoel gaan zitten, met het voetenbankje omhoog, en maalt waarschijnlijk geen seconde om wat er net aan tafel gebeurde.

'Hij zoekt het ook maar uit,' briest Joey kwaad.

Rustig trek ik de deur achter ons dicht. We zwaaien naar onze moeder die voor het keukenraam staat en ik laat mijn mountainbike tegen de kliko staan; instinctief weet ik dat we naar onze boomhut gaan, zonder dat we dat eerst met elkaar moeten overleggen.

Zwijgend lopen we naast elkaar naar een steeg tussen de huizenblokken. Niets is hier veranderd. De linkermuur van de steeg is nog steeds een bonte verzameling kauwgom van iedereen uit de buurt en alleen achter elkaar passen we erdoor. Joey loopt voorop. Ik stap stevig achter hem aan over een aangrenzend grasveldje.

Joey duwt een paar takken van een struik opzij en laat mij er als eerste langs om bij een aantal verscholen bomen te komen. De derde boom is van ons. Zelfs het bordje met de afgebladderde rode verf waarop onze namen staan hangt er nog. Ik klim het scheve trappetje op en ga op de vloer zitten, in de opening van onze boomhut. Joey klimt langs me heen en gaat aan de andere kant zitten, naast het geïmproviseerde kleine raam. Een vierkant gat in de houten planken, met een horizontale stok erboven waar een oranjegeel kleedje met een drukke bloemenprint aan hangt, dat dienstdoet als gordijn.

Dit was wat we vroeger deden. Nog steeds is deze plek speciaal voor ons samen.

'Gaat het?' vraag ik.

Joey knikt. Eerst zie ik alleen de klep van zijn petje op en neer bewegen, maar als hij me aankijkt krijg ik een oprechte glimlach. 'Zo stom, hè? Op jouw feestje waren pa en ma hartstikke gezellig. Niks aan de hand. En dan vertel ik dit en dan...' Hij zucht. 'Soms denk ik dat pa milder is geworden in de loop der jaren, maar hij is nog steeds hetzelfde. En ma vindt alles wat hij zegt altijd maar goed. Nooit gaat ze ergens tegenin. Nooit.'

Ik slik en haal diep adem.

'Weet je wat ik het allerergste vind?' Hij laat een stilte vallen en kijkt me gepijnigd aan. 'Die ouwe heeft nog gelijk ook.'

'Dat moet je niet zeggen, Jo.'

'Jawel. Het is zo. Hij heeft gelijk. Ik maak er een puinhoop van. Mijn vriendin zet me haar huis uit en het lukt me niet eens een simpel baantje als orderpikker in een magazijn aan te houden. Ik bereik toch ook helemaal niets in mijn leven? Kijk nou eens naar me. Jij hebt alles helemaal voor elkaar. Een geweldig koophuis. Een fantastische baan. Leuke mensen om je heen. Jij leeft! Ik besta alleen maar.'

'Ik wil je helpen, broertje. Echt.'

Joey trekt zijn knieën op en vouwt zijn armen eromheen. 'Voor jou is het allemaal makkelijker, Rox. Dat is altijd al zo geweest.' Net als aan tafel lijkt hij ineens weer precies op het jongetje van vroeger. Stoer naar de buitenwereld en boordevol streken, maar heimelijk op zoek naar liefde, aandacht, affectie en goedkeuring.

Ik wacht net zolang totdat hij me weer aankijkt en glimlach dan. 'Ik snap dat je er nu doorheen zit, maar je moet niet vergeten dat het mij ook niet allemaal is komen aanwaaien. We komen uit hetzelfde nest. Ik heb precies dezelfde opvoeding gehad. Natuurlijk heb ik moeten knokken voor waar ik vandaag sta.'

'Maar pa heeft het jou altijd makkelijker gemaakt. Ik kan nooit iets goed doen in zijn ogen.'

'Misschien heb je gelijk, maar vroeger kon hij mijn keuzes ook niet waarderen. Dat was echt niet altijd makkelijk. Sinds ik vlieg en een huis heb hoor ik hem nergens meer over. Typisch, hè?'

'Maar jij wist altijd al wat je wilde. Jij hebt passie. Jij hebt vuur.'

'Dan zoeken we toch nu naar jouw passie en vuur?' roep ik iets te hard. Een klein lachje breekt door op Joeys gezicht. 'Vergeet niet dat ik hulp heb gekregen van de familie van mijn vriendin. Ik betaal mijn opleiding tot op de laatste cent aan ze terug, maar ik zal Esmees vader altijd dankbaar zijn. Wat ik daarmee probeer te zeggen: iedereen heeft soms hulp nodig. Laat mij je helpen.'

Opnieuw valt er een stilte.

'En je moet echt niet naar pa luisteren. Wat hij zei sloeg nergens op.' Heel even denk ik iets over Joeys gezicht te zien trekken wat ik niet goed kan plaatsen. Nog geen tel later is zijn uitdrukking weer neutraal. 'Zeg het alsjeblieft als ik iets voor je kan doen, oké? Wat dan ook. Je mag me alles vragen.'

'Nou,' begint Joey voorzichtig. 'Het zou fijn zijn als je me kunt helpen met die baan in de beveiliging waar je het over had. Dat lijkt me wel wat.'

'Doe ik. Ik beloof niks, maar ik ga mijn uiterste best doen. Red je het nog met de huur van je huis?'

'Ja, dat lukt wel. Het is maar een klein studiootje. Toen ik bij Jessica introk heb ik het onderverhuurd aan een maat van me. We zitten er nu dus met zijn tweeën, totdat hij iets anders vindt. Het is niet echt ideaal, maar het moet maar even zo.'

Ik probeer me twee volwassen mannen in het kleine studiootje voor te stellen. Het is alsof je een olifant in een poppenhuis visualiseert. 'Anders kom je een tijdje bij mij wonen. Ik ben er toch niet zo vaak, dus je hebt het huis meestal voor jezelf.'

'Dat is lief, maar niet nodig.' Joey gaat verzitten en schuift met zijn duim en wijsvinger langs de rand van zijn petje. 'Maak je nou maar niet druk om mij. Ik red het wel. Echt. Ik heb via een vriend een klusje opgeknapt, dus qua geld zit het voorlopig wel goed.'

'Als je het zeker weet...' zeg ik, wat meer gerustgesteld.

Opeens schiet me zijn horloge op mijn verjaardag te binnen. Ik had het nooit eerder bij hem gezien. Instinctief kijk ik naar zijn polsen, maar hij draagt het horloge vandaag niet.

'Waar is je horloge?'

Joey fronst. De plotselinge verandering van gespreksonderwerp verbaast hem zichtbaar.

'Dat je zaterdag op mijn feestje droeg. Het zag er duur uit. Nieuw?'

'O, dat. Dat is een nepper. Een maat van me kon aan Rolex-horloges komen die verdacht veel op de echte lijken. Hij haalt ze uit Marrakesh. Hoezo?'

'Nee, niks. Ik vroeg het me gewoon af.'

'Hoe ik aan een nieuw horloge kom terwijl ik net ontslagen ben, bedoel je?' Joey kijkt me gekwetst aan en ik heb spijt dat ik erover begonnen ben. Ik wil niet net zo argwanend als onze vader overkomen. 'Maak je om mij maar niet druk, hoor. Dat ding is geen drol waard,' voegt hij er toonloos aan toe.

Met een afwezige knik laat ik mijn blik door de boomhut dwalen. Het is alsof de tijd hier heeft stilgestaan. Al lijkt alles veel kleiner dan vroeger. Mijn ogen blijven hangen op een punt waar een poster met punaises aan het hout is vastgeprikt. Joey had ooit een schilderij uit het huis van een toenmalig vriendje van hem gestolen. Een foto van een enorme truck, met op de voorgrond een schaars geklede dame. Waarschijnlijk kwam de foto uit een of ander tijdschrift. Het zat in een simpel lijstje met een vergeelde rand die ooit wit moest zijn geweest. Joey vond het waanzinnig mooi. Zo mooi dat hij het stiekem had meegenomen toen hij bij een vriendje uit zijn klas speelde. Hij was als de dood dat onze vader erachter kwam en daarom hing hij het schilderij vol trots in onze boomhut. Op ons – en een enkele keer een vriendje – na kwam daar niemand.

Stiekem vond ik Joeys aanwinst maar stom. Ik had niets met vrachtwagens, vond het vergeelde lijstje spuuglelijk en was van mening dat onze boomhut er niet bepaald fraaier op werd. Maar Joey vond het prachtig en dat gunde ik hem, en daarbij was het ons geheim. Op een gegeven moment werd het schilderij toch speciaal voor me. Achteraf denk ik zelfs dat de schaars geklede dame mij voor het eerst deed beseffen dat ik een vrouwenlichaam mooi vond – opvallend veel mooier dan andere meisjes van mijn leeftijd dat vonden. Mijn vriendinnetjes die ik weleens meenam naar de boomhut keken er niet naar om, maar ik kon er net als Joey met een bepaalde fascinatie naar kijken. Al deed ik dat natuurlijk niet op momenten dat iemand dat in de gaten had.

'Eigenlijk moeten we een nieuw lijstje kopen en je schilderij in ere herstellen.'

Joey grinnikt. 'Wat was pa toen boos, hè?'

Ik knik en knipper met mijn ogen om het beeld dat nog altijd scherp op mijn netvlies gebrand staat naar de achtergrond te verbannen. 'Hoe wist hij eigenlijk dat je het gestolen had?'

Joeys ogen fonkelen ondeugend. 'Die moeder van mijn vriendje belde. Precies na mijn vertrek was het schilderij van haar zoontje weg, dus dat viel wel op. Aan de telefoon hield pa zich van de domme, maar hij moet toen al geweten hebben dat ik het meegenomen had en hoefde er vast niet lang over na te denken waar ik het had verstopt.'

Ik grinnik. 'Als ik terug ben uit Mexico ga ik een nieuw lijstje kopen. Deze plek is toe aan een nieuw geheim van ons samen.'

4

Het is een prachtige ochtend in april als ik op donderdag in mijn pilotenuniform, met mijn koffers rollend achter me aan, van de pendelbus naar het bemanningencentrum loop. Ik meld me aan, label mijn koffer en breng hem naar de kofferruimte. Dan neem ik het daggeld op – de dagelijkse vergoeding voor onkosten van bemanningsleden in het buitenland – uit een speciaal daarvoor bedoeld pinapparaat.

Met een stevige pas loop ik door de koffiebar, waar ik met mijn vriendinnen heb afgesproken.

'Zijn jullie er klaar voor?' vraag ik als ik op het tafeltje afstap waaraan Yara en Esmee in hun blauwe stewardessenuniform zitten. Ik omhels om beurten mijn vriendinnen.

'Nou en of!' zegt Yara. Ze draagt haar bruine haar in een grote knot, net zoals Esmee haar blonde haar draagt.

'Willen jullie nog iets?' vraag ik, wijzend naar de twee lege bruine papieren bekers op tafel. 'Dan haal ik het even.'

Yara en Esmee knikken. Ik hoef ze niet eens te vragen wat ze willen. Voor lange vluchten is het gebruikelijkste drankje in de luchtvaart: zwarte koffie.

Bij de bar sluit ik me aan in de korte rij achter een steward en een stewardess. De dame en heer achter de bar zijn in het zwart gekleed en dragen een bruin schort vanaf hun middel. Ze werken snel en efficiënt en het duurt niet lang voordat ik aan de beurt ben. Ik bestel drie koffie en terwijl het zwarte goedje in de papieren bekertjes loopt, verplaats ik mijn blik naar boven de koffiemachine.

Aan de lichte houten wand is in één horizontale zwarte lijn het silhouet van Schiphol zichtbaar. De grote verkeerstoren op Schiphol-centrum en de kleinere bij de Polderbaan zijn duidelijk afgebeeld. Rechts van de grootste verkeerstoren is een tweede zwarte lijntekening van een opstijgend vliegtuig. De dame met een gigantisch dikke buik – waarschijnlijk een bemanningslid met een tijdelijke andere functie gedurende haar zwangerschap – zet de koffiebekers op de bar tussen ons in. Ik betaal, wens haar nog succes met de laatste loodjes en keer terug met de drankjes.

Waar je ook kijkt in het bemanningencentrum van KLM, het is er gevuld met blauw-wit geklede dames en heren. Hier in de koffiebar zit men her en der verspreid in zithoeken, die van elkaar worden gescheiden door vierkante lichthouten plantenbakken met groene inhoud. Op mijn vriendinnen na zijn het allemaal onbekende collega's, met wie ik misschien wel nooit zal vliegen, maar toch voel ik me op een bepaalde manier met hen verbonden.

Ons werk in de luchtvaart is meer dan een beroep. Het is zelfs meer dan een passie. Het is de manier waarop we ons leven inrichten. Een complete leefstijl; en ik zou het niet meer anders willen.

Ik zet de koffiebekers op ons tafeltje en schuif met mijn billen naast Yara op het grijze bankje.

Ze schuift een beetje opzij om plaats te maken. '*Thanks* voor de koffie. Esmee en ik kwamen elkaar tegen bij de aanmeldzuilen. We hebben inmiddels een aardig plan opgesteld voor ons verblijf in Cancún. We gaan zulke leuke dingen doen!'

'Is er nog ruimte voor een suggestie van mij?' Ik vouw mijn wijsvingers en duimen in een cirkel om de bovenkant van het papieren bekertje en neem een slokje van de bloedhete koffie.

Yara trekt een moeilijk gezicht. 'Je kunt natuurlijk altijd iets aandragen, maar of het door de commissie komt is een tweede. Onze planning zit al aardig vol.'

Mijn wenkbrauwen schieten omhoog. 'Vol? We zijn vier dagen in Mexico!'

'Nou kijk,' begint Yara haar verklaring. 'Ik wil heel graag meer weten over de Mayacultuur. Er zijn daar een aantal geweldige Maya-ruïnes. We moeten sowieso naar Chichen Itza, dat is echt dé tempel die je wilt bezoeken. Het is een heel goed bewaard gebleven piramide, waarbij je kunt zien hoe ze duizenden jaren geleden leefden.'

Ik werp haar een steelse blik toe en verberg dat Yara's enthousiasme me goeddoet.

'Die wil jij ook zien, hoor, Rox. Geloof me. Het is een van de zeven wereldwonderen!' zegt ze met een stem die grenst aan hysterie.

Ik lach en richt me tot Esmee. 'Volgens mij moeten we oppassen dat Yaar deze trip niet volboekt met Maya-gerelateerde uitjes.'

'Onzin,' werpt Yara tegen met een wegwuifgebaar. 'Esmee wil die tempel ook zien en ze wil met de ferry naar Isla Mujeres. Een heel klein eilandje in de Caribische Zee. We kunnen daar zo'n boot met een glazen bodem nemen en vanuit daar snorkelen of duiken. Onder water heb je prachtig kleurrijk koraal en je kunt er zeeschildpadden spotten.'

Esmee spreidt haar handen een stukje uit elkaar. 'Op dat eiland zijn de stranden nog witter dan de stranden van Cancún en die behoren al tot de mooiste ter wereld, dus dat belooft wat.'

'Gaaf! Jullie hebben je goed voorbereid, zeg.'

'Yara vooral,' zegt Esmee met een hoofdknik naar onze vriendin. 'Maar als er iets is wat jij graag wilt doen dan moet je het zeggen, hoor.'

'Welnee. Ik zat jullie te stangen. De plannen klinken heel goed. Al hoop ik wel dat we ook wat tijd overhebben om te luieren op het strand.'

'Uiteraard,' zegt Yara ernstig knikkend. 'En we hebben óók nog iets heel leuks in petto voor je verjaardag, maar dat blijft nog even geheim. We hebben sowieso aan jou gedacht in onze plannen. Ze schijnen er heel goede nachtclubs te hebben.'

Esmee knikt fanatiek. 'Ik vloog laatst met een steward die zei dat we naar Coco Bongo moeten gaan. Die club schijnt heel leuk te zijn.'

'De naam bevalt me wel.' Het geluid van een binnenkomende oproep maakt dat ik stop met praten. Ik pak mijn telefoon en frons.

'Moet je niet opnemen?' vraagt Yara.

'Het is Jef,' reageer ik, terwijl ik de oproep wegdruk.

'Barman Jef? Heeft hij je nummer dan?' vraagt Yara met opgetrokken wenkbrauwen. 'Jullie hebben me nog helemaal niet verteld hoe dat is afgelopen.'

'Dan moet je mij niet aankijken, Yaar,' zegt Esmee. 'Toen ik zaterdag bij Rox wegging was hij er nog, maar ik weet niet of...'

'We hebben alleen maar nummers uitgewisseld en gezoend,' onderbreek ik haar. 'Wacht. Dan stuur ik hem even een berichtje dat we zo de lucht in gaan. Ik bel hem over een paar dagen wel terug.' Er valt een stilte waarin mijn vriendinnen koffie drinken en ik de daad bij het woord voeg. 'Zo. Klaar.' Ik grijns en kijk Esmee en Yara om beurten aan. 'Grappig dat we alle drie nog nooit op Cancún hebben gevlogen.'

'Ik ben wel eerder in Mexico geweest,' reageert Esmee. 'Maar toen vlogen we op een andere luchthaven.' Ze neemt nog een slokje koffie en ineens verandert haar gezichtsuitdrukking. 'Bizar, hè? Onze laatste gezamenlijke vlucht was vorig jaar maart. Naar Havana. Melvin was toen nog niet eens ziek en ik kende Javier nog helemaal niet.'

'Het lijkt nog maar zo kort geleden,' zeg ik. 'Tegelijkertijd is er zoveel gebeurd dat het amper te bevatten is wat zich allemaal heeft afgespeeld.'

'Zeg dat wel.' Esmee neemt een diepe en langzame ademteug. 'Tijdens die reis vertelde ik jullie voor het eerst over de relatieproblemen van Melvin en mij. Dat voelt haast als een vorig leven.' Er glijdt een droevige uitdrukking over haar gezicht en het duurt even voordat de ironie van haar laatste woorden tot me doordringt. Ze knippert met haar ogen en glimlacht weemoedig. 'Nou goed, vanavond zitten we aan een cocktail op een hagelwit strand. Wie doet ons wat?'

'Zo is dat. Ik kan niet wachten,' reageert Yara verrukt.

Ik verplaats mijn blik van Yara naar Esmee. 'Je moet ons nog over Hongkong vertellen. Hoe was het om Javier weer te zien?'

'Het was echt heerlijk.' Ze slaakt een gelukzalige zucht. 'We zien elkaar niet zo vaak. Javier is overal ter wereld voor zijn werk en ik zelf natuurlijk ook, dus dat maakt het niet altijd even praktisch om elkaar te ontmoeten. Bovendien willen we het rustig aan doen.'

Ze trekt haar mondhoek in een schuine grijns en voelt even met haar hand aan de donutknot achter op haar hoofd, maar dan betrekt haar gezicht opnieuw. 'Melvin is nu bijna een jaar geleden overleden. Alles is nog zo vers dat ik echt de tijd wil nemen om de gebeurtenissen van het afgelopen jaar een plek te geven. Javier begrijpt dat gelukkig heel goed. We hebben elkaar in september, vier maanden na Melvins overlijden, voor het eerst weer gezien. Dat was toen alleen een koffieafspraak in Haarlem. Rond oud en nieuw zijn we een aantal dagen samen in Buenos Aires geweest en de laatste keer was dus nu, in Hongkong. In de tussenliggende maanden hebben we natuurlijk wel contact gehad via de telefoon en we hadden elkaar echt verschrikkelijk gemist. Het voelde meteen weer goed.'

In de stilte die valt neemt Esmee een slok koffie.

'Willen jullie elkaar vanaf nu met meer regelmaat zien? Ben je daar al aan toe?' vraag ik.

'Als ik eerlijk ben vind ik het wel fijn hoe het gaat en dat ik mijn eigen appartementje in Haarlem heb. Een plek waar ik me in alle rust kan terugtrekken. Ik heb die tijd voor mezelf echt nodig.'

'Logisch ook,' zegt Yara.

'Het is natuurlijk heel raar begonnen tussen ons en zelfs nu zou ik het nog geen echte normale relatie willen noemen. Hoe dan ook, dit werkt gelukkig ook heel goed voor Javier. Het stelt hem in de gelegenheid om zich volledig op zijn carrière te focussen en als we samen zijn heeft hij alle tijd voor me en dan hebben we het fantastisch.'

'Dat klinkt heel goed,' reageer ik. 'Ik denk dat ik voor ons allebei spreek als ik zeg dat we blij zijn dat Javier weer geluk in jouw leven brengt.'

'Absoluut,' bevestigt Yara. 'En je hebt alle recht om het in je eigen tempo te doen. Als ik jou was zou ik deze fase zelfs eindeloos rekken. Nu heb je elke keer zin om elkaar te zien. Ik kan me voorstellen dat je dan allebei bijna explodeert van lust.'

'Aan lust geen gebrek,' grapt Esmee. 'Maar jij hebt toch ook elke keer zin om Jeroen weer te zien als je thuiskomt van een reis?'

'Ja, natuurlijk wel.' Yara tuurt even voor zich uit en maakt dan een wegwuifgebaar met haar hand. 'Iemand die thuis op je wacht, dat heeft zeker voordelen. Maar jullie hoeven met niemand rekening te houden. Geen eindeloze sportwedstrijden op tv, waar je zelf geen bal aan vindt. Geen gang vol visspullen waar je haast je nek over breekt, en ga zo maar door.'

Esmee glimlacht zwak. 'Als ik heel eerlijk ben zijn dat de dingen die ik mis. Melvins eigenaardigheden. Soms kan ik er echt treurig van worden dat er geen nieuwe koffievlekken op zijn schrijftafel zitten en dat er nergens meer stapels researchboeken van de bibliotheek door het appartement slingeren. Die glazen vitrinekast in mijn woonkamer, weten jullie wel? Vroeger had ik een hekel aan dat ding. Elke keer dat Melvin 's avonds de verlichting in die kast aanzette, zodat zijn oldtimer-Volkswagenbusjes goed te zien waren, moest ik mijn tanden met geweld op elkaar klemmen. Nu zet ik de verlichting zelf aan en ik schenk mezelf regelmatig een glas van zijn whisky in. Dan proost ik in stilte op hem. De fles Jack Daniels waar we voor het laatst samen van hebben gedronken heb ik bewaard.'

Yara buigt naar voren en legt haar hand kort op Esmees arm. 'Wat mooi, hoe je de herinneringen zo levend houdt.'

'Ja, nou ja, dat probeer ik tenminste.' Esmee zucht. 'Het lukt overigens niet om álle herinneringen levend te houden. Toen ik het vliegen weer oppakte vond mijn Calathea dat niet zo leuk.'

Ik frons. 'Je wat?'

'Mijn Calathea. Dat is een plant. Melvin gaf hem altijd water als ik van huis was. Het is nu eenmaal geen plant die je eens in de zoveel tijd een scheutje moet geven. Het is best een lastig ding. Melvin had er gevoel voor. Toen ik weer begon met vliegen ging hij al snel dood. Ik heb hysterisch staan janken en de pot door de woonkamer gesmeten. Dat kan ik overigens niemand aanraden. Weken later vond ik nog aarde op de meest onlogische plekken.'

Esmee zet haar papieren koffiebeker opnieuw aan haar lippen en neemt een slok. 'Die plant stond toen we gingen samenwonen symbool voor de start van ons verdere leven samen. Melvin had er ooit een opmerking over gemaakt dat die Calathea het zo goed naar zijn zin had bij ons, omdat hij groeide op onze liefde...'

Yara en ik knikken langzaam. Er valt een lange stilte die niet onprettig is, waarna we alle drie een slokje koffie nemen.

'Ik kan me voorstellen dat je Melvin nog iedere dag op ontelbaar veel momenten mist,' zeg ik als ik mijn bekertje terug op tafel zet. 'Momenten waar Yara en ik niet eens bij stilstaan.'

'Ja, dat is zeker zo. Maar het is fijn om het daar met jullie over te kunnen hebben. En inmiddels bestaat het verdriet náást nieuw geluk.' Ze haalt diep adem en haar gezicht klaart op. 'Iets heel anders... Hoeveel tijdsverschil is het ook alweer?'

'Het is zeven uur vroeger in Cancún,' antwoord ik. 'Om één uur gaan we de lucht in en we landen rond middernacht, maar dan is het daar pas vijf uur 's middags.'

Yara zet haar koffiebekertje op tafel en klapt in haar handen. 'Laat deze reis maar beginnen! Volgens mij zijn we er meer dan klaar voor.'

Een gevoel van dankbaarheid warmt me op vanbinnen; dankbaarheid dat ik dit beroep mag uitoefenen. Voor mij is het een voorrecht dat ik mijn droom mag leven, én een fantastische tijd met mijn vriendinnen tegemoet ga.

Rond het middaguur heeft de voltallige crew met elkaar kennisgemaakt en zit de briefing erop. Met z'n allen zijn we van de briefingkamer in het bemanningencentrum naar de securitycheck gegaan. Op de luchthaven lopen we over de rolbanden waaruit steeds de waarschuwing '*Mind your step*' klinkt en ik geniet van de blikken die passagiers ons als crew toewerpen. Ik ben het gewend dat mensen me regelmatig aanstaren. De drie strepen op de mouwen van het colbert van mijn diep donkerblauwe uniform doen nog altijd hier en daar wat wenkbrauwen fronsen. Vaak genoeg komt het voor dat willekeurige voorbijgangers die ik op straat tegenkom of passagiers op de luchthaven de behoefte voelen opmerkingen te maken als ze een vrouwelijke copiloot zien.

Negen van de tien keer vinden mensen het stoer. Dan zeggen ze dat ik het goede voorbeeld geef en dat er veel meer vrouwen in de luchtvaart zouden mogen zijn. Soms willen mensen weten hoe ik het in hemelsnaam uithou tussen al die mannelijke collega's in de cockpit. Maar het gebeurt ook dat passagiers – meestal oudere echtparen – zich afvragen of ik ze écht wel veilig naar hun bestemming breng. Ik kan er altijd wel om lachen en verzeker de mensen in dat soort gevallen dat ik er al heel wat vlieguren op heb zitten, maar het slaat natuurlijk helemaal nergens op.

Via de gate gaan we naar het toestel, de Boeing *triple seven*, waar alle crewmembers in hun eigen werkgebied de voorbereidingen uitvoeren. Yara en Esmee zijn samen de businessclass in gegaan, die ze met zijn tweeën onder hun hoede hebben. Hierbij worden ze geassisteerd door de purser. De purser heeft een soort coördinerende rol, geeft leiding aan de stewards en stewardessen en beweegt zich van voor tot achter in het vliegtuig, om daar in de economyclass toezicht te houden.

Hoewel de cockpit vanwege de gesloten veiligheidsdeur een afgescheiden compartiment van het vliegtuig is, vindt er tijdens de vlucht nog steeds contact plaats met mijn vriendinnen, want Yara en Esmee verzorgen naast de service aan de businessclasspassagiers ook de service in de cockpit. Al zullen ze de captain en copiloot nooit dezelfde maaltijd voorschotelen. Stel dat een van ons om wat voor reden dan ook voedselvergiftiging oploopt, dan is er uit veiligheidsoverwegingen altijd de zekerheid dat we allebei iets anders hebben gegeten.

De captain met wie ik deze reis nauw samenwerk heet Richard. De vier gouden strepen op de schouders van zijn witte overhemd geven aan dat hij het gezag heeft over het vliegtuig en alle inzittenden. Tijdens onze kennismaking in de crewroom deed Richard meteen een boekje open over zijn leven.

Zo weet ik inmiddels dat hij drieënvijftig jaar oud is en vader van vier zoons. Ik ben vergeten welke studies zijn zoons volgen en op welke universiteiten ze zitten. Eén zoon studeert niet en trekt de wereld rond met niet veel meer dan zijn rugzak en Richards vrouw heeft volgens mij een schoonheidssalon aan huis. Hoewel ik de details niet heel precies heb onthouden vind ik het leuk dat hij zo open is. Hij klonk als een trotse vader en echtgenoot en grapte dat hij zijn liefde voor de luchtvaart op niet een van zijn kinderen heeft weten over te brengen.

'Zit het vliegen bij jou in de familie?' vraagt Richard vanaf zijn linkerstoel in de cockpit, en hij kijkt me van opzij aan. Zijn wenkbrauwen zijn vol en donker, met hier en daar een lange grijze haar. De vele reizen naar zonnige bestemmingen hebben ervoor gezorgd dat zijn huid diep gebruind is en afsteekt tegen zijn witte overhemd.

'Nee, totaal niet.'

'Nee? Maar wilde je zelf wel altijd al piloot worden?' Zijn stem klinkt oprecht geïnteresseerd.

'Zolang ik me kan herinneren. Ik was vroeger gek op van die kleine modelvliegtuigjes. Die zette ik in elkaar met mijn broertje en het leek me geweldig om ooit een groot toestel te vliegen.' Grinnikend denk ik terug aan mijn eerste keer achter het paneel. 'Al was de allereerste keer in een simulator nogal imponerend, kan ik je vertellen. Ik was bang dat ik het nooit zou leren. Al die panelen, knopjes, schakelaars, lichtjes en digitale schermen.' Ik maak een armbeweging naar het dashboard met de instrumenten voor ons, tussen ons in en boven ons hoofd. 'Het was ongelooflijk indrukwekkend en beangstigend tegelijk. Maar wees gerust, hoor. Inmiddels voel ik me hier helemaal thuis en ben ik de koning te rijk.'

'De koningin van de cockpit!' Richard lacht, waarbij de lijntjes rond zijn bruine ogen zich vormen tot diepe groeven. 'Ik begrijp wat je bedoelt. Eerlijk, na al die jaren verveelt het nog steeds niet. Ik geniet nog steeds intens van een mooie zonsopkomst of zonsondergang.' Hij heft zijn behaarde armen richting het dikke glas van de voorruit, spreidt zijn vingers en vergroot langzaam de afstand tussen zijn beide handen. 'Wanneer de lucht in lichterlaaie staat en de hemel een schouwspel aan mooie kleuren vormt, hebben wij vanuit de cockpit toch echt het allerbeste uitzicht. Vind je niet, Roxanne?'

Ik knik gretig en corrigeer hem niet op mijn naam; ondanks de foute benaming mag ik hem nu al. De bevlogenheid en passie stralen van hem af. Nu zijn piloten over het algemeen sowieso wel aardig in hun nopjes met hun beroep – en vaak ook met zichzelf – maar niet iedereen is even makkelijk in de omgang. Het zal deze vlucht er een stuk aangenamer op maken dat we niet alleen over ons werk hoeven te praten.

Richard tuurt even voor zich uit, lijkt een ogenblik volledig in beslag genomen door zijn eigen gedachten, en zucht dan diep.

'We hebben het nog niet over de taakverdeling gehad,' help ik hem herinneren.

'Zeg jij het maar, koningin van de cockpit. Heb je een voorkeur voor *pilot flying* of *pilot monitoring*?'

'Vlieg jij heen, dan vlieg ik terug. Goed?'

'Prima.' Richard begint met het instellen van de computer, waar onze hele heenreis in komt te staan. Je kunt de computer als het ware zien als een heel geavanceerd navigatiesysteem, dat beschikt over alle vluchtinformatie. Als *pilot flying* bedient Richard straks het stuur en het gas, en ik doe als *pilot monitoring* alles daaromheen. Van het contact met de luchtverkeersleiding via de radio tot het uitvoeren van allerlei vliegtechnische zaken, zoals het in- en uitklappen van de wielen, het regelen van de flapstanden en het doornemen en controleren van allerlei checklists en digitale gegevens.

Terwijl Richard hardop praat bij het instellen van de computer, neem ik het papierwerk op schoot en loop na of hij inderdaad de juiste beslissingen neemt. Aangezien hij het vliegen op de heenreis voor zijn rekening neemt en we op de terugreis van taak wisselen, is hij degene die nu bepaalt hoe hoog we gaan vliegen en op hoeveel vermogen we de take-off doen. Je verlaat de baan namelijk nooit met vol gas. Met zijn tweeën kúnnen we wel supersnel de lucht in, maar eigenlijk doen we net alsof we heel zwaarbeladen zijn en het buiten zo'n zestig graden is. Zo verbruiken we minder brandstof en bovendien is deze manier van opstijgen beter om slijtage van de motoren te beperken. Nog altijd vind ik dit soort feitjes fascinerend.

Samen nemen Richard en ik door hoeveel passagiers we straks aan boord hebben, hoeveel vracht er is en hoe we het gewicht van vracht en passagiers verdeeld willen hebben over het vliegtuig. We maken een heleboel berekeningen met gewichten en overleggen de uitkomsten met elkaar om te controleren of we beiden dezelfde cijfers hebben.

Net als daarstraks in het bemanningencentrum bespreken we nogmaals het weer, of er onderweg turbulentie wordt verwacht, of er banen niet in gebruik zijn op de luchthaven, of er landingssystemen zijn die niet naar behoren werken, wat onze uitwijkmogelijkheden zijn en de omstandigheden in Cancún.

'Fijn! Alles ziet er rooskleurig uit voor een ontspannen vlucht.' Met een gelukzalige zucht leun ik achterover; een gevoel dat zich nog het beste laat omschrijven als thuiskomen overvalt me.

In de cockpit ben ik op mijn best. Dit is mijn domein. Hier ben ik volledig in controle; er is werkelijk niets wat dit euforische gevoel kan evenaren.

'Ik kan niet wachten,' zegt Richard glimlachend.

Als we klaar zijn met alle voorbereidingen en de passagiers bijna aan boord komen, pak ik nog even snel mijn telefoon om mijn broertje een berichtje te sturen. Ons gesprek in de boomhut heeft me de afgelopen dagen beziggehouden; omdat hij in korte tijd zoveel te verduren heeft gekregen heb ik echt met hem te doen, ik hoop oprecht dat ik hem kan helpen. Zojuist op de luchthaven is het tussendoor even gelukt een beveiliger die ik ken te spreken en het goede nieuws is dat Joey contact met hem op mag nemen. Ergens heb ik zo'n vermoeden dat mijn broertje die baan gaat krijgen.

Het komt goed hoor! Je kunt het volgende nummer even bellen, typ ik vlug. Na het versturen van het bericht berg ik tevreden mijn telefoon op. Ik kijk opzij naar Richard, waarop hij breeduit glimlacht.

'Mexico, *here we come*!' roept hij als een soort strijdkreet.

Het opstijgen verloopt gesmeerd. Ondanks het feit dat Richard en ik nooit eerder hebben samengewerkt zijn we meteen goed op elkaar ingespeeld. Zodra we hoog in de lucht onze koers volgen begint Richard meteen weer te praten.

'Heb je verder nog hobby's?' begint hij vragend, en al snel voeren we gesprekken over dingen die hem bezighouden, die niks met ons werk te maken hebben. Hoewel ik me heus weleens stoor aan praatzieke collega's die urenlang tegen je aan kletsen, erger ik me geen seconde aan de captain. Het is gezellig met Richard. De eerste uren van onze vlucht vliegen dan ook zowel letterlijk als figuurlijk voorbij, tot Richard de intercom indrukt.

'Dames en heren, hier een update van uw captain vanuit de cockpit. We hopen dat iedereen heeft genoten van zijn of haar diner. Momenteel vliegen we nog steeds boven de noordelijke Atlantische Oceaan, op zo'n tien kilometer hoogte. Nog even en dan naderen wij

de Bahama's, om verder te vliegen boven de staat Florida. Daarna pakken we nog een stukje Cuba mee om te eindigen op onze bestemming, de luchthaven van Cancún. Wij komen bij u terug zodra we de landing inzetten. Namens copiloot Berkhout en mijzelf, captain Van Vliet, en uiteraard de gehele bemanning wens ik u nog een prettige vlucht.'

Richard herhaalt zijn bericht in het Engels en ik werp een blik opzij zodra hij klaar is. 'Het gaat snel, hè, de vlucht? Ik heb helemaal niet het idee dat we Schiphol uren geleden achter ons hebben gelaten. Jij?'

Richard wil iets zeggen, maar houdt zijn mond als we een belletje krijgen. Ik neem op en herken de stem van mijn vriendin.

'Esmee hier.'

Geroutineerd werp ik een blik op een scherm om via de camera te controleren of Esmee daadwerkelijk in haar eentje voor de veiligheidsdeur van de cockpit staat. Ik druk op een knop en laat haar binnen.

'Alles goed bij jullie?' vraag ik als ik de deur achter haar weer sluit.

'Jazeker.' Ze komt schuin achter mijn stoel staan, legt haar hand op de rugleuning en kijkt gebiologeerd door de voorruit van het vliegtuig naar het panoramische uitzicht. Zover je kunt kijken zie je niets anders dan een helderblauwe lucht en vanaf een aangrenzende horizontale lijn daaronder een donkerblauwe oceaan. 'Ik kwam even poolshoogte nemen, kijken hoe het hier gaat. Bij ons is het rustig. De service zit erop en sommige passagiers gaan even slapen. Yara en ik hebben alle tijd om te kletsen. Ze raakt nog steeds niet uitgepraat over alles wat we in Mexico gaan doen.'

'Zijn jullie vriendinnen?' vraagt Richard als ik gniffel.

Ik knik. 'Eens in de zoveel tijd vragen we een gezamenlijke vlucht aan. Onze vriendin Yara verdiept zich in spiritualiteit en is gek op de Mayacultuur. De komende dagen is ze allerlei uitjes van plan.'

'Dan kan ik haar de hand schudden, wat betreft de Maya's,' zegt

Richard. 'Ik wil al heel lang naar Chichen Itza. Na deze reis heb ik alle zeven wereldwonderen gezien. De oude én de nieuwe, want ze hebben behoorlijk wat geschoven in de oorspronkelijke lijst.'

'Goh. Jij moet echt eens met Yara kletsen,' reageer ik lachend. 'We kunnen wel samen gaan, Richard.'

'Nee joh. Ga lekker met elkaar.' Hij maakt een bescheiden wegwuifgebaar, wat gemakkelijk kan aangezien het toestel al lang en breed is gekoppeld aan een datasysteem en op de automatische piloot vliegt. 'Jullie hebben je vast verheugd op deze reis. Bovendien hebben jullie heus geen oude vent nodig die aan één stuk door tettert over zijn historische kennis.'

'Je bent echt welkom om met ons mee te gaan, hoor,' probeer ik nog eens.

Esmee knikt bevestigend. 'Ik denk dat Yara het juist heel leuk zal vinden om iemand bij zich te hebben die net zo enthousiast is als zijzelf.'

'Weet wat je zegt,' zegt Richard. 'Ik ben zo iemand die continu lastige vragen afvuurt op een reisleider. Daar zitten jullie jonge dames toch niet op te wachten? Mijn vrouw heeft me er vaak genoeg op gewezen dat ik klink als een wandelende reisbrochure.'

Ik lach. 'Wie weet steken we er iets van op.'

Richard kijkt bedenkelijk en ineens vallen de zweetdruppeltjes op zijn voorhoofd me op. Misschien moet ik stoppen met aandringen. Hoe vriendelijk en bescheiden hij ook overkomt, ergens krijg ik het idee dat hij zich ongemakkelijk voelt onder ons aanbod. Of wellicht heeft zijn vrouw er problemen mee als hij op de route uitjes met vrouwelijke crewmembers onderneemt, of speelt er iets anders. Het zou van alles kunnen zijn, zo goed ken ik de captain immers niet.

'Nou ja, we zien wel,' kom ik hem tegemoet. 'Als je het leuk vindt kun je met ons meegaan, maar voel je vooral nergens toe verplicht.'

'En we kunnen er altijd nog een uitje met de hele crew van maken,' oppert Esmee, die blijkbaar ook aan haar water voelt dat we niet moeten pushen. 'Misschien zijn er wel meer bemanningsleden die graag die tempel willen zien. Hoe dan ook, kan ik nog iets voor jullie betekenen? Willen jullie iets te drinken?'

Richard vraagt een colaatje en ik heb zin in bruisend water. Esmee verlaat de cockpit en keert al snel terug met onze drankjes. Als ze opnieuw is vertrokken zet Richard het blikje aan zijn lippen en klokt in een paar volle teugen de inhoud achterover.

'Dorst?'

'Ja, die pasta is volgens mij niet zo lekker gevallen. Ik dacht dat cola me misschien goed zou doen.'

Ik knik en verwonder me over het feit dat zijn pasta stukjes zalm bevatte, die me met cola nou niet bepaald de allerbeste combinatie lijken. Even overweeg ik iets te zeggen, maar dan doorbreekt het rinkelende geluid van de telefoon mijn gedachten. Ik luister naar de call op de radio. De luchtverkeersleiding vraagt ons of we wat lager willen vliegen. Het is een gebruikelijk verzoek. Ik bevestig dat we dat zullen doen en kijk opzij als Richard niet direct de actie inzet die ik verwacht.

'Hé, voel je je wel goed? Je zweet helemaal!'

'Ik heb het gewoon een beetje warm,' reageert hij, terwijl hij alsnog het toestel van de automatische piloot haalt en de handelingen uitvoert om het vliegtuig in hoogte te laten zakken.

'Weet je het zeker?' vraag ik, terwijl ik hem nauwlettend in me opneem. Richard heeft zijn beide handen op het stuur en kijkt door het grote cockpitraam naar de lucht en de zee voor ons. De glinsterende zweetpareltjes op zijn voorhoofd verontrusten me. Zelf heb ik het helemaal niet warm. Richards gelaatskleur is nog steeds zongebruind, maar lijkt grauwer. Valer. Dof. De blos die net nog op zijn wangen zat is ineens nergens meer te bekennen.

'Richard, je ziet behoorlijk bleek. Wat voel je precies?'

'Niets. Het gaat wel,' reageert hij, waarna hij met zijn linkerhandpalm het zweet van zijn voorhoofd, neus en bovenlip veegt en zijn hand weer naast zijn rechterhand op het stuur legt. Er valt een stilte die langer aanhoudt dan waar ik me prettig bij voel. 'Ik ben een beetje misselijk van die pasta, geloof ik,' zegt hij op het moment dat het me te lang duurt en ik net een nieuwe vraag wil stellen. 'Ik denk dat het zo wel weer gaat. Maak je maar niet druk. Ik moet gewoon even...'

Plotseling is het alsof de captain door een bliksemschicht wordt getroffen. Zijn rechterarm grijpt razendsnel naar zijn linkerborst. Instinctief schieten mijn handen naar mijn eigen stuur, dat ik strak omklem. Richards gezichtsuitdrukking verandert ogenblikkelijk in een van pijn vertrokken grimas. Hij kreunt en krimpt in elkaar op zijn stoel. Een seconde later sperren zijn ogen zich wijd open. Hij hapt naar adem en zijn blik flitst verwilderd van links naar rechts. Alsof hij mij zoekt en niet meer weet aan welke kant van hem ik zit.

Zodra we oogcontact hebben wordt de schok die door mij heen raast nog vele malen groter. In zijn ogen lees ik een overweldigende, blinde paniek.

'Richard! Wat gebeurt er?' breng ik uit met een fel stemgeluid dat ik nauwelijks herken als dat van mezelf. 'Vertel me wat je voelt!' Een onheilspellende siddering baant zich een weg vanaf mijn nekhaartjes, langs mijn ruggengraat, naar mijn stuitje.

Hij reageert niet op mijn vraag; hij heeft zichtbaar genoeg aan zichzelf. Zijn bruine ogen houden die van mij in een onmogelijke houdgreep. Alsof hij telepathisch een boodschap probeert over te brengen en mij in stilte om hulp smeekt. *Doe iets! Help me! Ik weet niet wat me overkomt!*

Voor een tweede keer is het alsof iets in zijn lichaam hem opnieuw aanvalt, op een afschuwelijke en mensonterende manier. Richard krimpt weer in elkaar van ellende en kermt het uit van de pijn. Hij houdt zijn onderarmen gekruist tegen zijn borst geklemd. Zijn gebalde vuisten net iets boven zijn hart. Zijn rug gebold. Ik kan het niet aanzien. Het afgrijselijke geluid van een man in nood vult mijn oren. Een golf adrenaline stoot door mijn aderen en mijn hart pompt als een bezetene.

Ik moet dit stoppen. Niemand anders dan ik kan op dit moment iets voor hem doen.

Met één hand laat ik het stuur los en met een druk op een knop zet ik uit voorzorg Richards stoelriem vast. Hiermee voorkom ik dat als hij met zijn bovenlichaam naar voren valt en op het stuur terechtkomt, het hele vliegtuig daarmee ook naar voren schiet.

Ik strek mijn arm helemaal uit en kan net bij een knop waarmee ik zijn stoel automatisch naar achteren schuif. Nu kan hij ook niet meer met zijn voeten bij de pedalen. Het gevaar dat de captain ineens zélf voor het vliegtuig vormt is hiermee geweken, maar Richard heeft ogenblikkelijk acute zorg nodig en hoewel zijn lot onlosmakelijk in mijn handen ligt, kan ik zelf niet veel meer voor hem doen dan deze twee handelingen. Mijn plicht ligt hier. Ik kan mijn stoel niet verlaten, maar ben vastgeketend aan de cockpit van deze gigantische Boeing triple seven, die nu totaal aan mij is overgeleverd.

Onmiddellijk druk ik op de knop van de intercom en probeer mijn stem beheerst maar daadkrachtig te laten klinken als ik zeg: '*Purser report to cockpit.*'

Met mijn klamme handpalmen om het stuur geklemd kijk ik opzij naar Richard. Zijn ogen zijn naar boven gericht en alleen zijn oogwit is nog zichtbaar. De aanblik is onwerkelijk en angstaanjagend tegelijk. Op hetzelfde moment dringt de geur van uitwerpselen mijn neusgaten binnen. Richard laat blijkbaar alles lopen. Rond zijn kruis is een steeds groter wordende donkere vlek zichtbaar en de intens vieze geur vult ogenblikkelijk de kleine cockpitruimte. Ik vloek volmondig en realiseer me tegelijkertijd dat de captain voor zijn leven vecht en niets opschiet met mijn gevloek.

'Hou vol, Richard! Ik ben bij je. Er komt hulp aan.'

Het komt er benauwder uit dan ik zou willen.

5

Elke seconde lijkt een eeuwigheid te duren. Waar blijft de purser in hemelsnaam? Ik werp nogmaals een blik opzij en voel de klem die alles in mijn buik samentrekt zich alsmaar strakker aanspannen.

Eindelijk is er beweging voor de camera, die de andere kant van de cockpitdeur in beeld brengt. Nog steeds niet de purser, maar Yara. Ik open de veiligheidsdeur en sluit hem direct achter haar. Yara's schrikreactie wordt direct gevolgd door complete afschuw voor wat ze aantreft.

'Snel. Hij verliest bewustzijn. Haal hem uit zijn stoel, Yara.'

Mijn bevel heeft het gewenste effect. Pijlsnel komt ze in actie. In een vloeiende beweging haalt ze Richards harnas los en trekt ze hem uit zijn stoel. Ik koppel ondertussen het toestel aan het datasysteem zodat het weer verder vliegt op de automatische piloot en ik mijn handen vrij heb en me op Yara kan richten.

Eindelijk dient de purser zich dan aan voor de camera. Ik open de deur, sluit hem achter haar en begin meteen tegen beiden te praten.

'De captain was misselijk. Hij zei dat zijn eten niet goed was gevallen. Hij begon te zweten en greep plotseling naar zijn borst, ter hoogte van zijn hart.'

De purser knikt mij professioneel en plichtmatig toe, maar ik zie de schrik en verbijstering op haar gezicht.

Yara, die haar onderarmen onder de oksels van Richard geklemd heeft en met haar gezicht vlak boven het zijne hangt, zegt nadrukkelijk: 'Bij ons blijven, captain.' Ze kijkt me angstig aan. 'Hij raakt weg, Rox. Denk je… Denk je dat hij een hartinfarct heeft?'

'Daar lijkt het op. Hij moet hier weg. Sleep hem naar het gangpad of de keuken. Jij blijft bij hem en laat hem geen moment alleen,' zeg ik tegen de purser. Mijn stem blijft verbazingwekkend stabiel. 'Yara, jij vraagt via de intercom of er medisch personeel aan boord is dat ons kan helpen. Geef verder geen details. We willen geen paniek. En stuur Esmee naar de cockpit. Laat haar doeken meenemen. Doe het nu!'

Yara sleept Richard met hulp van de purser weg, voor zover de beperkte ruimte in de cockpit dat toelaat, terwijl ik de veiligheidsdeur bedien. Op het moment dat ik hem achter het drietal sluit ben ik de enige aanwezige in de cockpit. Er flitst een golf paniek door mijn lichaam en ik probeer uit alle macht om niet naar de lege stoel links van mij te kijken. Een huiveringwekkend koude rilling trekt door me heen als ik het toch doe en ogenblikkelijk laat het aanzicht van de captainstoel zonder de captain elk haartje op mijn lichaam compleet gealarmeerd overeind staan.

Richards stoel is beangstigend leeg, op zijn achtergebleven uitwerpselen na. De smerige geur maakt me misselijk en ik slik tegen beter weten in. Het doet er ook niet toe – Richard ligt op de grond van het vliegtuig dat hij hoort te besturen en vecht voor zijn leven, terwijl we nog steeds op grote hoogte boven de Atlantische Oceaan vliegen. Overal om ons heen is alleen maar lucht en water. Onder ons is werkelijk niets anders dan een uitgestrekte oceaan. Starend naar al het donkerblauw hoop ik ondertussen dat er een arts aan boord is en vrees ik de wetenschap dat ík nu ineens de gezagvoerder ben. Ik moet beslissen wat we gaan doen. Elke keuze heeft gevolgen. Voor alle passagiers. Voor de gehele bemanning. En zeker voor Richard.

Ik heb te lang gedacht dat het door het eten kwam. Natuurlijk had ik meteen de crew moeten inlichten dat de captain niet lekker werd, maar ik wilde de mogelijkheid negeren dat ik in mijn eentje de kist aan de grond moest zetten. Die gedachte alleen al is gekmakend. Toch moet ik handelen. Nu meteen.

Dus wat zijn mijn opties? Doorvliegen naar Cancún? Nee. Dat is te ver. Teruggaan naar Schiphol? Absoluut niet. Dat is nog veel verder. Richard heeft nú de juiste medische zorg nodig die we hem hier op kilometers hoogte nooit kunnen bieden. In een fractie van een seconde kom ik uit bij het alternatief: uitwijkmogelijkheden. Richard en ik hebben dit nota bene samen besproken op Schiphol. Het is standaardprocedure om bij iedere vlucht vooraf de uitwijkmogelijkheden voor onvoorspelbare situaties door te nemen. We hebben het gehad over Mexico-Stad, Havana, Miami en Santa Maria.

Mexico-Stad is voorbij onze eindbestemming en valt daarmee af. Santa Maria zijn we inmiddels voorbij. Havana en Miami blijven over, Miami is het minst ver weg.

Ik controleer de digitale radarschermen op het dashboard en knik. *Oké Roxan, je hebt je uitwijk gevonden. Je kunt dit.* Alles in mij schreeuwt om nu direct toestemming aan de luchtverkeersleiding te vragen. Ik wil ze zo snel mogelijk op de hoogte brengen en alles in gang zetten, maar ik moet mezelf eerst een moment de tijd gunnen om de uitwijkmogelijkheid in kaart te brengen en precies te bepalen hoe ik het ga aanpakken. Vliegensvlug bedenk ik hoe snel ik er kan zijn zonder Richards hulp en waar ik zou kunnen landen met dit vliegtuig. De aanvliegroute naar Miami is gunstig, het weer is goed en voor zover ik weet zijn er geen bijzonderheden met betrekking tot de landingsbanen.

Niemand anders dan ik kan deze Boeing triple seven veilig aan de grond zetten. Ik moet dit doen. In. Mijn. Eentje. En alsof dat nog niet genoeg is, moet het ook nog eens zo snel mogelijk gebeuren. Elke seconde telt.

Godverdomme.

Ik probeer rustig en gecontroleerd adem te halen. Dit is absurd; wie heeft me de autoriteit gegeven dit te doen? Het lijkt wel alsof ik van bovenaf naar mijn eigen handelen kijk. Ik denk en ik doe, maar mijn binnenwereld is er niet langer bij betrokken.

Met trillende vingers pak ik de telefoon en maak contact met de luchtverkeersleiding. Voor het eerst in mijn pilotenbestaan gebruik ik het signaal voor noodgevallen – wat in mijn beleving alleen gebruikt wordt in simulators en noodlottige actiefilms – om de luchtverkeersleiding vervolgens precies te vertellen wat ik wil.

'Mayday, mayday, mayday, KLM 123. We have a medical emergency.' In snel Engels leg ik uit dat het om de captain gaat en dat ik wil landen op Miami.

'Mayday received,' klinkt een robotachtige mannenstem vanaf de andere kant. De luchtverkeersleider zegt te kijken wat hij voor ons kan doen en geeft algauw een aparte frequentie door waarop ik verder moet vliegen. Vervolgens krijg ik een koers waarmee ik straks naar de landingsbaan kan gaan, die ik nu alvast in de navigatiecomputer kan instellen om het vliegtuig voor te bereiden op wat komen gaat.

De luchtverkeersleider geeft nog een aantal instructies door die ik allemaal in mijn hoofd opsla en we verbreken de verbinding. Mijn borstkas gaat door mijn paniekerige ademhaling snel op en neer.

Shit. Waar blijft Esmee nou? Ze had hier toch al moeten zijn…

De donkerblauwe oceaan diep onder me staart me aan, alsof hij me uitdaagt te falen. Doemgedachten maken zich van me meester. Straks halen we het niet, en jaag ik iedereen het water in…

Op het moment dat ik zenuwachtig het afwijkende vluchtplan in de computer begin in te voeren, meldt ze zich voor de veiligheidsdeur van de cockpit. Ik laat haar binnen, draai mijn hoofd naar haar toe en schrik onwillekeurig van het medeleven op haar gezicht.

'Ik ben er, Rox. Gaat het?' Haar stem klinkt veel minder luchtig dan haar woorden.

Nee, wil ik schreeuwen, maar in plaats daarvan geef ik een kort knikje en gebaar naar de captainstoel. 'Heb je schone doeken? Je moet daar gaan zitten.'

Esmee haalt een stapeltje handdoeken tevoorschijn en maakt zonder aarzeling en met vluchtige bewegingen Richards stoel schoon.

'Hoe is het met Richard?' vraag ik zonder mijn ogen van het paneel te halen.

'Er heeft zich een huisarts gemeld. Hij zat met zijn vrouw in de economyclass en is nu in de keuken bij de captain en de purser.' Ze legt de doordrenkte handdoeken zo ver mogelijk bij ons vandaan en gebruikt de laatste schone handdoek voor haar handen. De overheersende geur is er niet minder om geworden.

'Ze hebben Richard in de keuken aangesloten op de AED,' vertelt Esmee, terwijl ze in zijn stoel plaatsneemt.

'Gaat hij het halen?' vraag ik, zonder het vleugje vreugde toe te laten dat er iemand bij hem is wiens medische kennis verder reikt dan die van de purser.

'Ik durf het niet te zeggen, Rox.'

Ik bijt mijn kiezen hard op elkaar en bal mijn vuisten totdat mijn knokkels wit verkleuren. 'Ik laat je stoel naar achteren staan, zodat je niet bij het stuur en het gas kunt, oké? Maar je moet nu eerst je harnas vastmaken.'

Esmee knikt en doet meteen wat ik zeg. Behendig maakt ze de vijfpuntsgordel vast. Twee riemen gaan over haar schouders, twee over haar heupen en een tussen haar benen.

'We gaan een uitwijk maken naar Miami. De luchtverkeersleiding is akkoord en heeft ons een koers doorgegeven.'

'Kan ik je helpen? Zeg maar wat ik moet doen. Wil je dat ik checklists voorlees?' Esmee draait haar bovenlichaam en gezicht naar mij toe, zo ver als haar harnas toelaat.

'Nee, de checklists komen later. Eerst moet ik het navigatieprogramma instellen,' begin ik te ratelen, ook om mezelf gerust te stellen. Het donkerblauwe water negeer ik hardnekkig. 'Ik ga zoveel mogelijk in de computer invoeren, zodat het vliegtuig straks deels een automatische landing maakt. Dan regel ik tijdens het landen de snelheid, verleng de vleugels en klap de wielen uit en moet controleren of alles vloeiend, veilig en zonder fouten verloopt...' Ik haal rasperig adem en hou hem even vast voordat ik uitblaas, mezelf ervan bewust dàt je in je eentje onder tijdsdruk gemakkelijk fouten kunt maken die ik me niet kan veroorloven. 'Het is fijn als je naast me blijft zitten voor als ik iets nodig heb.'

Esmee knikt overtuigend. 'Je kunt dit, Roxan.'

'O god. Nu moet ik in mijn eentje... Richard kan me echt niet helpen. Ik wil dit helemaal niet zelf doen. Ik heb dit nog nooit gedaan.' Mijn ademhaling is oppervlakkig en zit veel te hoog.

'Denk aan je opleiding. Aan al die trainingen die je hebt gehad in de simulator. Je hebt dit soort noodsituaties geoefend. Je hebt dit onder de knie,' zegt ze geruststellend, maar het maakt me alleen maar kwader.

'Maar ik kan nu op helemaal niemand terugvallen, Esmee. Ook niet op jou!' val ik uit. 'Sorry, maar het is zo. Ik mag geen fouten maken.'

Mijn vriendin neemt geen aanstoot aan mijn woorden. 'Rustig ademen,' zegt ze. 'Ondanks de bedwelmende lucht. Ja, zo, ja. Kom op, Rox. Ik ben bij je en ik weet zeker dat je dit goed gaat doen.'

Als ik een blik opzij werp, ontmoet ik de warme ogen van mijn vriendin. Een emotie die ik absoluut niet toe wil laten welt in me op, dus ik knipper wanhopig en dwing mijn gevoelens naar de achtergrond. Ik móét me blijven focussen. Richard rekent op me. Alle mensen in dit vliegtuig rekenen op me.

O god, de mensen in het vliegtuig...

'We laten de computer weten wat we gaan doen, maar we moeten de passagiers ook iets vertellen,' roep ik paniekerig.

'Achter in de economyclass hebben de mensen er weinig van meegekregen,' praat Esmee me bij. 'Al is er natuurlijk wel om medische assistentie gevraagd. In de businessclass hebben de passagiers de onrust en wisseling van crewmembers opgemerkt. De passagiers stellen vragen over wat er aan de hand is.'

'Wat is ze verteld?'

'Nog niets. We wilden jouw opdracht afwachten.'

'We moeten ze inlichten,' zeg ik met een hoofdknik. Na een diepe ademteug druk ik de knop van de intercom in.

'Dames en heren, hier volgt een mededeling van uw copiloot vanuit de cockpit. We hebben een medisch noodgeval aan boord. Wij zullen daarom uitwijken naar Miami en verwachten daar over een klein halfuur te gaan landen. Na de landing kom ik bij u terug voor het verdere verloop van uw reis.'

Esmee glimlacht bemoedigend nadat ik de mededeling in het Engels heb herhaald en de oproep beëindig. 'Goed gedaan, Rox. Ik dacht dat je zou gaan liegen. Heel slim van je om niet te zeggen dat het om een bemanningslid gaat.'

'Het leek me beter om de waarheid te vertellen, maar niet alles te delen. De passagiers komen er toch wel achter wat er is gebeurd. Zeker als iemand van hen het verslepen naar de keuken heeft gezien. Maar als de passagiers doorhebben dat het om de captain gaat, wordt iedereen gek en we willen juist geen paniek zaaien.'

'Dit bericht was prima. Je hebt iedereen geïnformeerd en niet te veel en niet te weinig verteld,' bevestigt Esmee, en ik voel mijn ademhaling wat vertragen. 'Oké, wat nu?'

'Zijn de taken onder de cabincrew verdeeld?'

'Ja. Ze redden het. Iedereen weet wat hij moet doen.'

'Goed. Dan gaan we verder met het instellen van de computer. Ik ga het andere vliegveld invoeren en het navigatieprogramma van koers laten wijzigen.'

Ik voer de handelingen uit en laat Esmee zoveel mogelijk controleren of ik de goede gegevens invoer. We praten hardop tegen elkaar en ik laat haar vervolgens de checklists voorlezen die ons steeds naar de volgende fase van de landing brengen.

Ook al ligt de verantwoordelijkheid compleet bij mij, het is fijn dat mijn vriendin naast me zit. Haar aanwezigheid geeft me steun en kracht om bij de les te blijven en zo snel en efficiënt mogelijk alle voorbereidingen te treffen die natuurlijk voor twee vliegers zijn bedoeld.

Desondanks missen we keer op keer calls. Het is niet moeilijk te raden wie er contact met ons probeert op te nemen. KLM Operations heeft inmiddels in de gaten dat ons vliegtuig uitwijkt en de andere kant op vliegt. Ze willen dringend weten wat er aan de hand is, maar hoewel de cockpittelefoon roodgloeiend staat zullen ze moeten wachten. Ik heb genoeg aan mijn hoofd en het vergt mijn opperste concentratie en alertheid om zo zorgvuldig mogelijk de Boeing triple seven te laten zakken.

Na een tijdje stoppen de calls abrupt. KLM Operations heeft blijkbaar door dat er een mayday is geweest. Hoewel ze uiteraard nog steeds willen weten wat er precies gaande is en wat er hierboven allemaal gebeurt, zijn ze voor nu stil. Hopelijk betekent dat dat ze begrijpen dat ik mijn handen vol heb.

Het vliegtuig zakt zoals ik dat graag zie en ik vind tijd om de luchtverkeersleiding te vragen of ze de hulpdienst voor Richard kunnen regelen. 'En ook trappen, zodat de overige passagiers kunnen uitstappen.' Mijn handen trillen terwijl ik de knoppen bedien en mijn stem klinkt raar. Ik probeer het te negeren en me te blijven focussen en staar een kort ogenblik naar de oceaan onder ons, die er gek genoeg opeens vredig en kalm uitziet.

'Er staat een ambulance klaar bij aankomst, mevrouw,' verzekert de luchtverkeersleider me. 'De ambulancebroeders zullen de zorg meteen van u overnemen.'

Goed. Oké. Dat is iets.

Via de doorgekregen koers naderen we de landingsbaan van Miami en dan gaat het snel. In plaats van alleen maar water zien we land in zicht komen.

Hardop blijf ik mijn acties tegen Esmee uitspreken en hoewel er nu eigenlijk niets is wat zij zou kunnen doen, voelt het op de een of andere manier toch net iets minder absurd om tegen iemand te kunnen praten, zoals ik dat gewend ben te doen tegen de captain. Ik benoem de flapstanden, de hoogte, onze snelheid en naderingspositie, de wielen die ik uitklap en niet veel later voel ik de bekende dreun en terugslag in mijn lijf als de Boeing contact maakt met de landingsbaan. Het luidruchtige kabaal van het betonasfalt dat onder ons door schiet volgt direct.

Ik kan wel huilen. Ik heb het gedaan. Zonder hulp van mijn gezagvoerder heb ik een reusachtig gevuld vliegtuig veilig laten uitwijken en landen.

Mijn rol zit er echter nog lang niet op. Terwijl ik vaart minder en op gepaste snelheid naar de afgesproken standplaats taxi, zie ik de trappen en een ambulance met felle zwaailichten die al op ons staan te wachten. Adrenaline jaagt door mijn lichaam en ik voel mijn hartslag ritmisch tegen mijn slapen kloppen.

'Iedereen blijft in het vliegtuig,' zeg ik fel als we eindelijk stilstaan. 'De passagiers moeten voorlopig geduld hebben en blijven op hun plaats zitten. Zorg jij daarvoor?' Ik maak mijn harnas los om zo snel mogelijk naar de ambulancebroeders te gaan en hen naar Richard te begeleiden.

'Ga. Ik regel het hier,' zegt Esmee met een knik naar de geopende veiligheidsdeur, waar de passagiers zich achter bevinden in de cabines. 'Je hebt het fantastisch gedaan, Rox,' voegt ze er voor de zoveelste keer aan toe sinds we aan de grond staan.

Haar compliment dringt niet tot me door. Ik neem sowieso geen tijd meer om ergens bij stil te staan en maak me zo snel mogelijk uit de voeten. In een roes van adrenaline doe ik wat ik moet doen en wat men mag verwachten van een piloot: ik stap op de ambulancebroeders af, neem ze mee naar het vliegtuig en dirigeer de purser en huisarts opzij, zodat de broeders de zorg kunnen overnemen.

De huisarts legt in het Engels, met een zwaar Nederlandse uitspraak, uit wat er volgens hem aan de hand is en wat ze in de tussentijd hebben gedaan. Ik vertel hoe het misging met de captain en probeer mijn weke knieën te negeren als ik mezelf de afschuwelijke gebeurtenissen in de cockpit hardop hoor uitspreken, die ogenblikkelijk gepaard gaan met het oproepen van levensechte wanstaltige beelden in mijn hoofd. De ambulancebroeders luisteren, terwijl ze kundig aan het werk gaan met Richard.

Hij ziet er slecht uit. Nog slechter dan toen hij daarnet naast me zat in de cockpit. Nog bleker. Zijn ogen zijn gesloten en al met al oogt hij doodziek. Maar hij leeft. Nog wel.

Ik schud mijn hoofd om die laatste gedachte te verdrijven en merk dat dat weke gevoel rond mijn knieholtes weer toeneemt. Als in een trance kijk ik toe hoe ze Richard met zijn tweeën het vliegtuig uit tillen, de trap af, op een brancard leggen en naar de ambulance rijden. Ik volg het drietal gelaten. Wanneer de captain in de ambulance ligt en door een broeder direct wordt aangesloten op een heleboel toeters en bellen, wissel ik telefoonnummers en gegevens uit met de andere ambulancebroeder, die naast mij voor de geopende deuren staat.

'Komt het goed met hem?' vraag ik in het Engels, terwijl ik naar Richard blijf kijken en in een flits de levendige, lachende captain zie met zijn bruine ogen, diep gebruinde huid en innemende lachrimpels.

'Daar durf ik geen uitspraak over te doen,' antwoordt de ambulancebroeder in het Engels, waarna ik mijn ogen meteen losruk van Richard en het gezicht van zijn zorgverlener probeer te scannen. De ambulancebroeder is als niets anders dan professioneel te beschrijven. Je zou haast denken dat hij de situatie onder controle heeft, maar daar dwars doorheen sijpelt een spijtige ondertoon. Ik zie het in zijn ogen en een minuscuul trekje van zijn mondhoek naar links. 'Maar reken erop dat we ons uiterste best voor hem gaan doen.'

Een ijskoude rilling baant zich een weg langs mijn ruggengraat en ik voel elk haartje op mijn lichaam rechtovereind staan. Ik knik, ook al zou ik het liefst deze man op mijn knieën willen smeken om

Richard te redden. Zijn enkels vastgrijpen, tranen met tuiten huilen. Mijn vuisten stukslaan tegen het betonasfalt.

Eigenlijk zou ik er alles voor overhebben. Alles. Als de ambulancebroeder me maar belooft dat het goed komt. Het móét goed komen.

Maar de complete inzinking die ik vanbinnen voel razen kan ik niet toelaten. De passagiers hebben zich als nieuwsgierige aapjes voor de vliegtuigraampjes verdrongen en volgen nauwlettend het spektakel op de grond. Vanwege Richards uniform hebben ze gezien dat het noodgeval om een vlieger gaat en met alles wat ik in me heb moet ik ervoor zorgen dat de andere vlieger blijft staan.

Dus blijf ik staan. Met twee benen op de grond. Rechtop. Schouders naar achteren. Koste wat het kost moet ik naar de passagiers toe uitstralen dat ze van mij op aan kunnen. Hun veiligheid is nooit echt in het geding geweest, want ik was er. En ik wist wat ik deed.

Alleen moet ik dat zelf ook nog even geloven.

De ambulancebroeder legt heel kort zijn hand op mijn schouder, maakt nog een keer oogcontact en draait zich dan om. Snel stapt hij in de ambulance. De andere broeder trekt de deuren dicht en ontneemt mij het zicht op Richard. De motor start en met zwaaiende lichten rijdt de ambulance weg. In mijn hoofd herhaal ik een zin als een soort mantra, totdat ik genoeg moed heb verzameld om terug naar de cockpit te gaan: *Hou vol, Richard. Alsjeblieft, hou vol.*

6

Om vier uur 's middags plaatselijke tijd zijn we op Miami International Airport geland en het is net na negenen 's avonds als ik samen met mijn vriendinnen over het strand loop.

Van Yara en Esmee moet ik verplicht een frisse neus halen. In de tussenliggende uren heb ik aan één stuk door van alles geregeld. Het duurde eindeloos lang, maar uiteindelijk konden we de Boeing triple seven achter ons laten. KLM Operations heeft de gehele bemanning in een hotel in Miami Beach gezet en de komende achtenveertig uur zullen we hier verblijven.

'Vinden jullie het oké als ik zo even ga bellen?' vraag ik, terwijl ik de telefoon in mijn hand heen en weer beweeg. 'Ik heb net het nummer binnengekregen.'

Esmee glimlacht zwak. 'Doe dat maar. Tenminste, als je het nog trekt. Je hebt er al zoveel telefoontjes op zitten.'

'Deze is belangrijk.' Ik haal diep adem in een poging moed te verzamelen en blijf vertwijfeld bij mijn vriendinnen staan.

'Lief dat je dit uit jezelf wilt doen. Ik weet zeker dat het gewaardeerd wordt.' Yara slaat haar arm om mij heen en trekt me dicht tegen zich aan. Ik laat me door haar omhelzen. Zodra ze me loslaat zoekt ze oogcontact. 'Weet je dit zeker? Zie je ertegen op?'

Ik knik en laat in het midden of dat een antwoord op haar eerste of op haar tweede vraag is. 'Als het andersom zou zijn, zou ik ook uit de eerste hand willen horen wat er precies is gebeurd. Ik zou alles willen weten, het liefst van iemand die erbij was. Het moet afschuwelijk zijn om zo'n telefoontje van een gigantisch groot bedrijf te krijgen en te worden ingelicht door iemand die Richard niet eens persoonlijk heeft gekend.'

'Kent,' verbetert Esmee me snel. 'Hij leeft nog, Rox… Hij leeft nog. Dankzij jou.'

Zonder iets te zeggen verbreek ik het oogcontact en staar naar een punt in de verte. Daar waar de horizon een lijn vormt tussen de lucht en de oceaan.

'Wij wachten hier op je,' praat Esmee zachtjes verder. 'Wil je zijn familie laten weten dat de hele bemanning aan onze captain denkt?'

Ik knik en bijt op mijn lip. Ik heb KLM zelf gevraagd om een telefoonnummer van Richards familie, maar nu ik op het punt sta om daadwerkelijk te bellen valt het me toch zwaarder dan ik had verwacht. En dat heeft er niet alleen mee te maken dat zijn familie in Nederland plotseling moet dealen met een familielid dat voor zijn leven vecht in een ziekenhuis ver van huis. Het heeft niet alleen te maken met hun leed. Ik wil ze de waarheid vertellen. In mijn ogen hebben ze daar recht op, maar op dit moment weet ik niet eens of ik de woorden mijn strot uit krijg.

'Wij zijn vlak bij je,' zegt Yara. 'Ga nu maar, lieverd.'

Mijn ogen ontmoeten om beurten die van mijn vriendinnen. In hun blik lees ik bemoediging, warmte, mededogen en vooral liefde.

'Hierna drinken we een gin-tonic in de hotelbar, oké?' vraag ik.

Esmee wisselt een blik met Yara en kijkt dan naar mij. Haar gezichtsuitdrukking is ernstig. 'Misschien moeten we vandaag niet drinken en straks gewoon naar bed gaan. Er is zoveel gebeurd en…'

'Daarom juist,' onderbreek ik haar. 'Kom op, meiden. Ik ben toch niet de enige die behoefte heeft aan alcohol?' De stilte die valt irriteert me. 'Ik zeg toch niet dat we het op een zuipen gaan zetten? Ik heb het gewoon over een drankje. Daar is toch niets mis mee?'

'Nee, daar is niets mis mee,' reageert Yara, maar ze klinkt vertwijfeld. 'Eigenlijk denk ik er hetzelfde over als Esmee, maar vooruit dan. We gaan met je mee. Ga nu eerst maar bellen.'

Op mijn blote voeten, met mijn teenslippers in mijn ene hand en mijn telefoon in de andere, loop ik door het mulle zand, bij mijn vriendinnen vandaan. De zon is onder. Ons hotel ligt pal aan het langgerekte enorme strand. Via een doorsteek vanaf het zwembad, verscholen tussen de hoge palmbomen, bereik je het zo. Het is rustig op het strand op dit uur en door de immense grootsheid van de Atlantische Oceaan voel ik me klein en nietig.

Ik heb weleens een boek gelezen waarin het hoofdpersonage de zee als een soort dagboek gebruikte. In gedachten vertelde ze al haar geheimen, zorgen en problemen. Alles wat op haar hart lag vertrouwde ze het zoute water toe. Ze geloofde er heilig in dat de zeebries haar aura schoon blies en dat de golven zorg droegen voor alles wat niet in evenwicht was in haar leven. Eigenlijk ging dat mij veel te ver. Het was meer iets waar Yara achter zou kunnen staan. Mijn nuchtere geest vond er van alles van.

Maar op dit moment wens ik vurig dat het waar is en dat de oceaan echt verlichting geeft. Al zou het maar een heel klein beetje helpen, alle positiviteit is welkom.

Ik laat de kleine golfjes over mijn voeten stromen, tot net boven mijn enkels, en zucht diep. Dan bel ik het nummer en breng de telefoon met trillende vingers naar mijn oor. Ik adem de zilte lucht diep in.

'Met Mariska van Vliet,' klinkt een breekbare vrouwenstem aan de andere kant van de lijn.

'Mevrouw Van Vliet, u spreekt met Roxan Berkhout. De copiloot waar Richard vandaag mee vloog. Bent u zijn vrouw?' Heel even valt er een stilte en ik denk dat ik haar moeizaam hoor slikken.

'Ja, dat ben ik.'

'Sorry voor het tijdstip waarop ik bel. Ik ben me ervan bewust dat het bij jullie midden in de nacht is, maar ik dacht dat u er vast behoefte aan heeft om te horen wat er vandaag precies is gebeurd.'

'Wij slapen hier allemaal toch niet,' antwoordt ze met iets wat lijkt op een vreemd verwrongen lachje. 'Mijn zoons, schoondochter en ik, bedoel ik. Wacht, ik zet je even op de luidspreker, dan kunnen zij je ook horen... Ja, praat maar verder.'

'Het zal ongelooflijk bizar voor jullie zijn.'

'Ja, zeg dat wel. Mijn jongste zoon is aan het backpacken in Azië. Het is ons nog niet gelukt om hem te bereiken. Hij weet nog niet eens dat zijn vader...' Er volgt een stilte waarin het einde van die zin onuitgesproken blijft. 'Het is zo moeilijk te bevatten,' praat Richards vrouw dapper verder. 'Een hartinfarct gevolgd door een hartstilstand. Ries is pas drieënvijftig...'

'Heeft u al iets gehoord?' vraag ik zacht, bij gebrek aan beter.

'Ja. Zijn arts heeft gebeld, vanaf de intensive care van het Mount Sinai Medical Center in Miami Beach. Blijkbaar is hij gereanimeerd. Hij wordt nu in een kunstmatige slaap gehouden en ze hebben zijn lichaam gekoeld zodat zijn hersenen en andere organen tot rust kunnen komen. Ze hopen daarmee verdere beschadiging te voorkomen. Meer weten we eigenlijk niet. KLM heeft ook van zich laten horen, maar zij konden ons ook niet veel meer vertellen dan dat. We zitten met zoveel vragen.'

Ik knik onwillekeurig. Dit is precies de informatie die ik zelf ook heb doorgekregen. 'Dat begrijp ik heel goed. Ik hoop dat ik een aantal vragen voor jullie kan beantwoorden. Zal ik vertellen wat er is gebeurd, of willen jullie liever dat we jullie vragen een voor een afgaan?'

'Vertel maar,' klinkt het huiverig. Ook al kan ik Richards vrouw, zoons en schoondochter niet zien, ik weet gewoon dat ze zich schrap zetten voor wat er nu komt.

Ik haal diep adem en draai mijn bovenlichaam naar mijn vriendinnen toe, die verderop op het strand zijn gaan zitten. Zij aan zij. Meteen hebben ze door dat ik naar ze kijk. Yara vouwt haar duimen en wijsvingers in een hartje en strekt haar armen boven haar hoofd, zodat ik het goed kan zien. Ik glimlach om het gebaar.

'Ik had nooit eerder met uw man gevlogen, maar het klikte meteen,' begin ik mijn verhaal, terwijl ik mijn gezicht weer naar de oceaan toe draai. Rustig begin ik te vertellen wat zich eerder vandaag in het vliegtuig heeft afgespeeld.

'Merkte je iets geks aan hem?' vraagt een jongensstem – waarschijnlijk een van Richards zoons – als ik na een tijdje even stilval.

'Eerst niet. Er leek niets aan de hand. Jullie vader sprak heel liefdevol over jullie. Hij vertelde trots welke studies jullie allemaal volgen en dat hij niemand zo gek heeft gekregen om ook de luchtvaart in te gaan.' Ik hoor zachtjes gelach aan de andere kant en praat verder. 'Hij vertelde ook over de schoonheidssalon aan huis... Hij had zin in de reis naar Mexico en maakte plannen om naar Chichen Itza te gaan.'

'Ja, hij wil alle zeven wereldwonderen hebben gezien,' hoor ik zijn vrouw zeggen.

'Klopt, en hij maakte grapjes dat jij hem er vaak genoeg op hebt gewezen dat hij klinkt als een wandelende reisbrochure.' Weer zacht gelach. Ik vertel verder en Richards familie hoort het aan, zonder vragen te stellen als ik bij het kritieke stuk kom. Ik probeer ze niet meer afschuwelijke details te vertellen dan nodig, maar wil ook zo min mogelijk informatie achterhouden.

Terwijl ik praat zie ik in gedachten Richards van pijn vertrokken gezicht voor me, zijn verwilderde schichtige ogen die van links naar rechts schoten en de pure doodsangst in zijn blik. Ik zie weer zijn bovenlichaam kromtrekken, de gebalde vuisten voor zijn borst en hoe zijn pupillen naar boven rolden en daar leken te verdwijnen in het niets. De afschuwelijke geur van zijn uitwerpselen dringt nog steeds mijn herinneringen binnen.

'Was de huisarts op tijd bij hem?' doorbreekt Mariska mijn gedachten.

Mijn keel voelt dik, als een onzichtbare vuist die dichtknijpt, en even twijfel ik over mijn antwoord. Ik kan toch moeilijk aan zijn gezin vertellen dat ik de crew pas om hulp vroeg op het moment dat het echt misging, terwijl Richard daarvoor al aangaf dat hij niet lekker was? Ik kan toch niet zeggen dat ik er zo verschrikkelijk tegen opzag om in mijn eentje verder te vliegen dat ik misschien wel te laat heb ingegrepen?

'Dat weet ik niet,' besluit ik te zeggen. 'Maar de ambulancebroeders bevestigden dat de huisarts en de purser adequaat hebben gehandeld.'

'Hebben de ambulancebroeders iets gezegd over Richards kansen?' stelt Mariska een nieuwe vraag.

'Nee,' lieg ik. 'Het ging allemaal heel snel.'

'Hoe schat jij mijn vaders kansen in?' vraagt een van de zoons. 'Jij was erbij. Jij hebt het zien gebeuren.'

Een huiveringwekkende siddering baant zich een weg langs mijn ruggengraat.

'Dat kan Roxanne toch niet weten? Zij is geen arts, schat,' grijpt Mariska in. 'We zijn je heel dankbaar dat je zo goed en snel hebt gehandeld. Als jij er niet was geweest, dan... dan...' Er valt een stilte die niemand opvult. Uiteindelijk is het een van Richards zoons die verder praat.

'Gelukkig is het jou gelukt om snel naar Miami uit te wijken. Hoe is het eigenlijk verdergegaan met de passagiers? Iedereen was onderweg naar Mexico. Blijven jullie nu daar in Amerika?'

Blij met zijn praktische vraag zucht ik diep. Ik merk nu pas dat ik mijn adem een tijdje heb ingehouden. 'De passagiers hebben heel lang moeten wachten voordat ze het vliegtuig uit mochten. Niemand had natuurlijk een Amerikaans visum bij zich. Ze zijn voor één nacht ondergebracht in een hotel. Hier in Miami was gelukkig al een KLM-crew aanwezig. Zij hebben genoeg rust gehad en vliegen de passagiers morgen door naar Cancún.'

'En jullie? Wat gaan jullie doen?' vraagt een andere zoon.

'Wij blijven hier achtenveertig uur en worden dan teruggevlogen als gewone inzittenden. Als passagiers dus eigenlijk. KLM laat een crew na zo'n gebeurtenis niet zelf terugvliegen.'

'Tja, het moet voor jullie als bemanning natuurlijk ook heel heftig zijn,' zegt Richards vrouw. 'Zeker voor jou. Als piloot.'

Ik knijp mijn ogen stijf dicht en zoek naar woorden. 'Ik hoop alleen maar dat het goed komt met Richard. Dat ik de juiste keuzes heb gemaakt en dat we snel genoeg aan de grond stonden...' Opnieuw voel ik die verpletterende verantwoordelijkheid voor zijn leven. Als het niet genoeg is, dan...

Richards vrouw onderbreekt me. 'We zijn je voor altijd onze dank verschuldigd.'

'Dat hoeft niet,' antwoord ik bij gebrek aan iets beters. 'Willen jullie... Willen jullie dat ik Richard bezoek? Ik weet niet of ik bij hem mag op de IC. Ik ben natuurlijk geen familie, maar... ik ben nu het dichtst bij hem in de buurt.'

'Dat is heel lief van je, Roxanne,' zegt Richards vrouw, die mijn naam op dezelfde manier uitspreekt als haar man. 'Maar ik denk dat jij nu genoeg hebt aan jezelf. Ik stap op het eerstvolgende vliegtuig naar Miami. Weet dat je zorgen om mijn man worden gewaardeerd.'

'Is er iets anders wat ik voor jullie kan doen?'

'Die huisarts, die in het vliegtuig bij Richard was,' zegt zijn vrouw na een korte stilte. 'Kun je achterhalen of er een manier is waarop we hem kunnen bedanken? Is dat mogelijk?'

'Achteraf heb ik hem gesproken. Ik heb hem bedankt en ben zo vrij geweest om dat ook namens jullie te doen. Als je toch nog contact met hem wilt, dan zal ik kijken wat ik kan regelen. De crew wilde trouwens ook laten weten dat er aan Richard wordt gedacht.'

'Bedank hen ook maar,' zegt Richards vrouw. 'Het doet ons heel goed om te weten dat ondanks het feit dat wij er niet bij waren, er toch lieve mensen voor Ries klaarstonden. Mensen die er alles aan hebben gedaan om voor hem te zorgen.'

Ik laat haar woorden even op me inwerken en slik. Een ogenblik kan ik alleen maar staren naar mijn voeten, waarover nog steeds kleine golfjes af en aan spoelen. 'Ja, ik zal de crew jullie dank overbrengen en ik wens jullie heel veel sterkte. Ik weet het, "sterkte" is een verschrikkelijk stom woord, maar ik meen het wel.'

We zeggen elkaar gedag en verdwaasd hang ik op. Secondelang blijf ik voor me uit staren in het niets. De situatie is zo onwerkelijk, en ik kan de gedachte dat Richard het niet heeft gehaald niet van me afschudden. Alsof hij nu echt dood is. Ik had zijn familie zo graag ander nieuws willen vertellen.

Heb ik er echt alles aan gedaan? Alles wat in mijn macht lag? Ben ik niet te lang blijven hangen bij die zalmpasta? Ben ik verantwoordelijk voor Richards huidige staat?

Ongemerkt laat ik mijn teenslippers in het zand vallen. Het duurt niet lang voordat ik de veilige armen van mijn vriendinnen om me heen voel. Yara en Esmee houden me stevig vast en ik laat me door hen omhelzen, aan de rand van de oceaan. Ik ben blij dat mijn vriendinnen bij me zijn. Helaas wordt het rauwe gevoel in mijn binnenste er niet minder door.

De volgende dag staan Yara en Esmee na een laat ontbijtbuffet, dat we beneden in het hotel met zijn drieën hebben genuttigd, in de deuropening van mijn hotelkamer op mij te wachten. Ik treuzel met de inhoud van een linnen strandtas. Na deze verschrikkelijke nacht heb ik eigenlijk helemaal geen zin om mee te gaan.

'Anders gaan jullie alvast,' probeer ik. 'Ik moet vandaag toch rapporten schrijven over wat er allemaal is gebeurd en telefoontjes plegen met KLM Safety, de chefvlieger en de vertrouwenspersoonlijn. Dan kom ik straks wel jullie kant op.'

Yara schudt haar hoofd. 'Echt niet, Rox. We hebben op onze eigen hotelkamer geslapen na het drankje, omdat jij dat liever had. En we begrijpen echt dat je alleen wilde zijn, maar vandaag zijn we bij je.'

Yara, gehuld in een mokkakleurige strandjurk met opgezette stukjes grof gehaakt kant, neemt me onderzoekend in zich op en ik schokschouder bij wijze van reactie. 'Ik denk dat je beter met ons mee kunt gaan en dat het goed voor je is om even afleiding te zoeken,' praat ze verder. 'Neem een duik in de oceaan. Eet iets, al is het maar fruit. Die rapporten kunnen wel even wachten. Je hebt gisteren al zoveel geregeld.'

'Wij willen je straks met alle liefde helpen,' voegt Esmee eraan toe. 'Je hoeft het niet alleen te doen. Neem eerst even een moment voor jezelf. De andere KLM-crew ontfermt zich nu over de passagiers. Straks vliegen ze door naar Cancún, dus die last is van je schouders. Jij moet echt even aan jezelf denken.'

De bezorgdheid van mijn vriendinnen is lief bedoeld, maar ik zou het echt niet erg vinden als ze met zijn tweeën naar het strand zouden gaan. Misschien voel ik me juist beter als ik meteen de telefoontjes pleeg en de rapporten opstel. Als iets, wat dan ook, me maar het idee geeft dat ik mezelf nuttig kan maken. Niet dat dat ook maar iets aan Richards situatie verandert, maar het alternatief – stilzitten en niets doen – spreekt me nog minder aan.

Maar toch...

'Oké, dan. Ik ga met jullie mee.' Twee blije gezichten kijken me aan en ik glimlach zwakjes terug. Alle drie hadden we ons deze trip compleet anders voorgesteld.

'Heb je alles? Een handdoek. Je telefoon en kamerpasje. Je bikini?' vraagt Yara, wijzend naar het tweepersoonsbed, waar ik spullen uit mijn koffer op heb uitgestald.

'Mijn bikini heb ik hieronder aan,' zeg ik, wijzend naar het groene strandjurkje dat ik draag. Ik pak de linnen strandtas, hang het hengsel rond mijn schouder en sluit de hotelkamer af.

Via de gang op de vierde verdieping, waar de kamers van onze crew aan liggen, bereiken we de lift. We wachten totdat hij op onze verdieping arriveert en wanneer de liftdeur openschuift stappen twee jonge stewardessen uit, die gisteren bij ons in het vliegtuig in de economyclass stonden.

'Daar heb je onze heldin!' roept de zwartharige. 'We hadden het er net over hoe geweldig je het gisteren deed,' zegt ze met haar blik op mij. 'Echt grote klasse.'

‘Het leek wel een film waarin we zaten. Vinden jullie niet?’ vraagt de roodharige, hoewel ze ons antwoord niet afwacht. ‘Ik vlieg pas acht maanden bij KLM en dan maak ik meteen zoiets heftigs mee. Knotsgek, toch? Ik ga thuis aan al mijn vrienden in Amsterdam vertellen dat onze vrouwelijke piloot het toestel aan de grond heeft gezet en adequaat heeft gehandeld. Je hebt het leven van onze captain gered. *Girlpower to the max*!’ Ze balt haar vuist en steekt hem heldhaftig in de lucht. Ik sta erbij en kijk ernaar.

‘Wij zijn ook heel trots op Roxan,’ zegt Yara, terwijl ze met haar hand de liftdeur tegenhoudt om te voorkomen dat de lift ervandoor gaat. Ze maakt een armbeweging waarmee ze Esmee en mij voor laat gaan in de lift. Dankbaar stap ik langs de stewardessen heen en ik druk meteen op de knop van de eerste verdieping, en daarna op de knop om de deuren te laten sluiten. Als we alle drie in de lift staan en wachten totdat de deur dichtgaat, houdt de zwartharige stewardess de deur met haar voet tegen.

‘Hebben jullie nog iets gehoord? Over de captain, bedoel ik?’ vraagt ze, terwijl haar zwarte paardenstaart heen en weer zwiept. ‘Hoe is het nu met hem?’

‘Stabiel,’ antwoord ik. ‘Hij ligt op de IC en wordt daar in de gaten gehouden. Vanmorgen vroeg heb ik het ziekenhuis gebeld. Richard is de nacht doorgekomen.’

‘Wat fijn, zeg,’ zegt de roodharige. ‘Hij zal je wel heel dankbaar zijn.’

Daar weet ik niks op te zeggen, en de roodharige lijkt het aan te voelen. Met een meewarige glimlach verandert ze snel van onderwerp. ‘Nou goed, wij zijn net in de gym geweest en we hebben ons helemaal in het zweet gewerkt. Twee anderen van de crew waren daar ook. We gaan zo naar Bayside Marketplace, een beetje shoppen en daar ook ergens lunchen aan het water. Zin om mee te gaan?’

‘Bedankt, maar nee,’ antwoordt Esmee. ‘Wij gaan een beetje bijkomen vandaag.’

Er valt een stilte. De zwartharige stewardess houdt nog steeds onze lift tegen met haar voet.

'Ja, natuurlijk. Logisch ook. Je zult vast heel erg geschrokken zijn, Roxan.' Ze glimlacht ongemakkelijk en begrijpt eindelijk de hint als ik mijn blik laat afdalen naar haar voet.

'Nou, rustig aan vandaag, hè,' horen we de roodharige ons nog toeroepen, terwijl de liftdeur dichtschuift. 'En veel plezier samen!'

Zodra de deur volledig dicht is kijk ik van Esmee, die haar lachen probeert in te houden, naar Yara, die ongelovig haar hoofd schudt. Als de lift in beweging komt, zegt Yara: 'Die twee stonden achterin en hebben werkelijk geen idee hoe erg het allemaal was. We moeten het ze maar niet kwalijk nemen.'

De lift zoeft naar beneden en komt uit in de lobby. Buiten bij de torenhoge palmbomen die her en der rond het met ligbedden omzoomde zwembad staan, bereiken we via een smalle doorsteek het strand.

In het daglicht ziet het er anders uit dan gisteravond in het schemerlicht. Her en der zitten groepjes Amerikanen op kuipstoeltjes in cirkels, met grote koelboxen en geluidsinstallaties, die blijkbaar geen van allen hoeven te werken op vrijdag. Ook zijn er natuurlijk toeristen, die per tweetal op hun strandlakens liggen en daarnaast te herkennen zijn aan hun huid, die nog wel wat zon kan gebruiken.

We leggen onze badhanddoeken neer op een open plek niet ver van het water en nemen direct een verkwikkende duik in de oceaan. Het water is heerlijk, beslist niet koud, en de zon op mijn huid voelt weldadig en geeft op een bepaalde manier ontspanning. Toch lukt het me niet om in het moment met mijn vriendinnen te zijn, hoewel ik echt probeer mijn zinnen te verzetten, alles even te vergeten en een beetje gezellig te doen.

Steeds doemen de beelden van Richard op. Dat hij naar adem snakte, zijn borst vastgreep en alles liet lopen. De poeplucht laat me maar niet los.

Zodra we de oceaan uit komen gaat Esmee als eerste op haar zij op haar badhanddoek liggen. De zoute straaltjes water lopen langs haar lange natte blonde haren via haar rode bikinitopje naar haar onderarm, waarmee ze op haar badlaken steunt. Gebiologeerd staar ik ernaar; alles om maar niet na te hoeven denken. 'Wil je er al over praten?'

Ik ga naast haar op mijn rug liggen en sluit mijn ogen tegen de felle zon. 'Jullie waren er toch bij?'

Het blijft zo lang stil dat ik mijn bovenlichaam opricht en een halfzittende positie aanneem, steunend op mijn onderarmen en ellebogen. Ik kijk opzij. Esmee perst haar lippen op elkaar en blijft me serieus aankijken. Ik ontwijk haar blik en verbreek het oogcontact, maar als ik mijn hoofd naar Yara toe draai in de hoop steun te vinden, zie ik dat ze me op precies dezelfde manier aankijkt.

Yara legt haar hand op mijn arm. 'We vlogen heel hoog boven de oceaan toen Richard naast je zat en niet goed werd. Vervolgens kon alleen jij het vliegtuig veilig aan de grond krijgen. Was je niet bang? Was er geen enkel moment dat het je te veel werd?'

'Daar had ik geen tijd voor,' zeg ik, terwijl ik mijn arm zachtjes terugtrek. 'Ik was me er te veel van bewust dat ik snel moest handelen om hem überhaupt een kans te geven.'

'Je was best wel gestrest, lieverd,' probeert Esmee voorzichtig.

'Natuurlijk was ik dat!' val ik uit. 'Het zou raar zijn als ik lachend met twee vingers in mijn neus zou landen. Of niet dan?' Ik laat een stilte vallen die mijn vriendinnen niet opvullen. 'Wat willen jullie dat ik nog meer zeg? Ja, het was een ongelooflijke kutdag en ik hoop dit nooit meer mee te maken. We trainen dit soort noodprocedures in de simulator, maar ik heb er nooit bij stilgestaan dat die kennis ook echt een keer van pas zou komen.' Ik zucht. 'Het is godzijdank achter de rug en iedereen blijft me maar vertellen hoe goed ik het heb gedaan, maar ik vond het afgrijselijk, dus kunnen we er nu alsjeblieft over ophouden en het over iets anders hebben?'

'Als dat is wat je wilt.' Yara's helderblauwe ogen staan bezorgd.

'Ja, dat zou fijn zijn. Sorry dat deze trip niet is wat we ervan hadden verwacht. Ik weet ook echt wel dat jullie het hartstikke lief bedoelen, maar het is niet nodig. Ook dit hoort blijkbaar bij ons werk. Morgen vliegen we weer terug, laten we nu maar even relaxen.'

Er valt een stilte die zo lang en ongemakkelijk is dat ik het liefst fysiek weg zou willen uit deze hele situatie.

'Heb jij Javier nog te pakken gekregen?' vraag ik Esmee snel.

'Ja, ik heb hem net gesproken. Hij zit nog steeds in Hongkong. Het tijdsverschil met Miami is twaalf uur en hij is daar ontzettend druk aan het werk, daarom lukte het gisteren niet. Ik had hem natuurlijk wel een berichtje kunnen sturen, maar wat wij hebben meegemaakt vond ik meer iets voor over de telefoon. Zeker omdat Javier het niet zo heeft op vliegtuigen. Ik heb hem bijgepraat en hij schrok zich inderdaad rot. Hij wilde meteen weten of het wel goed met me gaat en hoe jullie het maken.'

'Wat lief,' reageert Yara. 'Jeroen schrok gisteren ook behoorlijk. Maar Javier heeft dus altijd doemscenario's in zijn hoofd als hij gaat vliegen?'

Esmee knikt. 'Hij laat zich er niet door tegenhouden, hoor. Hij vliegt evengoed veel voor zijn werk, maar hij geniet er niet van zoals wij dat doen.'

'Zie je ertegen op om weer te vliegen? Of nou ja, in de lucht te zijn?' vraagt Yara aan mij.

'Nee. We hoeven deze vlucht helemaal niets te doen,' reageer ik schouderophalend. 'Het lijkt me best relaxed om filmpjes te kijken en lekker te slapen, terwijl een andere crew voor ons en het vliegtuig zorgt.'

'Goed zo.' Yara glimlacht. 'Ik vind het zo knap van je hoe je ermee omgaat. Jij bent altijd heel sterk en nuchter, maar ik weet niet of mij dat in jouw plaats was gelukt.'

'Ik heb er ook veel bewondering voor,' voegt Esmee eraan toe. 'Je was zo koelbloedig in die cockpit, Rox. Echt heel indrukwekkend.'

Een golf van ongemak overvalt me. 'Jongens, echt genoeg erover.'

'Beloof ons dat als je er met ons over wilt praten, dat...' begint

Esmee, maar haar mond sluit abrupt als de ringtone van mijn telefoon ons onderbreekt.

Ik draai me op mijn buik, graai in mijn tas en vind mijn telefoon. 'Met Roxan Berkhout.'

'Goedemiddag. Je spreekt met de vertrouwenspersoon van KLM, naar aanleiding van het voorval gisteren,' vertelt een vriendelijke vrouwenstem. Ik ga rechtop zitten en weersta de neiging direct op te hangen. Ik leg mijn hand over het spreekdeel en richt me tot mijn vriendinnen. 'Sorry. Deze moet ik even nemen. De plicht roept.' Ik sta op en loop een stukje bij Yara en Esmee vandaan.

De vertrouwenspersoon stelt zich voor en praat ondertussen verder in mijn oor. Ze zegt dat ze te horen heeft gekregen wat er in het vliegtuig is gebeurd en dat ze zich kan voorstellen dat dit een grote indruk heeft gemaakt. Ze vertelt wat zij in haar positie voor mij kan betekenen en valt uiteindelijk stil na de vraag: 'Hoe gaat het met je?'

Ik zucht diep. Hier heb ik zó geen zin in. 'Luister, het was verschrikkelijk, maar er is genoeg over gepraat. Mijn vriendinnen zijn allebei stewardess en waren ook op de vlucht. Ze hebben me goed opgevangen. We hebben er uitgebreid over gesproken en zullen dat na vandaag nog vaak genoeg doen. Ik voel me prima en heb geen hulp nodig. Bied die maar aan de familie Van Vliet aan.'

De rest van het gesprek gaat moeizaam, maar het kan me niet schelen. Ik wil rust aan m'n kop.

7

Bij aankomst op Schiphol wordt de hele crew meteen opgevangen bij de gate. Het is duidelijk dat onze groep van elf man zorgvuldig bij elkaar wordt gehouden en er nu direct een debriefing volgt. We worden neergezet in een crewroom waar aan een grote tafel iedereen koffie of thee krijgt aangeboden. Inmiddels is het halftien op zondagochtend.

Yara en Esmee zitten rechts van mij en net als veel andere crewleden nippen we van onze koffie. De chefvlieger en twee vertrouwenspersonen openen de debriefing en stellen zich om beurten aan ons voor. De chefvlieger, een vlieger die in werkelijkheid maar weinig vliegt en feitelijk een managementfunctie heeft, is een man van ergens in de vijftig. Hij heeft dik grijs haar en kleine indringende kraalogen, en begint een inleidend praatje.

Terwijl hij aan het woord is kijken de mannelijke en vrouwelijke vertrouwenspersoon vriendelijk en begripvol de groep rond. Mijn blik kruist even die van de mannelijke vertrouwenspersoon, de jongste van het KLM-zorgverlenersteam. Ik dwing mezelf naar hem te glimlachen. Hij blijft me aankijken op dezelfde vriendelijke en begripvolle manier en glimlacht uiteindelijk geruststellend terug, maar mij houden ze niet voor de gek. Ik weet heus wel dat deze nazorg goed is en dat het KLM een heel fijne werkgever maakt, maar ik heb donders goed in de gaten wat hier gebeurt.

Dit team is aan het werk. Als een stel speurneuzen hebben ze hun antennes aanstaan en observeren ze de crewleden nauwlettend stuk voor stuk.

'We willen jullie herinneringen, jullie staat van zijn als het ware, bewust zo vers mogelijk houden,' neemt de vrouwelijke vertrouwenspersoon het woord van de chefvlieger over. Ze draagt een grijs zakelijk mantelpak, dat te stijf lijkt voor haar vrolijke blonde krullenbos. Haar gezicht is zwaar opgemaakt. Boven en onder haar wimpers heeft ze een opvallend blauwe lijn eyeliner aangebracht. Misschien wil ze hiermee haar eveneens blauwe ogen accentueren, maar wat mij betreft heeft ze de plank compleet misgeslagen.

'Daarom zijn we meteen deze debriefing in geschoten. Alles wat op je hart ligt wordt hier en nu besproken. Weet dat dit een veilige omgeving is waarin al jouw emoties er mogen zijn. Wij zijn hier voor jullie. We willen en kunnen echt helpen, dus schroom niet om het achterste van je tong te laten zien. Wij doen dit werk al heel lang en vinden helemaal niets raar.'

Ze laat een stilte vallen waarin ze vertrouwelijk glimlacht, gaat verzitten op haar stoel en haar handen informeel op tafel legt. Het werkt. Ik zie hoe drie stewardessen die gespannen op hun stoel zaten diep zuchten en hun schouders een beetje laten zakken.

'De luchtvaart is gebaseerd op vertrouwen en dat mag je gerust heel letterlijk nemen. Het is tweerichtingsverkeer.' Ze geeft een hoofdknikje naar haar mannelijke collega in dezelfde functie.

'Wie van jullie wil beginnen met vertellen hoe jij het persoonlijk hebt ervaren?' De mannelijke vertrouwenspersoon steekt een vlakke hand, met zijn handpalm naar boven gericht, voor zich uit en maakt een rondgaand gebaar. 'Wie wil het spits afbijten?'

De zwartharige stewardess die we in het hotel bij de lift tegenkwamen steekt als eerste haar hand op. Het verbaast me niets. 'Ik wil wel beginnen,' zegt ze.

De mannelijke vertrouwenspersoon knikt. 'Vertel ons even je naam en functie. Jullie hebben net gevlogen als gewone inzittenden, en zonder uniform is het lastig voor ons om jullie uit elkaar te houden. En neem ons vooral mee in jouw ervaring.'

'Stefanie Waalskerk. Ik sta als stewardess in de economyclass,' zegt ze met een stralende glimlach, waardoor ik haar ervan verdenk dat ze geniet van de aandacht die nu op haar is gericht. 'We hadden eerst een heel normale vlucht, zoals altijd. Totdat er om medische assistentie werd gevraagd was er eigenlijk niets aan de hand. In mijn werkgebied zat een huisarts. Dat wist ik tot aan dat moment helemaal niet, hoor. Dat hij huisarts was. Er zat een vrouw naast hem en zij had mij aan het begin van de vlucht verteld dat ze verloofd waren en op vakantie gingen naar Cancún. Ik vond het echt een leuk stel.' Ze maakt een wegwuifgebaar als de mannelijke vertrouwenspersoon haar met een subtiel hoofdknikje aanspoort om verder te vertellen. 'Maar goed, hij schoot dus te hulp en we hebben de huisarts daarna ook niet meer gezien, totdat we aan de grond stonden.' Ze haalt diep adem. 'Toen de piloot liet weten dat we gingen uitwijken naar Miami stelden de passagiers heel veel vragen, maar wij hadden ook niet alle antwoorden. Gelukkig had de verloofde van de huisarts begrip. Zij was juist blij dat hij van betekenis kon zijn, maar ik had zo met haar te doen... Lekker begin van je vakantie!'

Ik kijk opzij en ontmoet de gezichten van mijn vriendinnen. In de stilte die valt hebben we aan een blik genoeg. Esmee zet snel het bekertje koffie aan haar lippen om een lach te onderdrukken.

Plotseling begint Stefanie hevig te snikken. Ze verbergt haar halve gezicht achter haar handen, alleen haar ogen zijn nog zichtbaar.

'Ik vind het zo erg,' piept ze. 'Al die mensen die vragen op ons afvuurden en er was zoveel onrust in de cabine,' voegt ze er gesmoord aan toe. Ze laat haar handen zakken tot onder haar kin en haar ellebogen vinden steun op tafel. 'Ik heb weleens heel heftige turbulentie meegemaakt, maar dit was zoveel erger. We waren compleet machteloos. Overgeleverd aan de situatie. Ik wilde de passagiers wel geruststellen, maar dat lukte niet goed en wij wisten op dat moment ook niet precies hoe het verder zou gaan. Of ze door zouden vliegen of dat ze in Miami zouden blijven of...' Haar gesnik gaat over in huilen.

Even vraag ik me af of ze echt aangedaan is of dat Stefanie nu een theaterstukje opvoert. Meteen berisp ik mezelf om die gedachte. Natuurlijk is het goed mogelijk dat het haar aangrijpt.

De roodharige stewardess die naast haar zit aait over de rug van de zwartharige. De vertrouwenspersoon met de blonde krullenbos schiet te hulp en reikt een doos tissues aan.

'Ik heb precies hetzelfde meegemaakt,' zegt de roodharige stewardess ernstig knikkend, terwijl ze over de rug van haar collega blijft wrijven, die huilend haar neus snuit in een tissue. 'Ook al stonden wij achterin en hebben we er niet alles van meegekregen, het was verschrikkelijk. Alsof het hele vliegtuig in één klap gevuld was met angstaanjagende paniek. Het moet voorin nog veel erger zijn geweest.' Ze zucht en schudt spijtig haar hoofd. 'Maar wat ik even wil zeggen, en ik denk dat ik namens de hele bemanning spreek, is dat ik zo ongelooflijk veel respect heb voor onze copiloot. Ze heeft gestreden en niet alleen voor de captain, ook voor ons en de passagiers. We mogen haar met zijn allen heel erg dankbaar zijn.'

De roodharige stewardess begint te klappen en al snel volgt iedereen haar voorbeeld. Alle ogen aan tafel zijn nu op mij gericht. Ik knik schaapachtig in de hoop dat het applaus daarmee stopt en de roodharige – of voor mijn part de zwartharige, of wie dan ook aan tafel – het woord neemt.

Dat gebeurt niet. Het applaus houdt aan. Heel lang. Ik kan het niet langer aanhoren en hef mijn hand op.

'Bedankt allemaal, maar ik deed gewoon mijn werk. Iedereen heeft zijn aandeel geleverd.' Ik pers er een glimlach uit, kijk de kring rond en hoop dat ik iemand met mijn oogcontact kan aansporen om het woord over te nemen.

De chefvlieger kijkt me aan met een doortastende blik. Op de een of andere manier doen zijn priemende ogen me denken aan een zwarte raaf. 'Hoe is de impact op jou?' vraagt hij.

'Met mij gaat het goed. Onze captain, Richard, heeft de zorg gekregen die hij nodig had en daar was het uiteindelijk allemaal om te doen. Ik hoop vooral dat hij goed wakker wordt en geen blijvende hersenbeschadiging heeft opgelopen. Mijn gedachten zijn vooral bij hem en zijn gezin.' *En ik vraag me steeds af of ik Richard niet te lang heb laten zweten en of zijn toestand mijn schuld is, maar dat ga ik jullie allemaal niet aan jullie neus hangen,* denk ik er in stilte achteraan.

De chefvlieger blijft me geringschattend aankijken. Ik voel me ongemakkelijk onder zijn blik. Misschien wacht hij af of ik uit mezelf nog meer wil delen, maar ik hou stellig mijn mond dicht en probeer op dezelfde manier terug te kijken. Zelfverzekerd. Ontspannen. Me bewust van een open lichaamshouding. Laat hem maar moeite doen om het uit me te trekken, als hij het dan zo graag wil weten.

'Wat voor hulp heb je nodig?' vraagt de chefvlieger uiteindelijk, zonder in de tussentijd ook maar één keer met zijn ogen te knipperen. 'Misschien heb je na deze debriefing behoefte aan een-op-eengesprekken. Er kan ook een instructeur met je meegaan op je volgende vlucht. Of misschien wil je wel eerst de simulator in. Wat ook kan is dat je een tijdje tot rust komt en voorlopig aan de grond blijft. Het is allemaal mogelijk. Alles valt te regelen. Dus hoe kunnen wij ervoor zorgen dat jij weer veilig en met een fijn gevoel de lucht ingaat?'

'Wat mij betreft is dat niet nodig,' zeg ik met daadkracht in mijn stem. 'Het is goed dat we nu met elkaar napraten en dat deze debriefing er is, maar het gaat echt goed met me. Zet me alsjeblieft weer op een vlucht.'

'Weet je zeker dat je met niemand wilt praten?' vraagt Yara voorzichtig.

Pijlsnel schiet mijn blik opzij. Ik werp Yara een blik toe in de hoop dat ze daaruit opmaakt dat het de bedoeling is dat zij aan mijn kant staat en niet dat ze het me lastiger maakt dan het al is.

'Je hebt het waanzinnig gedaan, maar er lag ook een enorme druk op je schouders,' praat ze onverstoorbaar verder.

'Die druk voelden we allemaal. Jij hebt Richard nota bene zelf in de keuken gelegd.'

Yara knikt langzaam. 'Het was verschrikkelijk om jullie twee aan te treffen in de cockpit. Ik voelde me zo machteloos naar onze captain toe, maar ook heel erg naar jou…'

'We hebben allemaal onze rol vervuld,' herhaal ik gedecideerd. 'De purser heeft samen met de huisarts de AED aangesloten en Esmee zat naast me tijdens de landing. Zij hebben ook het heftigste gedeelte meegemaakt.' Ik knik in de richting van de purser en Esmee, maar Yara laat zich niet zo makkelijk afpoeieren.

'Natuurlijk was het voor ons ook heftig,' zegt ze. 'Maar wij waren er niet bij toen het allemaal begon. Die momenten in de cockpit moeten verschrikkelijk voor je zijn geweest.'

'Misschien wil je ons daar iets over vertellen,' haakt de chefvlieger daarop in. 'Hoe het voor jou was.'

'Het was heftig, dat zal ik niet ontkennen. Het moeilijkste vind ik op dit moment dat we Richard moesten achterlaten in Miami. Hij vecht nog steeds op de IC en wij zijn straks weer thuis. Voor ons is het hier klaar. Wij gaan gewoon weer verder met ons leven en dat voelt krom. Maar ik weet ook wel dat het is wat het is. Niemand kan nu nog iets aan de situatie veranderen.'

'Wanneer zou je het fijn vinden om weer te gaan vliegen?' vraagt de chefvlieger.

Ik doe alsof ik even een moment neem om na te denken over een antwoord, maar eigenlijk weet ik direct wat ik wil zeggen. 'Volgens mijn werkrooster ben ik nu eerst een week thuis en dan vlieg ik naar Dubai. Ik denk dat we die planning gerust kunnen aanhouden.'

De chefvlieger knikt langzaam en lijkt er genoegen mee te nemen. In een onbewust ogenblik kijk ik verder de groep rond en meteen vallen de bewonderende blikken in mijn richting me op. Iedereen heeft respect voor me. Iedereen vindt me sterk. Een beetje overdreven is het wel. In Miami werden er zelfs glazen gin-tonic door de crew besteld en onder mijn neus geschoven. Die had ik wel verdiend, werd erbij gezegd. Ik kon de sensatiebeluste vragen en lovende woorden algauw niet meer aanhoren en heb me zoveel mogelijk afgezonderd op mijn hotelkamer en me op het geregel gestort.

De regel dat je vierentwintig uur voor een vlucht geen abnormaal aantal glazen alcohol mag gebruiken werd niet heel strak nageleefd in Miami. Sowieso weet niemand precies hoeveel glazen alcohol 'abnormaal' is en hoewel de terugvlucht gewoon onder werktijd viel, scheelde het dat we vandaag niet zelf hoefden te vliegen.

Tien uur voordat je vlucht begint mag je als bemanningslid geen druppel alcohol meer aanraken en deze regel werd uiteraard wel netjes opgevolgd. Vandaag heeft iedereen zich eraan gehouden.

Iedereen, behalve ik. Voor het eerst sinds ik als copiloot werk heb ik een regel genegeerd. Of beter gezegd, overtreden. Bij het inpakken van mijn koffer, vlak voordat we het hotel verlieten, heb ik stiekem twee glazen Bacardi-cola achterovergeslagen. Ik moest de onrust in mijn lijf verjagen en de kalmerende werking van alcohol in mijn aderen toelaten. Het was de enige optie; ik had het nodig. Zonder was ik te gespannen. Te gejaagd om het vliegtuig in te gaan.

Ik hield mezelf stellig voor dat ik niet zelf hoefde te vliegen. Niemand zou er last van hebben of het überhaupt te weten komen. Voor deze ene uitzonderlijke keer mocht ik best een beetje buiten de lijntjes kleuren. Maar nu ik de waarheid heb verzwegen voor mijn vriendinnen voel ik me laf.

Ik had hen toch in vertrouwen kunnen nemen? Waarom heb ik het in het hotel niet meteen gezegd toen we elkaar weer zagen? Ze zouden het begrijpen. Ze zouden me niet veroordelen. Maar ze zouden me ook weer aankijken op de manier waarop ze dat gisteren en eergisteren deden, en die blik maakt dat ik me zo klein voel. Als een kleuter die om haar moeder smeekt… en zo wil ik me nooit meer voelen.

'Hoe was het voor jou?' vraagt de chefvlieger nu aan Esmee. 'Jij zat ook in de cockpit tijdens de landing?'

'Dat klopt. Ik kon niet veel doen voor Roxan, behalve er zijn voor de mentale support.' Esmee zucht en verbreekt kort het oogcontact. 'Maar mijn vriend is bijna een jaar geleden overleden aan slokdarmkanker. Toen ik de huisarts zo met onze captain bezig zag in de keuken triggerde dat een hoop. Het was vrij pijnlijk en emotioneel.' Esmees ogen vullen zich met tranen. Ze knippert, perst haar lippen op elkaar en haalt diep adem.

Ik leun naar haar toe en sla mijn arm om haar schouder. Ze glimlacht door haar troebele zicht heen en houdt zich kranig.

De vrouwelijke vertrouwenspersoon neemt het woord en richt zich tot de hele crew. 'Hoe jullie erin staan kan voor iedereen persoonlijk heel verschillend zijn. Het is belangrijk dat je goed bij je eigen gevoel blijft en dat ieder van jullie aangeeft waar hij of zij behoefte aan heeft.'

Naar de rest van de debriefing luister ik niet meer. Ik wil deze kamer uit. Weg van Schiphol. Ik wil alleen nog maar naar huis.

Het zorgverlenersteam houdt me aldoor scherp in de gaten. Ze doen hun best maar; dit draait niet om mij. Hoe zou het nu met Richard gaan? Is er al nieuws? Zou zijn vrouw inmiddels bij hem zijn? De vragen blijven onbeantwoord.

Wanneer ik rondkijk besef ik hoe groot de impact van de noodlanding op de crew is geweest. Plotseling doemt er een levendig beeld in mijn hoofd op en zit ik weer in de cockpit, mijn handen gespannen, de oceaan voor mijn ogen uitgestrekt, in mijn eentje verantwoordelijk voor alle crewleden die nu in deze kamer zitten.

Het kost me alle kracht die ik heb om me ervan los te rukken en ik voel me een paar seconden lang compleet klemgezet tussen de diepe onrust in mijn binnenste en de herinneringen. Ik richt me op mijn ademhaling en uiteindelijk lukt het om mezelf terug te halen naar het hier en nu en te ontspannen.

Terwijl ik me weer bewust word van mijn omgeving probeer ik het eerste liedje dat in me opkomt in gedachten te zingen, in een poging m'n systeem te kalmeren. Keer op keer herhaal ik de zinnen in mijn hoofd, terwijl ik alleen nog lijfelijk aanwezig ben in de briefingkamer.

Because I'm happy
Clap along if you feel like a room without a roof
Because I'm happy
Clap along if you feel like happiness is the truth
Because I'm happy
Clap along if you know what happiness is to you
Because I'm happy
Clap along if you feel like that's what you wanna do

Zodra de debriefing ten einde is en ik weg wil lopen komt de vrouwelijke vertrouwenspersoon met de blonde krullenbos naar me toe.

'Roxan. Het lijkt me verstandig om over een paar dagen een een-op-eengesprek te voeren,' begint ze. Haar blik laat me niet met rust. Naar mijn gevoel zinspeelt ze er vooral op dat ik te zwak ben om mijn werk te kunnen doen.

'Dat lijkt me niet nodig, hoor,' zeg ik zoetjes.

'Nazorg is ook voor een copiloot belangrijk,' blijft ze aandringen. Ze legt een hand op mijn schouder. Haar maniertjes zijn zo vriendelijk dat het irritant begint te worden. 'Het is jouw keuze, maar waarom zou je niet in alle rust met mij om de tafel willen zitten en zonder de rest van de crew erbij alles nog eenmaal bespreken? Erover praten is juist goed. Dat moet je niet onderschatten.'

Om ervanaf te zijn geef ik haar uiteindelijk haar zin.

Vrijdagmiddag om twee uur hebben we een afspraak. Om eerlijk te zijn onderga ik nog liever een wortelkanaalbehandeling.

8

Als ik eindelijk in mijn eigen huis ben, voel ik me leeg en volledig gesloopt, en ik besluit allereerst een douche te nemen. De warme stralen kletteren op mijn huid en ik blijf eindeloos lang onder de regendouche staan, in de hoop dat het water mijn stramme spieren ontspant. Voor het eerst sinds ik twee jaar geleden dit huis kocht baal ik ervan dat er geen badkuip in de badkamer zit. Gek genoeg zou ik mezelf nu heel graag willen onderdompelen in heerlijk geurend, schuimend water en de volledige wereld willen buitensluiten.

Ik droog me af, haal een borstel door mijn korte zwarte haar en smeer mijn gezicht in met dagcrème. De beslagen spiegel droog ik met een handdoekje. Zonder make-up zijn de donkere kringen onder mijn ogen duidelijk zichtbaar.

Het is zondagmiddag en eigenlijk zou ik best nog een heleboel dingen kunnen bedenken die moeten gebeuren. Zo zou ik er goed aan doen om eerst mijn koffer uit te pakken en een was aan te zetten. De koelkast moet worden gevuld en ik zou een gezonde maaltijd voor mezelf kunnen koken, maar daar voel ik allemaal vrij weinig voor. Besluiteloos loop ik een rondje door mijn woonkamer.

Uiteindelijk schenk ik mezelf een glas wijn in, neem een grote slok en constateer dat er echt een Dettoldoekje over de salontafel gehaald moet worden. Er zit een laagje stof op het zwarte marmer met daarin een forse witte ader.

In een keukenkastje vind ik de verpakking die ik zocht. Ik trek er een doekje uit en maak met woeste bewegingen de salontafel schoon. Hoewel de geur nog steeds lekker is, maakt het me dit keer niet blij. Daar is na alles wat er gebeurd is sterker geschut voor nodig.

Ik til mijn wijnglas op, om ook op die plek schoon te maken, en klok de overige inhoud van het glas in één keer achterover. Alsof het niets meer is dan een glas water. Eigenlijk wil ik iets sterkers.

Met een ruk open ik de onderste deurtjes van een kast waar ik mijn sterkedrankflessen bewaar. Er is nog veel over van mijn verjaardag. De flessen staren me aan, alsof ze in stilte smeken: *kies mij, kies mij, kies mij*. Nee… Nee, nee, nee.

Ho! Stop! Dit moet ik niet doen. Dit slaat nergens op. Ik smijt de kastdeurtjes dicht, ga er op de vloer met mijn rug tegenaan zitten en zucht diep. De flessen branden als hete fakkels in mijn rug en ik vecht tegen de drang mezelf compleet lazarus te zuipen. Het deel van mezelf dat dit een uiterst slecht idee vindt wint. Ik kan maar beter naar bed gaan en proberen te slapen. Daar is het de afgelopen dagen niet veel van gekomen.

In een zwarte tanktop en string stap ik onder mijn dekbed en hoewel de gesloten lichtwerende gordijnen mijn slaapkamer pikdonker maken kan ik de slaap niet vatten. Met open ogen staar ik in het donker en ik vervloek in stilte alle koppen koffie die ik de laatste uren heb gedronken. Met geen mogelijkheid kan ik een gemakkelijke houding vinden en ik blijf draaien en woelen. Na een tijdje ben ik er helemaal klaar mee en ik stap uit bed om een beker rooibosthee voor mezelf te maken in de keuken. Ik drink hem op in bed en beland uiteindelijk in een onrustige en oppervlakkige slaap.

Een vervelend indringend geluid schreeuwt om aandacht. Het duurt even totdat het tot me doordringt en ik moet moeite doen om mijn ogen te openen. De oplichtende rode cijfers van mijn wekker vallen me als eerste op.

Twee uur 's middags. Ik heb blijkbaar de hele avond, nacht en de halve dag geslapen.

Op de tast knip ik het lampje aan dat op mijn nachtkastje staat en ik realiseer me dat mijn wekker niet de boosdoener is die me uit mijn slaap haalt; mijn telefoon gaat over. Waarom heb ik het ding dan ook niet op stil gezet?

JOEY, flitst er op het scherm. Het liefst negeer ik de oproep, maar misschien heeft hij me nodig... 'Hé, Jo, hoe gaat het?'

'Zo... Wild nachtje gehad?' vraagt hij lachend.

'Nee, niet bepaald,' antwoord ik met een krakende stem. 'Ik kom net terug van een vlucht en lag te slapen.'

'O, shit. Sorry. Zal ik later terugbellen?'

'Nee joh, dat is niet nodig. Ik ben nu toch wakker.' Met mijn vrije hand wrijf ik in mijn ogen en ik ga rechtop tegen mijn kussen aan zitten.

'Ik vroeg me af of je zin hebt om vanavond samen een hapje te eten in de stad?'

Ik glimlach onwillekeurig en ben blij met de afleiding die hij me biedt. 'Ja, leuk, laten we dat doen. Waar was jij mee bezig net?'

'Niet veel. De lol van het vrij zijn is er alweer aardig vanaf, kan ik je vertellen. Ik verveel me te pletter.'

'Heb je dat nummer nog gebeld dat ik je stuurde?' *Niet denken aan wat erna gebeurde, Rox. Het gaat nu om Joey. Je broertje, die je graag wilt helpen.*

'Ja, dank je. Ik ben op gesprek geweest vrijdag. Ze willen me hebben. Ik kan vanaf morgen in de beveiliging werken op Schiphol. Die baan stelt niet zoveel voor, maar ik kan me opwerken.'

'Wat goed! Dus je hebt een baan? Gefeliciteerd, man!'

Het duurt even voordat Joey antwoord geeft. 'Tja... Dank je.'

'Dat is toch goed nieuws? Ben je niet blij?'

'Jawel.' Er klinkt een diepe zucht. 'Het betaalt alleen echt ruk. Ik vraag me af of ik er veel mee opschiet, maar ja, het is in ieder geval een voltijdbaan.'

'Als je laat zien wat je kunt, kun je vast snel doorstromen naar een betere functie. Iedereen moet onderaan beginnen, maar ik heb begrepen dat ze echt om mensen zitten te springen, dus ik denk dat...'

'Ja, dat is ook zo,' onderbreekt Joey me, hoorbaar geïrriteerd, en ik besef dat ik klink als een strenge oudere zus, die het zelf allemaal zo goed weet en alles in haar leven op een rijtje heeft. Het vormt een schril contrast met de werkelijkheid. 'Nou, waar spreken we af?'

We bespreken waar en hoe laat we elkaar in de stad zien, ronden het gesprek af en hangen op. Ik leg mijn telefoon terug op mijn nachtkastje, draai me op mijn zij en probeer verder te slapen. Een paar minuten blijf ik stilliggen, maar dan geef ik het op. Het zit er niet meer in. Ik kan maar beter uit bed gaan.

Bij mijn broertjes studio druk ik lang en hard op de bel, maar er wordt niet opengedaan. Zal ik de sleutel die hij me ooit gegeven heeft gebruiken, of moet ik hem gewoon even bellen?

Ik besluit het laatste te doen en het duurt niet lang voordat er wordt opgenomen.

'Hé, Rox,' klinkt zijn vertrouwde stem.

'Hé. Ben je nog steeds thuis?'

'Ja...'

'Doe open, alsjeblieft,' verzucht ik ongeduldig. 'Ik sta voor de deur.'

'O, ben jij het... Ik kom eraan. Ogenblikje.'

Joey verschijnt in de deuropening en kijkt wantrouwig langs mij heen, van links naar rechts, voordat hij me begroet en binnenlaat. Zijn stevige omhelzing maakt dat ik me een heel klein beetje meer mezelf begin te voelen.

'Ik dacht: ik kom maar meteen langs. Jij had niks te doen en ik ook niet, dus dit is een stuk gezelliger. Waarom deed je niet open? Hoorde je de bel niet?' Ik loop achter hem aan de vierkante ruimte van zijn studio verder in. Het kleine vertrek dat dienstdoet als keuken, slaapen woonkamer is nooit erg netjes, maar staat dit keer volgebouwd met kartonnen dozen die van de grond tot aan het plafond reiken en net een slag kleiner zijn dan gebruikelijke verhuisdozen.

'Jemig, wat staat het hier vol. Je woont hier toch met nóg iemand? Je kunt je kont hier bijna niet keren, man.'

'Mijn huisgenoot is weg,' zegt Joey schouderophalend. 'Ik vond dat hij weer huur moest gaan betalen en daar was hij het niet mee eens.'

'Hè? Die vriend woonde toch al een hele tijd bij je?'

'Soort van. Hij zat in nood en zocht een slaapplek toen ik nog bij Jessica inwoonde. Toen hij mijn studio voor zichzelf had, heeft hij een keer huur betaald en daar is het bij gebleven. Toen ik er weer bij kwam maakte ik een opmerking dat als hij mijn koelkast leeg bleef eten, hij ook mee mocht betalen. Hij kon op zijn minst een keer boodschappen halen, toch? Maar dat viel denk ik niet in goede aarde, want weg was hij. Nou ja. Nu heb ik in ieder geval mijn studio weer voor mezelf.'

Mijn broertje loopt langs me heen naar zijn bouwvallige keukenblok, waarvan de kastdeurtjes scheef hangen, en keert terug met twee biertjes uit zijn koelkast. Ik laat mijn blik nog eens langs de stapels dozen glijden en schuif wat paperassen opzij waarmee de bank bezaaid ligt om een zitplek voor mezelf te creëren. Joey overhandigt me een koud biertje en gaat op de rand van zijn tweepersoonsbed zitten, dat aan de bank grenst. Ik zou het flesje niet moeten aannemen, of in ieder geval er iets bij eten, maar gek genoeg heb ik nog steeds geen trek. Vandaag kan bier op een nuchtere maag me sowieso niets schelen.

Ik neem een slok en maak met mijn vrije hand een nette stapel van het papierwerk naast me. Hoe Joey kan leven tussen deze rommel is me een raadsel. Ik zou knettergek worden. Ineens dringt het tot me door. Dit zijn blauwe enveloppen, met hier en daar een witte brief ertussen, waar in duidelijke letters AANMANING op staat.

'Wat is dit, Jo?' vraag ik geschrokken.

Joey haalt diep adem en bijt op zijn lip. Daarna zet hij het bierflesje aan zijn mond en neemt een grote slok. Met zijn vrije hand friemelt hij aan de klep van zijn zwarte petje, die mij het zicht op zijn ogen ontneemt.

'Deze zijn ongeopend,' zeg ik terwijl ik de stapel doorspit. 'En dit... Fuck!' Ik neem een witte brief in mijn handen en laat mijn ogen razendsnel langs de formele, zwart getypte zinnen gaan. Verbijsterd staar ik mijn broertje aan. Mijn mond zakt open.

'Wat wil je dat ik zeg? Het is een teringzooi.'

'Hier staat dat je een huurachterstand hebt! Ze hebben het over ontbinding van je huurcontract! Jemig, Joey, je wordt je huis uitgezet als je niet snel betaalt!'

'Dat hoef je mij niet te vertellen,' reageert hij, terwijl hij afwezig op de klep van zijn petje tikt. 'Ik weet allang hoe *fucked up* het is.'

'Waarom heb je niets gezegd? Ik had je geld kunnen lenen. Ik...'

'Ik had het onder controle, Rox. Het zou allemaal goed komen, als die klootzakken me niet keihard hadden genaaid!' Hij plaatst zijn ellebogen op zijn uit elkaar staande knieën, houdt zijn hoofd schuin en zet zijn petje af. Met zijn andere hand wrijft hij een paar keer door zijn donkerblonde haar. Het is een gebaar dat ik goed ken. Mijn broertje is één bonk zenuwen en weet niet wat hij met zichzelf aan moet.

'Welke klootzakken?' vraag ik aarzelend.

'Vanmorgen stond er iemand van de woningbouwvereniging voor de deur. Waarom denk je dat ik net niet opendeed? Die eikels willen me gewoon op straat gooien! Terwijl ik mijn best doe de shit te regelen.'

Ik schud mijn hoofd en haal diep adem. 'Over welke klootzakken heb je het? De woningbouwvereniging?'

Joey snuift en neemt nog een slok bier. Alles om maar niets te hoeven zeggen. Het irriteert me mateloos.

'Waarom betaal je je huur niet? In de boomhut zei je dat het voorlopig wel goed zat met geld en je hebt straks toch weer gewoon een baan in de beveiliging?'

'Die baan betaalt ruk! Dat zei ik net ook al aan de telefoon. Daar ga ik deze ellènde echt niet mee oplossen. Het is een doekje voor het bloeden.'

'Hè? Ik snap er helemaal niets van. Vertel even van voren af aan wat er speelt.' Ik zet het bierflesje weer aan mijn mond en drink in een paar volle teugen meer dan de helft leeg.

'Ik had je toch verteld dat ik een klusje had gedaan?' zegt Joey, en ik knik. 'Een tijdje terug alweer. Ik moest iets voor iemand in bewaring houden en kreeg daar een aardige smak geld voor. Natuurlijk was het niet helemaal zuiver, maar ik stelde geen vragen en het leverde geen problemen op.'

'Iets...' herhaal ik. 'Voor iemand. Vertel me alsjeblieft dat je het niet over drugs hebt of zo.'

Joey fronst diep. 'Nee, geen drugs. Waar zie je me voor aan? Ik ben niet gek. Het waren horloges. Een paar doosjes maar. Ze stonden hier amper een week.'

Horloges?

'Dat horloge op mijn verjaardag!' roep ik als het me te binnen schiet. 'Je zei dat het een nep-Rolex was!'

'Ja, nou, dat was het dus niet. Hij is echt. Ik heb nog een paar keer iets bewaard voor die gasten en het was zo makkelijk geld verdienen dat ik een tijdje flink boven mijn stand leefde. Die jongens gaven geld uit als water!' schiet Joey in de verdediging als ik hem een ongelovige blik toewerp. 'Ik wilde meedoen. Het was leuk met ze. Tijdens een avondje stappen vlogen de geldbriefjes erdoorheen. Ik heb op een gegeven moment gezegd dat ik hun uitgavenpatroon echt niet meer kon bijbenen en wat denk je? Toen gaven ze me die Rolex. Zomaar. Als cadeautje. Ze vertelden hoe makkelijk het voor hen was om aan geld te komen en dat ik nog veel meer voor ze kon doen. In plaats van spullen bewaren, waarbij anderen slapend rijk werden, kon ik ook spullen van ze kopen. Als ik die vervolgens doorverkocht, zou het pas echt leuk worden.'

'En dat heb je gedaan?'

'Ja. We trokken zoveel met elkaar op. Ik dacht dat het vrienden van me waren.'

'En er ging geen belletje rinkelen dat het misschien te mooi was om waar te zijn?'

'Nee, want weet je, Rox? Ik ben heus niet dom, hoor. Ik heb die Rolex die ze mij cadeau deden laten nakijken en die is dus hartstikke echt, en bovendien waren die jongens al die tijd goed voor me. Het kon niet op.'

Ik knik langzaam en probeer rustig te blijven. 'En toen?'

'Nou, je ziet het.' Joey maakt een armgebaar naar de dozen in zijn studio. 'Het zouden horloges en zonnebrillen van verschillende merken zijn. Het echte werk. Mij is verteld dat ze heel erg gewild zijn en dat ik er makkelijk vanaf kon komen voor een heel goede prijs. Ik dacht dat ze me de waarheid vertelden en heb pas bij de levering betaald. De volgende dag kon ik mijn eigen Rolex niet meer vinden. Ik heb overal gezocht, maar hij was ineens nergens meer te bekennen en toen kreeg ik langzaam maar zeker door hoe laat het was.'

Er valt een stilte waarin ik hard op mijn lip bijt om niet tegen mijn broertje uit te vallen.

'Wist ik veel dat het troep was!' roept Joey. 'Het is neppe, goedkope rommel! Dit raak ik aan de straatstenen nooit meer kwijt!'

'Oké, even rustig aan,' zeg ik een stuk kalmer dan zojuist. Joeys wanhoop zorgt er gek genoeg voor dat ik bedaar. Ik wrijf over mijn gesloten oogleden en zucht diep. 'Dus als ik het goed begrijp had je eerst alleen een paar keer dozen voor ze bewaard en was dit de eerste keer dat je zelf spullen van ze kocht.'

Zonder iets te zeggen geeft Joey een knikje, het schaamrood op zijn kaken.

'En alle dozen die hier staan zitten vol nephorloges en -zonnebrillen?'

Joey knikt opnieuw.

'En jij ging er dus van uit dat ze echt waren, omdat de Rolex die ze jou cadeau gaven ook echt was?'

'Ja, precies! Ik weet hoe stom het klinkt, maar ik ben er gewoon in getuind. Bij de levering van deze dozen moeten ze mijn Rolex hebben meegenomen. Ze kwamen met zijn tweeën. Ik stond met een van hen te praten en we hadden het over de betaling. Daardoor was ik afgeleid. Die andere gast moet in de tussentijd mijn horloge hebben gejat.'

'Je droeg het niet om je pols?'

'Nee, het lag hier gewoon ergens.'

'En die mannen?'

'Ja, wat denk je? Die zijn nu ineens niet meer zo aardig. Er blijkt een hele bende achter te zitten, waar je liever niets mee te maken hebt. Alles is natuurlijk gewoon gestolen.'

'Jezus! Je had toch zelf ook wel kunnen bedenken dat al die spullen die je voor ze bewaarde...'

'Val maar tegen me uit!' schreeuwt Joey ineens. Ik schrik en klap ogenblikkelijk mijn mond dicht. 'Scheld me maar verrot als dat jou een beter gevoel bezorgt. Gelukkig weet jij het allemaal zo goed, hè, zus? Met je perfecte baan en je geweldige huis en die bloedmooie vriendinnen van je met hun fantastische leventjes.'

Met ingehouden adem staar ik mijn broertje verbluft aan. Zijn woorden voelen als een mes in mijn binnenste.

Bij het zien van mijn gekwetste blik krabbelt hij terug. 'Shit, sorry. Dat had ik niet moeten zeggen. Ik neem het terug. Jij kunt er ook niets aan doen. Ik sta gewoon nogal onder stress van dit hele gezeik.'

Voorzichtig zoek ik oogcontact. De emotie op Joeys gezicht vertelt me dat hij het meent. Langzaam laat ik mijn adem ontsnappen. 'Het is al goed. Hoeveel schulden heb je eigenlijk?'

'Ik weet het niet precies. Het is veel. Die huurachterstand is nog maar het begin. Ik dacht dat er snel weer geld binnen zou komen zodra de verkoop zou gaan lopen, maar ondertussen blijven de rekeningen zich maar opstapelen. Het gaat van kwaad tot erger en ik weet gewoon niet meer wat ik moet doen.'

'Naar de politie gaan misschien?' vraag ik zachtjes.

Joey kijkt me aan alsof mijn vraag een giftige slang is die op het punt staat om in zijn kuiten te bijten.

'Ik kijk wel uit! Mij krijg je niet snel bang of zo, maar ik heb echt geen zin in nog meer gedoe met die gasten. We hadden afgesproken dat ik ze tienduizend euro zou betalen. Met een goede verkoop zou ik dat makkelijk kunnen afbetalen en er zelf nog flink op verdienen ook.'

'Nee... Joey. Zeg me alsjeblieft dat je geen lopende schuld bij die lui hebt.'

'Niet meer. Ik ben er net vanaf, maar geloof me, dat was niet makkelijk. Het zijn geen lieverdjes. Ik heb al het geld dat ik nog had losgepeuterd en nu heb ik geen rooie cent meer over. Zij zijn de enigen bij wie ik mijn schulden heb afbetaald. Dat leek me het belangrijkste. Dus nu laten ze me verder met rust en ik pak mijn verlies.'

Ik knik langzaam en hou mijn mond over het feit dat mijn broertje net nog voorstelde om uit eten te gaan. 'Je kunt ook een tijdje bij mij wonen, totdat je alles weer een beetje op de rit hebt.'

Joey schudt zijn hoofd. 'Dat ga ik je echt niet aandoen, zus. Wat als er straks een deurwaarder aan jouw deur staat of zo? Dat vergeef ik mezelf niet. Nee. Ik ga je echt niet meetrekken in mijn problemen.'

'Oké. We verzinnen wel iets.' Ik neem een laatste slok bier en trek een moeilijk gezicht. 'Heb je niet iets sterkers?'

Joey staat op en loopt naar zijn keuken. Hij keert terug met twee glazen in zijn handen, een fles cola en een fles Bacardi tussen zijn onderarm en bovenlichaam geklemd. Hij zet alles op de vloer tussen de bank en zijn bed in en schenkt de drankjes in op de Joey-manier: veel Bacardi, weinig cola.

'Proost dan maar,' zeg ik zonder vreugde. Allebei nemen we een flinke slok. De alcohol brandt aangenaam in mijn keel. 'Ik kan je wel wat geld lenen, zodat je in ieder geval je huur kunt betalen en hier kunt blijven wonen. En je bent dus echt van plan om vanaf morgen elke dag naar je nieuwe werk te gaan, hè? Niet te laat komen en geen verzuim dit keer, oké?'

'Ik beloof het.'

'Goed zo. Gewoon proberen om die baan vast te houden.' Ik zet mijn glas op de grond naast mijn sneakers en pak met twee handen de stapel papierwerk van de bank. 'Hier... We gaan samen door de zure appel heen bijten. Hou je telefoon bij de hand. We bellen ook direct alle instanties om zoveel mogelijk betalingsregelingen te treffen.'

Joey zucht. Hij weigert de stapel van mij aan te pakken en verbergt zijn gezicht achter zijn handen in een moedeloos gebaar.

'Hé, kom op, broertje. Ik help je wel. Het komt goed.' Met een scheve glimlach voeg ik eraan toe: 'En als je schuldeisers moeilijk doen, kunnen we ze altijd nog een mooi horloge of een zonnebril beloven als bedankje voor hun medewerking.'

Er breekt een klein glimlachje door op zijn gezicht. 'Dank je wel, zus. Jij bent er altijd voor me. Ik zeg het niet zo vaak, maar... het betekent veel voor me.'

'Geen probleem. Je kunt altijd op me rekenen.' Alles wat me overkomen is lijkt ineens heel nietig in vergelijking met Joey, maar toch zeurt een klein stemmetje in mijn hoofd: op wie kan ik zélf eigenlijk rekenen?

9

Vrijdagochtend sleur ik mezelf met moeite uit bed en struikel bijna over een lege fles wijn. Godsamme, ik moet echt opruimen.

Mijn hele lijf voelt log en stram en verzet zich hevig tegen het positieve voornemen om te gaan hardlopen. Ik dwing mezelf om mijn sportkleding aan te trekken, een smoothie te drinken en trek daarna de deur achter me dicht. Gewapend met twee plastic tassen vol lege drankflessen breng ik eerst een bezoek aan de glasbak. Dan begin ik aan mijn ronde.

De eerste kilometers zijn verschrikkelijk. Mijn ademhaling zit veel te hoog en ik ben niet vooruit te branden. Niet zo gek natuurlijk. Ik heb niet bepaald goed voor mezelf gezorgd en mijn laatste hardlooprondje dateert van voor mijn verjaardagsfeestje, terwijl ik normaal gesproken drie keer in de week ren. Ik kan wel stellen dat ik de knop met geweld moet omzetten, maar na een stroef begin krijg ik de flow aardig te pakken.

Mijn hardloopschoenen maken een ritmisch geluid als ik via het Kenaupark in Haarlem naar de Nieuwe Gracht ren. Voet voor voet. Stap voor stap. Langs het water en de prachtige monumentale panden aan weerszijden, die hoe vaak ik ze ook in mijn leven heb gezien nog altijd indruk op me maken. De tien kilometer zit er bijna op.

Er was discipline en doorzettingsvermogen voor nodig, maar

eigenlijk ben ik best tevreden dat het gelukt is om deze dag toch op een bepaalde manier goed te beginnen.

Het liefst had ik vandaag helemaal overgeslagen. Vanmiddag om twee uur is het KLM-nazorggesprek. De hele week heb ik er als een berg tegen opgezien en eerlijk gezegd heb ik gefaald om de afgelopen dagen een goede invulling te geven. Misschien heb ik me een beetje laten gaan.

Oké, toegegeven, in vier dagen tijd ben ik amper mijn bed uitgekomen en is mijn drankvoorraad flink geslonken. Ik ben nooit vies geweest van een glaasje alcohol, maar met drank in bed was nieuw. Een compleet nieuwe wereld waarin ik niet langer wil leven. Het is nu afgelopen. Klaar. Geweest. Achter de rug. Het is nu echt tijd om verder te gaan.

Aan het einde van de Nieuwe Gracht steek ik het bruggetje over en ren ik terug via de overkant. Natuurlijk heb ik nog steeds geen zin in vanmiddag, maar ik heb mezelf stellig voorgenomen dat het gesprek de definitieve afsluiting van de noodlanding is. Hierna wordt alles weer zoals daarvoor. Nou ja, bijna alles: Richard ligt immers nog steeds in het ziekenhuis en Joey zit diep in de schulden.

Vanaf de Nieuwe Gracht steek ik een zijweggetje van het centrum in, waar de koffiesalon van Celeste aan ligt. Het belletje boven de deur rinkelt als ik hijgend en van top tot teen bezweet Latte Art binnenstap. Het is rustig; er zijn maar drie tafeltjes bezet met klanten. Ik loop door naar voren, roep een begroeting en moet even bijkomen als ik stilsta.

'Hé, Roxan!' groet Celeste terug vanaf de andere kant van de bar. 'Hoe gaat het? Lekker gerend? Ik heb je niet meer gezien sinds je feestje.' Ze werpt me een schone theedoek toe.

Ik glimlach om het meervoud aan vragen en gebruik de theedoek om de zweetdruppels van mijn voorhoofd te vegen. 'Ja. Dank je.'

Celeste loopt naar een aaneengesloten ruimte achter de bar, verdwijnt daar een paar seconden uit het zicht en komt terug met een stapel rood-wit gestreepte theedoeken. Ze geeft ze een plekje onder de bar. Eigenlijk hebben haar theedoeken wel iets weg van de jarenvijftigjurk die ze draagt. Die is ook rood met wit en oogt vrolijk, net als zijzelf.

'Alles goed?'

Ik dep mijn hoofd en nek nog een keer en werp een blik op de vitrine naast de kassa. Zoals altijd liggen er wel vijf soorten verleidelijke huisgemaakte taartjes.

'Mwah.' Ik trek mijn mondhoek schuin, waarop Celeste lacht. 'Vanmorgen heb ik heel serieus overwogen om het hardlopen over te slaan.'

'Niets voor jou. Had je soms een feestje gisteren?'

'Soort van,' mompel ik vaag, aangezien ik echt niet uit de doeken ga doen dat mijn feestje een eenpersoonsfeestje was, bestaande uit een thuisbezorgde sushibowl en anderhalve fles wijn. In bed. 'Hoe dan ook, de alcohol is inmiddels aardig verdampt met al dat zweet.'

Celeste werpt me een steelse blik toe. 'Je weet dat dat nergens op slaat, hè? Alcohol komt terecht in je bloed.'

Ik grinnik. 'Wees gerust. De komende dagen hoef ik nog niet te vliegen.'

'Daar maakte ik me geen zorgen over, hoor. O, wacht!' Celeste steekt haar wijsvinger in de lucht alsof haar iets te binnen schiet. 'Hoe was de vlucht met je vriendinnen? Hebben jullie je vermaakt?'

De steen in mijn maag is onmiddellijk weer terug.

'Nou... Het liep een beetje anders dan verwacht.' Op het moment dat het belletje een nieuwe klant aankondigt kijken we allebei naar de voordeur van de koffiesalon. Een vrouw en een meisje van rond de tien, waarschijnlijk moeder en dochter, stappen Latte Art binnen en kijken verlekkerd naar de gebakjes in de vitrine.

'Ik lust zo wel een cappuccino. Help gerust deze dames eerst verder. Ik heb geen haast en je weet waar ik zit.' Ik glimlach naar de vrouw. Met een warme blik in haar ogen kijkt ze toe hoe haar dochter een taartje uitkiest, waarbij het meisje haast haar neus tegen het glas van de vitrine aan drukt. Ik ga aan mijn vaste tafeltje aan het raam zitten en controleer mijn telefoon op berichtjes. Jef vraagt hoe het gaat. Ik stuur een nietszeggend berichtje terug en ga vervolgens naar het WhatsApp-gesprek met mijn broertje. Dinsdagavond vroeg ik hem hoe zijn eerste dag op zijn nieuwe werk was, maar hij heeft nog niet gereageerd. Opnieuw stuur ik Joey een berichtje. Dit keer om te zeggen dat ik geld naar hem heb overgemaakt. *Wel meteen je huur mee betalen hè, niet wachten,* benadruk ik, als de vervelende zus die ik ben, en ik druk op 'verzenden'. Dan ben ik maar weer de boeman. *So be it.*

Afwezig staar ik naar buiten.

Het duurt niet lang voordat Celeste mijn cappuccino brengt. Ik verwacht eigenlijk dat ze het zoals altijd voor me neerzet en weer terugkeert naar de bar, maar in plaats daarvan schuift een van de beste vriendinnen van mijn broer een stoel naar achteren en komt bij me zitten.

Ze zet een elleboog op tafel, buigt naar voren en legt haar handpalm in haar nek. 'Heb je Joey nog gesproken de afgelopen dagen?'

'Ja, ik heb hem maandag nog gezien.'

Celeste knijpt haar karamelkleurige ogen tot spleetjes en lijkt een overweging te maken of ze iets wel of niet zal zeggen.

'Ik was in zijn studio en we hebben gepraat,' help ik haar een eindje op weg.

'Dus je hebt al die dozen die er staan gezien...' merkt ze voorzichtig op.

'Ja, Joey heeft me alles verteld. Het is nogal wat.'

'Ja, zeg dat wel. Sorry. Het is natuurlijk jouw broertje en het is misschien een beetje raar om dit zomaar te bespreken waar hij niet bij is, maar nou ja, het houdt me nogal bezig.'

'Mij ook,' geef ik toe. 'Het lijkt nogal hopeloos, maar ik ben hem aan het helpen.'

'Dat is een hele opluchting,' verzucht Celeste, en dan verandert ze van onderwerp: 'Vertel eens iets over Mexico.'

Niet dat dat onderwerp veel luchtiger is. Verdorie.

Ik nip van mijn cappuccino, zet het kleurrijke kopje terug op het schoteltje en veeg een mogelijke schuimsnor van mijn bovenlip. 'We waren niet in Mexico,' zeg ik uiteindelijk.

'Hè? Maar ik dacht dat...'

'*No worries*, je hebt het goed onthouden, maar we zijn nooit in Mexico aangekomen, omdat we een uitwijk moesten maken.'

Celeste fronst en gaat verzitten op haar stoel. 'Een uitwijk... Wat gebeurde er dan precies?'

'Eigenlijk was het meer een noodlanding. We hadden een medisch ongeval aan boord. De piloot naast me kreeg een hartinfarct.'

'Dat meen je niet! Mijn hemel. Wat erg!'

'We vlogen boven de Atlantische Oceaan toen het gebeurde. Ik moest het vliegtuig zo snel mogelijk aan de grond zetten en vervolgens zaten we achtenveertig uur in Miami.'

'Wat verschrikkelijk heftig, Roxan. En de piloot? Heeft je collega het overleefd of...'

Ik knik snel en Celeste stopt abrupt met praten. 'Hij ligt nog steeds in het ziekenhuis in Miami. We moesten hem daar achterlaten.' Ik huiver en voel de haartjes op mijn arm rechtovereind staan. Kort wend ik mijn blik af. Als ik de moed vind om Celeste weer aan te kijken is haar gezicht een en al begrip en vriendelijkheid.

Automatisch scan ik haar gezichtsuitdrukking; of misschien is scannen niet het goede woord. Eigenlijk onderwerp ik haar aan een grondige analyse. Ik zoek naar de mengeling van medelijden en medeleven waarmee de crew en zelfs mijn vriendinnen mij aankeken, maar bij Celeste vind ik die niet. Haar ogen zijn zacht, haar wenkbrauwen zonder oordeel opgetrokken. Het voelt als een open vizier, en maakt dat ik voor het eerst sinds de noodlanding uit mezelf verder praat. 'De piloot is nog lang niet uit de gevarenzone. Zijn artsen hadden hem even uit zijn kunstmatige coma laten ontwaken, maar dat was te heftig voor zijn lichaam. Hij kreeg direct koorts, dus ze hebben zijn lichaam weer gekoeld. Het is afwachten...'

'Hoelang ligt hij al in coma?'

'Nu een week.'

Celeste knikt alsof ze het begrijpt en ik voel me ook daadwerkelijk begrepen door haar.

'Ik vind het heel erg dat je dit hebt moeten meemaken,' zegt ze na een korte, maar niet ongemakkelijke stilte.

'Dank je wel.' Ik stoot iets uit wat klinkt als een verwrongen lachje en Celeste neemt me onderzoekend op. Ik schud mijn hoofd, maar zo makkelijk kom ik er niet mee weg. Ze trekt haar wenkbrauwen op. Haar grote karamelkleurige ogen zijn opvallend bij haar lichtblonde haar.

'Ga je je binnenpretje nog delen of hou je het voor jezelf?'

Ik glimlach. 'Het is niets... De crew waarmee ik vloog, zelfs mijn vriendinnen, ze bleven er maar op hameren dat ik zijn leven heb gered. Ik heb veel te vaak moeten aanhoren dat ik een heldendaad heb verricht. Nee, een heldinnendaad, want ik ben natuurlijk een vrouwelijke copiloot en dan is het blijkbaar nog veel knapper als je iedereen veilig aan de grond krijgt.' Ik schokschouder en neem nog een slokje cappuccino. 'Jij zegt gewoon dat je het erg voor me vindt. Punt. Eigenlijk bevalt me dat wel.'

'Gelukkig. Geen zorgen, ik zal je niet overladen met complimenten.' Celestes stem klinkt zo serieus dat het grappig is, maar als ik lach houdt ze haar gezichtsuitdrukking in de plooi.

Ik leun een beetje in haar richting en leg de theedoek, die nog steeds om mijn nek hangt, op tafel.

'Toen ik thuiskwam belde Joey dus de volgende dag en ben ik naar hem toe gegaan.'

Celeste humt. 'Iets zegt me dat je hem helemaal niets hebt verteld over jouw vlucht en alles wat je hebt meegemaakt. Waar of niet?'

'Waar, maar daar was het ook niet echt het moment naar.'

'Dat kan ik me heel goed voorstellen.' Ze glimlacht warm en kijkt me even onderzoekend aan, alsof ze iets probeert te peilen. 'Ik heb trouwens twee kaartjes voor een dansvoorstelling in het theater. Het is een flamencoavond. Aanstaande dinsdag. Zin om mee te gaan?'

'Zin wel, maar dinsdag kan ik niet. Sorry. Dan zit ik in Dubai. Anders was ik graag met je meegegaan. Ik ben gek op het theater.'

Celeste knikt. 'Laten we nummers uitwisselen. Dan app ik je de volgende keer als ik weer kaartjes heb.'

Ze geeft haar nummer en ik stuur meteen een berichtje zodat ze het mijne ook heeft. Celeste glimlacht opnieuw en heel even denk ik te zien dat zij nu een binnenpretje heeft. Haar ogen glanzen en ze schudt subtiel haar hoofd.

Het belletje boven de deur rinkelt. Drie dames van rond de vijftig stappen binnen. Ze dragen grote tassen, waarvan ik een aantal logo's herken van de kleding- en schoenenzaken in de winkelstraat verderop.

Celeste staat op en het moment is voorbij. Waarschijnlijk zal ik er nu nooit meer achter komen wat ze zojuist dacht. Niet dat het uitmaakt…

Celeste helpt de dames aan de bar en daarna blijft ze druk in de weer met bestellingen van haar andere klanten. Ik drink mijn cappuccino op en leg geld op het tafeltje. Terwijl ik Latte Art verlaat roep ik gedag en zwaai ik naar Celeste.

Goed, dan nu naar huis, douchen, iets eten en naar het gesprek met de blonde krullenbos van KLM. Prima. Ik kan dit. Het stelt niets voor.

Om halfelf 's avonds kom ik op mijn hakken aan bij The Jonesclub. Het is al aardig gevuld met mensen, maar gelukkig niet zo druk dat je moeite moet doen om je door de mensenmassa heen te ploeteren. Bij de garderobe laat ik mijn jas ophangen en in mijn nauwsluitende skinny jeans en een glimmend donkerrood topje ga ik aan de bar zitten.

Ik kijk van links naar rechts of ik Jef ergens kan ontdekken en verwacht hem met een cocktailshaker in zijn hand te zien, maar in plaats daarvan tref ik alleen zijn collega's. Jammer. Het is niet zozeer dat ik Jef heb gemist sinds mijn feestje – hij stuurt regelmatig berichtjes – maar waarschijnlijk zou het toch wat minder ongemakkelijk zijn als hij nu aan het werk was, zodat ik in ieder geval iemand had om mee te praten.

Bij de barvrouw bestel ik een gin-tonic en ik kijk rond terwijl ze mijn drankje maakt. Helaas zie ik helemaal niemand die ik ken. Niet dat ik moeite heb met onbekenden. Integendeel. Ik heb er nooit problemen mee om contact te maken met mensen en een willekeurig praatje aan te knopen, maar om nu hier zo moederziel alleen aan een bar in mijn eigen stad te zitten voelt toch een beetje vreemd. De barvrouw is klaar met mijn drankje en ik doe alsof ik naar haar proost voordat ik een slok uit het ballonglas neem. Ze glimlacht op een manier die me bevalt. Heel misschien eindig ik deze avond toch niet alleen.

Natuurlijk had ik mijn vriendinnen kunnen bellen en vragen of ze zin hadden om mee uit te gaan. Eerder vandaag stuurden ze berichtjes in onze groepsapp om me succes te wensen bij het gesprek met KLM en vanavond volgden er nog meer berichtjes waarin ze vroegen hoe het was gegaan. Ontzettend lief bedoeld. Mijn vriendinnen zijn goud. Ik heb gereageerd dat het me alles meeviel en dat het gesprek niet zo heel lang duurde. Ze namen er genoegen mee en ons appverkeer ging al snel weer over iets anders.

Toch koos ik ervoor om ze niet mee te vragen, want ik weet zeker dat als ik nu met Yara en Esmee zou zijn, ze ongetwijfeld meer vragen zouden stellen. Het is misschien niet heel aardig van me, maar daar heb ik echt geen zin in. Bovendien voel ik er weinig voor om nog meer tegen ze te liegen. Het was namelijk verschrikkelijk. Elke minuut van het gesprek was een regelrechte ramp. Een kwelling tot op het bot.

De vertrouwenspersoon met de blonde krullenbos droeg dit keer een mantelpak in een andere grijstint en bleef maar doorzagen over wat de vlucht met me deed en hoe ik het had ervaren. Ik miste de crew om me heen. Ik miste zelfs de zwartharige en de roodharige stewardess, want nu werden alle vragen alleen op mij afgevuurd.

Sliep ik wel goed? Zag ik ertegen op om maandag naar Dubai te gaan? Had ik last van angsten? Of had ik soms last van depressieve gevoelens?

Ik had vooral last van haar en het kostte me al mijn zelfbeheersing om dat niet glashard tegen haar te zeggen. Het liefst was ik opgestaan en boos weggelopen. Waarom liet dat mens me niet gewoon met rust? Ik wilde weg uit die martelkamer. Ver weg van haar doordringende ogen die me geen moment de tijd gaven om even op adem te komen. Waarom was het goed om alles te herbeleven? Wat won ik ermee? Het zou Richard niet gezond doen ontwaken uit zijn coma en het zou sowieso helemaal niets meer kunnen veranderen aan de noodvlucht. Dus wat had het voor zin?

Natuurlijk zei ik niets van dit alles. In plaats daarvan gaf ik braaf antwoord op alle vragen van de krullenbos en bleef constant op mijn hoede. Twee uur lang was ik me volledig bewust van mijn lichaamshouding en dacht ik zorgvuldig na over mijn woordkeuze. Net genoeg mimiek in mijn gezicht. Net dat beetje emotie in mijn stem op de juiste momenten. Het was slopend.

Terug in Haarlem was ik doodop en ben ik meteen mijn bed in gedoken. Ik had geen voornemen of plan wanneer ik er weer uit zou komen. Ik wilde alleen maar slapen. Toen ik wakker werd bleek dat er maar een paar uur waren verstreken, en hoewel ik me totaal niet uitgerust voelde was ik klaarwakker.

De andere optie was om iets leuks aan te trekken en afleiding te zoeken…

En dus zit ik hier.

Voordat ik er erg in heb zijn er al een paar uur op de barkruk verstreken en volgt de ene gin-tonic moeiteloos op de andere. Zo nu en dan zijn er mannen die een praatje proberen te maken, wanneer ze naast me aan de bar staan om zelf een drankje te bestellen. Er worden me een aantal drankjes aangeboden en een van de mannen komt zelfs een tijdje naast me zitten, zonder eerst te vragen of ik dat ook een goed idee vind. Ik ga nergens op in en weet dat ik waardeloos gezelschap ben.

De drankjes sla ik stuk voor stuk af. Het liefst wil ik onzichtbaar zijn en opgaan in het publiek van The Jonesclub.

Net als ik de zoveelste gin-tonic voor mijn neus heb staan en ik me op mijn barkruk laat meevoeren met een goed nummer wordt er op mijn schouder getikt. Ik werp een chagrijnige blik opzij en sta op het punt een vijandige aanval in te zetten, door de dappere jager te vertellen dat hij zijn tijd beter kan besteden aan een andere prooi, als ik vol in het gezicht van Jef staar.

'Niet zo boos kijken. Ik ben het maar,' zegt hij, met een subtiel lachje rond zijn mondhoeken.

'Jef!' Ik stoot bijna mijn drankje om als ik me naar hem toe buig en mijn armen om hem heen sla. 'Je bent er toch!'

'Hé, Rox,' zegt hij naast mijn oor, terwijl we elkaar omhelzen. 'Zit je hier je zonden te overdenken?'

We laten elkaar los en ik ga verzitten op de barkruk. 'Zoiets ja.'

'Waar zijn je vriendinnen? Waar is je broer?'

'Niet hier. Moet je werken?'

Jef schudt zijn hoofd, gaat op de barkruk naast me zitten en steekt lachend zijn hand op naar zijn collega's achter de bar, die hem inmiddels hebben opgemerkt. Zijn vrolijke lach geeft zicht op zijn tanden en opnieuw valt me op hoe mooi zijn gebit is. Vandaag draagt hij geen spuuglelijk felgekleurd overhemd met een tropische print, maar een stoer zwart leren jasje en daaronder iets wat eruitziet als een zwart effen shirt. Zijn jeans is een strak model, in een lichte grijstint.

Eerlijk is eerlijk, hij ziet er verdomd goed uit. Ineens denk ik terug aan ons gesprek in de jacuzzi en voel ik een kriebel onder in mijn buik. Jef krijgt een biertje van een van zijn collega's, zonder dat hij daarom hoeft te vragen, en beweegt het naar mij toe, als in een proostgebaar.

'Proost,' zeg ik suf, bij gebrek aan een leukere tekst.

'Proost, Roxan.' Hij glimlacht. De manier waarop hij mijn naam uitspreekt is leuk. 'Nog sexy mannen gespot deze avond? Of... vrouwen?' Hij knipoogt en ik grijns naar hem. Zijn knieën zijn opzij gericht, een stuk uit elkaar. Zijn ontspannen houding op de barkruk doet iets met me. Of misschien is het wel de combinatie met zijn woorden in de jacuzzi, die toen aanvoelden als een belofte. Eigenlijk is hij precies het gezelschap waar ik nu behoefte aan heb. Jef stelt geen lastige vragen, maar biedt juist een heerlijke vorm van afleiding...

Ik blijf hem ongegeneerd aankijken. Veel langer dan sociaal acceptabel is. 'Wie zal het zeggen?' reageer ik uiteindelijk op zijn vraag met een wedervraag. 'Ik hoopte eigenlijk op een tropische verrassing, maar mijn favoriete barman was er niet, dus moest ik maar genoegen nemen met een gin-tonic.'

Jef knikt langzaam, waarbij hij me aldoor blijft aankijken. Zijn donkere ogen werken haast hypnotiserend op mijn brein, maar dat zou ook aan de alcohol kunnen liggen.

'Het is me zeer onduidelijk of je het zojuist over mijn cocktailkunsten had,' reageert hij, 'of dat je mijn overhemd van de vorige keer gewoon heel erg mist.'

'Allebei?' zeg ik speels.

'Mmm. Goed om te weten. Hoe dan ook had je me kunnen appen of bellen om te laten weten dat je hier zat.'

'Niet nodig. Je bent er nu toch?'

'Ik ben er,' reageert hij met een subtiel lachje. Dan steekt hij zijn hand uit. 'Heb je misschien zin om te dansen?'

Ik kijk hem aan alsof hij zojuist voorstelde om voetbalplaatjes met hem te wisselen.

'Dansen,' herhaalt hij. 'Dat is iets heel gebruikelijks, Roxan Berkhout. Al eeuwenlang doen mensen dat. Als we in een andere tijd leefden had ik je gevraagd of er nog plek is in je balboekje.'

'Ja, hou maar op,' zeg ik grinnikend, maar als Jef opstaat en zijn zwarte leren jasje uittrekt vergaat het lachen me al snel. Met een basketbalworp gooit hij het jasje over de bar naar zijn collega's. Mijn blik schiet automatisch naar zijn gespierde armen, en de tatoeages die ze nóg aantrekkelijker maken. Godsamme, moest hij echt zo knap zijn?

Jef neemt onze beide drankjes in zijn ene hand en steekt de andere naar me uit. 'Na u, mevrouw.'

Waar ik net nog dacht dat ik niet van de barkruk af zou komen, totdat het barpersoneel zou besluiten om mij een nieuw glas alcohol te weigeren en ze me ten slotte The Jonesclub uit bonjouren, wip ik er nu eigenhandig vanaf. Ik pak Jefs hand vast, loop voor hem uit naar het deel dat gebruikt wordt als dansvloer en voel me een beetje licht in mijn hoofd. De glazen gin-tonic hebben een mistig laagje over de scherpe randjes gelegd. Ik kan er niet meer bij. Het doet geen pijn meer. Ik denk niet meer aan het KLM-gesprek, niet meer aan Richard en ook niet aan mijn eerstvolgende vlucht naar Dubai, aanstaande maandag.

Jef en ik vinden een goed plekje in het midden en hij begint te dansen. Ik doe met hem mee. We zijn één met de andere mensen om ons heen en tegelijkertijd richt ik me alleen maar op hem. Ik volg het ritme van de muziek en voel de bas aangenaam dreunen in mijn lijf. Jef danst gelukkig niet overdreven goed, maar wel soepel, vloeiend en mannelijk – de perfecte balans. Heel professioneel uitziende dansers vind ik soms een gigantische afknapper.

Jef gaat in op mijn bewegingen, pakt zo nu en dan mijn handen vast en doet me soms na. Ik hem ook. Hij maakt me aan het lachen en ik geniet van de manier waarop hij naar me kijkt. Zijn aanstekelijke grijns is behoorlijk sexy. Zijn complete lijfelijke aanwezigheid wekt warmte op in mijn onderbuik. Na een paar nummers zijn onze drankjes op en volgt er een intiemer nummer. Alsof het een geschreven natuurwet is staan we ineens dichter tegen elkaar aan. In mijn dansbewegingen draai ik me om en al snel vindt zijn lichaam de achterkant van het mijne. Toegevend aan de neiging om mijn billen tegen hem aan te duwen deins ik naar achteren, en Jef slaat zijn armen begeerlijk om me heen. Zijn gezicht is naast het mijne. Vlakbij. Ik voel zijn adem tegen mijn wang en wil mijn hoofd naar achteren kantelen om zijn lippen te kunnen kussen.

De drang naar hem klopt zachtjes maar dwingend tussen mijn benen. Mijn god. Ik wil hem. Of misschien wil ik seks. Hoe dan ook: hij kan me geven wat ik wil.

'Waarom zat je alleen aan de bar?' vraagt Jef vlak bij mijn oor, net hard genoeg voor mij om hem boven de muziek uit te kunnen horen.

'Ik moest aan je denken.'

'Aan mijn cocktails...'

'Nee. Aan jou. En aan het gesprek dat we laatst hadden in de jacuzzi. Het laat me niet los. Ik moet weten wat je ermee bedoelde. Of nou ja, ik weet natuurlijk wel wat je ermee bedoelde,' praat ik onsamenhangend verder. 'Maar ik moet weten of het waar is. Ligt het aan mij of klonken jouw woorden toen als een belofte voor later?'

Zijn glimlach is voelbaar tegen mijn wang. 'Ligt het aan mij of heb jij weer aardig wat gedronken vanavond?'

'Jij wilt mij ook. Zeg eens dat het niet zo is.'

'Ik wil vooral geen risico lopen dat je je morgen niet eens meer kunt herinneren wat je nu allemaal zegt of doet. Zo'n jongen ben ik niet, dat heb ik je al meerdere keren gezegd.'

'Ja, ik weet nog precies wat je allemaal zei. Hoe zou ik het kunnen vergeten? Het is toch niet zo raar dat ik wil weten of het echt de vrijpartij van mijn leven is? Het zou namelijk eeuwig zonde zijn als ik mijn winnende lottokaart niet verzilver.'

'Dus ik ben een lottokaart,' reageert hij ernstig, maar als ik mijn hoofd kantel spot ik een geamuseerd trekje naast zijn mondhoek.

'Je bent een lot uit de loterij. Uniek. En... we hebben deels dezelfde tattoos. Dat zegt iets, toch?' Vooral dat jij *full of shit* zit en verschrikkelijk uit je nek kletst, Roxan Berkhout.

'Oké, ik zou over die lotto-opmerking heen kunnen stappen. Op één voorwaarde.'

'En die is?'

'Dat je me ervan verzekerd dat je niet dronken bent. Ik wil geen misbruik van je maken en ik wil niet nog eens de vraag krijgen of wij het met elkaar hebben gedaan.'

Ik duw mijn billen iets steviger tegen zijn kruis en merk dat hij zucht van opwinding. 'Als ik nu dronken was zouden die herinneringen onmogelijk zijn, toch? Bovendien was jij er heel zeker van dat het onmogelijk is om een nacht met jou te vergeten.'

'Goed dan. Ik geef me over.'

Het intieme nummer is bijna ten einde en de dj laat het overlopen in een vrolijke Braziliaans klinkende zomerhit. Jef draait mij rond in zijn armen, zodat we met onze gezichten naar elkaar toe komen te staan.

'Heb je toch nog je tropische verrassing,' zegt hij, doelend op de muziek. De grijns op zijn gezicht is bloedsexy en ik lach.

We dansen zwoel samen verder en mijn remmingen zijn weg. Ik laat mijn handen over zijn rug glijden, die ondanks zijn shirt zijn spieren goed prijsgeeft, en ik raak zijn spijkerbroek aan ter hoogte van zijn billen. Nu we een stilzwijgende afspraak hebben gemaakt over het verloop van deze avond en ik krijg wat ik wil, neem ik uitgebreid de tijd voor het voorproefje.

Twee nummers later heeft Jef nieuwe drankjes gehaald. Een biertje voor hemzelf en een colaatje voor mij. In eerste instantie denk ik dat er iets in zit – Bacardi of Malibu of iets in die trant – maar als ik een slok neem blijkt het gewoon alleen cola te zijn. Ik glimlach en drink het op. Die Jef is nog niet zo'n verkeerde jongen.

We blijven dansen en staan heel dicht bij elkaar. Jef heeft zijn armen om me heen en ons oogcontact speelt al lange tijd een spel. Ik wil dat hij me zoent. Als zijn gezicht dichterbij komt en zijn lippen bijna de mijne raken draai ik op het laatste moment mijn hoofd een stukje opzij. Jefs lippen komen op mijn wang terecht. Hij deinst terug en kijkt me verward en hongerig aan. Dan pas heeft hij in de gaten dat ik hem plaag.

'Je moet het me vragen,' zeg ik, terwijl ik de afstand tussen ons vergroot.

'Wat? Of ik je mag zoenen?' Een mengeling van frustratie en verlangen spat van zijn gezicht af. 'Volgens mij is er wel meer wat jij van mij wilt.'

'Vraag me dan of ik met je mee wil gaan, naar jouw huis.'

'Roxan,' begint hij rustig, maar ik zie dat het hem moeite kost. 'Wil je alsjeblieft met me mee naar huis gaan? Je maakt me geil en ik wil jou ongelooflijk graag. Ik wil je al sinds de avond van onze ontmoeting. Ga met me mee. Je zult er geen spijt van krijgen.'

Ik beweeg me weer naar hem toe. Even flitst het door me heen dat ik sta te wankelen op mijn benen en onvast op mijn hakken wiebel. Veel aandacht schenk ik er niet aan en gelukkig heeft Jef niets in de gaten. Hij kijkt nog steeds gebiologeerd naar mijn gezicht. Ik sla mijn armen om zijn nek en vind steun als hij zijn armen om mijn middel drapeert. Nu kan ik geen kant meer op; maar in plaats van opgesloten voel ik me geborgen en veilig.

Op nog maar een paar centimeter van zijn gezicht verwijderd zeg ik hees: 'Ik wil met je mee.' Dan overbrug ik de laatste afstand tussen ons en sluit mijn ogen. Mijn lippen vinden de zijne. Zacht, warm, maar langzaam. Onze monden gaan als vanzelf open en ik neem de tijd om zijn tong te verkennen. Rustig bewegen onze tongen tegen elkaar aan. Het ritme is prettig. We deinen met elkaar mee, niet te ongeduldig, maar sensueel. De zoen laat mijn tepels gekmakend lekker tintelen. Jef legt zijn handen rond mijn billen en trekt me dichter tegen zich aan. Het lijfelijke contact van onze geslachtsdelen zo dicht bij elkaar laat direct de lust en het verlangen oplaaien. Als een brandend vuurtje in een open haard, waar een nieuw houtblok op wordt gelegd. Door het openen van de deurtjes, het toenemen van de hoeveelheid zuurstof en het verse hout, knispert en knettert het hele vuur en dansen de vlammen steeds hoger en hoger...

Abrupt beëindig ik de zoen. Het haardvuur in me staat op het punt om het hele huis in de fik te steken.

‘Hmm?’ kreunt Jef zachtjes, terwijl hij mijn lippen nog steeds probeert na te jagen.

Ik pak zijn hand en geef er een kneepje in. ‘Ik wil je, Jef. Laten we gaan.’

10

We halen mijn jas op bij de garderobe en die van hem achter de bar. Hand in hand lopen we door het centrum van Haarlem, waar de kroegen op vrijdagnacht bruisen. Jefs huis blijkt twee straten verderop in het centrum te zijn. Het is een bovenwoning van een parfumerie. Hij laat mij voorgaan, de smalle trap op, en loopt achter me aan omhoog. Ik hang mijn jas aan de kapstok in de hal en kijk de woonkamer rond, waar Jef twee kleine staande lampen aanknipt. Het is er niet al te groot en voor een man alleen is het opvallend sfeervol ingericht. Eerlijk gezegd is het heel mooi gedaan.

'Leuk huis heb je,' merk ik op, ook al ben ik mentaal met heel andere dingen bezig. 'Woon je hier al lang? Je hebt het echt heel stijlvol ingericht.'

Jef trekt de donkere gordijnen van een zwaar uitziende stof dicht en het valt me nu pas op hoe hoog de ramen zijn. 'Je kijkt naar het werk van mijn ex. Ze is interieurstylist en ik word nog dagelijks aan haar herinnerd.'

Meteen poppen er vragen in mijn hoofd op en realiseer ik me hoe weinig ik eigenlijk over hem weet. Verbaasd over zijn woorden twijfel ik welke vraag ik het eerst zal stellen. 'Heb je helemaal geen behoefte om je huis aan te passen? Ik bedoel, ik weet niet of ik zou kunnen leven in een omgeving die me constant aan een ex herinnert.' En zeker niet met een nieuwe scharrel, voeg ik er niet aan toe. Gek genoeg heb ik er echter geen last van; de spanning is op een heerlijke manier nog steeds om te snijden.

'Eigenlijk was ze mijn verloofde.' Hij haalt zijn schouders op en lacht om de reactie op mijn gezicht. 'We hebben elkaar leren kennen in The Jonesclub. Zij werkte toen ook achter de bar.' Hij loopt naar het kleine horizontale keukenblok dat tegen een van de muren is geplaatst en mijn blik valt op het stoere tegelwerk boven het aanrechtblad.

Jef haalt een fles witte wijn uit de koelkast en twee wijnglazen uit een keukenkastje. 'Maar om terug te komen op je vraag... Alles wat ik zelf zou veranderen zou ongetwijfeld veel lelijker worden, dus ik geniet maar gewoon van mijn mooie huis. Bovendien zijn we nu vrienden, Ciska en ik. Zij doet inmiddels de styling van huizen van BN'ers en woont in Amsterdam.'

'Klinkt tof.'

Jef knikt. 'Ze doet wat ze altijd heeft willen doen en ik heb haar niet tegengehouden om voor haar dromen te gaan.' Hij schenkt twee glazen in en overhandigt mij er een.

Ik pak het wijnglas aan, ga op zijn blauwe velours bank zitten en denk na over wat hij me zojuist heeft verteld. Hij is dus bevriend gebleven met zijn ex-verloofde die nu elders een succesvol leven leidt, terwijl hijzelf nog steeds achter de bar werkt. Niet dat zijn beroep er iets toe doet, maar het zegt veel over zijn karakter. In deze man schuilt niets dan goeds. Tot mijn schaamte moet ik toegeven dat mijn wantrouwen op mijn feestje totaal onterecht was.

'Ben jij weleens echt verliefd geweest?'

Zijn vraagt overvalt me en even val ik stil. 'Nee. Nog nooit. In ieder geval niet op de manier hoe anderen het beschrijven.'

'Is het iets wat je mist?' Als ik geen antwoord geef, blijft Jef naast de bank staan en neemt me onderzoekend in zich op. 'Misschien zou ik je beter een frisje moeten geven,' verandert hij plotseling van onderwerp.

'Denk je nou nog steeds dat ik dronken ben?' vraag ik ongelovig.

'Zo kom je niet over, maar ik weet niet hoeveel gin-tonics je gedronken hebt vanavond.'

'Jef,' zeg ik. Ik kijk ernstig naar hem op terwijl hij boven mij uittorent. 'Het is lief van je dat je zo bezorgd om me bent, maar ik kan heus voor mezelf zorgen. Ik vlieg hele vliegtuigen naar de andere kant van de wereld, weet je nog? Ik ben echt prima in staat om dit soort minuscule beslissingen te nemen.'

'Goed dan, mevrouw de piloot. Proost.' Hij komt naast me zitten en we klinken met onze glazen.

Allebei nemen we een slokje en ik spot een charmant lachje rond zijn lippen.

'Wat?'

'Ik stelde me jou voor in een pilotenuniform. Verdomd sexy, kan ik je vertellen.'

Lachend neem ik nog een slokje wijn en zet dan onze glazen op zijn salontafel. Speels duw ik hem met een hand achterover op de bank. Hij gaat gewillig liggen en kijkt toe hoe ik mijn knieën aan weerszijden van zijn heupen plaats en boven op hem kom zitten. De bank is een beetje aan de krappe kant, maar het gaat net.

Door mijn broek en die van hem heen voel ik dat hij hard is geworden. Langzaam beweeg ik mijn heupen heen en weer om zijn stijve nog beter te kunnen voelen. Ik hijg een beetje als ik me voorover laat zakken en mijn bovenlichaam op dat van hem laat rusten. Jef zoent me opnieuw, maar de zoen is heel anders dan zojuist in The Jonesclub. Vastberaden. Doelbewust. Hongerig en hebberig.

Hij mag alles hebben en ik geef me helemaal aan hem over. Zijn handen glijden onder mijn topje, strelen over mijn blote rug en mijn handen woelen door zijn donkere haar. Ineens stoor ik me aan de kleding die tussen ons in zit. Ik verbreek de zoen, kom weer rechtovereind en trek mijn topje uit. Jef bijt op zijn onderlip, strekt een arm vol tatoeages naar me uit en laat zijn vingertoppen over mijn blote buik gaan. Zijn zachte aanraking veroorzaakt talloze tintelingen in mijn binnenste. Ik pak zijn hand en breng hem naar mijn lippen, druk er een kus op en zuig zijn wijsvinger in mijn mond.

Jef kreunt onder me als mijn tong een rondje om zijn vinger heen draait. Het geluid dat zijn mond verlaat is heerlijk en maakt me nog geiler. Direct wil ik hem meer kreuntjes ontlokken. Ik zuig op zijn vinger en beweeg mijn mond strak op en neer. Het genot is zichtbaar op zijn gezicht, maar er ontsnapt hem geen tweede kreun. Jammer... dan zal ik het harder moeten proberen.

Ik klim van hem af en trek mijn broek uit. Ergens verwacht ik dat hij meteen mijn voorbeeld volgt, maar hij blijft liggen en kijkt geamuseerd naar mijn handelingen. In mijn lingerie en nog steeds op hakken ga ik voor de bank staan.

'Wat ben je mooi.' Hij laat zijn ogen uitgebreid van mijn hakken naar mijn korte zwarte haar gaan en maakt geen haast om zich te verroeren.

De aandacht is heerlijk, en eigenlijk vind ik het wel leuk dat hij mij de leiding laat nemen. Ik neem een slok uit mijn wijnglas en loop, met onze wijnglazen en de fles in mijn handen, tergend langzaam de woonkamer uit. Bij elke stap ben ik me ervan bewust dat hij naar me kijkt. Aangekomen bij de hal realiseer ik me pas dat ik geen idee heb welke deur naar zijn slaapkamer leidt.

Speels werp ik een blik over mijn schouder naar de bank in de woonkamer, maar die is leeg. Dan duikt Jef op, achter me. Met een onverwachte beweging zet hij zijn handen rond mijn middel en tilt me moeiteloos op.

'O!' Ik slaak een gilletje. De wijnglazen in mijn hand stoten gevaarlijk tegen elkaar aan, maar gaan godzijdank niet stuk.

Ik klem mijn bovenbenen om zijn middel en haak mijn voeten in elkaar achter zijn rug. Jef zoent me terwijl hij ons naar zijn slaapkamer brengt. Daar maakt hij een arm vrij en houdt de andere stevig onder mijn billen geklemd. Hij neemt de glazen uit mijn handen en zet vervolgens ook de fles wijn op zijn nachtkastje. Ik verwacht dat hij me zacht op zijn heerlijk uitziende bed laat landen en boven op me klimt, maar in plaats daarvan houdt hij me opgetild in zijn armen tegen zich aan. Hij begint me weer te zoenen en duwt me met mijn rug tegen de muur van zijn slaapkamer aan.

Oké, tot zover dat hij mij de leiding liet nemen.

Jef gromt als hij met zijn hand mijn slipje opzijduwt en me daar aanraakt. Hij maakt gekmakende rondjes bij mijn intieme plekje en ik duw mijn kruis genietend tegen zijn vingers. Heel even haalt hij zijn hand weg om zijn vingers in zijn mond te bevochtigen en dan steekt hij een vinger in me. Een kreun van opwinding verlaat mijn mond ongewild en ik laat mijn voorhoofd tegen zijn schouder rusten. Met een beweging van zijn schouder laat Jef mijn hoofd weer terugveren.

De blik op zijn gezicht heb ik nog niet eerder gezien. Sexy, en duidelijk geil, maar hij is ook in controle. Alsof hij heel goed weet wat hij doet en duidelijk wil maken dat ik niet de enige ben die spelletjes kan spelen. Het is opwindender dan ik toe wil geven.

Hij klemt me met zijn lichaam tegen de muur, gebruikt een hand om mijn intieme plekjes te verwennen en met de andere ondersteunt hij mijn billen. Hij grijpt stevig in mijn kont en ik wil mijn hoofd weer tegen zijn schouder laten rusten, maar dat staat hij opnieuw niet toe. Jef zoent me gepassioneerd en plotseling wordt het me bijna te veel. Mijn benen bungelen in de lucht en mijn voeten raken nog steeds de grond niet terwijl het warme gevoel zich door mijn lichaam begint te verspreiden. Dan strekken mijn benen zich automatisch, ten teken dat ik bijna klaarkom, en ik wil niets liever dan me eraan overgeven…

… maar dan haalt Jef zijn hand weg en hijgt in mijn mond: 'Nee. Nog niet.'

Met twee armen tilt hij me op, dan draait hij zich om en legt me tamelijk hard op zijn bed neer. Razendsnel kleedt hij zich uit. Het is een prettig gezicht, maar ik krijg haast geen tijd om naar zijn heerlijke lijf te staren. Hij klimt op bed, schuift in vloeiende bewegingen een condoom om en komt boven op me liggen. Jef brengt zichzelf heel langzaam in mij.

God, oké, hij had niet gelogen toen hij zei dat ik hem niet snel zou vergeten. Zijn erectie is zo groot dat het bijna pijn doet, maar op de best mogelijke manier En waar ik harde stoten in een snel ritme verwacht, begint hij juist rustig te bewegen. Hij neemt alle tijd en maakt oogcontact, en ik verlies mezelf compleet in hem.

Het urgente gevoel van daarnet is een beetje weggezakt, maar zijn bewegingen zijn zo intens lekker dat deze verlenging het alleen maar beter maakt. Het is heerlijk. Híj is heerlijk. Seks met Jef is een genot.

Al snel klim ik opnieuw naar een hoogtepunt. Mijn vingers klauwen in zijn rugspieren en ik hoor mezelf kreunen: 'Harder, Jef...'

Jef geeft me wat ik wil. Hij strekt zijn armen op het matras naast mijn lichaam en stoot krachtiger. Sneller. Harder. Zodat ik genadeloos op een orgasme afsteven dat niet meer te ontwijken valt. Ik heb maar half in de gaten dat hij me blijft aankijken, terwijl ik elk deeltje zelfbeheersing en controle verlies en me volledig laat overspoelen door het hoogtepunt waar ik zo vurig naar verlangde. Alles in mij trekt samen en explodeert hevig. Mijn lichaam schokt een paar keer achter elkaar en ik hap naar adem, tot het te veel wordt.

In een reflex duw ik hem weg. Als ik een beetje op adem kom, zie ik dat Jef op zijn zij ligt en vol bewondering naar me kijkt.

'Jou zien klaarkomen is een van de geilste dingen die ik ooit in mijn leven heb gezien.'

Met een lach rol ik om, zodat ik met mijn bovenlichaam half op dat van hem kom te liggen. 'Is dat zo?'

Hij grijnst en knikt.

'Zullen we dan nu eens onderzoeken tot wat voor orgasme jij in staat bent?'

Vastbesloten klim ik op hem. Zijn erectie heeft geen hulp van mijn hand nodig om opnieuw de weg naar mijn lichaam te vinden en ik begin met mijn heupen op hem te bewegen. Rustig, omdat alles daarbeneden nog behoorlijk gevoelig is. Maar wanneer ik de man onder mij zie genieten en hij zachtjes kreunt als ik het tempo aanpas, spoort dit mij aan om hem naar zijn hoogtepunt te begeleiden.

Ik wil zijn gezicht zien als hij klaarkomt. Ik wil al zijn oergeluiden leren kennen.

Jef stelt wederom niet teleur. Hij kreunt hard en vaak en ik krijg er geen genoeg van om het te horen. Als hij bijna klaarkomt heeft hij mijn verlangen opnieuw aangeboord en ben ik aardig op weg naar een tweede orgasme. Hijgend en kreunend bereikt hij zijn hoogtepunt. Zijn lichaam trilt en siddert onder mij in volledige extase en komt dan tot een diepe staat van rust. Ik geef hem de tijd om bij te komen en kus zachtjes zijn lippen.

Van zijn nachtkastje pak ik onze wijnglazen. Ik neem een slokje uit mijn glas en op het moment dat hij daaraan toe is hou ik het zijne voor hem. Jef glimlacht, drukt een kus op mijn kruin en gaat verzitten tegen de kussens aan het hoofdeinde van zijn bed. Ik ga naast hem tegen zijn borst aan zitten. We nemen slokjes wijn en een tijdje zeggen we niets.

'En nu?' vraag ik na een serene stilte, die aanvoelt als het toppunt van voldoening. 'Zullen we gaan slapen of wil je dat kunstje van net zo meteen nog eens overdoen?'

Jef lacht, slaat een arm om me heen en trekt me dicht tegen zich aan. 'Iets zegt me dat wij vannacht niet aan veel slaap zullen toekomen.'

11

Op maandagochtend word ik heel vroeg wakker in mijn eigen bed in Haarlem en pak ik snel de laatste dingen in mijn koffer in. Zonder al te veel na te denken maak ik me klaar voor de vlucht; precies een halfuur na het afgaan van mijn wekker draai ik de voordeur achter me op slot en vertrek ik naar Schiphol.

Om tien uur vliegen we van Amsterdam naar Dubai. De bestemming klinkt ver weg, maar eigenlijk valt dat met een vliegduur van zesenhalf uur alles mee.

Alles is anders vandaag en het lijkt in niets op de vorige vlucht. Ten eerste vliegen we compleet de andere kant op. De crew bestaat uit andere mensen. De captain heet Marnix en is jonger dan Richard. Hij leidt een single bestaan in Amsterdam en heeft zelf geen gezin. Marnix' haar is blond in plaats van bruin en in de crewroom spreken we van tevoren met elkaar af dat ik op de heenweg de functie *pilot flying* op me neem en hij *pilot monitoring*.

Eerlijk is eerlijk, ik heb me heus wel afgevraagd hoe het zou zijn, maar als we in de cockpit aankomen valt het mee. Misschien waren die verschrikkelijke debriefing en het een-op-een-nazorggesprek toch ergens goed voor en heb ik de noodlanding daarmee écht afgesloten.

Marnix heeft leuke blonde krullen, maar blijkt geen gezellige prater, zoals Richard. Hij zegt heus weleens wat, maar tot nu toe alleen maar om antwoord te geven op mijn vragen, en verder vooral strikt zakelijk over ons werk. Normaal gesproken zou ik daarvan balen, maar vandaag beschouw ik het als een pluspunt. Dit is juist goed. Deze vlucht heeft totaal geen overeenkomsten met de vorige.

Samen gaan we aan de slag met de voorbereidingen voor de vlucht en zodra we klaar zijn voor vertrek controleren we allebei onze telefoon op laatste berichtjes. De appgroep van mijn vriendinnen staat vol succeswensen en ik glimlach onbewust. Gisteravond heb ik bijna een uur met Yara gebeld. Ze wilde weten hoe ik me over de vlucht voelde en was duidelijk bezorgd. Ik vertelde haar dat als je van je paard valt, je het beste meteen weer in het zadel kunt gaan zitten, en dat dit hetzelfde werkt.

Yara bleef vragen stellen, maar ik verzekerde haar dat het goed voor me is en dat ik er zin in heb. Daarna vertelde ik haar over mijn nacht met de barman.

Om ze ook nu gerust te stellen maak ik een selfie, waarop ik mijn duim opsteek en vrolijk in de lens kijk, en ik stuur de foto met een kort onderschrift naar mijn vriendinnen. Dezelfde foto stuur ik ook naar Jef en Celeste. Allebei hebben ze me een berichtje gestuurd. Celeste om me een fijne vlucht en veel plezier in Dubai te wensen en Jef om te laten weten dat zijn kussen nog steeds naar mij ruikt en dat hij sinds zaterdagochtend aan me denkt.

Allebei de berichtjes maken me blij; laat ik daar maar niet te lang bij stilstaan.

Het geluid van de bel laat me opschrikken uit mijn gedachten. Een koude rilling trekt door mijn lichaam. Ik controleer de camera van de veiligheidsdeur en zie een van de businessclass-stewardessen ervoor staan. Ze zwaait vrolijk. Marnix drukt op de knop om haar de cockpit binnen te laten en ik berg mijn telefoon op.

'Hoe is het hier?' vraagt de stewardess van rond de veertig. Ze heeft een knap gezicht en een hoge zwarte donutknot. 'Alle passagiers zitten op hun plek. De cabincrew is er klaar voor. Hebben jullie al tijd gehad om het menu te bekijken? Wat willen jullie straks voor de lunch?'

'Wat hebben we vandaag?' vraagt Marnix, zonder moeite te doen om zijn menukaart te openen.

'Het voorafje is een carpaccio, het bijgerecht een Tom Kha Kai-soep en bij het hoofdgerecht hebben jullie de keuze uit een vegetarische tortilla, een geitenkaassalade of een zalmpasta.'

Ik huiver. *Kies alsjeblieft niet voor de zalmpasta.*

'Voor mij de tortilla,' zegt Marnix luchtig. 'Is er ook een toetje?'

'Zeker. We hebben een kaasplateau of wat lekkere zoetigheden.'

'Kaas, alsjeblieft.'

De stewardess knikt en verplaatst haar blik van Marnix naar mij. 'Waar kan ik jou blij mee maken?'

Met een wijntje. Ik snak naar een wijntje. 'De geitenkaassalade alsjeblieft en ik sla het toetje over.'

'Prima. En wat kan ik erbij inschenken?'

'Een flesje water, graag,' antwoordt de captain.

'Voor mij ook.'

De stewardess knikt opnieuw. 'Jullie zien mij straks weer verschijnen. Alvast een fijne vlucht, hè.'

Ik dwing mezelf naar haar te glimlachen. 'Jij ook.'

Marnix bedient de veiligheidsdeur en de stewardess gaat terug naar haar eigen werkgebied.

Ik blik opzij en neem de captain in me op. 'Voel je je goed?'

Hij fronst. 'Ja. Ik voel me nog steeds goed. Dat heb je net op Schiphol ook al drie keer aan me gevraagd.'

'Ah, oké. Sorry. Dat waren mijn pogingen tot smalltalk, denk ik.'

'Smalltalk is niet echt mijn ding.' Marnix kijkt me aan en glimlacht flauwtjes. 'Voel jij je ook goed?'

Ik knik ferm. 'Zeker. Ik heb er zin in.'

Marnix maakt contact met de luchtverkeersleiding en al snel krijgen we toestemming om naar onze baan te taxiën. Mijn handen voelen klam van het zweet als ik ze op het stuur leg. Ik haal diep adem en probeer daarmee de spanning in mijn lichaam te verlichten. Het irriteert me dat ik toch nerveuzer ben dan ik zou willen, maar ik probeer de knop om te zetten.

Nou, daar gaan we dan, zeg ik in gedachten tegen mezelf. *Kom op, Roxan Berkhout. Je hebt dit al zo vaak gedaan dat je het nu ook moet kunnen. Het komt goed. Het komt echt goed.*

Tijdens het opstijgen blijf ik drie woorden herhalen als een mantra: *Ik kan dit. Ik kan dit. Ik kán dit.*

Met een diepe zucht sluit ik de stevige hotelkamerdeur achter me. Het is maandagavond halfelf plaatselijke tijd in Dubai. Ik schop mijn pumps uit, plof op de goudkleurige sprei van het keurig opgemaakte tweepersoonsbed en masseer mijn voeten.

Na een diner in een chic restaurant met een aangrenzende skybar op de vierenvijftigste etage van een gebouw in Downtown Dubai, met werkelijk waanzinnig uitzicht over de stad, is het fijn om eindelijk alleen te zijn. Het gezelschap van mijn collega's was beslist gezellig. De sfeer zat er goed in en niemand keek op van een drankje meer of minder, maar ik kan niet anders dan toegeven dat het een drukke dag was vandaag.

Ik heb het er goed vanaf gebracht tijdens de vlucht. De kop is er nu af en ik weet zeker dat het nare gevoel snel zal slijten. Ik heb gewoon een paar goede ervaringen nodig en dan is alles weer zoals daarvoor. Dat moet wel.

Ik sta op van het bed en laat het bad vollopen in de luxe uitgeruste badkamer – eindelijk dat bad waar ik al een week naar snak. We boffen met dit hotel. Het is een indrukwekkend hoog gebouw, waar qua interieur en service niets aan het toeval wordt overgelaten. Zelfs in mijn hotelkamer is het uitzicht adembenemend en dan hebben wij als crew nog niet eens de beste kamers.

In een houten kistje op het grijze stenen wastafelmeubel zijn verschillende verzorgingsproducten van het hotel uitgestald. Ik vind badschuim tussen de producten, open de zwarte fles en ruik eraan.

De oosterse geur bevalt me en ik giet een flinke scheut in het water. Meteen begint het water te schuimen en komt de aangename kruidige geur nog meer vrij. Ik sluit mijn ogen en adem diep in. Bij mijn uitademing probeer ik elke spier in mijn lijf bewust te ontspannen. Echt werken doet het niet.

Terug in de hotelkamer geniet ik nog even van het uitzicht voordat ik de gordijnen sluit. Ik knip een tweede lamp aan en kleed me uit voor een grote hangende wandspiegel. Naakt bekijk ik mezelf van dichtbij. Mijn hoofd schuin. Het is nog maar zo kort geleden dat Jef vol bewondering naar dit lichaam keek. Terwijl zijn vingertoppen zachtjes mijn huid streelden had hij een bepaalde fascinatie in zijn blik die ik niet thuis kon brengen.

Vrijdagnacht hebben we maar liefst drie keer gevreeën. We kregen gewoonweg geen genoeg van elkaar. Het eerste wat hij me op zaterdag vroeg, toen we tegen lunchtijd wakker werden in zijn bed, was of ik me alles nog kon herinneren. Ik wist mezelf te bedwingen een grap met hem uit te halen en kortstondig geheugenverlies te veinzen en zag oprechte opluchting op zijn gezicht toen ik gekscherend drie vingers in de lucht stak. Jef maakte een ontbijtje voor ons met afbakbroodjes en koffie, maar van mij had hij niet zo zijn best hoeven doen. We kletsten nog wat, aten en zoenden nog een beetje en omdat ik niet meer beslag wilde leggen op zijn vrije tijd en hoffelijkheid, namen we afscheid en ging ik naar huis. Sindsdien heeft hij een aantal berichtjes gestuurd.

Ik glimlach naar mijn spiegelbeeld en draai me om naar de badkamer. Daar zet ik de kraan uit, haal mijn make-up eraf met de reiniger uit mijn toilettas en dan laat ik me rustig in het warme water zakken. Ik dompel mezelf helemaal onder, hou mijn adem in zolang ik kan en als ik weer bovenkom en naar lucht hap, bedenk ik dat ik net zo goed mijn serie op Netflix kan aanzetten op mijn telefoon. Ik stap uit bad, loop druipend van het water over het tapijt naar mijn mobiel op het bed en installeer het apparaat in de juiste stand op het wastafelmeubel, zodat ik het vanuit bad goed kan zien. Fronsend kijk ik rond. Het gevoel dat er nog iets ontbreekt om daadwerkelijk te kunnen gaan genieten bekruipt me. Opnieuw loop ik terug naar de kamer. Ik vind een flesje witte wijn in de goed gevulde minibar en een glas op een klein dienblad op het bureau, en keer ermee terug naar het bad.

Twintig minuten later is de aflevering van een Scandinavische misdaadserie waar ik al middenin zat afgelopen en ben ik rozig van het water en redelijk ontspannen. Mijn missie is geslaagd. Een glimlach verschijnt als vanzelf op mijn gezicht en ik schenk mezelf nog wat wijn bij. We zijn maar een nacht over – oftewel vierentwintig uur – in Dubai, maar na deze dag, die ondanks mijn zenuwen goed verliep, de glazen alcohol en dit heerlijke warme bad zal ik ongetwijfeld lekker slapen vannacht. Ik ben al best moe, maar besluit nog even te blijven zitten.

Terwijl het opzijschuivende balkje onder in beeld aangeeft dat de volgende aflevering begint over 5... 4... 3... 2... 1... seconden, laat ik nog wat heet water in het bad lopen om de afkoelende temperatuur te verhogen. De nieuwe aflevering begint. Net als ik er lekker in zit en een slok wijn neem gaat mijn telefoon.

Onwillekeurig schrik ik van het onverwacht harde geluid van de inkomende oproep en schiet rechtovereind. Er gutst een golf water over de badrand en ik strek mijn arm uit om mijn glas weg te zetten en een handdoek uit het rek naast me te pakken. Ik droog mijn handen en bedenk dat het in Nederland maar twee uur vroeger is dan hier. Het zou me niets verbazen als Esmee of Yara wil weten hoe mijn vlucht is gegaan vandaag. Blij dat ik dit keer niet tegen ze hoef te liegen pak ik mijn telefoon en zonder eerst op het scherm te kijken wie van de twee het is neem ik op.

'Met Roxan Berkhout,' zeg ik uit automatisme. Ik schuif mijn billen zo ver als dat gaat naar achteren, zodat ik rechtovereind in bad kom te zitten.

'Roxanne... Je spreekt met Mariska van Vliet.' Bij het horen van die eerste woorden staan ondanks de warmte van het badwater alle haartjes op mijn lichaam direct rechtovereind. 'Ik ben de vrouw van Richard van Vliet. De piloot met wie jij laatst een vlucht had.'

'Ja,' reageer ik. 'Ja, ik weet wie u bent.' Al zou ze hardop een willekeurige songtekst opdreunen, dan nog zou ik haar stem uit duizenden herkennen. 'Is er nieuws? Hoe gaat het met Richard?'

'Ik eh... Ik heb je beloofd dat ik het je zou laten weten als er nieuws is. Richard is... O god, wat is dit moeilijk. Hij heeft het niet gehaald, Roxanne. Gisteren is hij... Richard is overleden.'

Een ijskoude vlaag baant zich razendsnel een weg door mijn lijf en grijpt zich als een klem vast rond mijn hart. Het is alsof er plotseling geen doorbloeding meer mogelijk is in mijn aderen en ik al mijn bloed voel wegtrekken. Mijn longen zijn als versteend. Ik hap naar adem, maar vind geen lucht.

De badkamer die net nog een luxueuze en rustgevende ruimte was, is van het ene op het andere moment veranderd in een verstikkend hok. Richards vrouw begint aan de andere kant van de lijn zachtjes te huilen en haar verdriet komt binnen als een mokerslag. Dit kan ik niet aan. Ik moet hier weg. Ik moet ademen.

Het afschuwelijke geluid van haar intense verdriet kan ik met geen mogelijkheid verdragen. Iemand moet me nu vertellen dat dit een ziekelijke grap is: mijn landing was net op tijd. Richard ligt in coma op de intensive care van het Mount Sinai Medical Center in Miami Beach, dus dit kan niet. Dit mag niet!

Raspend en piepend haal ik adem. Met ongecontroleerde bewegingen die niet van mezelf lijken te zijn weet ik me uit het bad te bevrijden. Ik wankel, val bijna om en druk de telefoon stevig tegen mijn oor. Struikelend over mijn eigen voeten verlaat ik de badkamer, en merk maar half dat ik in een ongemakkelijke houding op het tapijt van mijn hotelkamer terechtkom. Druipend van het water kruip ik als een verloren welpje tegen de rand van het bed aan. Ik heb geen kracht om erop te klimmen, sla mijn vrije arm verslagen om mijn knieën en maak mezelf zo klein mogelijk. Zo zit ik daar, als een ineengedoken balletje op het tapijt van mijn hotelkamer, met de telefoon aan mijn oor.

Richards vrouw blijft hartverscheurend huilen en uiteindelijk lukt het me om een teug zuurstof in mijn longen te zuigen.

'Richard moet leven,' breng ik uit met onvaste stem. 'Hij moet vechten. Hij mag niet opgeven. Zeg me alsjeblieft dat hij...'

Mijn woorden maken dat Mariska van Vliet zichzelf moedig bij elkaar raapt. Ze stopt met huilen en als ze verder praat klinkt haar stem kwetsbaar, maar tegelijkertijd vastberaden. 'Richard is dood, Roxanne. Het spijt me je dit te moeten vertellen. Zijn lichaam kon niet meer. Hij heeft genoeg gestreden. We hebben gisteren met de familie en zijn artsen besloten dat... dat het beter was om...'

Dan pas dringt het tot me door. Ik slik moeizaam, maar de prop in mijn keel wordt er niet minder om. Ze hebben de stekker eruit getrokken. Dat is wat ze hebben gedaan. Ze hebben Richard van alle apparaten afgehaald in de wetenschap dat hij zou sterven.

Vaag hoor ik Mariska's stem. Ineens komt hij van veel verder weg. Ik hoor haar praten over reflexen, hersenfuncties, scans en wat al niet meer en ergens heb ik in de gaten dat ze haar best doet om te benadrukken dat zij en haar kinderen afscheid hebben kunnen nemen. Ze neemt de tijd om me bij te praten over de afgelopen dagen en vertelt aan één stuk door. Haar stem klinkt beheerst en kalm. Ik begrijp niet hoe dit kan. Hoe hebben ze ooit deze onmogelijke keuze kunnen maken? Was dit dan echt het allerhoogst haalbare? Was dit het beste wat ze voor Richard konden doen? Zat er niet meer in? Was er dan helemaal geen hoop? Geen enkele mogelijkheid dat hij ooit uit zijn coma zou ontwaken en zijn leven zou oppakken?

Mariska's woorden zijn als dartpijlen die naast het dartbord terechtkomen. Hard. Scherp. Pijnlijk. Maar geen van alle raken ze hun doel. Iets in mij wil niet meer naar haar luisteren en een ander deel beseft godzijdank dat ik het niet kan maken om zomaar op te hangen. Zij is zijn vrouw. Ik ben de laatste collega met wie haar man heeft gewerkt. Het is bewonderenswaardig dat ze zich aan onze afspraak houdt en mij belt om dit nieuws te delen. In feite ben ik niet meer dan een piloot in functie. Iemand die erin tekortschoot om haar man te redden.

'Mevrouw Van Vliet?'

'Ja?'

Ik schraap mijn keel, klem mijn kiezen stijf op elkaar en het kost grote moeite om mezelf te dwingen al mijn zelfbeheersing te verzamelen. Dan haal ik diep adem, span me in tot het uiterste en zeg duidelijk: 'Het spijt me meer dan ik kan zeggen om dit te horen. Ik wil u en uw familie condoleren met het verlies en waardeer het oprecht dat u de moeite heeft genomen om mij te bellen. Richard was een bijzondere man. Ik heb hem maar kort gekend, maar ik zal hem nooit vergeten. Mijn gedachten zijn bij u en uw gezin. Ik wens jullie heel veel kracht toe.'

Richards vrouw bedankt geëmotioneerd, maar ergens weet ik dat ze totaal geen steun vindt in mijn woorden. Hoe zou dat ook kunnen?

We nemen afscheid en ik hang als eerste op. Een tijdlang staar ik vol afgrijzen naar de telefoon in mijn hand. Alsof Richard nog geleefd zou hebben als ik de oproep van zojuist niet zou hebben beantwoord. Het is een volstrekt onlogische gedachte en ik smijt mijn telefoon zo hard ik kan door de hotelkamer. Met een smak klettert hij tegen het bureau.

Een schreeuw die diep in mijn buik ontstaat vindt een uitweg via mijn stembanden. Ik huil onbedaarlijk en sla mijn vuisten als een bezetene tegen alles wat ze in hun maaiende bewegingen weten te raken. Volkomen krankzinnig en buiten mezelf word ik overmand door een intens schrijnend verdriet. Grote wanhoop tart mijn gedachten. Ik had sneller moeten zijn. Sneller moeten beslissen. Sneller moeten handelen. Als ik meer risico had durven nemen en eerder aan de grond had gestaan was er een kans dat Richard nog leefde. Waarom was ik niet beter? Waarom heb ik gefaald? Ik begin te hyperventileren en weet instinctief dat ik niet die kant op moet.

Als ik mezelf kwijtraak in die donkere diepte die aan me trekt, wie haalt mij er dan weer uit?

Kou helpt, herinner ik me zelfs door de benauwende mist heen. Iets abrupts om me uit deze shock te trekken. Met alle kracht die ik in me heb sta ik op, loop nog steeds naakt door de hotelkamer en laat koud water over mijn polsen stromen in de badkamer. Het water brengt me enigszins bij de les en mijn ademhaling kalmeert.

Het gevaar van een uit de klauwen lopende paniekaanval is misschien wel geweken, maar wat overblijft is geen goed alternatief. Een verpletterend verantwoordelijkheidsgevoel dreunt op mijn schouders en weegt zo zwaar dat ik bang ben dat het mijn botten zal verbrijzelen.

Vanuit mijn ooghoek zie ik mijn glas wijn staan en ik drink het in één teug leeg. Natuurlijk doet het niets. Wijn gaat mij nu niet helpen. Ik haast me naar de minibar die vol zit met alcohol, frisdrank, water en chocola. De flesjes sterke drank zijn goed vertegenwoordigd. Zonder eerst de etiketten te scannen graai ik er een paar uit. Lukraak open ik een schroefdop en zet een willekeurig flesje met een doorzichtige vloeistof aan mijn mond. Ik drink het leeg alsof het water is. De alcohol brandt in mijn keel, maar dat hindert niet.

Ook een tweede flesje moet eraan geloven. Ik wil zo snel mogelijk vergeten.

Niet meer weten… en vooral niet meer voelen.

12

Het eerste wat me opvalt als ik wakker word, is een genadeloos bonkende hoofdpijn. Het duurt even voordat ik me realiseer dat ik niet in mijn eigen bed lig, maar in het bed op mijn hotelkamer in Dubai. En dan komt alles in één klap terug. Hoe blij en opgelucht ik gisteren was nadat ik de kist veilig aan de grond had gezet. Dat ik genoot van een welverdiend bad en toen, als een donderslag bij heldere hemel: het telefoontje van Richards vrouw. Hij is dood.

Dood. Een misselijke golf laat mijn maagstreek samentrekken. Ik word gedwongen op te staan en haast me zo snel ik kan – en zo snel als mijn bonkende hoofd dat toelaat – naar de badkamer. Op het nippertje bereik ik de toiletpot en luidruchtig leeg ik mijn maaginhoud. Opnieuw en opnieuw. Net zolang totdat de samentrekkingen van mijn borstkas pijn doen en er niets meer over is dat mijn lichaam wil verlaten.

Versuft blijf ik zitten, in afwachting of er echt niets meer komt. De aanblik van het bad is een vreemde gewaarwording. Het badwater zit er nog steeds in, maar al het schuim is weg. Ik draai aan de ronde zilveren knop die dient als stop en kijk toe hoe het wateroppervlak lager en lager wordt. Totdat het bad net zo leeg is als ik me zelf voel. Er verstrijken talloze minuten, of misschien is het wel een uur. Eigenlijk wil ik hier gewoon blijven zitten op de badkamervloer, maar mijn bonkende hoofd smeekt om water en paracetamol.

In de geplunderde minibar vind ik een waterflesje, waarvan ik de inhoud met twee pijnstillers uit mijn toilettas gulzig naar binnen klok. Het is donker in de hotelkamer en met een ruk open ik het gordijn. Meteen knijp ik mijn ogen stijf dicht en deins ik achteruit. Het daglicht is veel te fel en mijn hoofdpijn neemt direct toe. Ik masseer mijn pijnlijk kloppende slapen en geef mijn ogen de tijd om aan het licht te wennen. Hoe laat is het eigenlijk? Waarom is het zo licht?

Op het tapijt onder het bureau vind ik mijn telefoon en als ik het scherm activeer kom ik gelukkig tot de ontdekking dat hij de klap heeft overleefd. Mijn telefoon wel... Richard niet... Het is een absurd contrast, maar lang kan ik er niet bij stil blijven staan.

De tijdsaanduiding op het scherm staart me gewetenloos en verwijtend aan. Het is halfdrie 's middags. Over een uur word ik beneden in de lobby van het hotel verwacht. Al mijn alarmbellen gaan af. Over een uur moet ik uitchecken en dan worden we met de hele crew in een transportbusje naar het vliegveld gebracht. Blijkbaar heb ik het ontbijt gemist en de halve dag geslapen. De minibar was er goed voor om mezelf wezenloos te drinken. De term 'comazuipen' komt in me op en treft me hard.

Ik voel de drang om iets te vernielen. Wat dan ook. Er moet iets stuk. Maar tegelijkertijd weet ik dat ik moet dealen met mijn onrust en dat er geen tijd te verliezen is. Er wordt op me gerekend. Ik moet me klaarmaken voor de vlucht. Douchen. Uniform aantrekken. Make-up op en haar doen. Koffer inpakken en gaan. Ik weet niet hoe, maar ik zet een knop om. Gek genoeg lukt het om om te schakelen.

Drie kwartier later ben ik klaar voor vertrek. Ik ruim de lege drankflesjes op en kan het niet laten de overgebleven inhoud van de minibar te ordenen. Ineens zie ik iets wat me gisteren niet was opgevallen. Twee broekzakflesjes sterke drank staan verscholen achter een blikje cola en Fanta. Ik pak ze in mijn hand en staar naar het etiket. Wodka.

Nee! Nee, nee, nee. Dit moet ik niet doen. Dit is een heel harde grens die ik nooit of te nimmer mag passeren. Ik wil de flesjes al bijna terugzetten, als een duivels stemmetje me iets influistert: *wodka ruik je niet*. Het zou de perfecte oplossing voor de onrust in mijn lijf zijn. Het zou me deze vlucht – alleen deze ene vlucht – door helpen, want eerlijk gezegd heb ik geen idee hoe ik het straks ga doen. Alleen al de gedachte om de cockpit in te stappen benauwt me. Hoe ga ik de tijd doorkomen? Zelf hoef ik niet te vliegen, maar *pilot monitoring* is precies wat ik deed toen het misging met Richard. En nu is hij dood.

Goed. Het allerbelangrijkste is dat ik rustig blijf. Ik moet beslist het hoofd koel houden, maar die afschuwelijke kater en mijn kwellende gedachten maken dat volstrekt onmogelijk. Dit is een uitzonderlijke situatie. Zonder alcohol ga ik het vandaag gewoon niet redden. Ik draai de schroefdop van het flesje los en neem een klein slokje. Even wacht ik af, maar er gebeurt niets. Het brandalarm gaat niet spontaan af en er is niemand die mijn hotelkamer binnenstormt om de wodka uit mijn hand te meppen. Dus drink ik het flesje maar helemaal leeg.

Het andere broekzakflesje stop ik in mijn handbagagetas. Dat kan ik het beste ongezien en op het laatste moment nemen. In ieder geval voordat we door de securitycheck gaan.

Voor de laatste keer kijk ik de hotelkamer rond. Ik zucht diep en trek mijn koffer achter me aan.

Een kwartier later ben ik uitgecheckt en doet de wodka eindelijk zijn werk. Het duurt niet lang voordat we met de hele crew in het transportbusje zitten dat ons van het hotel naar de luchthaven brengt. Het gaat gelukkig al iets beter. Echt ontspannen ben ik niet, maar ik heb er vertrouwen in dat ik deze vlucht goed doorkom. Ik kan dit. Nog een paar uur doorbijten en dan ben ik thuis.

Mijn mond voelt echter kurkdroog en ik rits mijn tas op mijn schoot open, om er een flesje water uit te pakken. Ineens bekruipt me het onbehaaglijke gevoel van ogen die op mij worden gericht. Ik kijk rond, maar iedereen is met elkaar in gesprek en niemand lijkt acht op mij te slaan. Voor de zekerheid sluit ik de tas zo snel en onopvallend mogelijk. Ondanks het feit dat mijn handbagagetas nu gesloten is brandt de inhoud als een heet hangijzer op mijn bovenbenen.

De eerste uren van de vlucht sla ik mezelf er wonderbaarlijk goed doorheen. Het tweede flesje wodka werkt als vloeibare moed en de kater zakt langzaam maar zeker naar de achtergrond. Het lukt om te doen wat ik moet doen, zonder daar echt over na te denken of bij stil te staan. Mijn werkzaamheden zijn als automatische handelingen waar mijn hoofd en lijf niet bij betrokken zijn. Ik ervaar alles in een prettige, constante waas – een soort roes – terwijl we grotendeels over land vliegen. Op een gegeven moment laten we Turkije achter ons en pakken we een stuk Zwarte Zee mee. En dan verstar ik.

Uit het niets neemt de mist in mijn hoofd razendsnel toe. De Zwarte Zee strekt zich groot en breed voor ons uit. Vanuit de cockpit zie ik water. Niets anders dan water. Voor ons. Naast ons. Totdat we er helemaal door worden omgeven. Het harnas rond mijn borst zit van het ene op het andere moment veel te strak. Ik kan geen kant op en begin hevig te zweten. Mijn handpalmen zijn klam en er parelen grote zweetdruppels op mijn voorhoofd. Een beklemmende angst en paniek overvallen me en ik wil absoluut niet opzijkijken, maar vanuit het niets zijn er felle lichtflitsen die precies in mijn ogen schijnen en mijn zicht belemmeren. Ik moet mijn hoofd wel afwenden en draai abrupt naar links.

Naast me zit Richard. Ik weet het al voordat ik hem zie. Alles aan hem is levensecht. Zijn volle, donkere wenkbrauwen, met hier en daar een grijze haar. Zijn diep gebruinde huid. Zijn behaarde armen en ontspannen houding en gelaatstrekken.

Dit kan niet. Dit bestaat niet. Ik moet wel compleet krankzinnig worden.

Als in slow motion beweegt hij zijn hoofd opzij. 'Dag, koningin van de cockpit.'

'Nee...' breng ik uit met onvaste stem. 'Dit is niet echt. Je bent dood. Je bent dood.'

'Mexico, here we come!' Hij lacht voluit en net als tijdens onze vorige vlucht vormen de lijntjes rond zijn ooghoeken zich tot diepe groeven.

Ik schrik van zijn intens akelige lach, maar nog meer van de woorden die daarna volgen.

'Wat is er nou, koningin van de cockpit? Voel je je wel goed? Je zweet helemaal!'

Alle haartjes op mijn lichaam schieten overeind. Een ijskoude siddering baant zich een weg langs mijn ruggengraat naar beneden. Ik weet heel zeker dat ik degene was die de vorige keer iets soortgelijks tegen hem zei. Zijn de rollen nu omgedraaid? Ben ik soms degene die straks...

'Nee, Roxanne. Jij gaat niet dood, maar ik,' zegt hij vastbesloten, alsof dat de normaalste zaak van de wereld is. 'Ik bén dood, maar nu nog niet. Die pasta is gewoon niet zo lekker gevallen. Ik ben een beetje misselijk, maar het gaat wel. Maak je maar niet druk. Ik moet gewoon even...'

Precies op hetzelfde moment, midden in dezelfde zin wordt Richard als door een bliksemschicht getroffen. Zijn rechterarm grijpt razendsnel naar zijn linkerborst. Ik ruik dezelfde afgrijselijke geur en mijn maagzuur komt in alle hevigheid omhoog. Ik weet precies wat er nu gaat komen, maar kan niet anders dan machteloos toekijken. Het noodlot heeft zich al voltrokken. Ik kan niets doen en al zou dat kunnen, wat ik deed was toen ook al niet genoeg. Richards hartinfarct leidt tot een hartstilstand. Hij raakt in coma en uiteindelijk overlijdt hij. Dat is hoe het gaat. Dat is hoe het nu ook zal gaan.

Of is dit zijn tweede kans? Ik leg mijn vochtige handen op het stuur en zet vliegensvlug de daling in. Het moet hoe dan ook zoveel sneller dan de vorige keer. Alleen dan kan Richard het halen. Ik sta niet toe dat hij weer...

'Wat doe je? Roxan!'

Verwilderd zoeken mijn ogen naar iets wat past bij de stem die ik vaag herken. Hij komt van ver en ik weet zeker dat het niet Richards stem is. Ik klamp me eraan vast en knipper een paar keer met mijn ogen, totdat de stem steeds dichterbij komt en steeds doordringender klinkt.

'Roxan! Roxan! Hé, wat doe je nou? Jezus! Laat los!'

Marnix – de gezagvoerder van de Dubai-vlucht – kijkt me geschrokken en nogal kwaad aan. 'Waar ben jij mee bezig?' Hij geeft een ferme hoofdknik en als ik zijn blik volg zie ik dat die gericht is op mijn handen. Ze omklemmen het stuur. Knijpen het stuur bijna fijn. Mijn hartslag hamert razendsnel en snoeihard tegen zowel mijn ribben als mijn slapen. Mijn ademhaling is onregelmatig en zit veel te hoog.

'Waarom haal je de *autopilot* eraf? Wat ben je in hemelsnaam aan het doen?'

'Shit. Sorry… Ik weet niet wat…'

De captain schudt gefrustreerd zijn hoofd, waarbij zijn blonde krullen dansen. Hij neemt zijn eigen stuur in handen en neemt het vliegen over. Ik laat mijn stuur los en kijk verdwaasd naar mijn trillende handen, terwijl ik rustig adem probeer te halen. Marnix brengt het toestel op de juiste hoogte en koppelt het aan het datasysteem dat op de automatische piloot verder vliegt.

Zodra de captain zijn handen vrij heeft, draait hij zijn bovenlichaam naar mij toe en fronst hij diep.

'Mijn hemel, ik schrok me kapot. Wil je dat nooit meer doen?'

'Ik… Ik… Het spijt me.'

'Gaat het wel goed met je? Wat gebeurde er net? Je hoorde me niet. Je was echt mijlenver weg!'

'Het zal niet meer gebeuren, captain. Het spijt me.'

'Het spijt je?' Marnix blijft strak naar me kijken en neemt geen genoegen met dit simpele excuus. 'Je was totaal de weg kwijt! Je mompelde, koppelde ons van het datasysteem af, greep naar het stuur en maakte een duik.'

'Ik was heel even afgeleid en…'

'Afgeleid?' Marnix spuugt het woord zowat uit. 'Mijn hemel, Roxan! Je was wel meer dan heel even afgeleid. Je hebt al heel veel calls gemist vandaag! Door jou schakelden we te laat over naar de volgende frequentie en vlogen we te laat naar het volgende navigatiepunt. Het is niet heel raar dat de luchtverkeersleider bokchagrijnig is als hij alles drie keer moet roepen voordat jij reageert.' Hij zucht. 'Eigenlijk wilde ik er pas op Schiphol over beginnen en deze vlucht eerst afmaken, maar jouw prestaties zijn zwaar onder de maat. Je bent de hele terugvlucht al afwezig en volgens mij weten we allebei waar dat door komt…'

Ik zwijg als het graf waar Richard nog niet eens in ligt.

'De wodka in je tas! Ik heb het flesje gezien.' Marnix laat een stilte vallen. Als blikken konden doden zou ik me nu bij Richard voegen. 'In het busje naar het vliegveld. Je dronk uit je waterflesje en je tas viel open.'

Ik stoot een raar lachje uit. 'Die wodka zat nog in mijn tas van de avond ervoor. Je denkt toch niet echt dat ik…'

'Jawel, dat denk ik dus wel,' onderbreekt hij me fel. 'Bewijs maar eens het tegendeel.'

'Hoe dan?' vraag ik op dezelfde toon. Ik probeer hem op precies dezelfde manier aan te kijken zoals hij mij aankijkt, maar weet niet goed of ik daarin slaag.

Marnix haalt zijn schouders op. Het gebaar is luchtig, maar zijn ogen vertellen me iets anders. Met hem valt niet te sollen. Hij weet donders goed wat hij heeft gezien. Hem hou ik niet voor de gek. 'Weet ik veel. Laat me de inhoud van je tas zien.'

'We zijn door de douane geweest. Denk je echt dat die wodka nu nog in mijn handbagage zit?'

'Nee, maar vertel me dan hoe het zit. De waarheid, alsjeblieft. Hebben ze het ingenomen of had je het toen al opgedronken?'

'Ik heb het flesje weggegooid. Zoals ik al zei was het een vergissing dat het nog in mijn tas zat.'

Marnix zucht opnieuw. 'Het is zeker puur toeval dat er uitgerekend wodka, drank die je niet ruikt, in je tas zat... Goed dan. Jij je zin. Dan vertel je het me niet. Ik neem aan dat je begrijpt dat ik hier melding van moet maken? Ik zal dit moeten rapporteren.'

'Marnix, het spijt me echt. Ik weet niet wat me zojuist overkwam, maar ik kan je beloven dat ik geen...'

'Jij wilt dat ik je geloof?' Hij trekt zijn wenkbrauwen hoog op. Zijn toon is als die tegen een klein kind. 'Prima. Dus als we nu een controle aanvragen en de marechaussee direct bij aankomst op Schiphol de hele crew onder de loep neemt, dan kom jij daar zeker weten ongeschonden uit?'

'Ja,' zeg ik een stuk zekerder dan ik me voel. 'Ik kan het nog tien keer herhalen, maar die wodka in mijn tas berustte op een misverstand. Als je dat niet wilt of kunt geloven, dan moet je het melden. *No hard feelings*. Ik kan het me voorstellen als je dat doet. Zelf zou ik er ook van schrikken als ik drank in de tas van een andere vlieger zou aantreffen. Ik heb dat flesje echt weggegooid, maar ik begrijp het als je daaraan twijfelt.'

Opnieuw blijft het ijzig stil.

'En waarom doe je dan zo raar tijdens deze vlucht?'

Ik haal diep adem en staar gepijnigd voor me uit. Nu komt het erop aan. 'Eerlijk? In Dubai heb ik een behoorlijk naar telefoontje gekregen van het thuisfront.' Er valt een stilte waarin Marnix me toeknikt. 'Het gaat om de hond van mijn vriend. Hij is tijdens het uitlaten gebeten door een andere hond. Mijn vriend is met spoed met hem naar de dierenarts gegaan, maar het is zo erg dat Takkie een lange operatie moet ondergaan.'

'En je vriend belde je dus vlak voor de vlucht om je dat te vertellen?'

'Ja,' reageer ik stellig. 'Ik weet het, het was een ongelooflijk slechte timing, maar ik denk niet dat mijn vriend in al zijn paniek stilstond bij het feit dat wij op het punt stonden om van ons hotel naar de luchthaven te vertrekken.'

'Dus je was daarnet afgeleid? Door... Takkie.'

Ik knik, bijt droevig op mijn lip en weet simpelweg niet meer waar ik goed aan doe. Heb ik hem weten te overtuigen of niet? Als Marnix me niet gelooft en als hij echt een controle aanvraagt, val ik door de mand. Voor een blaastest is er misschien genoeg tijd verstreken, maar ze kunnen ook mijn urine testen en daar blijft alcohol veel langer in zichtbaar. Daarbij heeft de captain de wodka in mijn tas nota bene gezien en als KLM de rekening van mijn hotelkamer opvraagt weten ze sowieso hoe laat het is. De minibar is achtergelaten met enkel een paar blikjes frisdrank en wat chocola.

Uit alle macht probeer ik een uitvlucht te vinden, maar het alternatief, door het stof gaan en Marnix alles opbiechten, is een nog veel slechter idee. Toegeven dat ik als copiloot alcohol heb gedronken vlak voor de vlucht zou ongelooflijk stom zijn. Dat gaat hij me echt niet vergeven. O god. O, gottegot. Waarom heb ik mezelf zo in de nesten gewerkt?

Marnix knikt bedachtzaam en lijkt voor zichzelf een afweging te maken. Misschien zou ik koste wat het kost moeten redden wat er te redden valt en hem smeken om genade, maar iets in mij wil het niet bonter maken dan het al is. Ik wil mezelf niet nog dieper in het ravijn storten en besluit dat het beter is om deze vlucht uit te zitten en te hopen op het beste.

Gedurende de rest van de vlucht, die in totaal een uur langer duurt dan op de heenweg vanwege de harde tegenwind, zeggen we niet veel meer tegen elkaar. Alleen het hoognodige wat ons werk betreft. Ik mis geen enkele call meer en ben redelijk scherp en alert. Toch hangt de dreigende donderwolk loodrecht boven mijn hoofd.

Klaar om ieder moment los te barsten.

13

Het is na middernacht als we eindelijk bij de gate op Schiphol aankomen. Hoewel de captain in de lucht geen daadwerkelijke controle heeft aangevraagd – dat heb ik hem tenminste niet zien of horen doen – verwacht ik toch ieder moment dat de marechaussee ergens opduikt.

Talloze scenario's zijn al door mijn hoofd geschoten. Zal ik ten overstaan van de hele crew worden afgevoerd? Zullen ze me direct op staande voet ontslaan?

Wat ik heb gedaan kan absoluut niet door de beugel. Daar wordt echt niet lichtzinnig over gedacht. Niet alleen het overmatige alcoholgebruik onder werktijd, maar ook de gigantische paniekaanval die ik tijdens de vlucht had. Nog maar een paar uur geleden dacht ik écht dat ik met een overleden man zat te praten. Ik was er zo vol van overtuigd dat ik het vliegtuig een duik liet maken, en zonder me aan alle veiligheidsprotocollen en voorschriften te houden wilde ik het toestel in no time laten landen. Waar dan? We vlogen boven zee!

Als ik zelf gezagvoerder was en de copiloot zou zoiets flikken, dan zou ik dat zeker niet laten gaan. Geen twijfel over mogelijk.

Na de afronding van onze werkzaamheden in het vliegtuig en op de luchthaven lopen Marnix en ik zwijgend met onze bagage naar de uitgang van het bemanningencentrum op Schiphol.

'Nog nieuws over Takkie?' doorbreekt hij ineens de stilte.

Ik frons en besef dan pas dat hij het over de hond van mijn vriend heeft, die allebei niet bestaan. 'Aardig van je dat je ernaar vraagt,' reageer ik zonder aarzeling. 'Ik heb net mijn telefoon gecontroleerd, maar er is nog geen nieuws.'

'Het hoeft niets te betekenen. Misschien heeft je vriend zich inmiddels gerealiseerd dat je op een vlucht zat en wilde hij je niet verder afleiden. En bovendien is het midden in de nacht.'

Ik knik ongemakkelijk en voel me schuldig tot op het bot.

'Nou goed, het beste dan maar,' reageert Marnix al net zo ongemakkelijk. 'Met Takkie en met jou.'

'Dank je wel. Jij ook het beste.' Besluiteloos over hoe we afscheid van elkaar moeten nemen staan we uiterst stijf tegenover elkaar. Ik weet niet of ik hem nou juist moet bedanken of dat ik mezelf daarmee alleen nog maar veel belachelijker maak. Niets zeggen voelt ook niet goed. 'Marnix,' begin ik zachtjes. 'Bedankt voor je begrip. Ik weet echt dat ik mezelf op deze vlucht niet van mijn beste kant heb laten zien.'

'Verre van zelfs,' dient hij me van repliek.

'Je hebt gelijk. Waarschijnlijk zullen wij elkaar niet meer tegenkomen in ons werk, maar ik wil toch dat je weet dat dit niet meer zal gebeuren.'

Hij knikt afgemeten en draait zich dan om. Terwijl hij bij me vandaan loopt herhaal ik zijn woorden in mijn hoofd en probeer te bepalen of hij me gelooft. Als dat niet zo zou zijn, zou hij toch niet naar Takkie vragen? Marnix lijkt me geen man die graag spelletjes speelt met mensen. Ik laat mijn ingehouden adem ontsnappen en kom tot de conclusie dat ik het simpelweg niet weet. Het enige wat ik weet is dat ik weg wil.

Op dit moment kan ik maar één plek bedenken die me een beter gevoel kan bezorgen. Alles vergeten is te veel gevraagd, maar ik moet dit afschuwelijke gevoel op zijn minst verdoven. Ik begin te lopen en bedenk waar ik op dit uur ongezien een drankje kan scoren.

Mijn werktijd is voorbij. Een legaal drankje voor de schrik kan de situatie er onmogelijk erger op maken.

Midden in de nacht – om twee uur, om precies te zijn – druk ik op de bel. Het geluid klinkt harder dan gebruikelijk in de verder zo rustige stad. Op een doodnormale dinsdagnacht is er op dit uur weinig te beleven. Iedereen slaapt. Ik wacht voor de gesloten deur en probeer de twijfel van me af te zetten of dit nu wel zo'n goed idee is. Net wanneer ik overweeg om een tweede keer aan te bellen, valt er een lichtstrook door het langwerpige raampje en zie ik hem de trap af strompelen. De deur gaat open en Jef verschijnt in de opening. Zijn donkere haar zit door de war. Hij draagt een simpel zwart T-shirt, met daaronder alleen een lichtblauwe boxershort.

'Roxan...' Met de hand van een getatoeëerde arm wrijft hij verbaasd over zijn slaperige gezicht. 'Gaat alles goed? Is er iets aan de hand?'

Ik knik en glimlach, en hoop maar dat hij ervan uitgaat dat dat een antwoord is op zijn eerste vraag.

'Ik lag te slapen, maar...' Hij maakt een wegwuifgebaar en is zo te zien compleet overdonderd dat ik midden in de nacht onaangekondigd voor zijn deur sta. 'Kom binnen!'

Jef pakt mijn koffer met daarop mijn handtas en draagt mijn bagage de smalle trap op naar zijn bovenwoning. Daar zet hij de spullen in zijn gang. Zodra hij me afwachtend in zich opneemt, maak ik de ceintuur van mijn lange taupekleurige jas los en hang hem aan zijn kapstok.

'Je was toch benieuwd naar mijn pilotenuniform?' vraag ik, als ik me naar hem omdraai. 'Ik kom net terug uit Dubai... en ik dacht dat ik jouw nacht misschien wel iets spannender kon maken.'

De mengeling van indrukken op zijn gezicht is goud waard. Jef kijkt nog steeds slaperig, maar ook verrast, opgetogen en nieuwsgierig. Zonder enige twijfel of terughoudendheid overbrug ik de afstand tussen ons en begin ik hem te zoenen. Een luttele seconde is hij totaal overdonderd, maar dan zoent hij me voorzichtig terug. Ik geef hem nauwelijks tijd om te schakelen en stort me zowat op hem. Mijn handen glijden onder zijn shirt en vinden zijn sterke rugspieren. Ik laat ze afdalen naar zijn stevige, goedgevormde billen en trek hem dicht tegen me aan. Mijn vingers knijpen in zijn kont en ik beweeg mijn tong hongerig tegen die van hem. Jef vindt snel het juiste tempo. Zijn lijf staat meteen aan en hij geeft me wat ik nodig heb. Warmte en troost.

Zachtjes maak ik mijn mond van hem los.

'Ik heb zin in je,' fluister ik in zijn oor. 'Kom mee. Ik wil je.'

We verstrengelen onze vingers in elkaar en ondanks het feit dat ik nog maar één keer eerder in zijn huis ben geweest, ben ik degene die hem meetroont naar zijn slaapkamer. Daar duw ik hem op het bed, waar hij in een vlugge beweging zijn T-shirt over zijn hoofd uittrekt en languit gaat liggen. Ik knip het lampje op zijn nachtkastje aan en ga naast zijn bed staan.

In stilte geef ik hem een striptease. Sierlijk beweeg ik mijn lichaam. Ik neem de tijd om mijn uniform uit te trekken en verwerk al mijn bewegingen en handelingen in een vloeiende dans zonder muziek. Jef kijkt vol bewondering toe. Hij geniet zichtbaar. De stof van zijn lichtblauwe boxershort verhult zijn stijve niet.

Zijn waardering maakt dat ik me stukje bij beetje beter begin te voelen. Ik heb het nodig dat hij zo naar me kijkt. Hij heeft geen idee hoe erg ik dit nodig heb. Als ik helemaal naakt ben klim ik op het bed. Ik kus de rand boven zijn boxershort, lik aan zijn buik en bijt met mijn tanden in de stof. Met alleen mijn mond probeer ik zijn boxershort uit te trekken.

Jef komt een stukje overeind en helpt me met zijn handen. Zijn boxershort laat hij naast het bed vallen. Ik kijk naar zijn naakte lichaam. Hij is nog steeds prachtig. Een genot om te zien. Jef gaat weer achterover liggen en met grote ogen vol verlangen wacht hij af wat ik ga doen. Ik neem zijn stijve in mijn mond en beweeg rustig op en neer. Hij kreunt verlekkerd. Lang ga ik er niet mee door. Ik wil hem horen kreunen, maar wil niet dat hij snel klaarkomt. Daar heb ik andere plannen voor.

Nog een laatste keer laat ik mijn mond en tong langs zijn erectie glijden en dan schuif ik hem het condoom om, dat hij uit zijn nachtkastje heeft gevist. Ik ga op hem zitten en sluit mijn ogen wanneer hij als vanzelf mijn lichaam binnenkomt. Mijn handen plaats ik naast zijn kussen, waar zijn hoofd op rust. Ik breng mijn gezicht naar het zijne en kus hem. Jef opent zijn mond en onze zoen is hartstochtelijk. Zonder dat ik er erg in heb passen de bewegingen van mijn heupen zich aan. Ze volgen de hartstocht van de zoen. De lust en het verlangen. Ineens draait Jef onze positie om en in een vloeiende beweging kom ik onder hem te liggen. Hij is groter dan ik. Sterker dan ik. En ik laat al zijn kracht toe. Zo onder hem voel ik me geborgen. Dit is precies waar ik wil zijn.

De prettige druk van zijn lijf op het mijne vermindert mijn eigen zwaarte. Mijn innerlijke zwaarte, de strijd en het verdriet verdwijnen voor heel even naar de achtergrond. Nu bestaat er alleen dit moment. Heerlijke seks. Midden in een kille, donkere nacht.

De volgende ochtend douchen we samen in zijn ruime badkamer en kan ik weer niet van hem afblijven. Ik kus hem, zoen hem, raak hem plagend aan terwijl Jef zijn haar probeert te wassen, maar ik krijg niet per se het idee dat hij heel enthousiast is over een vroege vrijpartij. Hij wijst me niet af, maar gaat er ook niet op in.

Natuurlijk zou ik normaal niet aandringen, maar vannacht was zo bedwelmend lekker dat ik toch nog een laatste poging waag. Ik neem hem in mijn hand en trek hem af, terwijl ik hem onderzoekend bekijk.

Tegen alle verwachtingen in wordt hij direct hard.

'Volgens mij heb je toch wel zin. Of hou je niet van stomende seks in de ochtend?' Ergens verwacht ik een grijns op zijn gezicht te spotten, of dat hij moet lachen om mijn 'stomende seks'-grapje. In plaats daarvan kijkt hij me doordringend aan. Zijn blik is bloedserieus. Dan komt hij achter me staan en zet hij me klem tegen de betegelde muur.

Waar hij een condoom vandaan haalt weet ik niet, maar als ik over mijn schouder kijk, zie ik hem er een omschuiven. Van achterlangs voel ik Jef mijn lichaam in komen. Meteen begint hij ritmisch te stoten. Zijn grote lichaam tegen de achterkant van het mijne houdt me stevig op zijn plaats. Mijn borsten en buik worden tegen de muur gedrukt en mijn billen worden gemasseerd met elke stoot. De regendouche klettert onafgebroken op ons en ik laat me helemaal door hem in beslag nemen. Niet eerder was Jef zo dominant. Hij is zelfs een beetje ruw en hardhandig, maar ik weet ook dat dat precies is wat ik zojuist met mijn geplaag bij hem heb uitgelokt. Ik heb hierom gevraagd.

Mijn god, ik wilde dat hij me op deze manier zou neuken. Diep kreunend ga ik volledig op in het moment.

'Is dit wat je wilt?' vraagt hij vlak bij mijn oor.

'Ja, ga alsjeblieft door,' hijg ik en ik draai mijn hoofd, in een poging om hem te zoenen. Hij laat het niet toe en stoot nog harder. Oefent nog meer druk uit op mijn lichaam en legt een dwingende hand rond mijn keel. Zijn hand op die plek is het laatste zetje dat ik nodig heb. Ik hap naar adem en voel de spanning in mijn lichaam stijgen naar een ongekende hoogte. Niet lang daarna explodeert mijn onderlichaam. Ik kreun, kronkel en schok. Een overweldigende extase golft door me heen. Intense ontspanning is wat er uiteindelijk overblijft. Met een voldaan gevoel adem ik diep in en uit.

Jef verlaat mijn lichaam en ik draai me om om erachter te komen waarom hij dat doet.

'Wil je het niet afmaken?' vraag ik verbaasd.

Hij kijkt me aan met een ondefinieerbare, onpeilbare blik en haalt het condoom van zijn erectie. Zo te zien vindt hij het ook prima om het hierbij te laten. Ik begrijp niet waarom hij niet in mij wil klaarkomen, maar bedenk dat ik net zo goed voor hem kan zorgen. Misschien deed hij deze sekspartij echt puur en alleen voor mij, maar waarom zou er voor hem geen fijne afloop kunnen zijn?

Ik zak op mijn hurken en neem zijn erectie in mijn mond. Heel even lijkt hij nog gespannen te zijn, maar als ik rustig doorga kreunt hij en geeft hij zich gewonnen. Ik pijp hem totdat hij hijgend en kreunend klaarkomt.

Een halfuur later heb ik een kledingsetje uit mijn koffer aangetrokken en mijn uniform netjes opgeborgen boven op mijn andere bagage. Jef en ik zitten zwijgend tegenover elkaar aan zijn eettafel. Dit keer staan er geen afbakbolletjes op tafel, maar hebben we allebei een schaaltje Griekse yoghurt met schijfjes banaan, aardbeien en blauwe bessen voor ons, en daarnaast een kop koffie en een glas water.

'Ik moet het je toch vragen,' doorbreekt Jef ineens de stilte. 'Vannacht... Wat had dat allemaal te betekenen?'

'Hoezo?' Ik neem een hap van het ontbijt.

'Waar kwam dat vandaan? Het was nogal...' Hij lijkt even naar de juiste woorden te zoeken. 'Plotseling en onverwacht.'

'Daar leek je vannacht anders geen moeite mee te hebben.' Ik grijns en wil dolgraag dat hij naar me teruggrijnst, maar dat doet hij niet. Zijn gezicht staat bloedserieus.

'Klopt. Het was heerlijk. Jij bent heerlijk. Maar nu vraag ik me af of het wel goed met je gaat.'

'Of het wel goed met me gaat?' Ik frons en neem een slok koffie. Jef vult de stilte niet op en blijft me op dezelfde manier aankijken. Afwachtend. Geen genoegen nemend met mijn antwoord, wat natuurlijk ook helemaal geen antwoord is. 'Hoezo vraag je dat? Ik mag je toch wel spontaan verrassen?' Met een zucht zet ik het koffiekopje terug op tafel. 'En ik maar denken dat het de natte droom van elke man is als een vrouw onaangekondigd in uniform bij hem langskomt voor een knallende vrijpartij.'

Opnieuw laat Jef een stilte vallen. Zijn serieuze blik bevalt me helemaal niet. Met zijn bovenlichaam leunt hij een beetje in mijn richting over zijn eettafel heen en hij houdt zijn hoofd schuin. 'Dus het was een spontaan besluit om mij te verrassen. Niets meer dan dat?'

'Hoezo zou er meer moeten zijn?' kaats ik terug. 'Jij bent degene die vorige keer zei dat je mijn pilotenuniform heel sexy vindt, weet je nog? Ik kwam uit Dubai en was op weg naar huis en toen besloot ik dat ik jou net zo goed mijn uniform kon laten zien.'

'Oké. Daar was ik inderdaad benieuwd naar en geloof me als ik zeg dat het je verschrikkelijk sexy staat. Maar waarom blijf ik aldoor het gevoel houden dat je me niet de hele waarheid vertelt? Dat je me nóóit de hele waarheid vertelt?'

'Jemig, Jef! Waar slaat dit nou weer op?' schiet ik uit mijn slof. 'Ik ben hier juist omdat jij geen lastige vragen stelt. Laten we dat ook vooral zo houden!'

Als door een wesp gestoken duikt Jef in elkaar op zijn stoel. Pijlsnel wendt hij zijn blik af.

'Shit, sorry. Zo lullig bedoelde ik het niet. Dat had ik niet moeten zeggen,' zeg ik snel, maar het kwaad is al geschied.

'Hoezo niet?' vraagt hij zonder me aan te kijken. 'Volgens mij was je nu eindelijk echt eerlijk.' Hij slaat zijn armen over elkaar en staart naar een knoest in het hout van zijn eettafel als hij verder praat. 'Dus als ik het goed begrijp, mag ik wel seks met je hebben. Ik mag ongelooflijk intiem met je zijn, maar vragen hoe het eigenlijk met je gaat is niet de bedoeling.'

'Natuurlijk mag je dat vragen.' Een eerlijk antwoord zal hij alleen niet krijgen.

'Nou, vertel...' Hij kijkt op en direct word ik ongemakkelijk van zijn blik.

'Het gaat goed met me. Echt. Ik heb een heel leuke nacht gehad en net een heerlijke douchesessie. Hoe gaat het met jou?'

'Begrijp me niet verkeerd, Roxan,' negeert Jef mijn wedervraag. 'Ik vind jou geweldig. Je bent sterk, stoer, onafhankelijk en je bent bovendien prachtig, maar soms heb ik het idee dat je naar mij toe komt om... Nou ja, als afleiding. Puur voor de seks. En mijn lichaam reageert heel sterk op dat van jou. Ik kan geen genoeg van je krijgen, maar als je straks weg bent, dan weet ik zeker dat ik me weer rot voel en... gebruikt.'

'Gebruikt? En wéér?' Geschokt kijk ik hem aan en ik voel me klein worden. 'Ik dacht dat jij dit ook wilde. Je kon niet van me afblijven. Heb ik me dat allemaal dan...'

'Dat heb je je niet ingebeeld. Ik wilde je inderdaad. Daar gaat het niet om. Ik vraag me alleen af welke motieven er achter jouw gedrag schuilgaan. Waarom ben je nu hier?'

'Omdat ik het leuk wil hebben! Vorige keer voelde zo goed, dat wilde ik weer ervaren.'

'Is dat het echt? Toen je vannacht binnenkwam hing de dranklucht om je heen. Je had een gigantische kegel!'

'Jemig, meen je dit nou?' roep ik defensief. 'Het is heel gebruikelijk om met de crew nog een drankje te drinken na werktijd.'

Jef heft zijn hand op. 'Waar het om gaat is dat ik vaak geen idee heb wat er in je omgaat en dat knaagt aan me. Ik weet niet precies wat er tussen ons is, het is in ieder geval geen liefde. Het is niet zuiver. Het voelt alleen goed aan de oppervlakte. En begrijp me niet verkeerd, want ik vind jou echt heel leuk, Roxan. Maar je haalt iets in mij naar boven wat ik niet van mezelf herken. Zoals net tijdens de seks in de badkamer... Wat was dat? Ik zette jou klem tegen de muur! Ik legde mijn hand strak rond jouw keel! Zo dominant ben ik normaal gesproken helemaal niet.'

'Je hoeft je voor mij niet te verontschuldigen. Ik vind een beetje ruw en stevig heel lekker op zijn tijd.'

'Dat is het niet. Normaal gesproken, als ik verliefd ben op een meisje, dan wil ik alles voor haar doen. Dan ben ik zacht en warm. Dan wil ik haar het gevoel geven dat ze de koningin op aarde is, maar bij jou is het anders... Ik probeer je te geven wat jij nodig hebt, maar wat dat is beangstigt me. Ik ontdek kanten van mezelf die me helemaal niet bevallen en ik weet niet wat ik ermee aan moet.'

Het duurt even voordat de betekenis van zijn woorden eindelijk tot me doordringt. Ongemakkelijk kijk ik hem aan. 'Ben je... Ben je verliefd op me?'

Meteen kijkt Jef weg en het blijft een tijdje stil. Uiteindelijk vindt hij de moed om me weer aan te kijken.

'Ja, ik ben verliefd op je,' zegt hij met een verlegen blos op zijn wangen. Ondanks mijn ongemak vind ik het verschrikkelijk aandoenlijk. 'Ik denk dat het voor mij liefde op het eerste gezicht was. Ook al was je die avond in The Jonesclub dronken, ik vond je meteen al leuk. Toen we met zijn tweeën in jouw jacuzzi zaten op je verjaardag wilde ik je al verschrikkelijk graag zoenen. Het moment was er perfect voor, maar ineens zei jij dat je niet eens meer wist of wij seks hadden gehad. En nu sta je midden in de nacht voor mijn deur en wil je seks... Andere mannen zouden het waarschijnlijk niet in hun hoofd halen om te klagen. Maar ik kan mezelf niet meer recht in de spiegel aankijken als we hier niet over praten.' Hij laat een stilte vallen en schudt zijn hoofd. 'En ik weet best dat mijn verliefdheid niet wederzijds is.'

Ik heb even een moment nodig om zijn woorden te verwerken en voel me schuldig en opgelaten tegelijk. 'Jef, als ik had geweten dat je gevoelens voor me hebt, echte gevoelens, dan had ik niet...'

'Wat ben ik eigenlijk voor jou?' onderbreekt hij me abrupt.

Ik zoek naar woorden, maar kan niets vinden wat de situatie niet nóg ongemakkelijker zou maken.

Blijkbaar duurt het hem te lang. Hij maakt een armbeweging die van alles zou kunnen betekenen. 'Je speelt met mij, zoals een kat met een muis. Het is net alsof jij je prima vermaakt als je weet dat je mij helemaal in de tang hebt.'

'Het spijt me dat ik jou dat gevoel geef. Ik vind het fijn om bij je te zijn, maar ik realiseer me nu dat we allebei iets anders willen. Ik ben er niet aan toe om hard van stapel te lopen.'

'Waar ben jij naar op zoek?' vraagt hij na me indringend aan te hebben gekeken. Zijn hart ligt open en bloot op de eettafel tussen ons in. Het liefst zou ik er voorzichtig mee omgaan en fluwelen handschoenen aantrekken, maar als ik echt eerlijk antwoord geef, is het alsof ik een vork uit zijn besteklade pak en daarmee met geweld zijn hart doorboor.

'Ik wil je niet kwetsen, maar ik vind ook dat je een eerlijk antwoord verdient,' begin ik voorzichtig. 'Ik ben op zoek naar intimiteit zonder verplichtingen en wil het gewoon leuk hebben met iemand. Eigenlijk ging ik ervan uit dat dat voor jou ook genoeg was. Lol maken. Zonder ingewikkeld gedoe. Maar ik heb er niet bij stilgestaan dat je gevoelens koesterde.'

'Dus gevoelens zijn voor jou hetzelfde als ingewikkeld gedoe... Dat verklaart wel het een en ander.' Hij snuift cynisch.

Zijn opmerking steekt. Ik probeer het naast me neer te leggen, maar er is al zoveel wat ik de afgelopen tijd naast me neer heb gelegd dat het rondom mij compleet is volgebouwd.

We kijken elkaar aan in een ongemakkelijke stilte. Ik voel me schuldig en verschrikkelijk slecht over mezelf. Ik zocht hem op om afleiding te zoeken en wilde de schrijnende pijn uitschakelen, al was het maar voor even. Geen moment heb ik stilgestaan bij zijn daadwerkelijke gevoelens. Geen moment heb ik écht aan hem gedacht. Jef gaf me wat ik nodig had en ook niets meer dan dat.

'Jef...' begin ik een nieuwe zin en juist op dat moment klinkt het harde geluid van een binnenkomende oproep op mijn telefoon. Ik klap abrupt mijn mond dicht en omklem het toestel dat naast mijn schaaltje yoghurt ligt met mijn hand. 'Shit. Sorry, deze moet ik even nemen,' zeg ik, terwijl ik opsta.

Hij kijkt me ongelovig aan en mompelt iets over de slechte timing. Ik maak een gebaar dat ik zo bij hem terugkom en loop met vluchtige stappen bij de eettafel vandaan. Dit telefoontje biedt me de uitgelezen kans om na te denken over wat ik zo meteen tegen hem ga zeggen. Jef is een goede jongen. Ik wil hem echt geen pijn doen.

In zijn slaapkamer neem ik op. 'Ja?'

'Spreek ik met Roxan Berkhout?' vraagt een mannelijke stem die ik niet herken.

'Ja, daar spreekt u mee.'

'Goedemiddag, mevrouw Berkhout. U spreekt met Rob Akkerman van ASG. Graag wil ik u uitnodigen voor een gesprek morgenochtend om het een en ander met u te bespreken. Dit kan op ons kantoor of, als u dat prettiger vindt, bij u thuis.'

'Mag ik vragen waar dit over gaat?' Mijn stem klinkt dun en breekbaar en elk haartje op mijn lichaam schiet gealarmeerd overeind.

'De inhoudelijke details zullen we morgen met u bespreken, mevrouw.'

'Kunt u niet iets specifieker zijn?'

'Tot op zekere hoogte. We willen u een aantal vragen stellen over een aantal vluchten die u de afgelopen tijd heeft gemaakt. Het is daarom belangrijk dat we morgen met elkaar om de tafel gaan zitten. Ik wil graag tien uur 's ochtends voorstellen. Schikt u dat? En kunt u naar ons kantoor komen, of zullen we bij u thuis langskomen?'

Het duizelt me voor mijn ogen; ik móét me ergens aan vastgrijpen. Mijn rug vindt de steun van Jefs slaapkamermuur. Ik mompel mijn adres en zeg dat ik liever daar afspreek.

Direct na deze bevestiging zegt Rob Akkerman mij gedag. 'Tot morgen, mevrouw Berkhout. Onze afspraak staat op donderdag 12 mei, om tien uur 's ochtends bij u thuis. We willen graag het een en ander ophelderen.'

Zijn dreigende woorden dreunen na in mijn oren en nog voordat ik in staat ben om iets terug te zeggen wordt de verbinding al verbroken. Wat is hier in hemelsnaam aan de hand? Waarom doet die man zo geheimzinnig en waarom heb ik hier een heel slecht gevoel bij?

Fuck! Ineens dringt de datum tot me door. Als het morgen 12 mei is, dan is het vandaag... Nee, dit ga je niet menen. Ik been terug naar de woonkamer. Jef zit nog steeds aan de eettafel en kijkt me nogal boos aan. Zijn ontbijt is onaangeroerd.

'Het spijt me, Jef, maar ik moet weg. Ik maak het goed met je.' Ik doe een poging om een kus op zijn wang te drukken, maar hij maakt een afwerend gebaar, waardoor de kus in het luchtledige belandt. Shit. Hij ziet er echt verschrikkelijk gekwetst uit. Ik moet dit rechtzetten, maar ik moet ook nú weg.

'Ik bel je. Echt,' beloof ik voordat ik me omdraai. Vliegensvlug zoek ik de laatste spullen bij elkaar die in mijn handbagagetas horen. Ik zet de tas boven op mijn koffer en trek de uitschuifbare handgreep met een ruk omhoog. Met haastige passen til ik mijn bagage de smalle, steile trap af.

Jef komt me niet achterna.

14

Het geluid van mijn rollende koffer die ik achter me aan trek over de stoeptegels naar mijn voordeur wordt overstemd door luid getoeter. Ik schrik, werp een gejaagde blik over mijn schouder en spot Yara's auto in een van de parkeervakken. Ze zit achter het stuur, met Esmee naast haar op de bijrijdersstoel. Onwillekeurig laat ik mijn adem ontsnappen. Ik steek mijn hand op en maak een gebaar van mijn koffer naar de voordeur.

Yara toetert nog twee keer kort achter elkaar en Esmee tikt op haar horloge. Ik trek een sprintje en overbrug de laatste meters. Zo snel mogelijk open ik mijn voordeur en parkeer mijn bagage in de hal. Ik ruk een klein groen leren schoudertasje van de kapstok en smijt mijn zonnebril, lipbalsem en telefoon erin vanuit mijn handbagagetas. Dan trek ik de voordeur achter me dicht, draai hem op slot en been met stevige passen naar mijn vriendinnen.

Ze zijn uitgestapt zodat we elkaar kunnen begroeten en ik zie meteen aan Esmees gezicht dat ze niet lang hiervoor nog heeft gehuild. Opnieuw voel ik me verschrikkelijk schuldig. Dit keer omdat ik een waardeloze vriendin ben. Het is vandaag 11 mei. De sterfdag van Melvin. Precies een jaar geleden overleed hij aan de gevolgen van slokdarmkanker en ik ben zijn herdenking gewoon vergeten. Wie vergeet er nou zo'n intens moeilijke dag?

'Hé lieverd, ben je oké?' vraag ik, terwijl ik Esmee als eerste omhels.

Ze knikt zodra we elkaar loslaten en doet een poging tot een glimlach. 'Het gaat. Waarom ben je zo laat?'

'Jemig, Rox. We staan hier al een kwartier op je te wachten.' Yara, die om de auto heen is gelopen, komt bij ons staan en begroet me met een omhelzing. Zodra we elkaar loslaten verschijnt er een diepe frons tussen haar wenkbrauwen. 'Zijn dit de schoenen die je aantrekt tijdens de strandwandeling?'

Ik volg haar blik naar mijn suède crèmewitte enkellaarsjes met een hoge hak. 'Shit. Sorry. Dat is inderdaad niet zo'n handige keuze. Ik ben zo terug.'

Mijn vriendinnen wisselen een geërgerde blik en ik ren terug naar mijn voordeur. Niet veel later kom ik terug op een paar stevige sneakers. Yara en Esmee zijn weer voor in de auto gaan zitten. Yara heeft de auto uit het parkeervak gehaald en zo neergezet dat ik gemakkelijk in kan stappen en ze vervolgens meteen weg kan rijden.

'Het spijt me, meiden. Het spijt me echt dat ik zo laat ben.' Ik put me uit in verontschuldigingen – mijn tweede natuur tegenwoordig – terwijl ik op de achterbank ga zitten en mijn gordel vastmaak. 'Ik zal jullie alles uitleggen. Vannacht ben ik teruggekomen uit Dubai en ik heb bij Jef geslapen.'

'Alweer een nacht met de barman?' Yara maakt oogcontact via haar achteruitkijkspiegel. 'Kom je net uit zijn bed rollen?' Op gepaste snelheid rijdt ze mijn straat uit en ze zet haar knipperlicht aan naar rechts om af te slaan naar de doorgaande weg.

'Ja, hij was zo benieuwd naar mijn pilotenuniform dat dat vannacht fungeerde als een soort sekspakje.' Ik gniffel, maar niemand lacht met me mee. 'Ik was vandaag niet vergeten, hoor,' lieg ik. 'Ik had een wekker gezet. Maar Jef en ik zijn niet veel aan slapen toegekomen, dus ik moet uiteindelijk toch knock-out zijn gegaan, want ik heb die wekker dus helemaal niet gehoord. Maar goed. Daarom ben ik dus zo laat.'

Nog steeds geen reactie. Ik kan het ze niet kwalijk nemen.

'Ik hoop dat jullie niet al te boos zijn,' zeg ik, zodra ik besef hoe ongepast het is om over mijn nachtelijke avonturen te vertellen op een dag als vandaag. Snel schakel ik van modus. 'Esmee, zeg eens eerlijk. Op een schaal van één tot tien: hoe klote is deze dag?'

'Een elf,' reageert ze droevig. 'Ik ben al een paar dagen alle gebeurtenissen van vorig jaar aan het herbeleven. Er komt van alles voorbij, zelfs momenten waarvan ik dacht dat ik ze vergeten was.'

Ik buig naar voren en sla zachtjes mijn armen om haar stoel en schouders. 'Dat lijkt me zwaar.'

'Dat is het ook, maar het is ook heel mooi. Door die herinneringen is het soms net alsof ik weer heel levendig met Melvin praat. Of klinkt dat raar?'

Het is een enorme opluchting wanneer Yara het woord neemt. 'Natuurlijk is dat niet raar.'

Mijn vriendinnen praten over Melvin en hoe Esmee de aanloop naar deze dag heeft beleefd. Ik probeer deel te nemen aan het gesprek, maar heb moeite om niet steeds aan het telefoontje van vanmorgen te denken. Wat betekent het precies? Wat hangt er boven mijn hoofd? Heeft Marnix soms een klacht over mij ingediend en wil KLM nu precies weten wat er gaande is? Moet de onderste steen boven komen?

Mijn baan staat op het spel en de enige die daarvoor verantwoordelijk is ben ik zelf. Als ik morgen ontslagen word, heb ik dat helemaal aan mezelf te danken. Ik heb het compleet verpest. Mijn jarenlange, peperdure pilotenopleiding die ik nog steeds maandelijks afbetaal heb ik finaal om zeep geholpen. Mijn werk is mijn leven. Als dit wegvalt, wat heb ik dan nog? Wie ben ik dan? Hoe moet ik straks mijn hypotheek betalen? Mijn broer helpen? Mijn werk heeft zoveel invloed dat ik...

Duizelingen nemen me in beslag en laten het uitzicht vanuit mijn autoraampje op en neer dansen voor mijn ogen. Ik probeer mijn oppervlakkige ademhaling onder controle te krijgen en knipper een paar keer in de hoop dat mijn zicht helder wordt. Want instorten op de achterbank van Yara's auto? Nee, daar pas ik voor. Voor ik het weet zit ik hier volledig buiten mezelf met Richard te praten en dat moet ik echt zien te voorkomen.

Zonder dat ik het tegen kan houden komen er toch beelden terug van de noodlanding, wat eraan voorafging en het telefoontje van Richards vrouw. Ik zie mezelf weer de verschillende flesjes alcohol uit de minibar in Dubai leegdrinken, en de wodka vlak voor de terugvlucht. Het idee dat ik opnieuw de cockpit in moet maakt me doodsbenauwd.

'Rox? Ro-hox?' Yara's stem haalt me terug naar het hier en nu.

'Ja?'

'Jeetje, waar zit jij met je gedachten?' vraagt Esmee.

'Is dat een serieuze vraag?' reageert Yara, terwijl ze een hand vrijmaakt van het stuur. 'Bij Jefs cocktailshaker natuurlijk. *Shake it, baby. Shake it real good*,' zegt ze met dubbelzinnige handbewegingen, waarop zij en Esmee moeten lachen.

'Ik hoorde jullie daarnet wel, hoor. Jullie haalden herinneringen op aan de tijd waarin Melvin nog geen bekende Nederlander was met zijn boeken.'

'Nee, schat. Dat was daarvoor al. We hadden het over Javier,' zegt Yara hoofdschuddend via de achteruitkijkspiegel.

Oké, Roxan. Focus, spreek ik mezelf streng toe. *Met alle chaos deal je later wel. Vandaag ga je ter ere van Melvins leven een lange wandeling maken langs de zee en lunchen in een strandtent. Vandaag ben je Esmee tot steun.*

'Javier stelde vorige week voor om naar Nederland te komen,' herhaalt Esmee. 'Hij wilde er graag voor me zijn vandaag, maar ik vond dat dit iets was wat ik zelf moest doen. Melvins herdenkdag zou toch een beetje vreemd zijn met hem erbij.'

'Ik snap wel dat je het zo ziet,' reageert Yara. 'Javier heeft Melvin natuurlijk ook nooit echt persoonlijk gekend, maar het is lief dat hij het aanbood. Begreep hij het wel?'

'Dat ik dit liever met jullie twee doe?'

Yara knikt.

'Gelukkig wel,' antwoordt Esmee. 'Hij geeft me alle ruimte. En toch voelt het soms dubbel. Mijn toekomst is met Javier, maar ik wil niet dat hij denkt dat hij geen deel mag uitmaken van mijn verleden.'

'Waarom zou hij dat denken?' vraag ik vanaf de achterbank.

Esmee zucht diep. 'Ik weet het niet precies. Laatst aan de telefoon stelde Javier voor dat hij bij mij zou slapen als hij de volgende keer in Nederland is. Dat klinkt eigenlijk ook heel logisch, toch? Het zou raar zijn als hij dit keer in een hotel verblijft.'

'Maar je ziet ertegen op...' zeg ik, half als vraag, half als opmerking.

'Een beetje wel. Het was mijn plek met Melvin. Alles in mijn appartement herinnert me aan hem en het lijkt me heel raar als Javier ineens tegenover me aan de eettafel zit of aan Melvins kant van het bed slaapt.'

Ik knik begripvol. 'Heb je gezegd dat je daar nog niet aan toe bent?'

Esmee humt. 'Volgens mij heb ik het vaag gehouden en dat was prima op dat moment, want het is nog niet eens duidelijk wanneer hij naar Nederland komt.'

Yara legt haar vrije hand op die van Esmee, terwijl ze haar andere op het stuur houdt. 'Ik denk dat Javier heus wel begrijpt hoe je je voelt als je het hem uitlegt.'

'Denk je? Ik wil niet dat hij zich buitengesloten voelt. Ergens lijkt het me ook heel leuk hoor, om hem eindelijk mijn appartement te laten zien, maar het is ook best een stap.'

'Jullie kunnen ook samen een hotel pakken en gewoon een bezoekje brengen aan jouw huis,' opper ik. 'Dat is misschien iets minder heftig voor je. Of je leent mijn huis.' Op dit moment ben ik daar toch niet zo graag.

Esmee draait haar bovenlichaam en gezicht een stuk in mijn richting en glimlacht. 'Wie weet hou ik je daar wel aan, want dat is eigenlijk best een goed idee.'

Yara geeft een kneepje in Esmees hand en trekt hem terug om te kunnen schakelen, voordat we tot stilstand komen voor een rood stoplicht.

Esmee gaat verzitten op haar stoel. 'Fijn dat we dit samen doen vandaag. Het betekent veel voor me.'

'We vinden het zo knap hoe je je erdoorheen slaat,' zegt Yara. 'Ik weet zeker dat Melvin ook trots op je is.'

'Wie weet kijkt hij wel mee vanaf een wolkje,' voeg ik eraan toe.

Esmee lacht. 'Nou, die zijn er vandaag niet en dat is trouwens helemaal geen uitspraak voor jou.'

'Nee, het is meer iets wat ík zou kunnen zeggen,' reageert Yara, terwijl ze de auto weer laat optrekken en doorschakelt. 'Maar eh, als Javier naar Nederland komt krijgen wij hem zeker wel te zien, hè?'

Ik knik gretig. 'Oe, ik ben ook echt razend benieuwd.'

'Dat lijkt me leuk,' stemt Esmee in. 'Wie weet kunnen we wel een dubbeldate doen met Jeroen erbij en... Jef? Vind je hem leuk?'

Heel even val ik stil, maar dan besluit ik ze toch een deel van de waarheid te vertellen. Bepaalde informatie, zoals de drankkegel die om me heen hing, laat ik maar even achterwege.

'De gevoelens die hij voor jou heeft zijn dus niet wederzijds,' zegt Esmee. 'Die Rox, toch... Altijd het gelukkigst als ultieme vrije vogel.'

Yara lacht uitbundig, waarna haar gezichtsuitdrukking weer serieus wordt. 'Hoe was het in Dubai? Ik was zo blij voor je toen je appte dat je vlucht zo goed ging.'

Ik knik stompzinnig en herinner me mijn zoveelste leugen. Hoewel de heenvlucht ook echt daadwerkelijk goed ging, is het allesbehalve de hele waarheid.

'Morgen vlieg ik naar Seoul en Esmee vertrekt morgen ook, naar Canada,' zegt Yara. 'Waar gaat jouw komende vlucht heen?'

'De komende dagen ben ik vrij en volgens mijn rooster vlieg ik daarna naar Kaapstad,' antwoord ik.

'Denk je nog vaak terug aan onze vlucht?' vraagt Esmee door. 'Of heb je het helemaal achter je kunnen laten?'

Een kort ogenblik staar ik door het autoraampje naar buiten zonder echt iets te zien. Er zijn zo ongelooflijk veel dingen die op het puntje van mijn tong liggen. De gedachte dat ik morgen op het matje word geroepen is gekmakend, en nerveus als ik ben kan ik mijn handen amper stilhouden. Ik dwing mezelf ze plat onder mijn bovenbenen te leggen, sluit mijn ogen en probeer diep en rustig adem te halen.

Mijn vriendinnen weten nog niet eens dat Richard is overleden. Ze denken dat het goed met me gaat. Ik, Roxan Berkhout, ben altijd sterk en heb altijd alles onder controle. Op dit moment zou ik mijn muur een stukje willen afbreken, mijn masker even afzetten. Ik heb zo'n behoefte aan armen om me heen die me troosten, wiegen, en vertellen dat alles goed komt.

Maar deze dag gaat niet over mij. Het is totaal niet gepast om nu mijn hart uit te storten. Vandaag herdenken we Melvin en ben ik er voor Esmee. Dat is nu het enige wat telt. Op elke andere dag had ik ervoor kunnen kiezen om open kaart te spelen, maar niet vandaag... En door deze redenatie lieg ik keer op keer glashard tegen mijn vriendinnen, die altijd het beste met me voorhebben en zoveel beter verdienen.

'Het houdt me niet meer zo bezig, gelukkig,' zeg ik met een knoop in mijn maag. 'Jullie wel?'

Yara trekt haar mondhoek schuin en even ben ik bang dat ze me doorheeft. 'Als ik vertel hoe ik onze rampvlucht achter me heb gelaten moeten jullie vast lachen.'

'Probeer maar,' reageert Esmee.

'Ik heb kaarsjes aangestoken voor Richard en heel lang gemediteerd, waarbij ik alle emoties er gewoon liet zijn,' vertelt Yara. 'Doordat ik de gebeurtenissen en gevoelens heel bewust toeliet en er als het ware echt doorheen werkte, kon ik ze loslaten. Niet meteen, hoor. Ik heb dit een paar dagen herhaald en veel yoga gedaan. Vaak wordt iets negatiefs alleen maar sterker zolang je het probeert te onderdrukken. Als je er ruimte voor maakt en de pijn echt durft aan te gaan lost dat zoveel op. Of gaat dit jullie te ver?'

'Ik denk wel dat het zo zou kunnen werken,' zegt Esmee nadenkend. 'Op dagen dat ik niet geconfronteerd wil worden met het verlies van Melvin treft het verdriet me vaak juist het hardst.'

Zo onopvallend mogelijk haal ik mijn handen weer tevoorschijn. Met twee vingers van mijn linkerhand controleer mijn rechterpols. Mijn hartslag is torenhoog. De adrenaline giert als een bezetene door mijn lijf. Mijn emoties aangaan? Het kost me al genoeg moeite om het hoofd boven water te houden.

15

Donderdagochtend om vijf voor tien is mijn huis om door een ringetje te halen. Met een ruk haal ik een Dettoldoekje uit de verpakking om de salontafel te poetsen. Er kan onmogelijk stof op zitten; ik heb deze handeling het afgelopen uur al minstens drie keer herhaald. Met een snuif probeer ik me in te prenten dat de Dettolgeur genoeg geruststelling biedt om dit aan te kunnen. Het alternatief – alcohol – is nu simpelweg geen optie. Ik sta op en maak een laatste ronde door mijn huis om de tijd te doden. Ik schik de hoofdkussens op mijn bed, al denk ik niet dat het bezoek zo grondig te werk zal gaan dat hij ook mijn slaapkamer inspecteert.

Mijn witte shirt plakt tegen mijn rug en ik voel vochtplekken onder mijn oksels. Ik overweeg om snel iets anders aan te trekken, maar als ik mezelf in de spiegel bekijk valt er niets van mijn zenuwen te zien. Met dank aan het zwarte colbertje dat ik over mijn shirt draag.

Net als ik toch een schoon shirt onder het colbertje heb aangetrokken wordt er aangebeld. Stipt om tien uur. Het indringende geluid zou me niet moeten verrassen en toch schrik ik onwillekeurig. Me hyperbewust van hoe ik overkom neem ik de tijd om rustig de trap af te lopen. Ik haal nog een keer diep adem en open de deur.

Op mijn stoep staat een man van rond de veertig met gemillimeterd donker haar, een kort baardje en innemende lichte ogen. Hij heeft iets weg van een knappe militair uit van die Amerikaanse oorlogsfilms.

'Goedemorgen. Rob Akkerman. Wij hebben elkaar gisteren aan de telefoon gesproken.'

Ik schud zijn uitgestoken hand. 'Klopt. Ik ben Roxan Berkhout, maar dat weet je natuurlijk al. Kom binnen.'

Hij glimlacht en even ben ik van mijn stuk gebracht. Dit is alles wat ik niet had verwacht. Ik had hem veel ouder geschat. Stoffiger. Formeler. Deze man zou eerlijk gezegd best mijn slaapkamer mogen inspecteren. Meteen berisp ik mezelf om die laatste gedachte. Het slaat nergens op. Hij is hier niet zomaar. Die gigantische donderwolk hangt nog steeds dreigend boven mijn hoofd, kan elk moment losbarsten en voor heel wat turbulentie zorgen.

Nogal stompzinnig hef ik mijn hand op naar de kapstok alsof ik een gids ben in het Rijksmuseum. Hij trekt zijn jas uit, hangt hem op en wijst op precies dezelfde elegante manier naar zijn bruine leren schoenen.

'Wil je dat ik ze uittrek? Het is tenslotte jouw huis.'

Jij mag alles uittrekken. Dit bezoek zou er alleen maar op vooruitgaan. Ik schud mijn hoofd en dwing mezelf mijn totaal ongepaste binnenpretje niet te laten blijken. Voor de zekerheid keer ik mijn rug naar hem toe en loop bij hem vandaan naar mijn woonkamer.

'Wil je koffie, thee, iets anders?'

'Koffie, graag. Zwart.'

In de keuken maak ik twee koppen koffie en hoewel hij vriendelijker oogt dan gedacht, zie ik ertegen op om me bij hem te voegen in mijn woonkamer.

Het Nespresso-apparaat is klaar en ik kan hier niet eindeloos blijven staan, dus loop ik toch maar met de warme drankjes naar hem toe. Rob is op mijn cognackleurige bank gaan zitten en heeft wat groene en roestoranje kussens een andere plek gegeven. Hij pakt zijn koffie aan en zet hem op een onderzetter op de salontafel. Tot zover heb ik nog geen klachten over hem, maar hij kan het maar beter niet in zijn hoofd halen het woord 'ontslag' in zijn mond te nemen. Ik weet niet wat ik dan doe.

Het voelt te intiem om op dezelfde bank bij hem te gaan zitten, dus trek ik een stoel van mijn eettafel naar achteren en draai hem om.

'Goed. Roxan. Vind je het oké als ik je Roxan noem?'

'Zo heet ik. Het zou pas raar zijn als je me Henk noemt.' God. Ik moet hier echt mee stoppen. Ik ben één bonk nervositeit.

'Ik bedoelde of we elkaar zouden tutoyeren,' reageert hij met een flauwe glimlach. 'Misschien geef je liever de voorkeur aan mevrouw Berkhout.'

'Roxan is prima,' antwoord ik, mijn kaken strak op elkaar geklemd.

'Zoals ik gisteren aan de telefoon vertelde werk ik bij ASG. Oftewel de stichting Anti Skid Groep.'

'Wacht... Jij bent niet van KLM?'

'Klopt, dat heb ik je gisteren aan de telefoon verteld, toch?' herhaalt hij met een opgetrokken wenkbrauw.

Ik blijf hem glazig aankijken en realiseer me dat ik zo gespannen was dat het helemaal niet tot me is doorgedrongen wie er precies aan de andere kant van de lijn hing.

'Zoals je waarschijnlijk wel weet is de Anti Skid Groep een onafhankelijke stichting. Het is ons doel vroegtijdig problematisch middelengebruik te signaleren onder luchtvaartpersoneel. We bieden begeleiding en hulp en beschermen de vliegveiligheid. Het is belangrijk dat je weet dat we onafhankelijk zijn en dat jouw werkgever niet op de hoogte is van ons contact. Alles wat wij hier vandaag bespreken blijft in principe tussen ons, maar daar zal ik je later meer over vertellen.'

Ik knik langzaam en laat zijn woorden tot me doordringen.

'Een aantal collega's maken zich zorgen over je, Roxan. Zij hebben zich los van elkaar bij ons gemeld,' praat Rob verder met een ernstig gezicht.

'Ik kan maar één iemand bedenken die niet blij met me was. Zijn er echt meerdere meldingen binnengekomen?'

'Ja. Ik hoop dat je begrijpt dat de meldingen voor jou anoniem blijven. Bij ons zijn de mensen erachter uiteraard wel bekend en wij nemen elke melding serieus. Natuurlijk willen we eerst jouw kant van het verhaal horen en vervolgens zullen we samen kijken hoe we jou het beste kunnen helpen. Het is hoe dan ook erg belangrijk dat je eerlijk tegen ons bent.'

Ik frons. 'KLM weet hier dus niets van? Dat weet je heel zeker? Ik kan dus echt open praten zonder dat zij daarachter komen?'

'Ja, in principe wel. Ik zal je uitleggen hoe het werkt.' Rob zet zijn ellebogen op zijn uit elkaar staande knieën en leunt naar voren. Ik nip van mijn koffie om mezelf een houding te geven.

'De meldingen die bij ons zijn binnengekomen wijzen op problematisch alcoholgebruik en wegen voor ons zwaar genoeg om vandaag een interventiegesprek met jou aan te gaan. Zolang er een verdenking is kun je niet vliegen. Je krijgt straks de keuze om mee te werken aan een onafhankelijk ASG-onderzoekstraject, dat eventueel wordt gevolgd door een hersteltraject. Als je meewerkt lichten wij je werkgever niet in over de aard van jouw arbeidsongeschiktheid. Wil je niet met ons samenwerken en sla je de hulp van ASG af, dan zijn wij vanwege de vliegveiligheid genoodzaakt KLM wel in te lichten over de meldingen. Begrijp je dit?'

Ik knik, ook al dreunen de woorden 'interventiegesprek', 'niet vliegen' en 'meerdere meldingen' na in mijn hoofd. 'Dit krijgt dus hoe dan ook een staartje,' zeg ik, half als vraag, half als opmerking.

'ASG zal allereerst beoordelen of het vermoeden gegrond is en of we reden zien waarom jij niet gewoon je beroep kunt uitoefenen. Totdat het onderzoek is afgerond word je sowieso op non-actief gezet. Je wordt ziekgemeld in het systeem en niemand, zelfs je vrienden en familie niet, zal van ons te horen krijgen wat er speelt.'

'Ik begrijp het. En wat gebeurt er als jullie je onderzoek hebben afgerond?'

'Als het vermoeden ongegrond is zullen we je zo snel en anoniem mogelijk weer op een vlucht zetten. Als we reden zien voor een hersteltraject stellen we een persoonlijk behandelplan voor jou op. Puur maatwerk.' Rob neemt een slokje koffie en zijn blik verzacht. 'Het komt nu waarschijnlijk rauw op je dak vallen, maar weet dat je gedurende het hele traject en ook tijdens de nazorg op onze steun kunt rekenen. Al onze teamleden werken zelf ook in de luchtvaart en we staan allemaal voor je klaar. Het is een waterdicht concept en het heeft zich al talloze keren bewezen.'

'Dus als ik meewerk krijgt KLM hier helemaal niets van te horen.'

'Correct.' Rob neemt nog een slokje koffie en zet zijn kopje terug op de onderzetter.

'En...' Ik slik moeizaam. 'Hoe... Hoe zit het met ontslag?'

'Neem maar van mij aan dat je echt niet zomaar wordt ontslagen. Dan moet je het wel heel bont maken. Je wordt, zoals ik al zei, wel per direct op non-actief gezet en dat vinden de meeste vliegers ook een aardige dreun om te verwerken.'

'Dat kun je wel zeggen, ja.' Ik zucht diep. Langzaam maar zeker dringt het tot me door dat de situatie onomkeerbaar is en dat Rob en zijn Anti Skid Groep me een reddingsboei toewerpen die ik maar beter met twee handen kan aanpakken.

'Ben je er klaar voor om je verhaal te vertellen?' vraagt Rob, alsof hij mijn gedachten heeft kunnen volgen.

Ik haal diep adem en probeer alles wat Rob me zojuist verteld heeft in perspectief te plaatsen. Als ik niet meewerk komt KLM er sowieso achter en ben ik nog veel verder van huis. Ik zie geen andere optie dan deze Rob Akkerman te vertrouwen.

'Nee, maar het moet maar.' Ik neem een grote slok koffie, laat mijn blik langs de meubels in mijn eigen vertrouwde woonkamer glijden en haal diep adem. Dan begin ik te vertellen. Het hele verhaal, van voren af aan. Hoe ik met mijn vriendinnen een gezamenlijke reis had aangevraagd naar Cancún en hoe we ons erop verheugden. Hoe ik me tot die dag geweldig voelde in de cockpit en altijd alle regels trouw opvolgde. In detail vertel ik hoe de vlucht verliep. Rob luistert aandachtig en al snel vergeet ik haast dat hij op mijn bank zit. Ik blijf maar praten. Over mijn schuldgevoelens. Het constante besef dat ik sneller had moeten zijn en eerder had moeten ingrijpen. Ik vertel over Dubai en het tweede telefoontje met Mariska op mijn hotelkamer. Ik leg uit dat ik Richards dood niet kon verkroppen en mezelf volledig laveloos dronk. En dat ik de volgende dag de cockpit niet meer in durfde. Niet zonder wodka. Met het schaamrood op mijn kaken vertel ik over de gemiste calls, de paniekaanval tijdens de vlucht, dat ik echt dacht dat Richard naast me zat en hoe ik het vliegtuig een plotselinge duik liet maken.

'Op de terugweg was ik *pilot monitoring*. Marnix, de gezagvoerder die de wodka in mijn tas had gezien, vloog. Die wodka en al die drank uit de minibar, dat had ik natuurlijk nooit mogen doen. Die hele terugvlucht was zo beschamend. Het was roekeloos en oerstom. Ik weet niet eens of ik mezelf ooit kan vergeven. Niet voor die vlucht en ook niet voor Richards dood.' Ik begin te snikken.

Rob biedt me een papieren zakdoekje aan en ik dwing mezelf om niet hysterisch te worden. Het kost de grootste moeite om mijn tranen in stilte over mijn wangen te laten stromen en geen huilgeluiden te produceren.

Ik focus me op mijn ademhaling. Zodra ik er klaar voor ben begint Rob vragen te stellen. Talloze vragen, die ik stuk voor stuk beantwoord. Ik hoor mezelf praten en kan amper geloven in wat voor shitstorm ik terecht ben gekomen.

Gek genoeg voelt het ergens ook bevrijdend. Voor het eerst in een heel lange tijd heb ik helemaal niet gelogen.

16

Na het vertrek van Rob Akkerman weet ik niet waar ik het zoeken moet. Het gesprek blijft eindeloos nagalmen in mijn hoofd als een nare echo en de muren van mijn woonkamer komen op me af. Ik wil sterk zijn en niet toegeven aan de flessen sterke drank die vanachter gesloten deurtjes onder in de kast mijn naam lijken te roepen. Alcohol doet zich voor de zoveelste keer voor als mijn beste vriend, maar in feite is deze puinhoop er alleen maar vele malen erger door geworden.

Terwijl ik alsmaar van de keuken naar de bank ijsbeer neemt de drang om iets stuk te gooien hevig toe. Ik verzet mijn zinnen, trek sportkleding aan en ren buiten de longen uit mijn lijf, totdat ik echt niet meer kan. Thuis neem ik een douche, bestel een vegetarische maaltijd waar ik welgeteld twee happen van opeet en zet een film aan op Netflix. Natuurlijk helpt het allemaal niets. De film is al bijna afgelopen wanneer ik besef dat ik nog steeds geen idee heb waar hij over gaat. Op deze manier ga ik nooit de avond doorkomen. Laat staan dat ik vannacht een oog dichtdoe.

Met mijn voeten opgetrokken op de bank pak ik mijn telefoon van een groen kussen en overweeg om Yara of Esmee te bellen. Tot nu toe heb ik mijn mond gehouden over mijn eigen ellende en ik weet nu al dat ik het woord 'non-actief' al helemaal niet over mijn lippen zal krijgen. Maar gezelschap valt te proberen. Wie weet biedt het verzachting of op zijn minst afleiding. Ik activeer het scherm en open de WhatsApp-groep met mijn vriendinnen. Meteen staart een selfie van Esmee me aan, met het onderschrift: *Het was fijn met jullie gisteren, lieverds. Groetjes uit Calgary!*

Natuurlijk. Mijn vriendinnen zitten op de route. Esmee is net aangekomen in Canada en Yara vliegt momenteel naar de hoofdstad van Zuid-Korea. Dat hebben ze me gisteren zelf verteld. Ik stuur een berichtje terug, waarin ik ze veel plezier wens en vraag hoe hun vlucht was, en ineens voel ik me alleen. Yara en Esmee zijn elk op een ander continent. Ik weet niet of ik me eerder weleens echt eenzaam heb gevoeld, maar plotseling treft het me hard.

Plotseling realiseer ik me dat ik nog steeds niet heb gereageerd op de laatste drie berichtjes die Celeste me de afgelopen dagen heeft gestuurd. Ze vroeg hoe het met me ging, hoe het in Dubai was en ze stuurde een foto van een cappuccino met in het melkschuim een afbeelding van een vliegtuig. Haar kennende heeft ze daar speciaal voor mij op geoefend en ik heb door alle commotie niet eens de moeite genomen iets van me te laten horen. Ik ga naar mijn WhatsApp-gesprek met Celeste en typ een bericht.

Oeps! Sorry. Helemaal vergeten te reageren. Wat een toffe foto. Je doet de naam van je koffiesalon eer aan ;) Hoe gaat het met jou? Liefs, Rox

Even later zweven mijn vingers besluiteloos boven de toetsen in mijn WhatsApp-gesprek met Jef. Uiteindelijk stuur ik hem ook een berichtje.

Het spijt me dat ik ervandoor ging midden in ons gesprek.
Ik moest echt weg. Mijn vriendinnen hadden me nodig, maar ik voel me lullig naar jou toe.
X Rox

Vrijwel meteen zie ik dat Jef aan het typen is en volgt er een bericht terug.

Shit, meen je dat nou? Dus ik heb je niet weggejaagd met mijn grote mond?
Ik weet dat ik te snel ga en dat spijt mij juist.
Ik vind het prima om het te houden zoals het is tussen ons.

Ik lees zijn berichtje nog een keer en frons. Staat dit niet haaks op wat hij me gisterochtend vertelde?

Mijn vingers typen een nieuw berichtje.

Maar als jij verliefd op mij bent dan verandert dat toch dingen?
Ik wil geen misbruik van je maken, Jef. Daarvoor ben je veel te leuk.

Nog geen tien seconden later volgt zijn antwoord.

Het enige wat ik zeker weet is dat ik jou in mijn leven wil en dat ik je nu op dit moment mis.
We zien wel gewoon welke kant het op gaat tussen ons, oké?

Even overweeg ik hem te bellen of te appen dat ik er nu aan kom, maar iets houdt me tegen. Ik wil niet egoïstisch zijn en alleen aan mijn eigen eenzaamheid denken. Bovendien wil ik hem niet aanmoedigen in zijn gevoelens voor mij. Zijn opmerking over de kegel waarmee ik bij hem aankwam ben ik ook nog niet vergeten en ik heb geen zin in iemand die vanavond mijn drankjes telt. *Je zou sterk blijven en geen alcohol drinken, Roxan Berkhout. Was dat niet wat je je daarstraks voor je hardlooprondje innig voornam?*

Ik smijt een kussen van de bank, dat onderweg een glazen bolvaasje en een kaars omver maait. Het kleine vaasje rolt van de salontafel en spat op de vloer uiteen. Ik sta verdomme op non-actief! Wat maakt het ook allemaal uit? Als er ooit een goede reden voor een borrel was, dan is dit het. Bovendien is er nu geen vlucht meer die ik kan verpesten. Ik. Sta. Op. Non-actief!

Amper een uur later zit ik volledig uitgedost aan de bar van De Hertogh, een horecazaak waar ik weleens met mijn vriendinnen heb gegeten. Het is pas negen uur 's avonds en een hoop tafeltjes zijn bezet met groepjes mensen die van het *shared dining*-concept genieten. Ik nip van een cocktail en als hij op is volgt er een tweede.

Anderhalf uur later zit ik nog steeds op dezelfde plek aan de bar en staat de muziek harder. De meeste tafeltjes zijn inmiddels leeg. Er zitten nu meer mensen aan de bar en er heeft zich een groepje op een open plek tussen de tafeltjes in verzameld waar wordt gedanst.

'Hé, Roxan! Wat leuk dat ik jou hier tref.'

Nog voordat ik haar zie herken ik haar stem al. Naast mijn kruk staat Celeste. Ze draagt een zwarte jumpsuit van een prachtige fluwelen stof, haar blonde halflange haar glanst en golft als dat van een filmster en haar decolleté is bloedmooi. Door de alcohol blijft mijn blik er net iets te lang op hangen.

Met moeite kijk ik weg van haar borsten. Ik zoek haar ogen en grijns. 'Celeste! Doe je een drankje mee?'

Ze lacht om mijn nogal directe uitnodiging, die haar – logisch ook – lijkt te verbazen. 'Waarom niet? Wacht. Dan zeg ik even mijn vriendinnen gedag. We waren net op weg naar huis. Ik ben zo weer terug.' Op haar hakken, die vrij zicht geven op een groot gedeelte van haar voeten, draait ze zich om. Met een gracieuze tred loopt ze naar drie dames van onze leeftijd die een stukje verderop op haar staan te wachten.

Ik kijk toe hoe ze kletsen en afscheidsknuffels uitwisselen. Celestes bewegingen zijn zo sierlijk en elegant dat zij moeiteloos de aandacht van andere gasten opeist. Haar vriendinnen zwaaien naar mij, lachen omdat ik dat net te laat in de gaten heb en vertrekken dan. Celeste komt terug en gaat op de lege barkruk naast me zitten. Ze wenkt de barman, wijst naar mijn glas waar alleen nog een bodempje rode vloeistof en een zwart rietje in zitten en vraagt om twee nieuwe cocktails.

'Wat een mooi pak. Mooie stof.' Ik kan het niet laten het zwarte fluweel rond haar onderarm te aaien. 'Had je een vriendinnenavond?' vraag ik suf, alsof dat al niet duidelijk was.

'Ja, we hebben hier gegeten. Echt heel lekker. Ik heb alleen een paar witte wijn op, dus een cocktail om mee af te sluiten is best een goed idee.'

Er valt een stilte.

'Was die dansvoorstelling in het theater nog leuk? Een flamencoavond was het toch?' vraag ik, als het rumoer om ons heen een te groot contrast begint te vormen met de stilte tussen ons in.

'Ja, ik ben uiteindelijk met mijn oma gegaan.' Ze gniffelt. 'Niet hetzelfde als met jou natuurlijk, maar het was een leuke avond. Ga je de volgende keer met me mee?' Plotseling is daar weer die bescheidenheid en ingetogenheid die me al vaker is opgevallen. 'Ik bedoel, ik heb regelmatig tickets voor het theater. Een vriendin van me werkt daar en kan vaak gemakkelijk aan kaartjes komen.'

'Gaaf. Ik ga graag met je mee.'

Ze glimlacht. 'Gezellig. Zodra er weer iets leuks is app ik je.'

We kletsen, hoewel het gesprek een tikkeltje stroef op gang komt, en dan zet de barman de rode cocktails voor ons neer. We proosten en nemen allebei een slokje door ons rietje.

Celeste knikt goedkeurend en zet haar glas op de bar. 'Wow! Dit is lekker! Wat is het?'

'Woo Woo. Vreemde naam, maar een heerlijke cocktail. Er zit wodka, perziklikeur, cranberrysap en limoen in. Je kunt hem ook heel gemakkelijk thuis zelf maken. Dan gebruik ik Peachtree als perziklikeur en laat ik de wodka weg.'

Celeste trekt haar mondhoek in een schuine grijns. 'Je klinkt nu net als die barman die op je feestje was.'

'Ah, Jef.' Wijselijk hou ik verder maar mijn mond.

'Is dat een goede vriend van je?'

'Valt mee. Ik had eerlijk gezegd geen idee wie hij was totdat hij op de dag van mijn feest op de stoep stond.'

Celeste lacht en neemt nog een slokje van de cocktail door haar zwarte rietje. Onze ogen ontmoeten elkaar en ik leg haar in grote lijnen uit hoe Jef en ik elkaar hebben leren kennen. Daar laat ik het bij. Dat Jef en ik elkaar op een bepaalde manier heel goed kennen laat ik buiten beschouwing.

Al snel verloopt ons gesprek soepel en moet ik regelmatig lachen om dingen die ze zegt. Iets in mijn buik begint zich plezierig te ontvouwen. Ik voel me op mijn gemak bij Celeste, vertrouw haar instinctief en geniet van de aandacht die ze, in tegenstelling tot mijn bezoekjes aan Latte Art, nu helemaal op mij richt.

'Het is echt erg, maar ik moet nog steeds jouw bikini teruggeven, die ik had geleend op je feestje,' zegt Celeste als onze cocktails op zijn.

'Hou hem maar. Het is beschamend hoeveel zwemkleding ik in mijn kast heb liggen. Eerlijk gezegd had ik hem nog niet gemist.'

'Nee, joh. Hij is nog zo goed als nieuw! De eerstvolgende keer dat je in Latte Art bent zal ik hem...'

'Je mag hem echt houden,' werp ik tegen. 'Hij stond jou sowieso veel mooier dan hij mij ooit zal staan.'

Celeste bloost. Ik vind het aandoenlijk en probeer te bedenken of Joey ooit iets over haar vriend heeft verteld.

Kut. Joey.

Onmiddellijk ontnuchter ik, alsof er net een emmer water over me heen is gegooid. Hoe zou het inmiddels met hem gaan? Door alle sores geef ik hem veel te weinig aandacht... Ik moet daar snel verandering in brengen.

Maar... ik heb hem nooit iets horen zeggen met betrekking tot Celestes relaties. Of zal die vriendin die ze net aanhaalde soms haar partner zijn?

God, ik heb hier meer alcohol voor nodig.

'Doen we er nog eentje?' vraag ik uiteindelijk, wijzend naar de lege glazen.

'Beter van niet. Ik vind het heel gezellig met je, maar het is donderdag. Morgenochtend moet ik gewoon weer vroeg de zaak opengooien en...'

'Geen probleem,' reageer ik luchtiger dan ik me voel. 'Je hebt gelijk. We kunnen het hier beter bij laten.'

Celeste knikt en glimlacht verontschuldigend. Ze gaat naar het toilet en ondertussen reken ik af met de barman. Als ze terugkomt sputtert ze tegen dat ik echt niet had hoeven betalen.

In stilte lopen we naar mijn fiets.

Gehurkt maak ik het hangslot los, waardoor mijn fiets vrijkomt uit zijn omhelzing met een lantaarnpaal. 'Ben je lopend?' vraag ik als ik weer rechtop ga staan.

'Ja.'

'Zal ik je een lift geven?'

'Graag.'

Even ben ik verbouwereerd en kan ik haar alleen maar aanstaren. Celestes karamelkleurige ogen fonkelen in het avondlicht.

'Nou, oké. Spring maar achter op m'n fiets.'

Met een gilletje springt Celeste op mijn bagagedrager en ik wiebel gevaarlijk. Ik fiets het kleine stukje door de Haarlemse straten naar Latte Art, waar Celeste boven woont in een appartement.

Voor Latte Art zet ik mijn fiets stil. Celeste stapt af en kijkt me indringend aan.

'Roxan, wil je anders nog even boven komen? Ik kan je geen drankje beloven dat net zo lekker is als die Woo Woo van net, maar als je genoegen neemt met een simpel wijntje, dan...'

'Ja, graag.' Met snelle handelingen maak ik mijn fiets vast met het hangslot, alsof ik me ervan bewust ben dat ze zich elk moment kan bedenken en erop terugkomt zodra ze zich realiseert dat ze morgen vroeg op moet.

'Je bent nog nooit boven geweest, toch?' vraagt Celeste, maar het is een vraag waar we allebei het antwoord al op weten.

'Klopt. Ik ben nog nooit boven geweest.' Ik volg haar de smalle trap op. Even schiet de gelijkenis met Jefs bovenwoning door mijn hoofd.

'Welkom. Hier woon ik dus,' zegt ze zodra we binnen staan en ze een lamp aanknipt.

Het appartement is precies zoals ik me had voorgesteld. Kleurrijk en energiek. Op tafel staat een grote bos tulpen in de kleuren rood, geel en paars. Ik zou zelf nooit voor deze kleurencombinatie kiezen, maar hier staat het goed.

'Wijntje dan maar? Ik heb ook Malibu, cola en Bacardi, maar veel spannender dan dat wordt het niet.'

We kiezen voor Malibu-cola. Als we proosten op haar okergele bank is de ongemakkelijkheid tussen ons weer helemaal terug van weggeweest. We nemen allebei een slokje. Opnieuw ontstaan er blosjes op Celestes wangen.

'Waar denk je aan?' vraagt ze als er een stilte valt.

'Ik weet niet helemaal zeker of ik er goed aan doe dit te zeggen, maar ik kan mijn ogen amper van je afhouden.' Al zodra de woorden mijn mond hebben verlaten krijg ik spijt. Zenuwachtig neem ik een slokje en maak een wegwuifgebaar. 'Ach, laat maar.'

In een vloeiende beweging pakt Celeste het glas uit mijn handen en zet dat samen met haar eigen glas op de salontafel. Ze veert terug op de bank. Veel dichterbij dan net. Ik staar naar onze bovenbenen die elkaar over de gehele lengte raken. Haar gezicht komt dichterbij…

… en onze lippen raken elkaar. Een zachte, rustige kus. De aanraking van haar lippen brengt tintelingen teweeg op plekken die diep in mijn lichaam verscholen liggen.

Veel te snel beëindigt Celeste de kus en kijkt me aan op een gekmakend sexy manier. Meteen heb ik het warm en wil ik zoveel meer van haar. Ik leun een beetje voorover en kus haar opnieuw. Een verkennende zoen.

Celeste duwt mij speels achterover op haar bank. Tergend langzaam laat ze zich vooroverzakken, waardoor haar bovenlichaam stukje bij beetje op het mijne terechtkomt. De druk van haar borsten ter hoogte van de mijne maakt mijn tepels hard. We zoenen opnieuw. Onze tongen vinden moeiteloos een aangenaam ritme van een zwoele, sensuele dans. Het tromgeroffel van mijn hart vormt een ondersteunende beat. De sensatie die door mijn lichaam jaagt is ongeëvenaard. Alsof ik met mijn hele zijn compleet in het nu ben. Volledig in dit hemelse moment. Ik sla mijn armen om haar bovenlichaam en streel de zwarte fluwelen stof van haar jumpsuit. Mijn handen gaan door haar blonde haar en via haar rug naar haar ronde billen. Ik kneed ze zachtjes en duw mijn kruis omhoog.

Dan beëindig ik de zoen en fluister zachtjes in haar oor: 'Wie zei er net dat het niet veel spannender zou worden dan Malibu-cola?'

'Wie weet kunnen we deze nacht nog spannender maken.' Celeste glimlacht. 'Je kunt hier blijven slapen. Als dat is wat je wilt, tenminste.'

Met mijn vingertop raak ik haar lippen aan. 'Weet je dit heel zeker?'

Ze staat op. Meteen hunker ik naar haar als ze met onze glazen de woonkamer doorkruist. Wat bezielt me? Nog maar twee nachten terug lag ik in Jefs armen, en nu… Maar dit voelt zo goed. De zoen van net zet alles op stelten. Mijn lichaam en geest zijn in vuur en vlam gezet en ik wil alleen nog maar meer.

Ik sta op van de bank en loop rozig van de alcohol achter Celeste aan. Ze leidt me naar haar slaapkamer en knipt een klein lampje aan, wat een deel van het tweepersoonsbed een sfeervolle gloed bezorgt. Voor het bed blijft Celeste staan, met haar rug naar mij toegekeerd. Ik maak de rits van haar jumpsuit open. Een schok gaat door me heen als ze zich omdraait en in zwart kanten lingerie voor me komt staan.

Mijn handen omvatten haar borsten, masseren ze en strelen de huid erboven en die van haar buik. Celeste sluit haar ogen. Haar adem stokt; ze geniet zichtbaar van mijn aanraking.

'Laat me jou ook zien,' zegt ze zachtjes, op het moment dat ze haar ogen weer opent.

Ik kleed me uit, terwijl we elkaar grotendeels blijven aankijken. De intensiteit van haar ogen heb ik nog nooit zo sterk bij iemand ervaren. Ik laat mijn donkergroene ribbroek en lila top op de grond vallen en stort me in haar armen.

Onze handen voelen, grijpen en houden vast. Onze lippen kussen, likken en happen begeerlijk de huid van de ander. Het lijfelijke contact van huid op huid bezorgt mij kippenvel. Ik snuif haar parfum op. Celestes geur bedwelmt me volledig en werkt zowel hypnotiserend als verslavend. Het is zo anders dan met Jef. Vurige passie en lust delen met een man is een volstrekt andere wereld dan die te delen met een vrouw. Op een compleet andere manier voel ik me nu ook geborgen, gewaardeerd en gezien. Elke centimeter van Celestes vrouwenlichaam wil ik verkennen. Ik geniet met elk zintuig en wordt door haar schoonheid in beslag genomen.

Langzaam laat ik mijn vingertoppen via haar buik haar kanten slipje in glijden. Gewillig drukt ze haar kruis tegen mijn vingers. Ik vinger haar op de manier die ik zelf ook lekker vind en geniet van het effect dat het op haar heeft. Zodra ze een kreun niet langer kan onderdrukken stop ik.

Ik klim op haar op het bed en trek rustig en beheerst haar slipje uit. Met mijn handen op haar bovenbenen duw ik zachtjes haar benen uit elkaar. Ze spreidt zich voor mij. Zodra mijn mond contact maakt met haar meest intieme huid slaakt Celeste een kreun. Er is niets wat ik nu liever zou willen doen. Ik kus, lik en zuig haar intieme zone en reageer op haar gekreun. Het is alsof ze me er onbewust mee vertelt wat ze lekker vindt. Haar ademhaling versnelt. Haar lichaam kronkelt. Totdat ze ronduit hijgt en met haar vingers in de stof van het dekbedovertrek klauwt. Pas wanneer ik zeker weet dat ze naar een hoogtepunt klimt steek ik twee gestrekte vingers in haar.

Ik blijf doorgaan met mijn mond en beweeg mijn vingers ritmisch in en uit. Haar lichaam schokt herhaaldelijk. Ik kijk vol bewondering naar haar kronkelende lijf en haar prachtige gezicht en kan geen genoeg krijgen van de geluiden van haar orgasme.

Als ze tot rust komt ga ik naast haar liggen en sla ik een arm om haar bovenlichaam.

'Wow, dat was echt... Wow!' hijgt ze.

Ik druk een kusje op haar wang en geniet intens van het moment. Heerlijk om Celeste zo aan te raken en te verwennen.

'Dit was de eerste keer dat ik... op deze manier...'

Ik richt me een stukje op, op mijn onderarm.

Celeste beweegt haar hoofd opzij en kijkt me lang aan. 'Ik heb nooit eerder seks gehad met een vrouw. Toen ik puber was, wist ik al wel dat ik meisjes net zo leuk kon vinden als jongens, of misschien soms zelfs wel leuker. Ik heb ook heus weleens gezoend met vrouwen, maar het is nooit verder gegaan dan dat. En de keren dat ik seks had met mannen kwam ik nooit klaar.'

Heel even val ik stil. 'Ik had geen idee, Celeste.'

Er verschijnen blosjes op haar wangen.

'Ik vind het tof dat je het zegt.' Ik kijk haar van opzij aan en onderdruk de neiging om haar fijn te knuffelen. 'Je valt dus op zowel mannen als vrouwen?'

Ze knikt.

'Heb je wel genoten van seks met mannen?'

Even denkt ze na. 'Het was niet onprettig of zo. Het was geil en spannend, maar ik kan nou ook weer niet zeggen dat het zo intiem was als net. Bovendien heeft er nog nooit een man zo zijn best voor mij gedaan in bed. Ik ben nooit klaargekomen van penetratie. Daarvoor duurde het ook altijd veel te kort.'

'Wat bijzonder dat je dit moment met me wilt delen, Celeste,' zeg ik gemeend. 'Ik ben heel blij dat je nu hebt ervaren hoe het ook kan zijn.'

Celeste knikt. 'Ik ook.'

'Toen je het vanavond over je vriendin had, die aan kaartjes kan komen voor het theater, dacht ik heel even dat zij...' Een schamper lachje verlaat mijn mond. 'Laat maar. Dat is dus gewoon een vriendin van je.'

Haar ogen stralen in de zachte gloed van haar nachtlampje. Ineens betrekt haar gezicht.

'Wat is er?'

'Nou, dit is een beetje ongemakkelijk om te moeten zeggen,' begint ze aarzelend. Geruststellend knijp ik in haar hand.

'Zeg maar gewoon,' moedig ik haar aan. 'Alles kan.'

'Oké,' verzucht ze nerveus. Haar blik is op het plafond gericht. 'Ik wil jou ook heel graag laten genieten, maar eigenlijk heb ik geen idee hoe ik dat zou moeten doen. Wat jij net deed... Ik heb dat dus nog nooit gedaan.'

Is dat alles?

Ik glimlach warm en trek haar dichter tegen me aan. 'Dat geeft helemaal niets, lieve Celeste. Mijn nacht is zo ook al bijzonder geslaagd. Ik vind het echt geweldig met je.'

'Meen je dat? Wil je niet even...'

'Laten we gewoon samen onder de dekens gaan liggen en slapen.'

'Nee.' Celeste schudt haar hoofd. Ze gaat rechtop zitten en haalt iets uit haar nachtkastje tevoorschijn. Mijn geile brein verwacht onmiddellijk een vibrator te zien, maar...

'Ik weet niet alles, maar ik kan toevallig wel heel goed masseren.' In haar hand wiebelt ze een fles massageolie heen en weer.

'Weet je het zeker? Volgens mij moet jij morgen vroeg op...'

'Heel zeker. Ga maar liggen. Ik pak even een paar handdoeken.'

Drie kwartier later is – op mijn voeten na – mijn hele lichaam gemasseerd met een heerlijk geurende amandelolie. Celeste heeft geen woord te veel gezegd. Een gevoel van thuiskomen is als een behaaglijk warme deken over me heen gevallen, alsof iets in mij altijd al wist dat ik hier vannacht hoorde te zijn. Voor het eerst in weken voel ik een diep niveau van ontspanning, dat ik zelfs met alle alcohol en orgasmes op de wereld niet kon bereiken.

Celeste begint mijn allerlaatste lichaamsdeel, mijn voeten, te masseren en plotseling word ik overmand door een intens, rauw verdriet. Binnen luttele seconden neemt het me volledig in beslag. Ik wil het een halt toeroepen, terugstoppen op de plek waar het veilig verborgen zat, maar daar is het al te laat voor. Alsof met het losmaken van mijn spieren ook al het andere naar de oppervlakte is komen drijven – stress, pijn, verdriet – en het zich nu zonder remmingen in één keer aandient.

Vanuit het niets stromen er tranen over mijn wangen. Celeste probeert me te kalmeren, gerust te stellen en als ze in de gaten heeft dat er geen houden aan is, laat ze me huilen. Ze is gewoon lijfelijk aanwezig en dat is alles wat ik van haar nodig heb. Zachtjes veegt ze de olie van mijn lichaam met een handdoek. Ze houdt me stevig vast en streelt mijn rug. Niet eerder heb ik zo gehuild.

'Ik heb het zo verpest,' breng ik snikkend uit, en op het moment dat ik enigszins tot praten in staat ben komt er een woordenstroom op gang die niet meer te stoppen is. Eerst is mijn verhaal haperend en onsamenhangend, en zou het knap zijn als Celeste er überhaupt een touw aan vast kan knopen. Langzaam krijg ik mijn ademhaling en gesnik meer onder controle en wordt mijn verhaal vloeiender. Ik hoor mezelf alles hardop uitspreken. Mijn gedachten. Angsten. Frustraties. Ik ratel maar door. En door. Echt alles komt aan bod.

Ik zou heel hard op mijn tong moeten bijten en mezelf moeten dwingen om te stoppen met praten, maar nu ik eenmaal begonnen ben, is er geen houden meer aan. In mijn leven ben ik nog nooit zo kwetsbaar geweest.

'Misschien moet je eens met iemand praten over je drankgebruik,' zegt Celeste voorzichtig, maar haar woorden komen niet echt bij me binnen. Dansende zwarte vlekken werpen zich voor mijn ogen. Mijn zicht wordt alsmaar kleiner en vernauwt zich tot een smalle tunnel. Zelfs daar weten de dansende zwarte vlekken me te vinden. Beetje bij beetje wordt alles donker. Totdat het onvermijdelijke moment komt dat ik niets meer zie en het stil wordt.

Wat overblijft is een kille, zwarte leegte.

17

De volgende ochtend open ik slaperig mijn ogen en zweef ik heel even in een vredige, gelukzalige bubbel van onwetendheid. Celeste ligt naar mij toe gedraaid en is al wakker. Zelfs zonder make-up ziet ze er fantastisch uit. Ze glimlacht en drukt zacht een kus op mijn mond.

Bij de aanraking van onze lippen gaat er een klein elektrisch schokje door me heen, dat ogenblikkelijk mijn gelukzalige bubbel stuk prikt. De onwetendheid is voorbij. Veel sneller dan ik aankan komt alles terug. Mijn hysterische huilpartij en de berg ellende die ik in Celestes serene bed uitstortte. Alsof dat alles nog niet genoeg was, ging ik out. Out! Als een oververhitte computer die het niet meer aankon schakelde mijn lichaam zichzelf uit, om vervolgens opnieuw op te starten.

'Goedemorgen. Heb je een beetje kunnen slapen? Je was de hele nacht onrustig.'

Er valt een stilte waarin ik geen enkel goed klinkend antwoord kan verzinnen.

Celeste drukt nog een kusje op mijn lippen. 'Doe maar lekker rustig aan. Het is nog vroeg. Ik haal even een ontbijtje voor ons in Latte Art en kom zo weer naar boven, goed?'

Ik knik slaperig en kijk toe hoe Celeste het bed uit stapt. Ze trekt een oranje ochtendjas aan en loopt de trap af naar beneden.

Zodra ze de kamer uit is schiet ik rechtovereind.

Wat moet Celeste wel niet van me denken? Ja, natuurlijk. Ze was lief, begripvol en zei precies de juiste dingen. Maar het is mijn schuld is dat er een piloot dood is. Dat ik onder invloed van alcohol een vliegtuig vol passagiers heb gevlogen en een duik maakte op open zee. Dat er meer meldingen over mij zijn binnengekomen. Geen idee van wie, maar ze zijn er. Dat er nu een onderzoek tegen mij loopt en ik op non-actief ben gezet. Ik raaskalde maar door over mijn paniekaanvallen en het vele drankgebruik. En toen, aan het einde van mijn tirade, ging het licht uit en viel ik flauw.

De puinhoop is in mijn gezicht ontploft. Heel even was Celeste als een opkomend sneeuwklokje in mijn donkere dagen; de hoop van groen dat je aan het eind van een lange winter boven de koude grond ziet uit komen. Je moet er voorzichtig mee zijn, rust geven om goed te kunnen groeien... Maar ik heb haar platgestampt. Vertrapt. Vermorzeld. Vernietigd. De kleine ontluikende, onschuldige groeimogelijkheden tenietgedaan.

Ik ben een beul en Celeste is veel te goed voor deze wereld. Het ligt gewoonweg niet in haar aard om een volslagen krankzinnige haar bed uit te trappen, terwijl ze dat wel zou moeten doen. Lief als ze is zal ze zo terugkomen met een heerlijk ontbijtje op bed. Speciaal voor mij. En ik heb het niet eens verdiend.

Ik schaam me zo verschrikkelijk. Voordat ik er erg in heb ben ik al uit bed gestapt. In de woonkamer vind ik mijn kleding nog op dezelfde plek op de grond. In een razend tempo kleed ik me aan.

Zo zacht mogelijk trek ik haar voordeur achter me dicht. Even sta ik stil om te horen of ze al op de terugweg is, maar er is nog tijd. Met snelle passen loop ik de treden van haar trap af. In een rechte lijn naar mijn fiets.

Ons verhaal stopt hier. Voordat het überhaupt echt begonnen is.

18

Het indringende geluid van mijn wekker is zo storend dat ik hem met mijn vuist het zwijgen opleg. Met gesloten ogen realiseer ik me meteen dat ik vandaag een afspraak heb bij ASG op kantoor.

Fuck. Ik mag me niet verslapen. Ik wrijf over mijn gezicht en knip mijn nachtlampje aan, in de hoop dat het licht voorkomt dat ik weer indommel. Nog suf van de slaap kijk ik mijn slaapkamer rond. Op de grond liggen pizzadozen, zakken van McDonald's en lege wijnflessen. Ik pak mijn telefoon van mijn nachtkastje en ga naar het overzicht van WhatsApp waar voor de zoveelste dag op rij groene, ongelezen berichten op me staan te wachten. Stuk voor stuk open ik ze.

Rox! Waar hang je uit? Je bent je vast ergens aan de andere kant van de wereld aan het vermaken. Maar ik wil je er even aan herinneren dat jouw tropische verrassing gewoon in Haarlem op je wacht.
Komt er weer een uniformbezoekje binnenkort? ;)
Ik beloof dat ik onze gesprekken luchtig zal houden dit keer.
X Jef

Kom anders langs in The Jonesclub zodra je terug bent. Of zullen we een jacuzzi-avondje plannen?
X Jef

Esmee: Wanneer zullen we afspreken? Yaar, jij zit nu in Bogota, toch?
Yara: Gezellig! Laten we iets plannen. Ja, klopt. Ik vlieg vandaag terug en ben aankomende week all yours! En jullie?
Esmee: Naar Aruba. Over vijf dagen. Wat een leven…
Yara: Niet verkeerd inderdaad. Bofkont!
Esmee: En jij Rox? Wanneer vertrek je? Of zit je al in Kaapstad?
Yara: Volgens mij zit ze daar al, toch?
Esmee: Roh-hox!
Esmee: Je bent stil, Roxan Berkhout. Gaat alles wel goed?
Yara: Ze is zeker stil… Laatst ook al.
Esmee: Ze heeft vast de tijd van haar leven. Of zou ze druk zijn met andere dingen? ;)
Yara: Met Jef bedoel je? Wie weet heeft hij inmiddels wel concurrentie van een of andere god uit Kaapstad.
Esmee: Wacht. Ik probeer haar nu te bellen, maar ze neemt niet op.
Yara: Alweer niet… Laatst nam ze ook al steeds haar telefoon niet op.
Esmee: Dat betekent meestal maar één ding bij Rox, toch? ;)
Esmee: Toch???

Hé zus, neem je telefoon eens op, man! Heb je een nieuwe liefde of zo? ;)
Nou goed. Hoe gaat-ie?
Ik belde je dus, want die eikels van de woningbouwvereniging snappen er nog steeds helemaal niks van. Jij had toch een afspraak met ze gemaakt? Ze zouden alles zwart op wit zetten,

maar ik heb dus weer een brief van ze gekregen waar nog steeds niet de juiste dingen in staan.
Ik dacht, ik schakel jou in. Jij hebt er verstand van.

Lieverd, laat je weten wanneer jullie weer komen eten? We hebben je al een tijdje niet meer gezien. Pa wil gourmetten. Dat kan ook in de tuin, maar dan moet het wel een beetje lekker weer zijn.
X Mam

In een vlugge beweging leg ik mijn telefoon terug op het nachtkastje. Ooit zal ik moeten reageren, en Joey moeten helpen, maar ik ben daar nu nog niet tegen opgewassen.

Voor het eerst in mijn leven heb ik de kracht niet om Joey bij te staan, terwijl ik altijd sterker dan iedereen in ons gezin ben geweest. Het enige wat ik wil is met rust gelaten worden en opgaan in een diepe, lange, zorgeloze slaap… Maar dat kan ik voorlopig wel vergeten.

De afgelopen twee weken ben ik mijn huis alleen uit gekomen voor de afspraken met ASG en lag ik grotendeels in bed en op de bank. Daglicht sloot ik zoveel mogelijk buiten door de gordijnen gesloten te laten. Mijn eten bestond uit bezorgmaaltijden, diepvriespizza's en andere dingen waar mijn vriezer en voorraadkast mee gevuld waren, maar erg veel trek had ik toch niet. Alleen 's avonds kreeg ik een enkele hap door mijn keel.

De bedrijfsarts van ASG heeft me temazepam en oxazepam voorgeschreven. Natuurlijk is het troep, maar voor nu ben ik er blij mee en maak ik er dankbaar gebruik van. Het maakt me rustiger, minder angstig en werkt perfect als slaapmiddel. De suffe staat waarin ik verkeer is een stuk prettiger dan mijn eindeloos rondtollende piekergedachten.

Helaas zijn die niet de hele tijd uitgeschakeld.

Gisteren droomde ik dat ik tóch naar Kaapstad moest vliegen en vloog de paniek me aan. Ik durfde de cockpit niet eens in te gaan en werd badend in het zweet wakker.

Daarbij heb ik me al talloze keren afgevraagd van wie de meldingen komen die bij ASG binnengekomen zijn over mij. Het frustrerende is dat ik op Marnix na werkelijk niemand kan bedenken. Niemand! Alle andere captains waren tevreden, voor zover ik me kan herinneren. Richards familie was gek genoeg zelfs dankbaar voor mijn handelen. Natuurlijk hebben mijn vriendinnen weleens opmerkingen gemaakt over mijn drankgebruik, maar... Nee. Dat zouden ze nooit doen.

Dan blijven mijn familie en mensen uit mijn omgeving over. Maar ik zie niemand van hen de telefoon oppakken en ASG bellen. Ze weten waarschijnlijk niet eens van het bestaan van ASG af. Ik zucht. Het liefst neem ik nog een pil en slaap ik verder. Uiteraard zijn medicijnen geen blijvende oplossing, maar op dit moment haalt het de scherpe randjes van mijn gevoelens af, waarvan boosheid, schaamte en schuldgevoel de boventoon voeren. Het voordeel van de pillentroep is ook dat ik minder de behoefte voel om alcohol te drinken. Daarbij zijn rustige nachten van uren aaneengesloten slaap sinds de noodvlucht niet meer voorgekomen, maar deze twee weken zaten er – met dank aan de medicijnen – dagen bij waarop ik moeiteloos vijftien uur achter elkaar door sliep. Dat waren dan ook meteen de hoogtepunten van de afgelopen tijd.

Het subtiele geluid van een binnenkomend appje klinkt.

Yara: Rox, alles goed daar in Kaapstad? We gunnen je alle seks van de wereld, maar laat even iets van je horen. Al is het maar een duimpje omhoog.

Tranen springen in mijn ogen om het surrealistische contrast met de werkelijkheid en ik dwing mezelf een emoji van een opgestoken duimpje te sturen. Meteen wordt erop gereageerd met een poppetje dat huilt van het lachen door Esmee. Haar berichtje volgt er direct achteraan.

Esmee: Wat zei ik? ;) Geniet van je nieuwe liefde! Als je terug bent willen we alles horen.

Nee, mijn vriendinnen kunnen niet degenen zijn die mij hebben verraden. Er moet een andere verklaring voor zijn. Dat Marnix mij heeft verlinkt, daar kan ik nog inkomen, maar die ander…

Hoe durft diegene? Ineens trilt de telefoon in mijn hand hevig en schrik ik op van een binnenkomende oproep in mijn verder zo stille slaapkamer.

CELESTE. Ook zij teistert al twee weken lang mijn gedachten. Ik blijf maar met haar bezig en met alles wat zich die ene avond en nacht afspeelde. Het was perfect, totdat ik alles hardhandig kapotmaakte. Want dat is wat ik doe. Ik maak dingen stuk.

Het is niet de eerste keer dat Celeste belt. Eigenlijk is haar doorzettingsvermogen bewonderenswaardig. Andersom weet ik niet of ik hetzelfde zou doen. Van alle mensen heb ik haar de afgelopen tijd nog het meest genegeerd. Zij is immers de enige die weet hoe het echt zit.

Arme Celeste. Ze beleeft haar eerste sekservaring met een vrouw, die vervolgens compleet in de war als een razende tekeergaat en de volgende ochtend op de vlucht slaat. Zij verdient dit niet.

Vroeg of laat zal ze inzien dat ze beter af is zonder mij en uiteindelijk zal ze iemand tegenkomen die haar waardig is.

De telefoon blijft overgaan. Ik kan het geluid niet langer verdragen en druk de oproep weg. Niet lang daarna klinkt opnieuw het subtiele geluid van een binnenkomend appje.

Mijn hemel, Roxan. Neem op! Alsjeblieft. Ik moet weten hoe het met je gaat. Ik weet dat je tegen Joey hebt gelogen dat je een vlucht had naar Kaapstad en ik respecteer je privacy en alles, maar ik begin me nu wel écht zorgen te maken. Dus laat even iets van je horen. Alsjeblieft.
Liefs, Celeste

Met een worp gooi ik mijn telefoon van me af. Hij belandt verderop op het bed. Waarom heb ik de wekker eigenlijk zo afschuwelijk vroeg gezet? Waar dacht ik in hemelsnaam al die tijd voor nodig te hebben? Als ik me straks snel klaarmaak voor ASG kan ik nu nog best een uurtje slapen.

Dit keer maakt het geluid van de deurbel me wakker. Het geluid klinkt hard en langgerekt en zodra het even stopt, begint het bijna meteen opnieuw.

'Roxan! Ik sta voor de deur. Doe open,' klinkt Celestes stem, een stuk feller dan normaal. 'Ik wil je heel graag spreken. Doe open, alsjeblieft...'

Als versteend blijf ik in bed liggen. Het is verschrikkelijk onaardig en oneerlijk en toch wil ik haar laten denken dat ik er niet ben.

'Ik weet dat je er bent! Toe nou, Roxan. Doe gewoon open.'

Ineens is het stil en ik hoop vurig dat ze weggaat. Dan klinkt het geluid van een binnenkomende oproep. Celeste belt.

'Je bent thuis! Ik wist het!' roept ze vanaf de voordeur. 'Ik hoor je telefoon gewoon overgaan, hoor. Je slaapkamerraam staat open.'

Ik druk de oproep weg en ben er niet helemaal zeker van of ik daarmee een soort stilzwijgend teken van leven wil afgeven. Celeste lijkt ook niet goed te weten wat ze ermee aan moet en een tijdje is het stil.

'Waarom doe je niet gewoon open?' klinkt het bijna wanhopig. 'We kunnen er toch over praten? Ik wil je helpen. Ik wil je zien. Ik wil gewoon weten of alles goed gaat met je en... nou ja, ik weet natuurlijk best dat dat niet zo is, maar... Alsjeblieft, Roxan.'

Voor de tweede keer vandaag springen er tranen in mijn ogen en met een hartverscheurende pijn die mijn borstkas laat branden pak ik mijn telefoon. Met bevende handen en trillende vingers typ ik een bericht: *Ga weg, Celeste. Alsjeblieft. Ga weg.*

Pas als ik zeker denk te weten dat ze weg is en ik een auto hoor vertrekken gluur ik door een kier tussen de gordijnen. Daar rijdt ze. In haar kleine witte Fiat met het zwarte logo van Latte Art. Tranen stromen in stilte over mijn wangen. Net zo lang totdat het verdriet me een hol gevoel vanbinnen bezorgt. Over tien minuten gaat mijn wekker. Slapen zit er nu niet meer in. Ik sla het dekbed van me af, leg mijn telefoon terug op het nachtkastje en strompel naar de badkamer. Daar knip ik op de tast het licht aan en staar naar mezelf in de spiegel boven de wastafel.

Mijn huidskleur is dof, mijn korte zwarte haar piekt alle kanten op en er zitten diepe donkere kringen onder mijn ogen. Best gek die wallen, als je bedenkt hoeveel ik slaap. *De koningin van de cockpit is er niet knapper op geworden, Richard.*

Op de wc wordt mijn aandacht naar het houten kistje op de plank van mijn badkamermeubel getrokken. Ik frons. Ik had toch al... Of zou alle stress ervoor zorgen dat ik... Die medicijnen! Is het misschien een van de bijwerkingen? Ik zou het niet weten. Toen ik de doosjes kreeg kon ik niet eens het geduld opbrengen de ellenlange bijsluiters te lezen.

Zonder door te trekken haast ik me terug naar mijn slaapkamer. Met mijn vuist mep ik de lichtknop van de plafondlamp aan. In de la van mijn nachtkastje liggen de doosjes temazepam en oxazepam. Ik ruk de bijsluiters eruit en begin te lezen. Mijn ogen scannen de zinnen, maar de woorden dringen amper tot me door. Toch maar weer terug naar de badkamer.

In het houten kistje op de plank zitten nog maar een paar tampons en ook niet veel maandverband. Ik staar ernaar alsof ik bewijs zoek en herinner me plots dat ik tijdens mijn vorige menstruatie bedacht dat ik het moest gaan kopen. Maar dat is een hele tijd terug. *Kom op, Roxan, denk na. Wanneer was je voor het laatst ongesteld?*

Ik sluit mijn ogen en frons diep. Hoe ik ook probeer, het exacte antwoord wil niet tot me komen. Waarom schrijf ik dit soort dingen niet op? Het voelt in ieder geval als een hele tijd geleden en iets zegt me dat ik inmiddels toch al wel...

Plotseling breekt het zweet me uit. Ik zal toch niet… Fuck! Nee, er moet een andere verklaring zijn.

Een test. Ik moet een test doen. Had ik niet ergens nog wat liggen? Ik zwaai het deurtje van mijn badkamermeubel open en rommel in de perfect geordende bakjes. Normaal gesproken voel ik precies aan de signalen van mijn lichaam wanneer het eraan zit te komen, maar de afgelopen weken waren zo knotsgek dat ik er geen moment bij stil heb gestaan.

De enige keer dat ik überhaupt ooit een uitgepakte test in mijn leven heb gezien is alweer een aantal jaren geleden. Esmee dacht ooit zwanger te zijn van Melvin. Met zijn drieën haalden we een zwangerschapstest bij de drogist bij mij om de hoek. Esmee deed hem meteen bij mij thuis. Het was vals alarm. Er zaten toen twee testen in de verpakking. De andere is nooit gebruikt en ook nooit weggegooid, en ligt sindsdien in mijn badkamer. Mijn menstruatie is altijd keurig op tijd geweest; het was gewoon niet nodig.

Gefrustreerd gooi ik de inhoud van het laatste bakje op de badkamervloer, tot ik eindelijk vind wat ik zoek. Shit. Ik heb net geplast. Weliswaar heb ik nog niet doorgetrokken, maar ik kan het staafje moeilijk in de wc-pot steken. Het toiletwater zal de testuitslag beïnvloeden en bovendien hangt er zo'n blauwe toiletverfrisser in die de wc reinigt bij elke spoelbeurt.

Nee. Slecht plan. Ik draai de kraan van het wastafelmeubel open en ga eronder hangen met mijn gezicht. Gulzig slurp ik het stromende water in mijn mond. Dit blijf ik volhouden. En volhouden, want ik wil zo snel mogelijk het bewijs in handen hebben dat er een andere reden is voor het uitblijven van mijn menstruatie.

Het zou aan de stress kunnen liggen. Ja, nu ik er zo over nadenk klinkt dat heel aannemelijk. Ik heb behoorlijk veel stress en daardoor is mijn hormoonhuishouding gewoon een beetje op hol geslagen. Dat moet het zijn. Ik sta mezelf toe te stoppen met drinken en spring op en neer in een kinderachtige poging het water sneller naar mijn blaas te transporteren. Eigenlijk heb ik hier helemaal geen tijd voor. Ik moet me nu echt gaan klaarmaken voor ASG. Als ik in deze staat op kantoor aankom, trekt Rob Akkerman zeker zijn conclusies en kan ik fluiten naar mijn baan.

Toch drink ik nog meer water. En nog meer. Eindelijk voel ik de aandrang om te plassen opkomen. Onwennig haal ik het omhulsel van de zwangerschapstest af.

Het valt nog niet mee om de test uit te voeren. Mijn plasstraal schiet ineens ontwijkend alle kanten op, alsof die er zelf ook geen zin in heeft om zijn plicht te vervullen. Hoe doen andere vrouwen dit?

Ik adem diep in en uit en uiteindelijk lukt het net lang genoeg om de teststaaf te raken. Meteen verkleurt het venster donkerder en verschijnt er een roze streepje ten teken dat de test werkt.

Nu is het wachten geblazen.

19

Mijn hart bonkt met felle slagen in mijn keel. Ik blijf op de wc-bril zitten met de test in mijn hand. Gebiologeerd staar ik ernaar.

Als het uitslagvenster zo blijft, dan is mijn leven nog steeds een gigantische puinhoop, maar wanneer er wel een tweede streepje verschijnt zou dat betekenen dat Jef... Ik zou niet eens weten hoe ik zou reageren als ik...

Lang hoef ik niet op het antwoord te wachten. Langzaam maar zeker komt er een tweede streepje in beeld. Eerst lichtroze en dan donkerder en donkerder. Totdat er overduidelijk twee streepjes te zien zijn die zelfs iemand met slechte ogen niet zou missen.

Mijn ademhaling begint ongecontroleerd te raken; ik weet niet waar ik het zoeken moet. Dit is gewoon onmogelijk; Jef en ik hebben altijd met condoom gevreeën. Dat ik nog niet ongesteld ben, ligt aan stress en misschien ook wel aan die medicijnen. Bovendien is deze test stokoud. Al zeker vijf jaar. Misschien wel zes. Hoelang blijven die dingen eigenlijk goed? Is er zoiets als een houdbaarheidsdatum bij zwangerschapstesten?

Met zweethanden grijp ik de verpakking. Mijn ogen schieten schichtig heen en weer, op zoek naar een datum. Godzijdank. De test is over datum. En niet zo'n beetje ook. Ruim twee jaar geleden had ik de zwangerschapstest voor het laatst veilig en betrouwbaar kunnen uitvoeren.

Met een opgeluchte zucht gooi ik het witte plastic staafje in het kleine prullenbakje. Zo, die kan me de stuipen niet meer op het lijf jagen.

Vliegensvlug kleed ik me aan en smeer ik make-up op mijn gezicht. Als ik opschiet kan ik onderweg naar ASG nog net een nieuwe test kopen bij de drogist om de hoek. Die zal moeten wachten tot na het gesprek, maar dat is dan maar zo. Die wordt toch wel negatief…

Een beetje meer gerustgesteld krijg ik het voor elkaar om op tijd van huis te vertrekken. Gelukkig is er voor de deur van de drogist een parkeerplaats vrij voor mijn auto en ik vlieg naar binnen. Zonder de tijd te nemen om alle keuzemogelijkheden een voor een te bekijken ruk ik een digitale test uit het schap. We leven in een digitaal tijdperk. Deze test zal me niet in de steek laten.

Met stevige passen been ik naar de kassa, waar ik erachter kom dat het ding een vermogen kost. Het jonge kassameisje met een hoge blonde paardenstaart glimlacht verlegen als ik de test aan haar overhandig. Zij denkt vast in al haar jeugdige naïviteit dat dit een geweldig moment voor mij is. Ze moest eens weten.

Ik betaal, weiger de bon en berg de test op, onder in mijn handtas. Het autoritje van Haarlem naar Badhoevedorp duurt twintig minuten. Dat ga ik op het nippertje redden. Op het moment dat ik over de drempel van de drogist naar buiten stap, bots ik bijna tegen iemand aan. Niet zomaar iemand. Het is Esmee.

Ze staart me aan alsof ze water in vuur ziet veranderen. 'Wat doe jij hier? Hoezo ben je niet in Kaapstad?'

Fuck. Ik stamel iets ondefinieerbaars en klap mijn mond dicht. Mijn schoenen lijken wel vacuüm te worden gezogen aan de vloer.

'Dit is echt niet oké, Roxan.' Esmee kijkt me aan met een felle toegeknepen blik.

Onmiddellijk voel ik me als een betrapte kleuter. 'W-we hebben het er nog wel over,' breng ik moeizaam uit. 'Maar ik moet echt hollen. Ik heb zo een afspraak bij de tandarts en ik mag niet te laat komen.'

Esmee blijft me op dezelfde intimiderende manier aankijken en slaat in de deurpost haar armen stellig over elkaar.

'Wat?' vraag ik bij gebrek aan iets beters.

'Ja, jemig! Jij! Wat is dit? Je zegt dat je naar de tandarts moet? Yara stuurt je potverdorie net een appje waarin ze vraagt hoe het in Kaapstad is. Jij reageerde met een fucking duimpje omhoog! Waar slaat dat op?'

'Ik eh, sorry. We praten later bij. Ik moet echt gaan nu, maar ik beloof dat...'

'Pas op met wat je belooft,' onderbreekt Esmee me met een uitgestoken wijsvinger. 'Voor hetzelfde geld beloof je iets wat je niet kunt waarmaken en maak je jouw leugens alleen nog maar veel groter.'

'Waar slaat dat nou weer op?'

'De tandarts! Laat me niet lachen! Volgens mij zit je nu gewoon weer glashard tegen me te liegen. Ik begrijp echt niet waar jij de laatste tijd in hemelsnaam mee bezig bent. Laatst met Melvins herdenking deed je ook al zo raar. Had je weer gezopen of zo?'

Haar woorden zijn als een diepe steek met een vlijmscherp mes. Even is het alsof alle lucht mijn longen verlaat. Duizelingen trekken door mijn lichaam en ik voel hoe een naargeestig besef zich aan me opdringt. De melding. Mijn vriendinnen zullen toch niet degenen zijn geweest die...

'Ik begrijp het echt niet,' herhaalt Esmee. 'Waar ben je mee bezig?'

'Dat kan ik net zo goed aan jou vragen,' kaats ik terug.

Esmee fronst. 'Waar heb je het over?'

'Dat zul jij wel weten, toch? Yara en jij. Met jullie commentaar altijd op mij.'

'Ik zeg alleen maar dat we je niet volgen. Je praat niet meer met ons en ik snap echt niet waarom je tegen ons liegt. Ik heb het idee dat wat wij zeggen gewoon niet tot je doordringt.'

Ik tril van ingehouden woede. 'Zoals ik al zei,' reageer ik uiterlijk zo kalm mogelijk, 'ik moet nu gaan. Ik ben al te laat.'

'Prima. Jij je zin. Doe de groetjes aan de tandarts.' Esmee maakt een abrupt armgebaar en stampvoet zich een weg langs me heen de drogist binnen. Meters verderop draait ze zich om tussen de schappen. 'Wat sta je daar nog? Je was toch te laat? Doei, Roxan!'

Snuivend draai ik me om naar mijn auto. Stik er dan maar in.

Het hele ritje naar het ASG-kantoor laat de gedachte dat mijn vriendinnen iets te maken hebben met de melding me niet los. Is het mogelijk dat Yara en Esmee achter mijn rug om hebben besloten dat ze moesten ingrijpen? Samen. Of een van hen.

Het zou een behoorlijk achterbakse streek zijn. Ik kan me niet voorstellen dat ze mij niet gewoon zelf zouden confronteren. Of vinden ze vanuit hun perspectief dat ze dat al een aantal keren hebben geprobeerd? Op mijn feest en in Miami hebben ze al eerder opmerkingen gemaakt over mijn drankgebruik. Tijdens de gezamenlijke debriefing hamerden ze er zelfs op dat ik beter toch hulp kon accepteren. Dat laatste had niets met drank te maken, maar misschien in hun ogen wel.

Ik weet nog goed hoe ik me in mijn hemd gezet voelde ten overstaan van de hele crew. Ergens kan ik me moeilijk indenken dat Yara en Esmee tot een melding in staat zijn. Maar Esmee zei nota bene net zelf dat wat zij zeggen niet tot mij doordringt. Als ze dat echt vinden, denken ze misschien ook wel dat dit de enige manier was.

Ik parkeer mijn auto scheef in een parkeervak voor het ASG-gebouw en haast me tien minuten te laat naar binnen. Meteen loop ik door naar de kamer van Rob Akkerman en klop twee keer op de gesloten deur.

'Binnen,' klinkt zijn nogal norse stem.

Ik open de gesloten deur tussen ons in en stap zijn bescheiden kantoor binnen. Zijn werkplek heeft een raam met droevig uitzicht op de parkeerplaats. Er past niet veel meer in de ruimte dan zijn bureau, een stoel aan weerszijden en een kast, met daarop een varen. Het maakt me er niet vrolijker op.

'Rob, het spijt me dat ik te laat ben, ik had onderweg wat oponthoud. Ik hoop dat je dit door de vingers wilt zien.'

Rob Akkerman knikt afgemeten en gebaart naar de vrije stoel aan de andere kant van zijn bureau. Opnieuw schiet zijn gelijkenis met een knappe militair uit van die Amerikaanse oorlogsfilms door mijn hoofd... maar hij ziet er vandaag eerder uit alsof hij ten strijde trekt en ik niet bepaald zijn maatje uit het peloton ben die hij moet beschermen.

'Laat dit niet nog een keer gebeuren, Roxan. Zoals ik al eerder zei, kan een ASG-traject alleen slagen als we jouw volledige medewerking hebben.'

'Ja, natuurlijk. Die heb je. Het zal niet meer gebeuren.' Ik knik gedwee en ga zitten.

'Goed dan. Ik wil vandaag de uitkomst van het onderzoekstraject met je bespreken. Zonder alvast op de zaken vooruit te lopen – straks zullen we uitgebreid op de inhoud ingaan – kan ik je vertellen dat we reden zien voor een hersteltraject.' Rob wekt met een simpele beweging van zijn hand op zijn muis zijn beeldscherm tot leven. Het scherm staat zo gedraaid dat ik niet kan zien waar hij naar kijkt. Ik volg zijn vingers op het toetsenbord. 7470. Hij verplaatst zijn hand terug naar de muis en klikt iets aan op zijn scherm. 'Weet je wat dit betekent?'

Ik frons en realiseer me net op tijd dat hij het niet over zijn inlogcode heeft. 'Ja, dat ik op non-actief blijf staan en voorlopig niet word teruggezet op een vlucht.'

'Dat klopt. Verbaast dit je?'

Ik schud mijn hoofd, maar slaag er niet in om mijn teleurstelling te verbergen. 'Ik had dit wel verwacht.'

'Oké. Ik weet dat het niet is wat je wilde horen. Wil je koffie? Dan zal ik daarna het behandelplan toelichten en spreken we de onderzoeksresultaten door.'

'Graag,' mompel ik. Ergens had ik de stiekeme hoop dat alles op wonderbaarlijke wijze toch nog goed zou komen. De realiteit is verre van dat. Ik voel niet eens meer de kracht om de schijn op te houden en zit als een ellendig hoopje ineengedoken op mijn stoel.

'Zwart, of iets erin?'

'Zwart, alsjeblieft.'

'Ik ben zo terug.' Rob staat op en verlaat zijn kantoor.

Een luttele seconde blijf ik armzalig zitten. Dan schiet ik overeind alsof iets me uit mijn stoel lanceert.

Ik moet het weten. Op zijn minst probéren te achterhalen hoe het zit.

In drie passen ben ik om het bureau heen gelopen en activeer ik het beeldscherm met de muis. Het scherm kleurt lichtblauw, met in het midden een wit venster waar om een toegangscode wordt gevraagd. Het kan toch niet zo simpel zijn?

Met ingehouden adem typ ik de cijfers in. 7470. Bingo! Ik zit erin. Met grote ogen en een hart dat hamert tegen mijn ribbenkast staar ik naar mijn eigen dossier. Meldingen... Meldingen... Waar de fuck staan de meldingen? Koortsachtig schieten mijn ogen over de woorden in het linkertabblad. Ik klik een paar dingen aan en stuit dan op het woord HULPVERZOEKEN.

De adrenaline giert als een bezetene door mijn lijf. Mijn bloed gonst tegen mijn slapen. Dit is het. Twee hulpverzoeken komen ogenblikkelijk op het scherm te staan zodra ik erop klik. Elk hulpverzoek beschikt over een keurig uitgewerkt verslag. De eerste melding is van captain Marnix Okkenhuizen. Dat is geen verrassing. De tweede melding is van...

Nee! Mijn mond valt open als ik haar naam zie staan. Stefanie Waalskerk?!

Het is de jonge zwartharige stewardess die we samen met de roodharige tegenkwamen bij de lift in ons hotel in Miami. Ze was niet op haar mondje gevallen. Tijdens de debriefing op Schiphol verdacht ik haar er zelfs van dat ze genoot van alle aandacht. Ik herinner me nog dat ze moest huilen en ik me ter plekke afvroeg of het haar echt zo aangreep of dat ze een theaterstukje opvoerde. Daar had ik dus gelijk in gehad...

Godzijdank. Het waren dus niet mijn vriendinnen! Esmee en Yara hebben er niets mee te maken. Maar Stefanie heeft me hooguit een paar gin-tonics zien drinken. We hoefden niet eens zelf te vliegen op de terugreis.

Vol ongeloof lees ik lukrake zinnen uit het verslag. Het staat bol van de verwijten en pure aannames die nergens op slaan. Het kost me de grootste moeite om rustig te blijven, zo boos maken haar beschuldigingen me. Waar baseert die Stefanie dit allemaal op? Het liefst wil ik op Robs bureaustoel plaatsnemen en alles rustig zin voor zin lezen. Maar dat gaat niet. Daar is helemaal geen tijd voor. Als Rob nu binnenkomt...

Shit, hoelang sta ik hier eigenlijk al over zijn bureau gebogen?

Snel klik ik het scherm weg en razendsnel ga ik weer op mijn eigen stoel zitten. Juist op dat moment komt Rob de kamer binnen met twee papieren bekers koffie. Dat had geen seconde langer moeten duren.

Ik probeer een luchtige glimlach te produceren, maar slaag er niet in. Ik heb dan misschien niet het hele verslag gelezen, ik weet nu wel wat ik moest weten.

Hoe heb ik ooit kunnen denken dat Yara en Esmee hierachter zaten? Wat voor een ongelooflijk slechte vriendin ben ik dat ik hen zojuist echt verdacht? Schuldgevoel bijt zich in me vast. Schaamte vult mijn buik. Esmee had gelijk. Ik ben zelf degene die afstand tussen ons creëert. Het ligt aan mij. Die Stefanie mag dan misschien een grote fantasie hebben, maar dat ik hier zit en op non-actief sta is volkomen terecht. De enige aan wie ik dit te danken heb, ben ik zelf.

'Zo, Roxan,' zegt Rob, terwijl hij een papieren koffiebeker voor me op zijn bureau zet. 'Ik hoop dat je een beetje bent bekomen van het nieuws dat we een hersteltraject in gaan?'

Ik knik langzaam en kijk Rob recht aan. 'Ja, ik heb erover na kunnen denken en ik weet dat ik er een behoorlijk zootje van heb gemaakt. Ik wil heel graag weer vliegen. In de toekomst, want ik begrijp dat dat op dit moment niet gaat. Het zou nu ook niet verantwoord zijn. Ik heb vliegangst ontwikkeld door alles wat er tijdens de vlucht met Richard is gebeurd en daar wil ik dolgraag vanaf. Ik wil geen paniekaanvallen meer en bovendien wil ik stoppen met drinken. Vanaf vandaag werk ik echt heel graag met jullie mee en je kunt ervan op aan dat ik mijn uiterste best ga doen om mijn leven weer op de rit te krijgen.' Ik haal diep adem en kijk Rob verlegen aan. 'Zou je me daar alsjeblieft bij willen helpen?'

Er verschijnt een oprechte glimlach op Robs gezicht. 'Het is heel fijn om je dit te horen zeggen, Roxan. Ik help je maar al te graag. Wist je dat ik zelf ook in jouw situatie heb gezeten? Ik kan voelen dat je het nu echt meent.' Rob laat een stilte vallen, waarin hij opnieuw naar me glimlacht. 'Zullen we samen het behandelplan doorspreken?'

Ik knik en knipper de opwellende tranen in mijn ogen weg.

'Het lijkt me allereerst belangrijk dat jij je weer veilig gaat voelen in de cockpit. Daarom dacht ik aan simulatortrainingen en gesprekken met een psycholoog.'

'Zeg maar wat ik moet doen. Ik ben vastbesloten om mezelf te gaan verbeteren.'

Rob buigt zich naar me toe en slaat een pamflet open.

Dit is het begin van mijn nieuwe leven.

20

Mijn handtas staat op mijn zwarte marmeren salontafel. Vanaf de bank staar ik naar de tas, alsof het een volstrekt vreemd object is dat niet in mijn woonkamer thuishoort.

In feite is het alleen de inhoud die me stoort. Een zwangerschapstest hoort niet in mijn tas. Niet in mijn huis. En zeker niet in mijn leven. Eigenlijk kwam het best goed uit dat ik de test nog niet kon uitvoeren. Maar nu ben ik thuis en ik moet al een tijdje plassen. Angst is wat me tegenhoudt. Wat als deze digitale test ook geen genade kent?

Ik pak mijn telefoon uit de tas en zie dat ik een berichtje van Yara heb ontvangen. Ze heeft het niet in de groepsapp gezet, maar privé naar mij gestuurd.

Rox, ik kom net aan op Schiphol en hoor van Esmee dat jullie ruzie hebben gehad omdat je gelogen had over waar je was. Wat is dit? Wij drieën hebben nóóit ruzie en liegen zeker niet tegen elkaar! Zal ik later vandaag naar je toe komen? Ik denk eerlijk gezegd dat je Esmee en mij een uitleg verschuldigd bent.

Ze pakt het een stuk liever aan dan Esmee, maar toch moet ik op mijn lip bijten om de tranen tegen te houden. De ruzie met Esmee, het intense gesprek bij ASG, eigenlijk is het genoeg voor vandaag.

Uitstellen tot morgen maakt het er alleen niet beter op. Het enige wat zou kunnen helpen is als ik nu ter plekke ongesteld ben geworden. Dat zou dan in ieder geval één probleem minder zijn.

Met mijn tas onder mijn arm geklemd snel ik naar de wc en gluur in mijn ondergoed. Nee. Nog steeds niets. Dan toch maar die test doen en hopen op het beste.

Voor de tweede keer vandaag plas ik op een stokje. Het went nog steeds niet. Ik leg hem omgekeerd in het wasbakje en blijf uiterlijk onbewogen op de wc zitten.

Ontelbaar veel gedachten vechten om voorrang. De ruzie met Esmee. Het berichtje van Yara. De verdenking van mijn vriendinnen. Mijn leugens en het bedrog. Het drankgebruik dat de afgelopen weken verschrikkelijk is toegenomen. En daarbovenop doe ik op dit moment een zwangerschapstest. Gekker dan dit wordt het niet.

De wachttijd is verstreken. Met ingehouden adem stel ik me een pleister voor die je er in één keer af trekt. Het doet maar even pijn, toch? Dan laat ik mijn adem ontsnappen en draai ik de test om.

Zwanger.

Het staat er echt. Er is maar één vierletterwoord dat ontbreekt en dat is het woordje 'niet'. Het is zo'n complete chaos in mijn hoofd dat ik niet eens bij mijn gevoelens kan.

Hoe kan dit? Bestaat er zoiets als een valspositieve uitslag? Er moet toch een foutmarge zijn? Jef en ik hebben met condoom gevreeën. Dat weet ik heel zeker. Zelfs onder de douche viste hij er een tevoorschijn. We zijn zorgvuldig geweest, dus dit is gewoon niet mogelijk.

Maar het staat er toch echt. Zoute tranen vinden hun weg naar mijn mond. Zonder dat ik er wat tegen kan doen klinkt er een lange uithaal uit mijn keel. Het onbedaarlijke huilen stopt niet. Van pure schrik, ongeloof en wanhoop.

Moedeloos laat ik me op de koude tegelvloer zakken. Ik sla

mijn armen om mijn knieën, verberg mijn gezicht en geef me over. Mijn lichaam heeft de regie. Mijn innerlijke pijn wil en zal gehoord worden.

Hoelang ik huil en op de badkamervloer zit weet ik niet. Het zouden minuten kunnen zijn, maar net zo goed uren. Een verlangen naar de troostende armen van Celeste dringt zich aan me op. Ondanks mijn kwetsbaarheid voelde ik me veilig bij haar. Nooit eerder heb ik me op die manier aan iemand laten zien. Een rauwe en intense heimwee naar het moment waarop ik me ontspannen en geliefd voelde tijdens haar massage kwelt mijn geest. Was ze maar hier...

Maar dat kan niet, want ik heb haar eigenhandig van me af geduwd. En hóé.

De gedachte aan hoe ik het verpest heb werkt verbluffend ontnuchterend. Langzaam begint mijn lijf te kalmeren. Pas wanneer ik alleen nog wat zwakjes snik en snotter sta ik op en parkeer mezelf beduusd op de bank in mijn woonkamer.

Ik heb Celeste misschien niet meer, maar ik hoef dit niet alleen te doen.

Met trillende handen pak ik mijn telefoon en stuur een spraakoproep in de groepsapp van mijn vriendinnen. Mijn stem klinkt breekbaar en hol als ik zeg: 'Het spijt me. Het spijt me zo. Willen jullie alsjeblieft hiernaartoe komen?'

Nog geen halfuur later wordt er aangebeld en als ik opendoe staat Esmees Ford Fiesta dwars over de stoep geparkeerd. Mijn vriendinnen vallen me ogenblikkelijk in de armen en drukken me stevig tegen zich aan. Door hun liefdevolle omhelzing moet ik bijna weer huilen. Moeizaam probeer ik de brok in mijn keel weg te slikken.

'Lieverd toch. Wat is er allemaal aan de hand?' vraagt Yara als we elkaar loslaten en ze me bezorgd aankijkt.

Ik knipper met mijn ogen naar het licht om mezelf onder controle te krijgen en kan geen woord uitbrengen.

'Kom. Laten we naar binnen gaan.' Esmee pakt mijn hand en met zijn drieën gaan we naar mijn woonkamer.

In het schemerdonker vind ik automatisch de weg naar de bank. Yara en Esmee trekken de gordijnen open en kijken verbouwereerd rond. Normaal gesproken is het hier altijd keurig netjes en fris. Nu liggen er onopgeruimde pizzadozen op een bijzettafel, er staan her en der gebruikte glazen, borden met kruimels, twee lege wijnflessen naast de salontafel en de kussens liggen op een hoop in een hoek van de bank.

Stilletjes komen ze naast me op de bank zitten.

'Ben je... Ben je nog boos?' vraag ik met een geknepen stemmetje aan Esmee.

'Niet echt,' begint ze zachtaardig. 'Ik wil gewoon heel graag weten wat er aan de hand is. Dat willen we allebei. We maken ons zorgen om je. Toen je berichtje binnenkwam en ik je stem hoorde, heb ik Yara opgehaald en zijn we meteen naar je toe gekomen.'

'Het spijt me zo,' begin ik. 'Ik deed stom. Jij had gelijk.'

Er valt een stilte waarin mijn vriendinnen een bezorgde blik met elkaar wisselen. Zo kennen ze me duidelijk niet.

'Vertel, Rox,' zegt Yara. 'Wat is er aan de...'

Ineens blijft haar blik hangen bij mijn eettafel, waar Richards rouwkaart op staat, met zijn foto groots op de voorkant. 'Is dat... Is hij... Mag ik?'

Ik knik.

Ze staat op van de bank en pakt de rouwkaart. 'Wat erg dat hij is overleden. Is de rouwkaart net binnengekomen? Is dat waarom je van streek bent? Hè, maar hier staat dat...' Ze fronst en kijkt me niet-begrijpend aan. 'Zijn sterfdag is al een paar weken geleden. De crematieplechtigheid is al geweest.' Yara komt met de kaart in haar handen weer naast me zitten en ik voel aan alles dat ik mijn vriendinnen een gigantische uitleg verschuldigd ben.

'Het spijt me. Er is zoveel wat jullie nog niet weten.'

Yara slaat haar arm om me heen. 'Lieverd, we zijn bij je. Vertel ons maar gewoon alles wat er speelt.'

'Ik weet niet eens waar ik moet beginnen.'

'Begin maar gewoon bij het begin. Die crematie,' helpt Yara. 'Wist jij daarvan? Ben je erheen gegaan?'

Ik schud mijn hoofd en realiseer me dan dat dat alleen een antwoord op haar laatste vraag is. 'Zijn vrouw belde toen ik in Dubai zat en vertelde dat Richard de dag ervoor was overleden. Het duurde natuurlijk even voordat zijn lichaam terug in Nederland was en hij kon worden gecremeerd. Ik wilde wel naar het afscheid toe, maar ik kon het niet. Het is... Het is mijn schuld dat hij...' Ik begin weer te snikken en voel dat Yara mij zachtjes tegen zich aan trekt.

'Hoezo denk je dat het jouw schuld is dat hij is overleden?' vraagt ze voorzichtig als mijn gesnik niet overgaat in hartverscheurend huilen.

'Ik had sneller moeten zijn,' zeg ik terwijl ik ga verzitten. 'Eerder moeten ingrijpen. Vlugger moeten landen. Het heeft in de lucht allemaal veel te lang geduurd. Richard had geen schijn van kans. Eigenlijk wist ik dat al toen ik in de ogen van de ambulancebroeder keek.'

'Meen je dit echt?' vraagt Esmee. 'Hou je jezelf echt verantwoordelijk voor zijn dood?'

'Ja. Ik was toch ook verantwoordelijk? Voor iedereen in dat vliegtuig. Inclusief voor Richard. Júíst voor Richard!'

'Wij waren erbij, hè,' werpt Yara hoofdschuddend tegen. 'We weten dat je alles goed hebt gedaan. Iedereen weet dat. KLM ook. Bij de debriefing zeiden ze...'

'Ik heb tegen iedereen gelogen,' onderbreek ik haar abrupt en Yara klapt haar mond dicht. 'Niet alleen tegen jullie over Kaapstad. Het gaat helemaal niet goed met me. Of misschien dacht ik dat eerst en heb ik nog het hardst gelogen tegen mezelf.' Met de mouw van mijn oversized sweater veeg ik mijn neus af en ik snuif.

Dan begin ik te vertellen hoe groot de impact van de noodvlucht daadwerkelijk op me is geweest. Mijn vriendinnen luisteren haast ademloos en Yara haalt ondertussen een fles witte wijn met drie glazen uit mijn keuken. Ik frons terwijl ze de glazen inschenkt en sta op om er drie glazen water bij te halen. Ik vertel over het verschrikkelijke gesprek met KLM, hoe alcohol en seks mijn uitlaatkleppen werden, dat ik vliegangst ontwikkelde en niet meer de cockpit in durfde.

'Ik vind het zo erg dat je hier helemaal alleen doorheen bent gegaan,' stamelt Yara als ik mijn verhaal gedaan heb.

'Daar kunnen jullie niks aan doen,' zeg ik zacht. 'Ik liet jullie geloven dat het goed met me ging en deed me vooral stoer en sterk voor.'

'Correctie... Je bént stoer en sterk,' valt Esmee me in de reden. 'Dat staat buiten kijf. Het is juist ongelooflijk krachtig dat je om hulp hebt gevraagd.'

'Maar ik heb niet om hulp gevraagd. Het verhaal is nog lang niet af,' fluister ik mismoedig en ik vertel over de terugvlucht vanuit Dubai. De minibar, de wodka, dat ik nooit in die staat had mogen vliegen en de paniekaanval aan boord. Mijn bezoek aan Jef, het interventiegesprek met ASG en de nacht met Celeste volgen.

'Je bent dus helemaal niet meer op een vlucht geweest na Dubai!' Yara's grote helderblauwe ogen weerspiegelen het besef van mijn leugens. 'Al die tijd... Al die tijd was je hier thuis...'

'Het spijt me. Ik wilde iedereen op afstand houden. Ik kon de realiteit gewoon niet aan.'

Esmee knikt ernstig. 'En dat onderzoek van ASG. Kun je ons daar iets meer over vertellen?'

'Het was een onafhankelijk expertiseonderzoek in het Spaarne Gasthuis in Hoofddorp. Ik heb een tweede gesprek gehad met die Rob, waar een collega van hem bij zat, en nog een gesprek met een bedrijfsarts. Ze hebben ook een bloedtest gedaan.'

'Weet je wanneer ze het onderzoek afronden en wat er dan staat te gebeuren?' vraagt Esmee door.

'Ja. Vandaag heb ik te horen gekregen dat ik op non-actief blijf staan. Er komt een hersteltraject met een behandelplan op maat. Ik ben er voorlopig nog niet vanaf.'

'Je bezoek aan de tandarts,' zegt Esmee serieus, zodra het tot haar doordringt.

Ik knik beschaamd. 'Het spijt me echt dat ik tegen jullie heb gelogen.'

'Kun je je baan verliezen?'

'Als ik meewerk is dat niet waarschijnlijk. Natuurlijk weet ik zelf ook wel dat non-actief beter is dan ontslag en ik mag Marnix wel dankbaar zijn dat hij voor deze anonieme weg heeft gekozen. Toch voelt het heel surrealistisch allemaal. Ik heb ASG alles verteld en ben open en eerlijk over mijn alcoholgebruik. Ik zie nu zelf ook in dat ik een probleem heb en zo niet kan vliegen.'

'En die andere melding?' vraagt Yara. 'Heb je enig idee van wie die komt?'

Er springen tranen in mijn ogen en ik knipper om ze te verdringen. 'Het spijt me zo, maar ik dacht heel even dat... dat jullie...'

'Je dacht dat de meldingen van ons kwamen,' vult Esmee in. 'Dus daar had je het over bij de drogist.'

'Ik kan jullie niet eens vertellen hoe erg het me spijt. Wie denkt er nou zoiets? We zijn al jaren vriendinnen. We hebben zoveel meegemaakt. Maar jullie hebben weleens opmerkingen gemaakt over mijn drankgebruik en vanmiddag zei je dat je het gevoel had dat je me niet meer kon bereiken en...' Ik haal ongecontroleerd adem en probeer me te vermannen. 'Ik vind het echt afschuwelijk dat ik jullie verdacht en ik begrijp het als jullie heel boos op me zijn.'

'Je had ons in vertrouwen moeten nemen,' reageert Esmee ietwat afgemat, maar haar stem klinkt niet kwaad. 'Je hebt deze grote last met je meegezeuld en alle verantwoordelijkheid op je schouders gedragen en daar ben je helemaal alleen doorheen gegaan. Ergens begrijp ik wel dat je het in zo'n donkere tunnel allemaal niet meer overziet.'

'Waardoor besefte je dat wij het niet waren?' vraagt Yara.

'Toen de ASG-man vandaag koffie ging halen heb ik in mijn dossier gekeken. Die andere melding is van Stefanie Waalskerk.'

Yara fronst. ‘Stefanie wie?’

‘Die zwartharige stewardess van onze vlucht.’

‘Dat verbaast me niets.’ Esmee zucht. ‘Je hebt nog geluk dat ASG je niet op heterdaad heeft betrapt.’

‘Ik weet het. Zijn jullie erg teleurgesteld in mij?’

‘Het spijt me juist dat we er niet voor je waren,’ zegt Yara. ‘Je hebt het hartstikke zwaar en wij hebben niet eens gezien dat het niet goed met je ging.’

‘Dat is toch mijn eigen schuld,’ reageer ik, terwijl ik naar haar hand staar die ze op mijn knie legt. ‘Ik heb jullie niet toegelaten. Het is precies zoals Esmee vanmiddag zei.’

‘We hadden door moeten vragen,’ gaat Yara verder. ‘We hadden beter kunnen opletten. We hadden sowieso meer kunnen doen.’

‘Ja, dat ben ik met je eens,’ zegt Esmee. Ze verplaatst een loshangende pluk van haar blonde haar naar achter haar oor en kijkt me serieus aan. ‘Maar ik vraag me ook nog steeds af: waarom vertelde je het ons niet? We zouden je nooit veroordelen. Nooit. Dus, wat gaf jou het gevoel dat je niet met ons kon praten?’

Ik haal diep adem, alsof ik moed in mijn longen zuig, en kijk op van Yara’s hand op mijn knie. ‘Het spijt me. Daar heb ik niet echt een antwoord op. Dat had ik inderdaad moeten doen. We hebben hetzelfde meegemaakt en ik denk dat ik er gewoon enorm van schrok hoe de vlucht me in zijn greep kreeg. Ik heb er veel meer last van dan jullie en dat wil ik helemaal niet. Ik wil gewoon de Roxan zijn die jullie kennen. Geen rare versie van mezelf vol problemen, maar de daadkrachtige Rox, die haar broertje altijd uit de brand helpt. Ik ben altijd in controle geweest, waarom kan ik dat nu niet? Waarom ben ik zo’n slap en zwak aftreksel van mezelf en kan ik Joey niet eens terugbellen terwijl hij me nodig heeft? Waarom kan ik jullie niet onder ogen komen?’

Esmee glimlacht warm. ‘Maar lieverd, het is toch heel begrijpelijk dat jij er meer last van hebt? Richard zat naast je toen het gebeurde. Jij werd ineens in een heldenrol geforceerd, of je nu wilde of niet. Jouw ervaring is niet te vergelijken met die van ons.'

'Zoiets zeiden ze bij ASG ook. Ze blijven maar herhalen dat ik een trauma heb opgelopen waar ik niets aan kan doen, maar ik weet niet of ik het geloof. Er staat een gesprek gepland met een psycholoog en ik ga de simulator in om weer vertrouwen te krijgen in het vliegen. Ik denk dat dat wel goed voor me is.'

Yara knikt, maar Esmee fronst en ik volg haar blik naar de rouwkaart van Richard. 'En toch blijf je erbij dat jij verantwoordelijk bent?'

'Ja.'

'Dan waren wij dat ook. Ja toch, Yaar?'

'Misschien had ik wel veel sneller die huisarts kunnen mobiliseren,' reageert Yara, die instinctief meteen begrijpt welke kant Esmee op wil.

'Ja, en mijn rol was al helemaal zinloos. Jij moest alles doen in de cockpit, Rox. Ik zat er voor spek en bonen bij. Als iemand Richards dood op zijn geweten heeft, dan ben ik het wel. En bovendien, als ik jouw logica volg, betekent dat dan ook dat ik verantwoordelijk ben voor Melvins dood?'

Ik schrik. 'Nee, natuurlijk niet! Hoe kom je daarbij?'

'Melvin had het al eerder over zijn klachten gehad. Destijds was dat niet eens tot me doorgedrongen. Als ik beter had opgelet, had ik hem misschien eerder naar de huisarts kunnen sturen. Misschien hadden ze dan wel in een vroeger stadium zijn kanker ontdekt en was er nog iets aan te doen geweest.'

Haar harde woorden komen als een mokerslag bij me binnen. 'Dat slaat toch helemaal nergens op?' breng ik gefrustreerd uit. 'Dat zijn allemaal "wat als"-scenario's.'

'Ja, precies!' reageert Esmee met een uitgestoken vinger. 'En die maken je gek. Daar weet ik alles van. Weet je nog hoe schuldig ik me voelde omdat ik bij Javier was in zijn hotel toen Melvin zijn diagnose kreeg?'

Ik knik. Alsof ik dat ooit zou kunnen vergeten.

'Als er iemand donders goed weet hoe schuldgevoelens je vanbinnen kunnen verteren, ben ik het wel. Ik weet hoe het je kan uithollen, totdat er alleen een schim van jezelf overblijft. Gelukkig heeft Melvin mij vlak voor zijn dood vergeven. Het heeft me bevrijd, want voor hetzelfde geld liep ik nu nog rond met die gevoelens.' Haar ogen schieten vol tranen, maar ze knippert dapper en kijkt me door een waas van emotie aan. 'Richard kan dat niet meer voor jou doen. Ik zou willen dat het anders was en dat hij die pijn bij jou kan wegnemen. Maar wij zijn er wel. En wij kunnen nu tegen je zeggen dat er niets is wat jij had kunnen doen om de situatie te veranderen. Niets.'

'En stel,' neemt Yara het woord, 'stel, je had een snellere landing gemaakt. Had dat gekund zonder ongeoorloofde risico's te nemen?'

'Met een andere vlieger wel. Maar in mijn eentje... Nee. Waarschijnlijk niet.'

'Exact,' reageert ze. 'Dus je dacht juist aan de veiligheid van al die mensen aan boord. Het ging namelijk niet alléén om Richard. Jouw verantwoordelijkheid ging zoveel verder dan dat.'

'Al had hij pas aan de grond een hartinfarct gekregen,' voegt Esmee eraan toe, '... gevolgd door een hartstilstand, dan was er ook een aanzienlijke kans dat hij het niet zou halen.'

Ik knik geëmotioneerd. 'Zo heb ik er nooit over nagedacht.'

'Daar heb je vriendinnen voor, lieve Rox,' zegt Esmee. 'Jullie hebben mij door de zwartste dagen van mijn leven gesleept. Laat ons jou nu ook steunen. Alsjeblieft. Laat ons dat voor je doen.'

Yara glimlacht door haar tranen heen en slaat haar armen om ons heen. 'Wij zijn er voor je.'

Zo blijven we een tijdje zitten. In een innige omhelzing met zijn drieën, waarin de liefde vrijuit stroomt. Uiteindelijk ben ik degene die gaat verzitten om een traan van mijn wang te vegen en een slok water te nemen.

'Goed van je,' zegt Yara bemoedigend. 'Ik wil die wijn best wegzetten, hoor. Je bent dus al gestopt met drinken?'

God. Daar gaan we. Het moment van de waarheid… Een waarheid die ik zelf nog helemaal niet onder ogen wil zien.

'Dat… Dat heeft eigenlijk een andere reden. Er is nog iets wat ik jullie moet vertellen.'

21

In eerste instantie geloven mijn vriendinnen amper wat ik ze vertel. Het is ook veel, haast te veel, om in één keer voor hun voeten te werpen. Ze blijven me allebei met grote ogen aanstaren, terwijl ik uitgebreid praat over mijn ontdekking van eerder vandaag. De houdbaarheidsdatum, de drogist en de tweede test.

'Dus... als ik het goed begrijp...' zegt Yara langzaam als ik ben uitgesproken. 'De echte reden dat je ons vroeg om te komen is dit?'

'Ja, maar ik wilde ook de ruzie bijleggen. Sorry. Alsof al het andere niet genoeg is om jullie hulp in te schakelen. Het spijt me. Ik wilde jullie niet lastigvallen met mijn ellende en vond dat ik er zelf uit moest komen. Ondertussen werd het steeds erger en erger. Maar dit... Ik deed die test en wist gewoon niet wat ik moest doen. Het is allemaal zoveel dat ik...'

'Rustig maar. Het is al goed. We komen er wel uit,' sust Esmee.

'Wat moet ik nou doen? Ik bedoel... Ik moeder! Jef vader! Dat klinkt toch totaal ongeloofwaardig? Ik vind het zo verschrikkelijk oneerlijk.'

Esmee schrikt onwillekeurig. 'Wat bedoel je precies?'

'Mijn reactie is oneerlijk! Ik hoopte dat de test negatief zou zijn zodat mijn leven niet een nog grotere puinhoop zou worden. Dat is toch heel gemeen naar het kindje toe? Dat kan er helemaal niets aan doen. Hij of zij heeft totaal niet om deze situatie gevraagd. Sommige vrouwen zouden dolgelukkig zijn en niets anders wensen dan een zwangerschap. Ik vind het zo verschrikkelijk oneerlijk voor het wezentje in mijn buik dat zijn moeder het niet eens kan opbrengen om blij te zijn. Dit kindje verdient toch op zijn minst dat ik blij ben?'

Yara knikt ernstig. 'Natuurlijk, lieverd. Maar het overvalt je, dat is logisch. Het komt totaal onverwacht. Je moet jezelf echt de tijd geven om aan het idee te wennen. Alles wat je nu voelt schiet alle kanten op en dat mag er allemaal zijn.'

'Mee eens,' bevestigt Esmee. 'Het is niet erg dat je het nu allemaal nog niet weet of nog niet voelt. Je moet jezelf toestaan dit rustig te onderzoeken. En wij zijn er voor je. Welke keuze je uiteindelijk ook maakt.'

Ik zet het glas water opnieuw aan mijn lippen en neem een slokje. Mijn vriendinnen volgen mijn voorbeeld en ik lach. 'Jullie kunnen gewoon wijn drinken, hoor.'

'Weet je het zeker?' vraagt Yara. 'We kunnen net zo goed solidair zijn met jou.'

Ik schud standvastig mijn hoofd.

'Heb je er echt geen moeite mee als wij...' probeert Yara nog een keer, maar dan houdt ze abrupt haar mond. 'Nee. Het voelt niet goed. Ook al was je niet zwanger. Ik ga echt geen wijn drinken na alles wat je ons net allemaal hebt verteld.'

'Ik ook niet,' stemt Esmee in.

'Eigenlijk denk ik dat je vooral dronk omdat je op de vlucht was voor jezelf,' zegt Esmee voorzichtig.

'Ik denk dat je gelijk hebt. Het voelde beter om mezelf te verdoven dan te dealen met de realiteit.' Plotseling ontglipt me een verwrongen lachje.

Mijn vriendinnen fronsen. 'Wat?'

'Ik bedenk me net dat de realiteit me heeft ingehaald,' zeg ik en ik tik zachtjes op mijn buik. 'Eigenlijk is dit een heel goede reden om dan ook maar meteen helemaal te stoppen met drinken. Als ik dit geweten had...' Ik zucht. 'Ik schaam me zo. De afgelopen tijd heb ik me heel erg laten gaan. Ik heb slecht voor mezelf gezorgd en het ergste is dus: niet alléén voor mezelf. Gisteren heb ik nota bene nog een fles wijn naar binnen geklokt en ik slik slaappillen en andere troep om rustig te worden. Dat kan niet goed zijn voor de baby.'

'Dat mag je jezelf niet kwalijk nemen. Het is nog vroeg, je wist het niet. En misschien...' Yara klapt haar mond dicht en schudt haar hoofd, alsof ze zich heeft bedacht om de rest van die zin af te maken.

Ik knik haar bemoedigend toe. 'Zeg het maar. Je hoeft me niet te sparen.'

'Misschien moet het zo zijn, Rox. Jij hebt altijd alles onder controle. Je hebt je leven altijd perfect op orde en bent al je gevoelens met je verstand de baas. En nu staat je wereld volledig op zijn kop. Heel misschien moest alles uit evenwicht worden gebracht. De boel volledig worden ontwricht om uiteindelijk de balans te kunnen herstellen. Dat klinkt gek, maar dit zou ook een kans kunnen zijn om je leven opnieuw in te richten. Dingen te kiezen die echt bij je passen en al het andere overboord te gooien.'

Er valt een stilte waarin ik haar woorden tot me door laat dringen. Het is typisch Yara om zo te denken, maar... 'Wat bedoel je precies, dat ik mijn gevoelens altijd de baas ben met mijn verstand?'

Yara bijt op haar lip en aarzelt even voordat ze zich uitspreekt. 'Ik hoop niet dat je dit verkeerd opvat, maar je neemt altijd de afslag naar je hoofd, in plaats van naar je hart.'

Ik verplaats mijn blik van Yara naar Esmee. 'V-vind jij dat ook?'

Esmee glimlacht voorzichtig voordat ze instemmend knikt. 'Je laat haast nooit het achterste van je tong zien. Dingen waar Yaar en ik de mening van een ander over willen horen, dingen die ons aan het twijfelen brengen, die los jij automatisch altijd voor jezelf op. Je bent heel zelfstandig en dat is ook zeker iets wat ik bewonder aan jou, maar je hoeft niet altijd sterk te zijn. Je hoeft echt niet alles zelf te doen. We vinden het zelfs moeilijker om je niet te kunnen helpen dan het tegenovergestelde.'

'Wow, ik had geen idee dat jullie het zo zagen,' stamel ik. Er valt een stilte waarin ik mijn vriendinnen om beurten geëmotioneerd aankijk. 'Dank je wel dat jullie zo eerlijk tegen me zijn. Dat waardeer ik echt.'

Niet dat hulp vragen me nou zo gemakkelijk afgaat, maar het feit dat ik het niet allemaal zelf op hoef te knappen is überhaupt nooit in me opgekomen.

'De keuze die je nu moet maken, met je zwangerschap bedoel ik, dat ligt helemaal bij jou,' zegt Yara na een tijdje. 'Wij staan hoe dan ook achter je. Je kunt altijd een beroep op ons doen en je kunt altijd met ons praten. En wat je ook besluit, weet dat we je zullen helpen. Als je ervoor kiest om de zwangerschap te beëindigen zullen we er voor je zijn en als je ervoor wilt gaan krijgt de baby twee geweldige tantes. We willen met alle liefde oppasschema's maken en jou ondersteunen waar we kunnen.'

Opnieuw vul ik met een diepe teug mijn longen met zuurstof en er golft een warm gevoel door me heen, wat zich nog het beste laat omschrijven als pure dankbaarheid. Dat Yara en Esmee ook totaal anders hadden kunnen reageren, zeker na al mijn leugens en de ruzie van vandaag, raakt me.

'Weten jullie wel hoe ongelooflijk dankbaar ik ben dat jullie twee mijn beste vriendinnen zijn?'

'Ja, dat weten we,' reageert Yara. 'Andersom geldt toch precies hetzelfde?'

'Rox, wat zeg je ervan als jij nu even lekker gaat douchen, dan zoeken Yaar en ik het gezelschap van jouw andere vrienden.'

Huh? Met een vragende blik staar ik ze aan.

'De Dettoldoekjes,' legt Esmee uit.

Ik grinnik. 'Ah! Goed plan.'

Yara staat op van de bank en loopt naar de keuken. Ze komt terug met twee verpakkingen Dettoldoekjes en werpt Esmee er een toe.

'Ik denk zomaar dat wij niet de enigen zijn die onze vriendin een beetje uit het oog verloren waren de afgelopen tijd. Deze Dettoldoekjes staan te popelen om aan de slag te gaan.'

Mijn vriendinnen zijn absoluut goud waard. Waar ik verwacht had dat ze alleen een doekje over de tafels zouden halen en de ergste troep zouden opruimen, pakken ze door en toveren ze mijn huis om tot de staat waarin het normaal gesproken verkeert. Ze zetten een was aan, stofzuigen, dweilen, doen de afwas, verschonen mijn bed en zetten alle ramen open. Na het douchen mag ik niet eens meehelpen en word ik met mijn zonnebril in de tuin geparkeerd. Ik probeer het over me heen te laten komen en te ontspannen op mijn loungeset, maar onrustig als ik ben valt dat nog niet mee.

'Ga je het Jef vertellen?' vraagt Yara als zij en Esmee even later bij me komen zitten met drie bekers dampende thee.

Vanuit mijn luie houding schiet ik ogenblikkelijk overeind. 'O god. Daar had ik nog niet eens bij stilgestaan, maar ik zal wel moeten, denk ik.'

'Als ik jou was zou ik er niet te lang mee wachten,' reageert Yara kalm. 'Dat is natuurlijk veel makkelijker gezegd dan gedaan, want ik kan me voorstellen dat het heel moeilijk is om hem dit te vertellen.'

'Heb je enig idee hoe hij gaat reageren?' vraagt Esmee.

Ik laat me terugzakken in de legergroene kussens en richt mijn blik op de jacuzzi verderop in de tuin zonder echt iets te zien. 'Ik weet nog niet eens wat ik zelf met het nieuws aan moet. Laat staan dat ik zijn reactie durf te voorspellen. Natuurlijk ken ik hem beter dan jullie, maar het is nou ook weer niet zo dat we heel diepgaande gesprekken hebben gevoerd of zo.'

Esmee knipoogt. 'Het is ons volkomen duidelijk dat jullie heel andere dingen deden, ja. Ho shit! Sorry,' voegt ze er snel aan toe als ze mijn verbeten gezicht ziet. 'Dat floepte eruit. Het spijt me. Het is nog veel te vroeg voor dit soort grapjes. Dat was heel ongevoelig van me.'

Ik schenk haar een flauwe glimlach. 'Het is al goed. Maar nee, ik heb echt werkelijk waar geen idee. Misschien gooit Jef wel een stoel naar mijn hoofd, of misschien vliegt hij me om de nek. Wie zal het zeggen?'

'Hij heeft gevoelens voor je, toch?' vraagt Yara. 'Dan denk ik eerder dat laatste.'

Ik trek mijn mondhoek schuin. 'Het zou ook kunnen dat zijn gevoelens weg zijn zodra hij in de gaten krijgt dat ik een kogel ben die hij beter had kunnen ontwijken.'

Mijn vriendinnen kijken me aan alsof ze wachten op toestemming om te lachen. Prompt schiet ik zelf in de lach.

In een flits van een seconde probeer ik me een beeld voor te stellen waarin Jef me omhelst en euforisch van blijdschap op en neer springt als reactie op mijn nieuws. Ik probeer te definiëren hoe ik me daarbij zou voelen. Zou ik opgelucht zijn? Zou ik zelf ook een sprankje vreugde ervaren? Of maakt het geen verschil?

Plotseling worden mijn gedachten onderbroken door het geluid van de bel.

'Shit... Dat is waarschijnlijk Celeste,' zeg ik, terwijl ik een beetje in elkaar krimp. 'Ze heeft al een keer eerder aan de deur gestaan vandaag en ze heeft me ook al heel vaak gebeld.'

'Nou, doe open dan,' spoort Esmee aan. 'Wij zijn erbij. Wat kan je gebeuren?'

'We helpen je wel,' voegt Yara eraan toe als ik hun blikken ontwijk.

'Oké,' ga ik uiteindelijk overstag als er een tweede keer wordt aangebeld. 'Maar geen woord over de zwangerschap, alsjeblieft.'

Ik sta op en loop schoorvoetend vanuit de tuin door mijn woonkamer naar de voordeur. Als mijn vriendinnen er nu niet waren, zou ik misschien wel weer niet opendoen.

Dat ik uit schaamte Latte Art twee weken heb gemeden en niet reageer op al Celestes pogingen contact te zoeken is behoorlijk laf en kinderachtig. Dat weet ik donders goed. Ergens hoopte ik dat

Celeste de moed zou verliezen. Dat ze zou verdergaan en mij als een verloren zaak zou gaan beschouwen. Aan de andere kant vreesde ik de pijn die dat zou doen en ben ik haar dankbaar dat ze zo'n doorzetter is. Al heb ik nog steeds geen idee wat ik tegen haar moet zeggen. Laat staan dat ik haar moet gaan vertellen dat ik…

Huiverig zet ik de voordeur op een kier. 'Broertje!' Meteen voel ik me schuldig als ik Joey zie. Hij ziet er verwilderd uit. Ik had er voor hem moeten zijn…

'Godzijdank. Waarom neem je nou steeds niet op? Ik heb je echt heel vaak gebeld.' Joey duwt met zijn gewicht tegen de deur, stapt mijn hal in en slaat direct zijn armen om me heen. Hij drukt me stevig tegen zich aan en begraaft zijn gezicht in mijn nek. Zijn omhelzing is intens en duurt veel langer dan normaal gesproken.

Wanneer hij me eindelijk loslaat zie ik angst en paniek in zijn ogen staan. Hij doet zichtbaar zijn best om zijn tranen de baas te blijven en veegt met zijn vingers vocht onder zijn oogleden vandaan.

'Hé, wat is er? Gaat alles wel goed?'

'Dat vraag je aan mij?' Joey stoot een vreemd lachje uit en zet zijn petje recht op zijn hoofd. 'Jemig, Rox. Ik ben me kapotgeschrokken! Wat is er allemaal aan de hand?'

'H-hoe bedoel je?'

'Zoals ik het zeg. Je bent steeds onbereikbaar! Ik dacht er eerst niets van, want jij zat in Kaapstad, toch? Maar ineens staat Celeste voor mijn deur.'

Mijn hart bonkt in mijn keel. 'Ce… Celeste? Wat kwam ze doen?'

'Ze was helemaal over haar toeren en bleef maar herhalen dat ze niet wist of ze er goed aan deed om mij in te schakelen.' Joey sluit gepijnigd zijn ogen, alsof hij in gedachten terug is bij dat moment. 'Ze klonk zo bezorgd. Ze wilde weten of ik jou nog gesproken had en wanneer ik je voor het laatst had gezien. Wat is er in hemelsnaam allemaal aan de hand?'

'Kom binnen,' zeg ik suf, terwijl Joey al praktisch in mijn huis staat. Ik gebaar naar de schuifpui in mijn woonkamer die naar de tuin leidt en laat mijn broertje voorgaan. Midden in de woonkamer blijft Joey prompt stilstaan.

'Jemig! Je zit dus gewoon gezellig met je vriendinnen in de tuin thee te drinken. Ik snap er helemaal niets meer van! Je moest eens weten hoe bezorgd iedereen is!' Hij maakt een abrupt weids armgebaar waar ik van schrik. 'Je hebt echt geen idee. Waarom nam je je telefoon niet op? Celeste was helemaal in paniek. Echt. Ik heb haar nog nooit zo gezien. Ik probeerde haar gerust te stellen, maar ze bleef maar aandringen dat ik jou moest bellen om te checken of alles goed gaat. Toen je je telefoon niet opnam... Ik was zo bang dat er echt iets mis was. Ik heb meteen pa en ma gebeld, maar zij hadden ook niets van je gehoord.'

'Pa en ma?'

Esmee opent de schuifpui en steekt gealarmeerd door Joeys lichaamstaal haar hoofd om de hoek. 'Hé, Joey. Alles goed?' vraagt ze voorzichtig.

'Ja. Nou, nee.' Hij kijkt me fel aan en maakt nog een armgebaar. 'Zeg jij het maar.'

'Het spijt me dat jullie allemaal geschrokken zijn en dat je hier halsoverkop naartoe bent gekomen.'

'Het is dus vals alarm? Het gaat gewoon goed met je?' Joey zucht diep en laat zich met een plof op mijn bank zakken. Hij plaatst zijn ellebogen op zijn uit elkaar staande knieën, houdt zijn hoofd schuin en zet zijn petje af. Met zijn andere hand wrijft hij een paar keer door zijn donkerblonde haar. Dat doet hij altijd als hij zenuwachtig is. Mijn hart knijpt even samen bij de aanblik.

'Ik zal het je allemaal uitleggen. Er speelt inderdaad het een en ander en...'

Joey kijkt op. Zijn kaken staan strakgespannen. 'Shit... Shit, Rox. Dus toch.' Hij staat op, staat in twee stappen naast me en omhelst me opnieuw.

Esmee probeert ondertussen mijn blik te vangen en maakt met

gebaren duidelijk dat zij en Yara weggaan en of ik dat goed vind. Bij wijze van antwoord steek ik mijn duim op.

'Wij stonden net op het punt om te vertrekken,' zegt Esmee als mijn broertje mij weer loslaat. 'En Joey? Het verhaal zit iets ingewikkelder in elkaar dan je denkt. Wees lief voor je zus, oké?'

Hij bijt nerveus op zijn lip en knikt.

Ik maak oogcontact met mijn broertje en probeer geruststellend te glimlachen. 'Ik laat even mijn vriendinnen uit en kom zo bij je, oké? Pak gerust iets te drinken.'

Joey knikt nog maar eens en gaat met een afwezige blik op de bank zitten.

Mijn vriendinnen staan al klaar bij de schuifpui. Ik begeleid ze naar de voordeur en sluit de tussendeur die de hal van mijn woonkamer scheidt.

'Ontzettend bedankt dat jullie meteen kwamen,' zeg ik voor de zekerheid zachtjes. Er ontstaat opnieuw een brok in mijn keel. 'Het... Het betekent alles voor me.'

'Ben je oké?' vraagt Yara met een hoofdknik naar de tussendeur.

'Ja.' Ik zucht. 'Maar Joey niet. Hij is zich echt rot geschrokken. Ik ga hem alles vertellen.'

'Laat je weten hoe het gegaan is en hou je ons op de hoogte van alles?' vraagt Yara. Haar helderblauwe ogen kijken me warm aan.

'Ik beloof het.'

'Echt doen, hoor,' zegt ze nog eens. 'Vanaf nu doe je dit niet meer alleen, goed? We zijn er voor je.'

'Bedankt. Ook voor het schoonmaken en...'

'Lieverd,' onderbreekt Esmee me. 'We maken ons geen illusies dat een opgeruimd huis echt een opgeruimd hoofd betekent, maar we hopen wel dat het helpt dat je er nu niet meer alleen voor staat. Het was moedig van je om te vragen of we langskwamen en ik ben heel blij dat je ons alles hebt verteld.'

Ik benadruk nogmaals dat ik hun gebaar ontzettend waardeer en we nemen afscheid van elkaar met een groepsknuffel. Zodra ik mijn voordeur open moet Esmee lachen als ze ziet hoe ze haar auto in alle haast heeft geparkeerd.

Mijn vriendinnen rijden weg en ik zwaai ze na. Dan sluit ik de deur achter me en haal diep adem. Nu ze op de hoogte zijn is de kop eraf. Het is niet makkelijk, maar Joey heeft net zo goed recht op een uitleg. Ik heb al veel te lang mijn mond gehouden.

'Ik weet niet wat Celeste je precies heeft verteld,' begin ik het gesprek als ik me bij mijn broertje op de bank voeg. Voor ons staan twee biertjes die Joey uit mijn koelkast heeft gepakt. Ik staar ernaar terwijl ik verder praat. 'Maar ik kan me wel voorstellen dat ze in paniek naar jou toe is gegaan.'

'Wat is er gebeurd tussen jullie? Celeste had het over een geweldige nacht. Ze zei dat ze zich begrepen voelde door jou, dat het nog nooit eerder zo klopte met iemand, dat het perfect was, maar dat jij met dingen struggelt die je me echt zelf moet vertellen.'

Ik verplaats mijn blik van de bierflesjes op mijn salontafel naar het gezicht van mijn broertje en staar hem met grote ogen aan. 'Zei ze dat? Gebruikte ze het woord "perfect"? Echt? Weet je dat zeker?'

Joey glimlacht en knikt. 'Je hebt het goed te pakken, hè? Ben je verliefd op haar?'

Dat is een beladen vraag waar ik absoluut geen antwoord op wil geven.

'Ze is leuk, maar ik heb het gigantisch verpest,' zeg ik terneergeslagen. 'Er is zoveel wat je niet weet. Mijn leven is op dit moment een grote chaos. Maar begrijp ik nou goed dat ze jou daar helemaal niets over heeft verteld?'

'Niks. En dat was ontzettend frustrerend. Celeste is natuurlijk niet iemand die zomaar voor de lol paniek zaait. Ze wilde er niks over loslaten.'

De lieverd… maar hij heeft het recht om het te weten. Voor de tweede keer vandaag vertel ik het hele verhaal, waarbij ik de ontdekking van vandaag buiten beschouwing laat. Dit keer sta ik uitgebreider stil bij alles wat zich tussen Celeste en mij afspeelde.

'Dus na dat hele voorval tussen jullie was jij twee weken lang van de radar? Terwijl zij wist dat je helemaal niet in Kaapstad zat? Jemig! Dat moet echt een verschrikkelijk conflict voor haar zijn geweest. Celeste is loyaal en trouw. Dat ze bij mij voor de deur stond zegt alleen maar dat ze zich echt heel erg zorgen om je maakte.'

Ik knik langzaam.

'In haar hoofd had je wel dood kunnen zijn.'

'Ik heb nooit overwogen om mezelf iets aan te doen, maar hoe ik me die nacht bij haar heb gedragen... Nu ik er zo over nadenk, kan ik me voorstellen dat ze iets in die richting dacht. Of dat ik me in coma zou zuipen en vervolgens mijn nek zou breken in de badkamer of iets dergelijks.'

'Ja, het is me duidelijk. Hou maar op. Ik werd zelf ook helemaal gek toen ze daarnet huilend in mijn studio stond en jij je telefoon niet opnam. Je bent zo belangrijk voor me.'

Even raak ik afgeleid. 'Moest ze huilen?'

Joey werpt me een steelse blik toe. 'Dat is waar jij je druk om maakt?'

'Sorry,' zeg ik grinnikend, en dan, serieuzer: 'Het spijt me echt.'

Joey pakt mijn hand vast. 'Waarom heb je al die tijd niets gezegd?'

'Ik weet het niet. Jij hebt zelf ook genoeg aan je hoofd en ik wilde je niet tot last zijn.'

'Je had het me moeten zeggen. Wat jij hebt meegemaakt... Het is zo erg. Hoe kon je dat voor jezelf houden?'

Er valt een stilte waarin ik er niet in slaag om een antwoord te vinden.

'Waren er wel mensen met wie je erover sprak?' vraagt mijn broertje dan.

'Mijn vriendinnen zaten op dezelfde vlucht. We zouden samen gezellig een paar dagen naar Mexico gaan. Daarna hebben ze natuurlijk vaak genoeg gevraagd hoe het met me ging en of ik er last van had, maar ik liet hen geloven dat er niets aan de hand was.'

Er verschijnt een klein trekje rond Joeys mondhoek. 'Stoer doen zit in de familie, ben ik bang. Dus zij waren de enigen die wisten van die rampvlucht?'

'Ik heb Celeste ook wel wat delen verteld. Ze vroeg naar Mexico in Latte Art en... Nou ja, zij wist dus al wel iets. Richard lag toen nog in coma.'

'Jezus.' Joey valt even stil. 'Haar moeder heeft ook in coma gelegen. Heeft ze je dat niet verteld?'

'Wat? Nee. Waarom weet ik dat niet?'

Joey haalt zijn schouders op. 'Het is lang geleden. Lang voordat ze Latte Art begon. Jullie hadden toen nog geen contact met elkaar.'

'In haar koffiesalon gingen onze gesprekken ook meestal alleen over het weer. Totdat jij haar meenam naar mijn verjaardag.'

Joey zet zijn bierflesje aan zijn lippen en neemt een slok. Ik weersta de automatische neiging hetzelfde te doen en zeg in plaats daarvan: 'Ik wist niet eens dat ze ook op vrouwen valt. Jij hebt het nooit veel over haar gehad.'

'Klopt. Ik ben een eikel. Ik heb het vooral vaak over mezelf.' Hij lacht schamper.

'Je bent geen eikel, je hebt alleen wat hulp nodig,' zeg ik schouderophalend. Maar nu we het er toch over hebben...' Ik schraap al mijn moed bij elkaar. 'Joey, sorry, maar nu ik op non-actief sta kan ik je niet steeds geld blijven lenen. Ik weet niet welke kant het op gaat met ASG en mijn baan en hoelang dit gaat duren. Het is te onzeker. Ik kan dat risico nu niet lopen. Ik wil je heel graag helpen, maar ik verdrink haast in mijn eigen problemen.'

'Ik begrijp het.'

'Ja, echt? Als het anders was zou ik je kunnen steunen, maar ik kan het er niet bij hebben nu.'

'Maak je daar nu maar even niet druk om. Je hebt genoeg aan je eigen sores. Bovendien heb je me altijd onvoorwaardelijk gesteund, dus het wordt tijd dat ik op eigen benen ga staan.' Hij kijkt me lang aan. Zijn gezichtsuitdrukking is zoveel serieuzer dan ik van hem gewend ben. 'Het is waarschijnlijk mijn eigen stomme schuld dat je je niet openstelde naar mij toe. Ik kan het je niet eens kwalijk nemen. We hebben het negen van de tien keer over mijn problemen. Als ik al vraag hoe het met je gaat, dan neem ik altijd genoegen met "goed". Doorvragen is niet echt mijn ding. Het gekke is... Jij was altijd een soort superheld in mijn ogen. Je kunt alles, hebt alles op een rijtje, staat altijd voor iedereen klaar. In mijn ogen was je bijna bovenmenselijk en ik besef nu pas hoe erg ik ernaast zat.'

'En? Valt het tegen dat je zus geen superheldin blijkt te zijn?'

'Ben je gek? Ik ben juist blij! Of, nou ja, ik ben natuurlijk niet blij dat je dit allemaal hebt meegemaakt. Het is echt heel heftig. Maar ik ben wel soort van opgelucht dat je niet zo perfect bent als ik altijd dacht. Daardoor lijk ik een iets minder grote sukkel.'

Ik grijns. 'Gelukkig is mijn ellende dan toch nog ergens goed voor.'

'Eerlijk? Het was niet te doen om op te boksen tegen een zus zoals jij.' Joey zet zijn bierflesje opnieuw aan zijn lippen en neemt een grote slok.

Met mijn elleboog geef ik hem een stomp en hij lacht.

'Maar even serieus,' zegt hij. 'Je moet met Celeste gaan praten. Toen jij je vriendinnen gedag zei, heb ik haar een berichtje gestuurd.'

'Wat heb je gezegd?'

'Gewoon. Dat ik nu bij je ben, dat ik je levend aantrof en dat we op het punt stonden om te gaan praten. Ze stuurde direct iets terug. Je kunt haar dit niet langer aandoen, Rox. Bij ieder ander had het me niet eens zoveel uitgemaakt, maar Celeste is bijzonder.'

'Ik weet het. En ik weet ook dat ik haar niet voor eeuwig kan blijven negeren...'

'Maar?'

Ik kijk Joey recht aan. 'Er is nog iets wat je moet weten. Iets waardoor ik Celeste al helemaal niet meer onder ogen durf te komen.'

'Er is nóg meer?' vraagt hij verbluft. 'Hoe dan?'

Ik knik. 'Zou je het geloven als ik je vertel dat we hier nu niet met zijn tweetjes zitten? Maar dat er sinds kort een heel klein ieniemieniekindje in mijn buik woont?'

'Wat zeg je nou?' Joeys pupillen verwijden zich, alsof hij door mijn woorden per direct in een bad trip is beland. 'Ben je zwanger?'

22

Gespannen tot op het bot ben ik me bewust van elke stap die ik met mijn enkellaarsjes op de Haarlemse straatstenen zet. Mijn broertje heeft gelijk. Het is tijd om met Celeste te gaan praten; ook al zie ik er als een berg tegen op, ik moet naar haar toe. Maar eerst is er iemand anders die ik moet zien. Mijn vriendinnen hebben namelijk ook gelijk.

Ergens hoopte ik dat wandelen me zou kalmeren. Dat het me gaandeweg zou aarden of gronden, zoals Yara dat noemt. Misschien doe ik iets verkeerd, want ik kan niet zeggen dat het werkt. Al een aantal keer heb ik me willen omdraaien en als ik eerlijk ben zou ik nu nog steeds het liefst heel hard terug naar huis willen rennen. Het lost alleen niets op.

Feit is dat ik mezelf nog veel langer in huis kan opsluiten om me voor de buitenwereld te verstoppen, maar dat het geen enkele zin heeft. Uitstel maakt het niet beter. Er groeit een kindje in mijn buik, dat elke dag groter wordt. Er is met recht een levensgrote keuze die ik binnenkort moet maken.

Ik schop tegen een ingedeukt blikje energiedrank dat iemand op straat heeft achtergelaten, alsof ik die gedachte hardhandig van me af wil trappen. Het blikje maakt kabaal terwijl het wegschiet en raakt steeds opnieuw de straatstenen, totdat het uiteindelijk stil blijft liggen. Wat ik ga doen is al moeilijk genoeg, daar heb ik niet nog meer gekmakende gedachten bij nodig.

Dat ik geen idee heb hoe Jef gaat reageren maakt het er niet beter op. Het kan alle kanten op gaan; net zo onvoorspelbaar als de reactie van mijn broertje gisteren. Joey sloeg behoorlijk door en was buiten zinnen van vreugde. Dat zag ik totaal niet aankomen. Het is nooit ook maar een seconde bij me opgekomen dat hij graag oom wilde worden. Hij ziet het blijkbaar helemaal voor zich en noemde zichzelf meteen al suikeroom. Toen ik hem vertelde dat ik nog geen keuze heb gemaakt of ik het kindje wil houden en dat de zwangerschap sowieso nog heel pril is en er van alles mis kan gaan, dimde hij een beetje. Joey probeerde het te verbergen, maar ik zag aan hem dat hij zich niet kon voorstellen dat ik überhaupt een abortus overweeg. Ik probeer me er niets van aan te trekken.

Opnieuw kom ik langs het blikje energiedrank. Dit keer raap ik het op en gooi ik het in de dichtstbijzijnde prullenbak, op zo'n tien meter afstand van de parfumeriewinkel waar Jef boven woont. Ik blijf staan, kijk op naar zijn hoge ramen en haal diep adem. De gigantische knoop in mijn maag voelt zwaar en beweegt geen centimeter mee.

De laatste keer dat ik Jef zag, vertelde hij me aan het ontbijt dat hij verliefd op me is en liep ik midden in het gesprek weg. Hij was terecht boos, maar kwam daar al snel op terug in zijn appberichtjes. En nu…

Jef verschijnt voor het raam. Hij zwaait enthousiast en ik denk zelfs dat hij lacht. Ik zwaai terug, wijs naar mezelf en dan naar hem. Hij steekt twee armen in de lucht en maakt juichbewegingen alsof Nederland zojuist de finale van het WK heeft gewonnen. Onwillekeurig moet ik lachen. Ik begin te lopen. Nu is er geen weg meer terug. Mijn vriendinnen en Joey weten het, dus het wordt tijd dat de vader van het kindje in mijn buik ook op de hoogte is.

Aanbellen is niet nodig. Jef is al naar beneden gelopen en staat praktisch op straat. Met zijn uitgestoken voet houdt hij de deur tegen die naar zijn woning leidt. Hij glimlacht breed en slaat meteen zijn sterke armen om me heen. Een vleug van zijn kruidige, mannelijke parfum dringt tot me door en ik duw mijn neus in zijn nek om er meer van op te snuiven.

'Je ruikt lekker. Heb je soms een deal gesloten met je onderburen?'

Hij laat me los en grijnst. 'Nee, maar ze zouden me eigenlijk korting moeten geven, vind je niet?' Jef laat zijn ogen over mijn zwarte leren jasje, jeans en enkellaarsjes glijden en komt uiteindelijk weer uit bij mijn gezicht. 'Geen uniform vandaag, mevrouw Berkhout?'

'Nee, en voordat je de verkeerde indruk krijgt, zo'n bezoek is het niet.' Shit. Ik klink ontzettend onaardig en streng. Maar hij denkt dat ik voor seks kom! *Natuurlijk denkt hij dat ik voor seks kom. De keren dat ik hier was kwam ik ook voor seks.* 'Ik... Ik wil iets met je bespreken. Komt het uit dat ik zomaar langswip?'

'Jij mag altijd langswippen,' zegt hij met een sexy knipoog, waardoor ik mijn woordkeuze inwendig vervloek. Zijn charme zou me volstrekt koud moeten laten, zeker in deze situatie, maar het tegendeel is waar. 'Ik weet heus wel wat ik vorige keer heb gezegd, maar ik kom erop terug. De afgelopen weken heb ik je heel erg gemist, Roxan. Hoe het tussen ons is, dat is genoeg voor mij. Ik begrijp dat jij niet te hard van stapel wilt lopen, dus we zien wel gewoon waar het heen gaat.'

Verbluft staar ik hem aan. Misschien had ik hem ergens halverwege moeten onderbreken, iets moeten zeggen voordat hij zo openhartig zijn gevoelens zou uiten. Waarschijnlijk had ik er beter aan gedaan om meteen de regie van het gesprek op me te nemen, maar het is al te laat. Ik wist niet dat het mogelijk was, maar ineens voelt het nóg gekker om de bom te droppen.

'Als jij dat ook wilt, tenminste,' voegt hij toe aan zijn laatste zin. 'Ik bedoel... Ik vind jou nog steeds leuk, maar ik begrijp dat jij...' Hij perst zijn lippen op elkaar en fronst. 'Ik doe het weer, hè? Ik ga te snel en klets te veel.'

'Zullen we eerst gewoon even naar binnen gaan?' vraag ik ontwijkend en ik wijs naar de trap achter hem.

'Ja, natuurlijk. Stom van me. Kom binnen.'

Jef laat me voorgaan en helpt me bovenaan de trap galant uit mijn leren jasje. Opnieuw sta ik in zijn prachtige woonkamer, gestyled door zijn ex. De hoge indrukwekkende ramen trekken meteen mijn aandacht en het zonlicht valt precies op de blauwe velours bank. De bank waar we op gezoend hebben. De bank die heeft geleid tot de nacht waardoor ik nu... Ik begin snel te ademen en sla een hand voor mijn mond.

Jef staat plots naast me en legt zijn hand zachtjes op mijn schouder. 'Hé, gaat het wel?'

'Ja, hoor. Ik...' Ik pers er een glimlach uit en ben er zelf niet zeker van van welke zin dat woord het begin was. 'Laten we even gaan zitten.'

We nemen plaats op de bank. Als er een stilte valt pakt Jef mijn hand vast en moet ik hem wel aankijken.

'Wat is er aan de hand?' vraagt hij bezorgd. 'Voel je je wel goed? Heb je weer gedronken of...'

Ik schud mijn hoofd. 'Nee. Nee, dat is het niet. Ik moet je iets vertellen, maar dat valt eerlijk gezegd niet mee.'

Jef blijft me aankijken en knikt me bemoedigend toe als de stilte opnieuw lang aanhoudt.

'Ik ben ergens achter gekomen. Het is geheel onverwacht en jij hebt er ook mee te maken. Ik heb geen idee wat we nu moeten doen en sowieso weet ik niet hoe jij erin staat. God. Ik weet niet eens hoe ik er zelf in sta, maar, tja. Ik ben dus, eh...' Met moeite slik ik de brok in mijn keel weg. 'Zwanger.'

Jef gaapt me aan. Hij lijkt in een soort bevriesstand terecht te komen; zijn gezichtsuitdrukking blijft geshockeerd. Komen mijn woorden wel bij hem binnen?

'Er groeit een baby in mijn buik,' zeg ik nog eens. 'Gisteren ben ik erachter gekomen. Ik ben zelf ook nog behoorlijk in shock en vond dat je het meteen moest weten. Dus, nou ja, hier ben ik.' Ik maak een tada-gebaar met mijn armen. *Misschien had ik toch beter mijn tekst kunnen voorbereiden.*

Jef staart afwezig voor zich uit. 'Je bent... zwanger,' mompelt hij uiteindelijk.

'Ja. Ik begrijp heel goed dat dit een schok voor je is. Ik geloof het zelf bijna niet, maar ik heb een test gedaan en die zegt...'

In slow motion verplaatst hij zijn blik van het luchtledige naar mij. De beweging maakt dat ik stop met praten. Zijn ogen vinden de mijne en lijken dwars door me heen te kijken. 'En je weet zeker dat ik de vader ben?'

Er trekt een huivering langs mijn ruggengraat en ik slik. Een kort moment verbreek ik het oogcontact. Dan dwing ik mezelf hem weer aan te kijken en ik knik.

'Geen grapjes, Roxan,' zegt hij met een ijzige koelte in zijn ogen die me zowel angst aanjaagt als vastgrijpt. 'Ik weet donders goed dat seks alleen maar een spel voor je is. Ik heb niet de illusie dat ik de enige man ben met wie jij... Al zou ik het willen. Jij bent ongrijpbaar en ik weet hoe je soms...' Hij klapt zijn mond dicht en schudt zijn hoofd.

Zijn woorden steken als scherpe dartpijlen die terechtkomen op mijn blote huid, maar ik negeer de pijn. 'Jij bent echt de vader, Jef.'

'Dat weet je zeker? Wij hebben het namelijk elke keer met condoom gedaan. Ik weet niet hoe het met jou en andere mannen zit, maar ik ben daar altijd heel zorgvuldig mee.'

'Ik weet het heel zeker,' zeg ik stellig. 'Er is namelijk geen andere man geweest. Dat kun je van me aannemen. Ik begrijp ook niet hoe ik zwanger kan zijn. Misschien is het condoom gescheurd of...'

Plotseling verandert zijn gezichtsuitdrukking. 'Meen je dit nou? Meen je dit nou echt? Je bent zwanger. Van mij!' Zijn ogen vullen zich met tranen. Hij knippert een paar keer achter elkaar en knijpt in mijn hand. 'Wij krijgen samen een kindje?'

Ik doe mijn best de omwenteling in zijn reactie bij te benen. 'Als we ervoor kiezen de zwangerschap voort te zetten, want Jef, het overdondert me en ik weet niet of...'

'Het overdondert mij ook, maar...' Hij klapt zijn mond weer dicht en trekt verbouwereerd zijn wenkbrauwen op. Zo blijft hij zitten.

'Ik weet niet goed wat we hiermee aan moeten. Of ik het überhaupt wel in me heb om een goede moeder te zijn. Het zou alles, maar dan ook echt alles veranderen.'

'Natuurlijk zou je een goede moeder zijn.' Hij knijpt weer in mijn hand en ik ben met stomheid geslagen. Staat dit niet haaks op zijn woorden van zojuist? 'Je moet misschien hier en daar wat wilde haren verliezen, maar...' Prompt klinkt er een lachsalvo uit zijn mond. Hij trekt me tegen zich aan en omhelst me innig. 'Je bent zwanger! Ik kan het bijna niet geloven, Rox, maar je bent gewoon zwanger! Dit is echt het allermooiste cadeau dat iemand me ooit zou kunnen geven.'

Zachtjes duw ik hem van me af. Ik ga verzitten en creëer iets meer afstand tussen ons op de bank. Perplex staar ik hem aan. 'Ik volg je niet. Net dacht ik dat je boos was, en nu...'

'Sorry. Mijn eerste reactie was een beetje bot, geloof ik. Je liet me schrikken en ik wist niet waar ik aan toe was, maar als jij zegt dat er geen ander is, dat je alleen met mij hebt gevreeën en dat wij samen een kindje krijgen, dan hebben we een kans.'

'Een kans...'

'Het is toch geweldig? Lieve Roxan, dit is een geschenk uit de hemel!'

'Jef, even rustig aan. Ik weet niet eens zeker of ik het kindje wil houden.' Zijn ogen worden groot, maar ik laat me er niet door afleiden en praat onverstoorbaar verder. 'Je moest dit zo snel mogelijk van mij horen, maar ik meen het als ik zeg dat ik nog geen beslissing heb genomen over wat dit precies betekent en wat we nu moeten doen.'

'Overweeg je een abortus?' vraagt hij kalm.

'Ik weet het niet. Ik weet helemaal niets zeker. Een paar weken geleden was mijn leven nog normaal en nu is alles…' Ik maak een armgebaar dat van alles zou kunnen betekenen. 'Er is heel veel gebeurd. Er spelen een heleboel dingen waarvan jij niets weet. Ik ga door een moeilijke tijd en nu ben ik… zwanger.'

'Heb je jezelf ooit voorgesteld als moeder?' vraagt hij plompverloren.

Even ben ik uit het veld geslagen. Maar ik heb Yara's woorden in mijn achterhoofd, over het volgen van mijn hart in plaats van mijn hoofd. 'Ja, ik heb uiteindelijk altijd wel willen eindigen met het perfecte plaatje. Een man. Een huis. Misschien zelfs wel een kind. Maar ik had nooit voor mogelijk gehouden dat het nu, op dit moment en op deze manier… Mijn leven had eerlijk gezegd geen grotere puinhoop kunnen zijn.'

'Wil je me daar iets over vertellen?' vraagt Jef voorzichtig.

Voor de derde keer in twee dagen vertel ik mijn verhaal. Waar ik gisteren met mijn broertje extra aandacht op Celeste vestigde, laat ik dat gedeelte nu buiten beschouwing. Jef luistert aandachtig en knikt af en toe begripvol, maar het lijkt ook alsof alles wat ik zeg geen grote verrassing voor hem is.

'Mag ik vragen of dat de reden is waarom jij toen alleen aan de bar zat in The Jonesclub en die nacht samen met mij doorbracht?'

Ik voel mijn wangen kleuren en dwing mezelf hem aan te blijven kijken. Uiteindelijk knik ik beschaamd.

'En de keer dat je langskwam in je pilotenuniform. Had dat er ook mee te maken?'

'Ja. Ik kwam terug uit Dubai en had daar te horen gekregen dat de piloot was overleden. Het was die vlucht waar ik je net over vertelde. Met de drank, mijn paniekaanval en waardoor ik nu op non-actief sta.' Ik zucht diep en voel een traan over mijn wang rollen richting mijn kaak. 'Het spijt me, Jef. Ik heb jou gebruikt om mezelf beter te voelen. Ik had alcohol en seks nodig om alles te vergeten en ik weet dat dat niet eerlijk is tegenover jou. Ik ben een wrak. Mijn leven is allesbehalve stabiel en ik sleep anderen mee in mijn ellende. De keuzes die ik tijdens die laatste vlucht heb gemaakt waren zo verschrikkelijk onverantwoord. Wat heb ik een kind nou te bieden?'

Er valt een stilte waarin ik naar mijn spijkerbroek staar en op mijn lip bijt om maar niet te hoeven huilen. 'Ik heb het zo bont gemaakt dat ik een gevaar vorm voor de vliegveiligheid. Hoe moet het straks met mijn hypotheek? Ik zou niet weten hoe ik het zou moeten aanpakken. En stel, het loopt los en ik mag op den duur weer vliegen, dan ben ik dagenlang weg van huis en zit ik constant aan de andere kant van de wereld.'

'Ik hoor wat je zegt,' reageert Jef zo rustig en beheerst dat ik hem weer aankijk. Zijn blik is warm en hij glimlacht subtiel. 'Maar de vraag die je jezelf moet stellen is of dat voor jou écht gewicht in de schaal legt om te kiezen voor een abortus? Ik denk namelijk dat je het los van elkaar moet zien. De zwangerschap lijkt nu een opeenstapeling van onverwachte, heftige gebeurtenissen, maar stel... stel dat alles behalve de zwangerschap niet was gebeurd. Je had nooit die noodlanding moeten maken en je leven was nog precies zoals een aantal weken geleden, zou je dan ook overwegen om het kindje weg te laten halen?'

'Nee. Dat denk ik niet,' antwoord ik ogenblikkelijk. 'Ik weet haast zeker dat ik er dan anders in zou staan. Maar het punt is: ik zie gewoon niet voor me hoe het straks allemaal moet.'

'Dat is een heel belangrijk punt.' Jef gaat verzitten op de bank en verkleint de afstand tussen ons. Hij legt zijn hand weer op de mijne en geeft er een kneepje in. 'Dus jij zegt dat als je leven nog normaal zou zijn, dat je dan de baby zou willen laten komen?'

'Weghalen is niet zomaar een besluit dat je even neemt. Daar denk ik echt niet luchtig over. Al heb ik begrip voor iedereen voor wie dat wel de beste keuze is.' Ik zucht diep en sluit even mijn ogen. 'Een andere mogelijkheid is om het kindje af te staan,' zeg ik als ik ze weer open. 'Bijvoorbeeld aan een gezin met twee vaders of twee moeders of een ander stel met een grote onvervulde kinderwens. Hoe zie jij dat?'

Jef schudt resoluut zijn hoofd. 'Ik kan je nu alvast zeggen dat dat voor mij geen optie is. Ik zou het niet over mijn hart kunnen verkrijgen om de baby aan iemand anders over te dragen als hij of zij er al is.'

'Je hebt gelijk. Ik zou dat ook niet kunnen,' verzucht ik. 'Maar wat zou jij dan willen? Of is het te vroeg om je die vraag nu te stellen?'

'Ik weet het inderdaad nog maar net, maar ik heb er geen enkele twijfel over dat dit is wat ik wil. Ik ben de vader. Je kunt ervan op aan dat tegen de tijd dat de baby geboren wordt, ik verschrikkelijk veel van hem of haar hou. Als jij geen rol in het leven van ons kind wilt of kunt spelen, dan zou ik liever in mijn eentje de zorg op me nemen. Ook al zou dat mijn hele leven bepalen. En geloof me, ik neem dat echt niet licht op, want ik ben me ervan bewust dat het op sommige momenten loodzwaar zal zijn.'

Wow. Even val ik stil. Ik kijk hem lang aan en strijk een pluk donker haar uit zijn gezicht. 'Weet je? Ons kind boft met jou als vader.'

'Meen je dat?'

Ik knik. 'Je klinkt wijs. Eigenlijk klink je nu al als een vader.'

Jef kijkt me geëmotioneerd aan en veegt met zijn vingertoppen het vocht onder zijn oogleden vandaan. 'En jij? Als je al het andere even laat voor wat het is. Wat wil je dan echt?'

Ik neem de tijd om over mijn antwoord na te denken, maar diep vanbinnen weet ik het al. 'Ik zou nu heel graag zeggen dat ik liefde voel voor het kindje in mijn buik, maar als ik eerlijk ben is de schok daarvoor te groot. Maar ik kan me wel indenken dat dat vanzelf komt wanneer ik aan het idee gewend raak.' Ik blijf Jef aankijken en laat opnieuw een stilte vallen. 'Op een gegeven moment voelen vrouwen de baby bewegen in hun buik, toch? Ik kan me voorstellen dat je een band opbouwt tijdens de zwangerschap.'

Jef knikt langzaam. 'Dus we zijn het erover eens dat we geen abortus willen en we staan de baby ook niet af.' Zijn gezicht is vlakbij, alsof hij heel zeker wil zijn van mijn gezichtsuitdrukking en goed oplet wat elke spier die zich verroert hem mogelijk vertelt.

'We zetten de zwangerschap voort,' zeg ik zonder blikken of blozen.

'Ik zou dit liever met jou doen dan alleen,' merkt Jef op. 'Het lijkt me waanzinnig om dit avontuur samen aan te gaan, maar alleen als jij daar echt achter staat. Dus eigenlijk is de vraag heel simpel. Al begrijp ik het ook als je nu nog geen antwoord hebt. Wil jij een rol spelen in het leven van ons kind?'

Ik sluit mijn ogen en haal diep adem. 'Geef me wat tijd, alsjeblieft. Als ik ja zeg, wil ik ook echt geen enkele terughoudendheid meer voelen.'

Jef drukt een kus op mijn lippen en het voelt als een bezegeling van de afspraak die we zojuist met elkaar hebben gemaakt. Ik kus hem terug. Zachtjes en teder. Alles aan deze kus is totaal anders dan wat zich hiervoor tussen ons heeft afgespeeld. Deze keer is er geen intense seksuele spanning die smeekt om een ontlading. Eerder een verbond tussen twee mensen. Jef kust me opnieuw en laat zijn hand door mijn haar en over mijn rug glijden. Voorzichtig en liefdevol. Onze bovenlichamen vinden elkaar als vanzelf en de kus gaat over in een zoen.

Ineens flitst Celeste door mijn hoofd. De gedachte aan haar verwart me compleet en meteen trek ik me voorzichtig terug. Ik glimlach gelaten en druk een laatste kusje op Jefs lippen.

Jef staat op en loopt naar zijn keuken. 'Frisje dan maar?' vraagt hij bij wijze van grap. 'We kunnen het moeilijk vieren met een fles champagne. Wil je een sapje, ijsthee of cola?'

'Een sapje alsjeblieft.'

Hij keert terug naar de bank met twee glazen jus d'orange en overhandigt mij er een. Gelijktijdig nemen we een slok. Naast sinaasappel proef ik mangosmaak.

'Je moet me één ding beloven,' zegt hij, terwijl ik met mijn schouder tegen zijn borst aan leun. 'Geen drank meer, oké? En geen geheimen. Ik zal niet ontkennen dat de komende periode uitdagend wordt, maar als we willen dat dit werkt moeten we eerlijk zijn naar elkaar. Je moet me vertellen hoe het met je gaat en wat er in je hoofd omgaat.'

'Dat is goed. Ik zal het in ieder geval proberen.' Ik zal hem ook over Celeste moeten vertellen, wanneer ik er klaar voor ben, maar voor nu... 'Maak je over alcohol alsjeblieft geen zorgen. Sinds ik het weet drink ik geen druppel meer.'

Jef fronst even en ik realiseer me dat ik er gisteren pas achter ben gekomen.

'Wat bedoelde je trouwens net precies met "een kans"?' vraag ik om hem op andere gedachten te brengen. 'Je zei iets over dat we een kans hebben.'

'Ik heb je toch verteld dat ik verloofd ben geweest?' Jef slaat zijn arm om me heen.

Ik nestel me dichter tegen zijn borst aan en trek mijn benen op de bank. 'Met je ex. Ja, dat heb je verteld.'

'Je moet weten dat ik altijd al graag kinderen heb gewild. Met Ciska had ik een heel elftal willen opvoeden, maar het was niet waar zij van droomde. Ze was gericht op haar werk als interieurstylist en, nou ja, ik dacht dat het er niet meer in zat op de korte termijn, maar ooit wilde ik zeker vader worden.' Jef neemt een slokje uit zijn glas en kijkt me recht aan. 'Dit hebben we niet zien aankomen, maar het kan werken. Tussen jou en mij. Samen met een baby.'

Ik staar hem perplex aan en weet niet wat ik moet zeggen.

'Rustig maar,' reageert hij lachend. 'Ik vraag je niet om meteen bij me in te trekken en te trouwen. We hebben alle tijd. Of eigenlijk hebben we nog negen maanden.'

'Acht.'

'Moet lukken,' grapt hij.

Ik leun naar voren om mijn glas op zijn salontafel te zetten en terwijl ik terugveer op zijn bank stomp ik hem met mijn vuist op zijn brede borst.

'We kunnen maar beter geen tijd verspillen, dus vraag ik je nu mee op een fatsoenlijke date.'

'Een date... Nu meteen?'

'Niet letterlijk nu. Wat dacht je van volgend weekend? Zaterdagavond bijvoorbeeld. Dan hebben we precies een week de tijd om dit nieuws te laten bezinken. En geen jacuzzi-avond, uniformbezoek of bezopen dansjes op de bar in The Jonesclub, maar een echte date. Zo eentje waarop we ons allebei mooi aankleden en ik je mee uit eten neem in een poepiechique tent. Minstens vijf gangen en bij het afscheid alleen een zoen. Eentje maar, want we zijn beschaafde mensen en doen het rustig aan.'

Ik grinnik.

'Is dat een ja? Ga je mee?'

'Ik wil best met jou uit eten, maar die officiële date waar jij het over hebt...' begin ik aarzelend.

'Daar ben jij nog niet aan toe,' valt Jef me in de rede. Hij maakt een wegwuifgebaar alsof hem dat volkomen duidelijk is. 'Die vastigheid maakt je doodsbenauwd. Dat weet ik en ik verwacht niets van je waar jij niet honderd procent achter staat. Roxan Berkhout, hierbij beloof ik je plechtig dat dit helemaal loopt zoals jij wilt.' Hij steekt zijn hand op alsof hij een eed aflegt en ik glimlach, ondanks het feit dat een klein stemmetje zich vanbinnen afvraagt of er echt niet meer is wat hij wil. 'Maar ik heb je zwanger gemaakt,' praat Jef verder. 'En ik vind het niet meer dan mijn plicht om je fatsoenlijk mee uit te vragen. Hoe het ook tussen ons loopt, ik denk dat we er sowieso goed aan doen om elkaar beter te leren kennen.'

Ik kan een lach nauwelijks onderdrukken en bijt op mijn lip.

'Goed punt,' merkt hij mijn binnenpretje op. 'Tussen de lakens kennen we elkaar behoorlijk goed, maar ik heb het over elkaar écht leren kennen. Ik wil weten wie je bent, wat er in je omgaat. Ik wil me niet hoeven afvragen wat je lievelingskleur is, of je lievelingseten.'

‘Groen. Ik hou van groen en ik ben gek op risotto. Jij?’

‘Goed om te weten. Dat wordt dus zoeken naar een restaurant met een groen interieur, waar ze risotto op de kaart hebben staan. Uiteraard bereid zonder alcohol. En… ik ben gek op rood en pizza.’

23

Op momenten dat ik Latte Art op zondagochtend om tien uur bezoek heb ik er meestal al tien kilometer hardlopen op zitten. Vandaag kom ik aan in een nauwsluitende korte spijkerjurk, mét make-up en zónder zweet over mijn hele lichaam. Mijn transpiratie is dan wel niet zichtbaar, maar ik kan niet zeggen dat ik het niet warm heb van de zenuwen.

Op een bepaalde manier voelt vandaag aan als mijn derde biechtdag op rij. Eigenlijk is het niet te bevatten wat er sinds vrijdag allemaal is gebeurd.

Het belletje boven de deur kondigt mijn komst aan en zoals ik had verwacht ben ik de eerste klant. Latte Art is net open. Vanachter de bar en de glazen vitrine vol verse taartjes staart Celeste me aan in een lichtgroene wijd uitlopende jarenvijftigjurk. Haar blonde halflange haar zit weer als dat van een filmster. Ik ben me bewust van elke stap die ik in haar richting zet.

'Hoi. Kunnen we even praten?' vraag ik verlegen, wanneer alleen de taartjes nog tussen ons in staan.

Celeste slaat haar armen over elkaar en knijpt haar ogen tot spleetjes.

'Je bent boos. Natuurlijk ben je boos. Het spijt me, Celeste. Ik wil echt heel graag met je praten.'

Ze verroert zich niet. Pas na een paar seconden kantelt ze haar hoofd traag opzij. Zo blijft ze me aankijken. Ze is verdomd sexy en angstaanjagend tegelijk.

'Shit. Ik had toch mijn spandoek mee moeten nemen.' Ik strek mijn armen wijd uit elkaar boven mijn hoofd. '*Ik ben een klootzak. Vergeef me alsjeblieft, Celeste.*' Zenuwachtig als ik ben lach ik stompzinnig om mijn eigen grapje. Dan bijt ik op mijn lip. 'Niet grappig?'

'Je wilt praten, zeg je? Typisch. Ik heb ruim twee weken mijn best gedaan om met je te praten. Ik heb je gebeld, geappt, ik stond meerdere keren voor je deur...'

'Ik weet het. Het spijt me echt heel erg. Misschien lijkt het niet zo, maar ik heb heel veel aan je gedacht.'

'Tussen het zuipen door zeker?'

'Touché, die had ik verdiend.'

'Ik begrijp jou echt niet, Roxan. Na zo'n nacht. Na zo'n gesprek ga je er gewoon vandoor?! Alsof het een of andere goedkope onenightstand was.'

'Het was niet goedkoop. Alles tussen ons was geweldig.'

'Ja, vond je dat? Dan heb je een wel heel bijzondere manier om dat te laten merken.' Haar ogen schieten vuurkogels in mijn richting en ik zou me niet moeten afvragen hoe het kan dat iemand die zo boos is evengoed zo ongelooflijk knap kan zijn. 'Je hebt me compleet genegeerd en dat lijkt me vrij duidelijke taal. Je wilt niets meer met me te maken hebben. Het is dat ik weet dat het echt niet goed met je gaat, anders had ik het erbij laten zitten. Dan was ik niet naar Joey gegaan. Ik heb me echt heel erg zorgen gemaakt om jou. Op een gegeven moment dacht ik dat je...' Haar ogen schieten vol tranen. Ze wendt haar blik af, haalt diep adem en kijkt me vervolgens recht aan. 'Maar gelukkig sta je nu hier. Ik ben naar je broertje gegaan, omdat ik niet langer tegen de radiostilte kon. Ik hoop dat je eerlijk tegen hem bent en dat je je door iemand laat helpen. Want dat is wat je verdient. Hulp. En nu moet ik aan het werk, want het wordt zo meteen druk.'

Celeste gaat in de weer met de taartjesindeling van haar vitrine en ik sla haar gade. Eerst vanaf de andere kant van de toonbank, maar als ze na een minuut een geïrriteerde blik mijn kant op werpt ga ik aan mijn vaste tafeltje zitten. Ik kijk toe hoe ze papieren koffiebekers bijvult en koffiebonen in de koffiemachine schept. Er komen een aantal klanten om beurten koffie to go halen en een gezin met twee kinderen neemt plaats aan een ander tafeltje bij het raam. Celeste loopt naar hun tafeltje toe en de ouders bestellen twee koffie, twee chocomel en vier gebakjes.

Ik weiger weg te gaan. Om halfelf komt er een luidruchtige groep van zes dames van boven de zestig binnen, die blijkbaar de verjaardag van ene Toos vieren met een high tea. Celeste werkt hard en efficiënt. Ze loopt af en aan met koffie, thee en etagères vol lekkers. Bij het zien van al haar kleine taartjes, scones, bonbons en sandwiches loopt het water me in de mond. Zelf zou ik ook best een kop thee of koffie lusten, maar Celeste blijft mijn aanwezigheid stoïcijns negeren. Het is haar goed recht. Eigenlijk heeft ze volkomen gelijk. Ik heb haar twee weken in onzekerheid gelaten.

Maar toch. Ik ben hier op een missie. Met over elkaar geslagen armen blijf ik koppig zitten waar ik zit.

'Blijf je hier de rest van de dag zitten?' vraagt ze drie uur later, wanneer de dames Latte Art alweer lang en breed hebben verlaten.

Van de winkelruit, waar ik al geruime tijd door naar buiten staar, verplaats ik mijn blik naar Celestes gezicht. Ik ga rechtop zitten en probeer een glimlach, waar ze niet op reageert. 'Als dat nodig is. Ik wil nog steeds heel graag met je praten, dus tenzij je me vraagt om te vertrekken blijf ik hier zitten.'

Ze kijkt me aan met een blik die ik niet goed kan doorgronden. 'Jef was hier een paar dagen geleden toevallig. Hij liet doorschemeren dat jullie elkaar beter kennen dan jij mij liet geloven. Niet dat het er iets toe doet, maar ik begrijp jou gewoon niet. Je gaat niet voor Jef, je gaat nergens voor. Je bent alleen maar met jezelf bezig en verder kan iedereen in de stront zakken.' Celeste knijpt haar ogen tot spleetjes en gebaart naar mijn tafel. 'Je kunt hier nog uren blijven zitten, maar wat denk je nou? Ik ben aan het werk. Ik heb geen tijd voor je.'

'Dan wacht ik tot na je werk.'

Celeste zucht diep en keert zich om naar de bar. Ik kijk naar haar rug en kan niet goed volgen wat ze daar doet. Nog geen minuut later komt ze terug naar mijn tafeltje. Haar linkerarm houdt ze gestrekt voor zich uit. Tussen haar duim en wijsvinger bungelt een roze servetje met het Latte Art-logo erop waar iets op staat geschreven. Ze legt het servetje voor me op tafel, slaat erop met haar hand en beent terug naar de bar. Ik staar naar het servetje en herken de tekst die Celeste er met zwarte stift op gekalkt heeft. Het is dezelfde tekst als die ik haar stuurde toen ze vrijdag bij mij voor de deur stond.

Ga weg, Roxan. Alsjeblieft. Ga weg.

Ik bijt op mijn trillende onderlip en probeer de brok in mijn keel kleiner te maken door te slikken. Dit had ik niet verwacht. Dit zag ik totaal niet aankomen. Al die tijd was Celeste bezorgd en betrokken. Ze is afgelopen vrijdag zelfs naar mijn broertje gegaan om te achterhalen of het wel goed met me ging. En ik ben er gewoon van uitgegaan dat ik het goed kon maken op een moment dat het mij uitkwam. Op een moment dat ik daaraan toe was. In al mijn egoïsme dacht ik dat zij daar dan nog steeds voor openstond.

Hoe naïef en egocentrisch wil je het hebben? Ik heb mijn geluk te hard op de proef gesteld. De emmer is duidelijk overgelopen. Ik voel een traan over mijn wang glijden en veeg hem weg met mijn handpalm. Houterig na het lange zitten sta ik op. Ik schuif mijn stoel aan en loop bij mijn tafeltje vandaan.

Zonder nog op te kijken naar de bar stap ik via de kortste route naar de uitgang.

24

Ondanks het feit dat het pas tien uur 's ochtends is, verwarmt de zon mijn blote schouders en benen nu al. Samen met mijn vriendinnen heb ik afgesproken om vandaag te gaan genieten op het strand van Bloemendaal. Het belooft een prachtige, warme dag in juni te worden.

Esmee zat de afgelopen dagen op Aruba en Yara is gisteren teruggekomen uit New York. In de tussentijd hebben we elkaar veelvuldig gesproken via berichtjes in onze WhatsApp-groep. Mijn vriendinnen wilden dolgraag op de hoogte worden gehouden van alles wat zich afspeelde in Nederland. Sinds ons gesprek bij mij thuis, nu ruim anderhalve week geleden, heb ik uitgebreid verteld over mijn bezoek aan Jef en Celeste. Zojuist in Yara's auto polsten ze al hoe mijn date van afgelopen weekend met Jef is verlopen, maar dat gesprek wilde ik bewaren voor op het strand. We lopen de duinafslag af, slaan links af en lopen een stukje verder over het mulle zand.

'Gaat het?' vraagt Yara met een bezweet voorhoofd, terwijl ze moedig voort ploetert met haar handen vol spullen.

'Dat kan ik beter aan jou vragen. Ik zei het net ook al, maar ik kan best iets dragen, hoor. Als het goed is ben ik nu zo'n zeven weken zwanger, dan mag je echt nog prima een paar tassen tillen.'

'Dat zal heus zo zijn, maar toch heb ik liever dat wij dat voor je doen,' reageert Yara. 'Het is geen moeite.'

Yara en Esmee lopen door. Ik blijf even staan om naar mijn bepakte en bezakte vriendinnen te kijken en kan een glimlach niet onderdrukken.

'Dit is wel een mooi plekje,' opper ik als ik Yara en Esmee even later weer heb ingehaald.

Meer aansporing heeft Yara niet nodig. Met een luide zucht zet ze haar spullen in het zand. Ze gooit de hengsels van een zwaar uitziende tas van haar schouder en ritst hem open om de strandlakens te pakken.

'Zullen we niet nog wat verder doorlopen naar de zee?' vraagt Esmee vertwijfeld.

Ik knipoog naar mijn vriendin. 'Welnee joh, dit is een topplek.'

Esmee grijnst, zet haar tassen bij de andere spullen en plaatst met twee handen een parasol in het zand. 'Zo. Die staat. Jij kunt beter niet te veel zon vangen vandaag, Rox. Daar moet je voorzichtig mee zijn.'

Ik zet mijn armen in mijn zij en wacht even totdat mijn vriendinnen mij opmerken. 'Is dit hoe het de komende maanden zal zijn?'

Yara en Esmee wisselen een blik met elkaar en persen gelijktijdig hun lippen op elkaar. Ze trekken hun wenkbrauwen op en knikken vastbesloten in mijn richting.

'Nou, mooi is dat,' reageer ik lachend.

Yara legt zorgvuldig de strandlakens neer. Zodra elke hoek van ons domein is voorzien van een slipper tegen de wind maakt ze een uitnodigend gebaar naar mij. Ik trek mijn strapless zomerjurkje uit en ga in mijn paarse bikini op het middelste strandlaken zitten. Mijn vriendinnen trekken ook hun kleding uit en nemen aan weerszijden van mij plaats.

'Tof badpak,' zegt Yara met een uitgestoken vinger naar Esmee. 'Het geeft je wel een hoog Baywatch-gehalte, met dat rood en jouw blonde haar.'

'Leuk is hij, hè? Ik zal straks even in slow motion voor jullie over het strand rennen. Misschien kan ik nog een kwal redden van zijn ondergang.' Dan vervolgt ze blozend: 'Ik heb hem van Javier gekregen. Hij stuurde het via de post. Het was een soort liefdespakketje met een handgeschreven brief erbij.'

'Wow, wat romantisch,' reageert Yara verrukt. 'Ik kan me niet herinneren dat Jeroen ooit zoiets heeft gedaan, maar verder is hij wel lief, hoor.' Ze zet een grote zwarte zonnebril op met een modern, bijna vierkant design.

'Jullie wonen samen, dan hoef je dat soort capriolen niet meer uit te halen,' zegt Esmee met een wegwuifgebaar.

Zwijgend bedenk ik me dat ik het daar niet helemaal mee eens ben; maar wie ben ik, een relatiedeskundige?

'Wat stond er in Javiers brief?' vraag ik snel. 'Of was die zo klef dat Yaar en ik dat niet willen weten?'

'Zijn brief was in het Spaans. Nu is mijn Spaans best aardig, maar ik heb toch even Google Translate eroverheen gegooid om te zien of ik het echt bij het rechte eind had.'

'Wat stond er dan?' vraag ik nieuwsgierig.

'Hij komt naar Nederland! Over een week. Hij laat de keuze aan mij waar we gaan slapen, want ik had hem laatst in een telefoongesprek verteld dat ik daar een beetje mee zat en nou ja, Javier komt dus hierheen.'

'Wat gaaf!' roepen Yara en ik in koor.

Esmee straalt van oor tot oor. 'Ik kan echt niet wachten. De laatste keer dat ik hem zag was in april in Hongkong, vlak voor jouw verjaardagsfeestje, Rox. Het voelt zo lang geleden en we hebben elkaar zo erg gemist. Javier is van plan om een aantal weken in Nederland te blijven en vanuit hier te werken de komende tijd.'

'Dat klinkt echt heel goed,' zegt Yara. 'Ik ben blij voor je. Maar nu iets anders, want ik barst zo'n beetje van nieuwsgierigheid. Hoe was je date, Rox?'

Ik word verlegen onder de blikken van mijn vriendinnen en glimlach ontwijkend.

'Kom op, Roxan Berkhout,' zegt Esmee met een zangerig stemgeluid. 'Voor de draad ermee.'

'Goed dan. Ik had dus afgelopen zaterdag met Jef afgesproken. Hij nam me mee naar een luxe restaurant, waar ze een kar hadden voor de kaas en zelfs uitleg gaven over de boter en zo.'

'Hoe was het?' vraagt Yara.

'Leuk. Jef was heel galant, hij zag er geweldig uit en zei aldoor heel lieve en zinnige dingen. We kunnen goed met elkaar praten. Hij ziet het helemaal zitten met de baby, maar begrijpt het ook dat ik tijd nodig heb om aan het idee te wennen.'

'Klinkt super, toch?' vraagt Yara door.

'Zeker.'

Esmee kijkt me van opzij aan en fronst. 'Ik voel hier een "maar" aankomen.'

Met een wrange glimlach kijk ik ze aan, terwijl ze fanatiek knikken. Zuchtend ga ik overstag.

'Sinds Jef weet van de zwangerschap doet hij heel erg zijn best. Hij heeft vorige week bloemen naar mijn huis gestuurd en een paar dagen later bonbons. Volgens mij is dat zijn manier om duidelijk te maken dat hij echt voor mij en de baby wil zorgen, maar...'

'Je houdt helemaal niet van bloemen?' vult Esmee in.

'Hij legt het er te dik bovenop?' probeert Yara.

'Allebei, maar vooral dat laatste, ja. Het benauwt me eerlijk gezegd een beetje. Het lijkt wel alsof hij een soort exclusiviteit wil die ik hem nu niet kan geven. Hij zegt wel heel nonchalant dat we gewoon kijken hoe het loopt, maar ondertussen hoopt hij volgens mij dat we echt een gezinnetje gaan vormen.'

'Wat je ons vertelde in de groepsapp klonk wel zo, ja,' reageert Yara. 'Maar hij heeft je al eens verteld dat hij gevoelens voor je heeft, toch? Dan is het niet zo raar dat hij hoopt op een happy end.'

Esmee trekt gekscherend haar wenkbrauw op, waarop Yara en ik moeten lachen.

'En Celeste?' vraagt Esmee. 'Heb je haar nog gesproken nadat ze je wegstuurde uit Latte Art?'

'Nee. Helaas niet. Het zit me behoorlijk dwars. Ik denk constant aan hoe stom ik ben geweest en dat ik haar nooit zo lang in het ongewisse had mogen laten. Hoe ik haar behandeld heb is echt niet fair. Gisteren heb ik Celeste een paar keer proberen te bellen, maar ze nam steeds niet op.'

'Dit keer krijg jij de *silent treatment*,' reageert Yara schamper.

'Een koekje van eigen deeg,' voegt Esmee eraan toe met een flauwe glimlach.

'Het is echt niet leuk, meiden,' werp ik tegen.

Yara verschuift haar bril naar het puntje van haar neus, zodat ik haar ogen kan zien, en kijkt me streng aan. 'Niet als je het erbij laat zitten, nee.'

Ik zucht diep. 'Ik denk echt niet dat Celeste op nog een verzoenpoging zit te wachten. Ze is nog steeds heel boos en dat is haar goed recht.' Mijn vriendinnen kijken me schaapachtig aan, maar ik praat onverstoorbaar verder. 'Kijk, toen ik dat ene "ga weg"-appje naar haar stuurde, had die tekst alleen betrekking op dat moment. Andersom is het anders. Haar servetje was een statement. Geen momentopname. Ze is er klaar mee. Ze is gewoon helemaal klaar met mij.'

'Ik hoor wat je zegt, maar ik denk niet dat je gelijk hebt,' zegt Esmee. 'Ze stond meerdere keren voor je huis. Ze is naar je broertje gegaan. Jij laat haar echt niet koud, hoor.'

'Mee eens,' beaamt Yara. 'Weet Jef eigenlijk van jouw nacht met Celeste?'

Ik woel met mijn vingers door het zand en vind een schelp, terwijl ik terugdenk aan de confrontatie. 'Jawel. Ik heb het hem verteld,' zeg ik terwijl ik de schelp in mijn hand omklem en mijn vriendinnen om beurten aankijk. 'Zaterdagochtend ben ik naar zijn huis gegaan. Ik vond het niet eerlijk om hem 's avonds tijdens het etentje, dat in zijn ogen misschien toch een tikkeltje romantisch was, te overvallen met dat er ook iets tussen mij en Celeste speelde, maar hij reageerde eigenlijk heel goed.'

'Wat zei hij dan?' vraagt Esmee.

'Precies de juiste dingen.' Ik veeg het zand van de schelp en bekijk hem van dichtbij in mijn hand. 'Dat hij geduld heeft, nergens naartoe gaat en dat ik moet onderzoeken wat ik wil.' Ik zucht opnieuw en gooi de schelp terug in het zand. Hij belandt een paar meter voor onze voeten.

'Of beter gezegd, wie je wilt,' voegt Esmee eraan toe.

'Dat is toch alleen maar fijn?' vraagt Yara, Esmees opmerking negerend. 'Of geloof je niet dat hij dat meent?'

Ik trek een moeilijk gezicht. 'Eigenlijk ben ik hier de sukkel, toch? Ik had een date met de vader van mijn kind, maar ik denk óók steeds aan Celeste. Jef is zo'n beetje de meest begeerde hunk van Haarlem en omstreken. Hij wil mij, de baby, het hele plaatje. Een toekomst met hem ligt voor het grijpen! En ik weet niet wat ik ermee aan moet. Ik wil ze helemaal niet allebei aan het lijntje houden. Dat is voor niemand eerlijk.' Nu ik mijn gedachten de vrije loop heb gelaten is er geen houden meer aan. Ik ratel verder: 'Jef is tenminste duidelijk. Hij wil ervoor gaan en hij is echt een goede man. Ben ik het niet aan de baby verplicht om het op zijn minst te proberen met hem? Een papa en mama die samen zijn. Een echt gezin. Dat verdient dit kindje, toch? Ik krijg het zo'n beetje op een presenteerblaadje aangereikt en zou wel gek zijn als ik het geen kans geef. Jef denkt dat het zou kunnen slagen. Wat denken jullie?'

Yara kijkt me vertwijfeld aan. 'Weet je nog dat ik laatst zei dat je altijd de afslag naar je hoofd neemt, in plaats van naar je hart?'

Alsof ik dat zou kunnen vergeten.

'Probeer dit eens op een andere manier op te lossen dan hoe je het normaal gesproken zou doen. Niet denken. Niet analyseren. Maar voelen.'

Voelen… God, met Celeste heb ik wat afgevoeld. Mijn lijf voelt onmiddellijk weer warm en geborgen als ik aan die laatste nacht terugdenk, aan haar warme handen op mijn lijf, aan de tranen die plotseling losbraken…

'Dat! Die gezichtsuitdrukking! Wat was dat? Waar dacht je aan?' vraagt Yara scherp.

'Jef en Celeste zijn zo verschillend,' begin ik ontwijkend. 'Ze zijn allebei wijs, dat wel, en ik kan met allebei goed praten, maar Celeste en ik begrijpen elkaar op een dieper level. Zij geeft me vaak wat ik nodig heb, zonder dat ik daarom hoef te vragen. Ze is rustig en invoelend, waar Jef veel meer van de oplossingsgerichte adviezen is en tot actie overgaat. Ik kan met allebei lachen, maar naar Celeste toe ben ik veel minder gesloten dan ik normaal gesproken bij andere mensen ben, afgezien van jullie twee. En Jef is juist...'

'Dit is niet voelen. Je bent aan het vergelijken,' onderbreekt Yara me streng.

'We kunnen het ook makkelijk voor je maken,' schiet Esmee me te hulp als er een lange stilte valt, waarin ik een gefrustreerd gebaar maak met mijn armen. 'Heb je gevoelens voor een van de twee ontwikkeld? Ben je misschien zelfs verliefd?'

Ik frons. 'Dat vroeg mijn broertje laatst ook al. Of nou ja, hij vroeg of ik verliefd ben op Celeste. En ja, ik vind haar echt heel leuk...' Misschien wel meer dan leuk, maar dat zeg ik er uit zelfbescherming maar niet bij. '... maar ik heb het gigantisch verpest. Dit komt niet zomaar goed. Dus misschien moet het hierbij blijven, want hoe zou het ooit kunnen werken? En met Jef weet ik niet of ik hem kan geven waar hij naar op zoek is. Nu niet in ieder geval. Dus ik denk dat...'

'Nee, niet denken. Vóélen,' onderbreekt Yara me opnieuw.

'Jezus, Yaar, dat werkt gewoon niet zo makkelijk bij mij!' val ik tegen haar uit. 'Sorry. Ik weet dat je me wilt helpen en ik probeer ook te doen wat je zegt, maar mijn hoofd vindt er van alles van.'

'Lieverd, zeg het vooral als het niet zo is,' reageert Yara, totaal niet uit het veld geslagen door mijn toon, 'maar volgens mij vind je Celeste echt heel leuk en zijn Jefs gevoelens voor jou niet geheel wederzijds.'

'Maar vinden jullie dan niet dat ik het voor ons kind met hem moet proberen?'

Yara schudt beslist haar hoofd en Esmee neemt het woord. 'Je bent het aan jezelf en net zo goed aan je kind verplicht om jouw hoogste geluk achterna te gaan. Wij willen alleen maar dat jij gelukkig bent. In de eerste plaats met jezelf en met de baby in je buik, maar ik denk dat er dan nog genoeg liefde overblijft.'

'Voor Celeste,' zeg ik half als vraag, half als opmerking.

Mijn vriendinnen knikken en er valt een stilte waarin we alle drie van het weidse uitzicht genieten. Alhoewel, genieten is een groot woord – mijn maag knijpt samen en een golf van misselijkheid overvalt me bij de gedachte dat ik Celeste nog eens te woord moet staan.

Uiteindelijk slaak ik een wanhopige kreet. 'Voor je gevoel gaan is doodeng! Hoe zien jullie het voor je dan? Ze ziet me aankomen! En stel, we leggen het bij. Wat dan? Dan zeg ik vervolgens: trouwens, ik heb nog een leuk nieuwtje. Raad eens? Ik ben zwanger van Jef.'

Yara en Esmee lachen en ik kan het ze niet kwalijk nemen.

'Ik weet niet precies wat de beste aanpak is,' zegt Yara. 'Al zou ik dat "Raad eens" sowieso weglaten. Maar even zonder dollen. Natuurlijk kunnen wij hier met zijn drieën niet voorspellen hoe het gaat lopen, maar als jij Celeste leuk vindt, dan moet je ervoor gaan. Je laat het er toch niet zomaar bij zitten?'

'Dus jullie vinden dat ik ervoor moet vechten?'

Yara en Esmee knikken vastbesloten.

Ik haal diep adem en blaas hard uit. 'En wat als het misgaat?' vraag ik haast op fluistertoon. 'Wat als we er niet uitkomen of toch niet bij elkaar blijken te passen?'

Esmee schokschoudert. 'Dat is het leven, schat. Je krijgt geen garanties. En we doen nu net alsof je een keuze móét maken tussen Jef en Celeste op korte termijn, maar dat is natuurlijk pure onzin. Jouw levensgeluk hangt echt niet alleen hiervan af. Je bent prima in staat om zelf je boontjes te doppen. Dat heb je altijd al gedaan.'

'Precies,' stemt Yara in. 'Al gunnen we je natuurlijk de liefde van je leven. Wij zullen er hoe dan ook altijd voor je zijn.' Ze stoot me aan en wijst naar mijn buik. 'Voor jullie, bedoel ik.'

'Hoe voel je je nu bij je zwangerschap?' vraagt Esmee, die scherp opmerkt dat ik Yara's blik volg en me geen houding weet te geven.

'Ik raak langzaamaan een heel klein beetje gewend aan het idee. Soms vind ik het leuk en op andere momenten jaagt het me de stuipen op het lijf.' Ik tik op mijn blote buik, die nu nog plat is, en maak me – zoals ik tegenwoordig bijna dagelijks doe – een voorstelling van het feit dat daarbinnen een klein kindje groeit. 'Jef en Joey zien het allebei helemaal voor zich. Zover ben ik nog niet, maar ik gun mezelf tijd en ik heb vertrouwen dat het zich allemaal op een natuurlijke manier uitwijst.' Ik glimlach en verplaats mijn blik naar de zee, waar kleine golfjes aan land spoelen. De zee oogt rustig en sereen. 'Sinds de zwangerschapstest heb ik geen enkele keer meer de behoefte gehad om te drinken. Die drang is gewoon compleet weg. Natuurlijk moest ik sowieso stoppen met alcohol. Het maakte mijn problemen alleen maar groter. Maar het lijkt haast wel alsof mijn lichaam het nu echt nodig vindt om goed voor mezelf te zorgen.'

'Hoe merk je dat dan?' vraagt Esmee voorzichtig.

Ik denk terug aan het gesprek met de psycholoog van de week.

'Tijdens het laatste gesprek kwam ik tot een ontdekking. De psycholoog noemde het zelfs een inzicht. Ik vertelde dat ik geen alcohol meer dronk en dat mijn zwangerschap hierin mijn redding was. Ineens kwam er iets over me heen, een soort rust die ik niet kon plaatsen, maar het voelde wel heel goed. Plotseling wist ik gewoon zeker dat ik ook de knop om had kunnen zetten zonder deze zwangerschap. Zodra ik mijn trots aan de kant zou schuiven en in de gaten kreeg dat ik het niet allemaal alleen hoef te doen. Dat je anderen echt nodig hebt.'

Yara en Esmee kijken me gelukzalig aan. 'Wow,' zeggen ze in koor.

'Je doet het zo goed.' Yara veegt een traan onder haar zonnebril vandaan. 'Ik weet gewoon zeker dat je er weer helemaal bovenop komt.'

'Dat gevoel heb ik ook… Zie je, Yaar? Ik voelde! Ik leer het wel, hoor.'

Yara kijkt me een ogenblik onderzoekend aan en schudt uiteindelijk lachend haar hoofd. 'Je bent onmogelijk.'

'Je houdt van me,' grinnik ik. Yara antwoordt niet, maar legt haar hoofd op mijn schouder... en dat is antwoord genoeg.

Een tijdje blijven we in stilte op onze strandlakens zitten, tot er een gedachte in me opdoemt.

'Zeg... Ik heb begrepen dat er over een week een Argentijnse god deze kant op komt vliegen.' Ik sla mijn armen om de schouders van mijn vriendinnen en trek ze zachtjes naar me toe. 'Wat zeggen jullie ervan als ik binnenkort een klein tuinfeestje organiseer? Dan kunnen Yaar en ik eindelijk eens die man ontmoeten waar we al zoveel over hebben gehoord en dan vragen we de anderen ook of ze willen komen. Ik heb toch niets omhanden nu ik op non-actief sta. Nou ja, buiten mijn kind afbakken en mijn leven weer enigszins op orde krijgen dan.'

Mijn vriendinnen lachen. Esmee springt op van het strandlaken en doet een vreugdedansje dat vijf seconden later overgaat in een radslag op het strand. Yara en ik staan ook op en dansen alsof er niemand is die naar ons kijkt. Het maakt niet uit. We zijn gelukkig en vrij. Onze vriendschap klimt over de toppen van steile bergen en maakt soms een vrije val langs diepe dalen. Het is puur. Het is echt. Net zo echt als het leven zelf.

'Oké,' roep ik ineens vastbesloten. 'Ik ga het doen!'

Mijn vriendinnen knikken, maar ik heb het al niet meer over het feestje.

'Ik ga naar Celeste toe. Ik zal diep door het stof moeten gaan, maar ik geef mooi niet op.'

25

Nog dezelfde avond is alles geregeld. Joey wilde me graag helpen en zit ook in het complot: hij heeft met Celeste afgesproken om na sluitingstijd van Latte Art in de stad te gaan eten. Precies om halfzeven komen ze samen het restaurant binnen dat ik heb uitgekozen.

Chique kroonluchters, opvallende lampen aan het hoge plafond en een enorme bar sieren de grote ruimte. Her en der zijn hoge en lage tafeltjes met barkrukken, stoelen en bankjes.

De afgelopen tien minuten zat ik bloednerveus aan mijn tafeltje, en als ik het tweetal dichterbij zie komen stokt mijn adem even in mijn keel. Celeste ziet er geweldig uit. Ze lacht ontspannen om iets wat Joey zegt, maar zodra ze mij op twee meter afstand in de gaten krijgt bevriest haar gezichtsuitdrukking ogenblikkelijk.

'Joey, wat is dit? Wist jij hiervan?'

Mijn broertje knikt en legt een hand op Celestes schouder. Ik ben er niet zeker van of hij daarmee wil voorkomen dat ze het op een lopen zet. 'Sorry, Celeste. Maar jullie twee moeten echt nodig met elkaar praten.'

'Jemig, je hebt me er gewoon in geluisd. Lekkere vriend ben jij.'

'Neem het Joey niet kwalijk,' reageer ik sussend. 'Ik heb hem gevraagd hieraan mee te werken. Ik hoop dat je even wilt gaan zitten om naar me te luisteren. Als je me daarna weg wilt hebben, dan ga ik.'

'Goed dan.' Celeste neemt plaats tegenover mij en Joey staat te dralen naast het tafeltje. 'Je gaat toch niet weg, hè?' vraagt Celeste, terwijl ze dwingend naar de stoel naast zich gebaart.

'Sorry, maar het lijkt me beter als jullie dit gesprek met zijn tweeën voeren. Jullie zijn allebei behoorlijk koppig, maar ik denk echt dat jullie dit als volwassenen wel af kunnen zonder mij.' Joey haalt zijn telefoon tevoorschijn en beweegt hem in zijn hand heen en weer. 'Ik blijf in de buurt, dus als ik voor mediator moet spelen geven jullie maar een gil.' Hij drukt een kus op Celestes wang en vervolgens een op die van mij. Dan draait hij zich om en loopt dezelfde route terug, het restaurant uit. Celeste en ik kijken hem allebei na.

'Kan ik iets voor jullie inschenken, dames? Willen jullie soms een flesje wijn?' vraagt een ober die plots naast ons tafeltje staat.

'Ja, lekker,' zegt Celeste nors. 'Droog en wit, alsjeblieft.'

'Maak daar maar een glas van. Ik drink vanavond niet. Voor mij graag een cola.'

De ober knikt en loopt weg. Er valt een ongemakkelijke stilte waarin ik probeer te bepalen hoe ik het gesprek zal beginnen.

Celeste slaat haar armen over elkaar heen. 'Wat wilde je me vertellen?'

Onzeker kijk ik naar haar gezicht. Hoe is het toch mogelijk dat ik haar voor mijn feestje nooit op deze manier heb gezien? Al die keren dat ik bij haar koffie dronk in Latte Art was ik volkomen blind. En nu zie ik haar schoonheid en heb ik het extreem verkloot.

'Vooral dat het me spijt. Meer dan ik je kan zeggen. Ik vind het echt heel erg dat je je zo'n zorgen hebt gemaakt. Het ging niet goed met me en ik wilde jou daar zoveel mogelijk buiten houden. Als ik heel eerlijk ben schaamde ik me rot voor mijn gedrag. Jij was zo lief en ik… Met mijn meltdown heb ik alles stukgemaakt.'

Celestes gezicht betrekt. 'Er gingen pas dingen stuk op het moment dat ik erachter kwam dat je de volgende ochtend weg was. Begrijp je dat dan niet? Ik stond daar als Jan Lul met een dienblad voor twee, en jij was weg.'

'Het spijt me.'

'Joey is mijn vriend. Hij vertelde dat jij in Kaapstad zat en ik wist gewoon dat dat niet waar was.'

'Het spijt me.'

'Al die tijd liet je niets van je horen. Ik weet dat je behoefte kunt hebben aan helemaal niets, maar dit was een heel andere situatie. Jij en alcohol... Het is een giftige combinatie. Ik heb me wel honderd verschillende scenario's in mijn hoofd gehaald voordat ik uiteindelijk Joey inseinde.'

'Volkomen terecht dat je dat hebt gedaan. Dat was goed van je.' Ik kijk Celeste recht aan en knipper niet één keer met mijn ogen. 'Joey vertelde dat jouw moeder... vroeger... Dat wist ik helemaal niet. Wat erg voor je.'

Celeste slikt en er valt een stilte.

'Begreep je me daarom zo goed?' vraag ik om de aandacht van haar eigen verleden af te leiden, wat zichtbaar nog steeds pijn doet.

Ze knikt. 'Deels begrijp ik hoe het voor je is en waar je doorheen gaat. Natuurlijk had ik je ooit wel willen vertellen over de tijd dat mijn moeder in coma lag, maar die keer dat je erover begon in Latte Art en tijdens onze nacht samen was het niet nodig om van jouw verhaal meteen mijn verhaal te maken.'

'Richard was mijn collega met wie ik maar één keer heb gevlogen. Daarvoor kende ik hem niet. Bij jou was het je moeder. Dat lijkt me zo erg.'

'Het was afschuwelijk,' zegt ze instemmend, en heel even lijkt ze heel ver weg te zijn.

De ober komt terug met Celestes witte wijn en mijn cola en zet de glazen samen met twee menukaarten stilzwijgend op onze tafel.

'Wil je me er iets over vertellen?' probeer ik voorzichtig als hij weg is.

'Na al die jaren heb ik er nog steeds niet de juiste woorden voor, maar ik zal het proberen.' Celeste staart met een strakke blik voor zich uit en begint dan te praten. 'Ik was er niet bij toen het gebeurde.

Mijn ouders waren samen aan het winkelen. Mijn moeder stond nota bene in een pashokje met een nieuwe jurk die ze wilde dragen op hun trouwdag. Ze hadden een weekendje weg geboekt en allemaal leuke dingen gepland staan. Ineens hoorde mijn vader een harde bons en daar lag ze. Languit. Ze heeft vier dagen in coma gelegen. We koesterden hoop, maar die bleek tevergeefs. Op hun trouwdag is ze overleden.'

'Wat verschrikkelijk. Hoe oud was je toen?'

'Zestien.' Celeste haalt diep adem en kijkt me weer aan. 'Wat jij hebt meegemaakt is natuurlijk iets heel anders, maar ik weet wat een overlijden na coma met de omgeving doet. Alle vragen die je over je heen krijgt en alle goedbedoelde adviezen en oppeppende woorden zijn allemaal ruk. Mijn ervaring is dat je daar vrij weinig aan hebt. Ik neem het overigens niemand kwalijk, hoor. Het is bijna niet te doen om iets te zeggen wat hout snijdt tegen iemand die zo'n gigantische crisis doormaakt. Dus nee, ik stelde jou geen vragen over hoe het met je ging en hoe het voor je was in de cockpit toen het gebeurde. Als je daaraan toe zou zijn, dan zou je het me uit jezelf wel vertellen. Althans, daar ging ik van uit, die keer dat je het me in Latte Art vertelde na jouw hardloopronde. Dus toen je je die nacht openstelde dacht ik juist dat je een stap maakte. Daarna sloot je je weer af en wierp je een betonnen muur op waardoor je compleet onbereikbaar werd.'

'Het was de drank en jouw massage waardoor er iets bij mij knapte. Ik zag het totaal niet als een stap voorwaarts. Eerder als het moment waarop alles misging. Het was helemaal niet mijn bedoeling om die ellende bij je uit te storten, want ik vond het juist zo geweldig met je. De timing kon niet slechter. We hadden net...' Mijn stem hapert, en ik schud mijn hoofd. 'Ik meende wel wat ik laatst zei toen je me wegstuurde. Ik heb heel veel aan je gedacht. Jij reageerde zo kalm en begripvol en ik verbaas me er keer op keer over hoe open ik ben naar jou toe. Ik ben diep onder de indruk van je en ik blijf maar aan je denken. Maar iemand toelaten en mezelf echt laten zien vind ik doodeng.'

'Dat laatste was al wel duidelijk, ja.'

Even staar ik haar als een geslagen puppy met grote ogen aan, en Celeste schiet in de lach om mijn gezichtsuitdrukking.

Het duurt even, maar dan lach ik met haar mee. Een gevoel van opluchting golft door mijn lichaam. Als ze me een paar seconden later opnieuw aankijkt staan haar ogen warm en realiseer ik me dat ik die blik heb gemist.

'Je hoeft me niet weg te duwen omdat je denkt dat het te veel voor me is,' praat ze verder. 'Jij bent niet te veel. Nooit. Ik vind het juist een eer wanneer je dingen met me deelt. Het vertelt me dat je je veilig genoeg voelt bij mij. En weet je, Rox? Als jij niet was weggegaan, was er wat mij betreft niets verpest tussen ons. De glans van perfectie is leuk, maar jezelf laten zien zonder terughoudendheid, dat is waar het echt om gaat.'

Ik laat haar woorden op me inwerken en knik langzaam. 'Maar ik wil je niet meetrekken in mijn shit. Soms ga ik bijna kopje-onder en dat wil ik jou echt niet aandoen.'

'Dat gebeurt ook niet. Heb je enig idee hoe stevig ik in mijn schoenen sta? Ik kan echt wel wat hebben, hoor.'

'Oké dan. Ik beloof dat ik mijn best ga doen om je niet meer buiten te sluiten.'

Celeste heft haar wijnglas naar me op in een proostgebaar. We klinken met onze glazen en nemen allebei een slokje. Opnieuw valt er een stilte. Deze keer is de stilte niet ongemakkelijk. Integendeel, maar er moet me nog steeds iets van het hart.

Ik zuig mijn longen vol zuurstof en verzamel al mijn moed. 'Eigenlijk is er wel iets wat je nog niet weet, dus ik kan me maar beter meteen aan die belofte van zojuist houden.'

Celeste zet haar wijnglas terug op tafel en knikt. 'Ik luister.'

'Je weet inmiddels wel dat mijn leven een grote chaos is, maar er is nog meer. Ik ben erachter gekomen dat ik... Ik ben zeven weken zwanger. Het komt totaal onverwacht en... Jef is de vader.'

Celeste hapt naar adem en kijkt me totaal perplex aan. Haar lippen bewegen, alsof ze een woord gaan vormen, maar ze klapt haar mond dicht en gaat verbluft verzitten op haar stoel.

Onzeker praat ik haar bij over de zwangerschapstest en de afgelopen dagen.

'Ik kan me voorstellen dat dit dingen verandert tussen ons,' eindig ik mijn verhaal.

'Weet je nog dat ik je naar Jef heb gevraagd? Die avond dat we samen een drankje dronken. Ik vroeg je of het een goede vriend van je is en jij zei letterlijk: valt mee.'

'Ik weet het. Waarschijnlijk had ik er beter aan gedaan om eerlijk tegen je te zijn, maar ik vond jou leuk en ik wilde mijn kans niet verpesten bij jou.'

'Je vond mij leuk...'

'Vind. Ik vind je leuk. Heel leuk.'

Celeste knikt langzaam, alsof ze daarover moet nadenken, en ik rimpel mijn neus.

'En Jef? Weet hij het?'

Ik knik. 'Ja, hij reageerde heel goed. Hij kijkt zelfs uit naar de komst van de baby. Mijn broertje en vriendinnen weten het ook.'

'Jef vindt jou leuk, toch? Hij was laatst in Latte Art en zei iets waardoor ik al dacht dat er iets speelde tussen jullie. Eigenlijk zijn jullie twee gewaagd aan elkaar. Jullie zouden een perfect gezin kunnen vormen.'

Haar woorden doen pijn op een manier die ik zelf niet eens begrijp, maar ik zie aan Celeste dat het haar ook moeite kost. 'Als vader van mijn kind is Jef best wel perfect, ja. Maar ik voel niet voor hem wat ik voor jou voel, Celeste.' Ik haal diep adem en schrik als Celeste het oogcontact verbreekt. 'Ik had al aardig veel bagage, maar nu ben ik echt *double trouble*.'

De stilte die valt is zwaarbeladen. Ik wil zo graag dat Celeste iets zegt. Wat dan ook. Iets, waardoor ik weet wat ze denkt. Maar ze houdt stellig haar mond en het blijft ijzig lang stil. Na een tijdje kan ik de oorverdovende stilte niet meer handelen en kijk ik haar recht aan. 'Wat vind je ervan? Ik kan me heel goed voorstellen dat je bepaald niet staat te juichen.'

'Het overvalt me een beetje.' Haar woorden klinken luchtig, maar we weten allebei dat dit het understatement van de eeuw is. Celeste maakt een gebaar naar de menukaarten die nog steeds onaangeroerd op tafel liggen. 'Het hele etentje overvalt me een beetje.'

'Ja, dat begrijp ik heel goed. Ik ben allang blij dat je weer met me wilt praten.'

Ze kijkt me aan en glimlacht zwak. 'Ik begrijp heus wel dat dit voor jou ook raar is en dat je nu niet alle antwoorden hebt. Dat hoeft ook nog helemaal niet. Ik ben echt blij voor je dat Jef zo goed reageerde. Eigenlijk dacht ik dat hij nogal een machofiguur was, maar blijkbaar zat ik ernaast. Hij klinkt oprecht en betrouwbaar. En ik ben ook blij dat je het me nu al hebt verteld. Bij mij moet het nieuws ook even landen, maar weet dat ik er voor je ben als je wilt praten. Wanneer jij daar ook maar behoefte aan hebt.'

Ik knik en probeer de steek van teleurstelling te verbergen die ik in mijn binnenste rond voel schieten. Celeste is nog steeds haar lieve, begripvolle zelf, maar ze neemt afstand. Ze wil er voor me zijn als een vriendin. Als een steunpilaar. Meer zit er waarschijnlijk niet in.

'Dank je wel. Het doet me heel goed dat we dit hebben besproken.' Opnieuw valt er een stilte en ik geef een klein hoofdknikje naar de menukaarten. 'Zullen we dan nu maar eens een hapje gaan eten?'

Celeste bijt op haar onderlip. Een moment kijkt ze me vertwijfeld aan, maar uiteindelijk schudt ze haar hoofd. 'Nee, sorry. Ik vond het ook een goed gesprek, maar het geeft een hoop stof tot nadenken. Ik zie het eerlijk gezegd niet zitten om nu gezellig met je te gaan zitten eten. Hoe blij ik ook ben dat we alles hebben uitgepraat. Dit moet eerst bezinken en ik moet nadenken. Ik hoop dat je dat begrijpt.'

'Ja. Natuurlijk.' Ik knik langzaam en probeer woorden te vinden voor alle gevoelens die door me heen razen, maar die zouden per definitie tekortschieten. Al zou ik mijn uiterste best doen, ik zou nooit precies onder woorden kunnen brengen hoe ik me nu voel. De stilte die valt duurt lang en is uiterst ongemakkelijk. Ik pijnig mijn hersenen, op zoek naar iets om te zeggen. Iets. Wat dan ook.

'Binnenkort geef ik een feestje, trouwens,' zeg ik plompverloren. 'Ik zal je de details nog wel appen. Je bent natuurlijk uitgenodigd. Al begrijp ik echt dat je nu eerst moet nadenken. Kijk maar of je het ziet zitten om te komen.' *Kijk maar? Elke ondraaglijke stilte was beter geweest dan dit.*

'Ik zal erover nadenken,' antwoordt Celeste afgemeten. Ze staat op, loopt om de tafel heen en drukt een kus op mijn wang. 'Dag, Roxan.'

'Dag,' mompel ik verslagen.

Ze draait zich om en verlaat met haastige passen het restaurant.

Terwijl ik haar nakijk rollen er stille tranen over mijn wangen.

26

Op zaterdagochtend om halfelf staan mijn broertje en ik voor de deur bij onze ouders. We hebben net aangebeld en gluren door het keukenraam naar binnen, maar behalve het vertrouwde interieur van ons ouderlijk huis is er binnen niets te zien. Joey heeft een roze kartonnen taartdoos in zijn handen, met het logo van Latte Art erop.

'Ik moest toch iets meenemen voor bij de koffie?' vraagt hij, als hij mij voor de tweede keer sinds onze ontmoeting langdurig naar de doos ziet staren. 'Celestes gebakjes zijn nu eenmaal een stuk lekkerder dan de hele taartafdeling van de supermarkt bij elkaar. En ik dacht: misschien vind je er wel troost in.'

Achterdochtig knijp ik mijn ogen tot spleetjes. 'Wat attent van je, broertje.' Ik verplaats mijn blik naar het keukenraam en druk nog een keer op de bel naast de voordeur. 'Ze zullen er toch wel zijn?'

'Geen idee. Wie weet zijn ze wel boodschappen doen of zo. Wacht, ik bel ma.' Joey zet de taartdoos op de grijze kliko en vist zijn telefoon uit zijn bomberjack. Ik kijk toe hoe hij belt en wacht af.

'Ja? Ma? Met Jo. Waar zitten jullie? Rox en ik staan voor de deur.' Er valt een stilte. 'Oké, ja, wij wachten hier. Doe maar rustig aan.' Hoofdschuddend hangt hij op. Joey bergt zijn telefoon op en trekt een gek gezicht als hij me weer aankijkt. 'Raad eens? Die twee liggen gewoon nog in bed te stinken. Volgens ma hoorden ze de deurbel niet vanwege pa's gesnurk. Hoe dan ook, ze komen zo naar beneden.'

Ik stoot een lachje uit en voel de spanning in mijn lijf iets verzachten.

'Gaat het?' vraagt Joey opmerkzaam.

'Het gaat, maar ik ben blij dat je bij me bent. Ik kan je steun goed gebruiken.'

'Zie je het nog steeds zitten om je dubbele nieuws te droppen?'

'Na al die jaren wordt het wel een keer tijd, toch?' zeg ik heldhaftiger dan ik me voel. Opnieuw is hij er voor mij, in plaats van ik voor hem. Dit keer ben ik de kwetsbare partij, in plaats van de altijd sterke Rox.

Of dat goed voelt kan ik niet met zekerheid zeggen, maar belangrijk is het wel.

Joey slaat een arm om mijn schouder. Zo blijven we staan totdat we gestommel horen en de voordeur uiteindelijk opengaat.

Onze moeder verschijnt op blote voeten, in haar ochtendjas. Haar zwarte krullenbos piekt alle kanten op en haar gezicht lijkt ouder, zonder make-up. 'Wat doen jullie nou hier?' vraagt ze, terwijl ze slaapdronken in haar ogen wrijft.

'Goedemorgen, ma. Het is al halfelf geweest, hoor. Rox en ik komen op de koffie.'

'Nou, wat gezellig. Kom erin.' Mijn moeder zwaait de deur open en klopt ons om beurten op de schouder. 'Als ik dit geweten had, hadden jullie vader en ik een wekker gezet.'

'Het is een verrassing,' voeg ik eraan toe. 'Wat zeg je ervan als jij en pap je aankleden? Dan zetten Joey en ik koffie. Wil je een gebakje of zal ik even een ontbijtje voor jullie klaarmaken?'

'Taart klinkt als een prima ontbijt. Ik weet zeker dat je vader dat ook vindt. Oké, tot zo dan. Ik zal eens kijken of die man al gestopt is met snurken.' Onze moeder loopt de trap op en Joey en ik vinden onze weg in de keuken.

Een paar minuten later komen mijn ouders de trap af gestommeld. Joey en ik begroeten onze vader en met zijn vieren gaan we in de woonkamer zitten. Mijn ouders op de ene tweezitsbank, Joey en ik op de andere. Nu het moment daar is vliegt de ongemakkelijke spanning me aan.

Mijn vader steekt een grote hap van het roze gebakje in zijn mond en humt goedkeurend.

'Lekker. De smaak heeft iets weg van een tompouce, maar het is toch anders. Ik proef ook marsepein.'

'Is dit gemaakt door Celeste?' vraagt mijn moeder. 'Zij had ook de taart op jouw verjaardag gemaakt, toch, Rox? Die was ook al zo heerlijk.'

'Ja, klopt, daar is ze een ster in,' zeg ik knikkend, maar mijn vingers trommelen onrustig op mijn been. Ik hou het geen seconde langer meer uit. 'Hoor eens, mam, we zijn hier niet zomaar. Ik moet jullie iets vertellen.' Een nerveuze blik opzij levert me een bemoedigende glimlach van Joey op. 'Wat ik ga zeggen heeft ook iets te maken met Celeste.'

'O, gelukkig,' zegt mijn vader. 'Ik dacht al dat er wéér iemand zijn baan kwijt was.' Hij lacht om zijn eigen grapje en wisselt een verbaasde blik met mijn moeder als niemand hem bijvalt.

'Vertel maar, schat,' negeert mijn moeder hem. Ze neemt een slokje koffie en kijkt me nieuwsgierig aan. 'Wat wilde je ons zeggen?'

God. Oké. Uur van de waarheid. Alles wat ik al die jaren verborgen heb gehouden...

'Eigenlijk zijn het een aantal dingen,' begin ik onzeker. Mijn hart klopt in mijn keel. 'Ten eerste moeten jullie weten dat ik al heel lang niet alleen op mannen val. Ik val ook op vrouwen.'

Met grote ogen kijken mijn beide ouders me aan, en heel even stokt mijn stem bij hun verdwaasde blikken. Joey geeft me een bemoedigend klopje op mijn been. *Oké, ga gewoon door, Roxan. Ze hebben je nog niet onterfd. Dit komt vast goed.*

‘Dat is al zo sinds mijn puberteit,’ ratel ik door. ‘Alleen stond ik er nooit zo bij stil, want we krijgen allemaal het plaatje van een man, een kind en een huis voorgeschoteld… en dat wilde ik uiteindelijk ook allemaal, omdat ik toch op mannen viel. Het vrouwgedeelte was nooit zo relevant. Daarom heb ik nooit iets gezegd.’

Mijn moeder is de eerste die zich herpakt.

‘En Joey wist dit wel?’ vraagt ze verbouwereerd. Geen ‘We houden van je zoals je bent’ of ‘Wat knap dat je ons dit durft te vertellen, lieverd’. Misschien had ik dat moeten zien aankomen… Daar zijn ze veel te praktisch voor ingesteld.

Zonder Joey aan te kijken knik ik stilzwijgend.

‘Dus al die jaren hield je je mond en was je niet helemaal honderd procent jezelf bij ons?’ vraagt ze door, zichtbaar gekwetst.

‘Zo moet je dat niet zien, mam,’ verduidelijk ik snel. ‘Het is een onderdeel van mijn leven dat ik voornamelijk voor mezelf hield. Ik was toch nooit eerder echt verliefd geweest, dus het was voornamelijk seksgerelateerd… En daar praatten wij hier in huis niet over. Ik zag er dus nooit de noodzaak van in om dit met jullie te delen.’

Hun gezichten vertrekken even bij het woord ‘seks’, wat mijn besluit alleen maar bevestigt. Eerder dan dit had ik het ze niet willen vertellen.

‘Waarom vertel je het ons nu wel?’ vraagt mijn vader. Zijn lage stem klinkt een stuk rustiger dan ik van tevoren had ingeschat. ‘Je zei dat het te maken heeft met die Celeste. Is zij ook lesbisch of biseksueel of hoe je het maar wilt noemen? Zijn jullie een stel?’

‘Nou. Dat ligt ingewikkeld… maar zoals ik al zei was ik nog nooit verliefd geweest. Niet op een man en niet op een vrouw. En toen kwam Celeste in mijn leven. Of eigenlijk was ze er van een afstandje al heel lang, maar heb ik haar nooit op die manier gezien.’

‘Dus je hebt een vriendin?’ vraagt mijn moeder met een zachte blik, waardoor ik me direct afvraag of dit betekent dat ze het accepteert. ‘Waarom heb je haar niet meegenomen? Jullie hadden nu toch ook samen…’

Snel schud ik mijn hoofd en abrupt stopt mijn moeder met praten. 'Het is ingewikkeld. Er is veel gebeurd. Zoveel dat ik eerlijk gezegd niet denk dat het nog goed komt tussen Celeste en mij.' Ik slik en ben blij als mijn moeder het woord neemt.

'Wat jammer, lieverd. Pa en ik vinden Celeste een heel leuke meid. We hadden het je gegund. Uiteindelijk willen ouders alleen maar dat hun kinderen gelukkig zijn.'

Een enorme opluchting overspoelt me.

Mijn vader fronst. 'Spreek voor jezelf.' Hij verplaatst zijn blik van mijn moeder naar mij en zijn gezichtsuitdrukking verzacht een beetje. 'Natuurlijk wil ik ook dat mijn kleine meid gelukkig is, maar ik ben eerlijk als ik zeg dat ik aan het idee moet wennen. Vooral hoop ik op een dag toch echt opa te worden. Als jij met een vrouw eindigt wordt die kans aanzienlijk kleiner. Dan is het te hopen dat Joey voor wat nageslacht zorgt.'

Mijn broertje, die tot nu toe niets heeft gezegd, stoot een lachje uit en geeft me een por met zijn elleboog.

'Ik begrijp dat je aan het idee moet wennen, pap,' zeg ik, Joey negerend. 'Maar ik vond dat het tijd was om het jullie te vertellen.' En zelfs als ik niet zwanger was: alsof ik met een vrouw geen kinderen zou kunnen krijgen...

'Dus dit staat eigenlijk los van Celeste?' vraagt mijn moeder. 'Kun je het niet goedmaken met haar? Ik bedoel, als je zegt dat je nooit eerder verliefd bent geweest, maar zij alles heeft veranderd, dan zijn de gevoelens die je voor haar koestert heel speciaal, toch?'

Ik knik langzaam en zoek naar woorden, maar vind ze niet. Joey, de lieverd, schiet me te hulp. 'Er speelt nog meer en dat maakt het, zoals Rox net zelf al zei, behoorlijk ingewikkeld.'

'Joey heeft gelijk. Er is nog meer.' Ik haal diep adem en kijk mijn ouders om beurten aan. 'Ik ben erachter gekomen dat ik zwanger ben. Totaal onverwacht. Het is nog pril, maar als alles goed gaat dan krijgen jullie een kleinkind.'

'Wat?' Mijn vader gaat rechtop zitten en zijn ogen staan plotsklaps een stuk vrolijker. 'Je bent zwanger? Meen je dat nou?'

Ik knik en kan een glimlach niet onderdrukken.

'Ik word opa... Ik word gewoon opa! En jij wordt oma!' Mijn vader omhelst mijn moeder en ze maakt een geluid waarvan ik niet zeker weet of ze lacht of huilt.

'Ge... gefeliciteerd,' stamelt mijn moeder perplex als mijn vader haar loslaat. 'We kunnen je gewoon feliciteren, toch? Of...'

'Ja, dat mag. Ik heb besloten dat ik het kindje wil houden.'

Mijn moeder glimlacht van oor tot oor. 'En, vertel eens. Van wie is het? Kennen we de vader?'

'Het is van Jef. Jullie hebben hem gezien op mijn feestje.'

'De barman!' Mijn vader staat op en maakt een handgebaar alsof hij me uit de bank dirigeert. Zodra ik opsta slaat hij zijn beide armen om me heen. Een moment lang ben ik totaal overdonderd – mijn ouders knuffelen ons nooit – maar dan sla ik zelf ook mijn armen om hem heen. Mijn moeder en Joey voegen zich bij ons en met zijn vieren hebben we een soort groepsknuffel die zowel ongemakkelijk als beladen is, maar ook intens en liefdevol. Op een bepaalde manier legt het een warme deken over deze vorm van intimiteit die ik in mijn jeugd zo vaak heb gemist. Ik lach en huil tegelijk.

Als we uiteindelijk weer op de bank gaan zitten is de sfeer anders. Opener. Eindelijk voelt het goed mijn kwetsbare kant te laten zien.

'En Celeste? Ik kan me goed voorstellen dat ze het moeilijk vindt dat je zwanger bent van Jef,' merkt mijn vader plotseling op. 'Is dat waarom het niet meer gaat tussen jullie?'

Mijn moeder schudt haar hoofd. 'Dat is privé, schat. Daar hebben wij toch niets mee te maken?'

'Jullie mogen het wel weten, hoor,' reageer ik. 'Mijn zwangerschap speelt natuurlijk mee, maar eigenlijk is er nog iets.'

'O, god. Wat nu?' reageert mijn vader gespeeld geschrokken. 'Je valt op vrouwen. Je bent zwanger. Vertel ons alsjeblieft niet dat je naar het buitenland emigreert of zo.'

'Nee, het is iets heel anders,' haakt Joey in. 'Rox heeft iets naars meegemaakt op haar werk, pa.'

Met horten en stoten vertel ik mijn ouders de strekking van de vlucht met Richard en alles wat er daarna gebeurde. Mijn familie luistert aandachtig en onderbreekt me niet één keer. Aan het einde van mijn verhaal zie ik de emotie in mijn ouders' ogen opwellen, een aanblik waar ik niet bekend mee ben. Bijna heb ik het zelf te kwaad.

'Misschien...' Mijn vader slikt moeizaam. Zijn ogen staan vol tranen. 'Misschien ben ik wat te hard voor jullie geweest. Ook voor jou, Jo. Dat realiseer ik me. Ik heb altijd gewild dat jullie het goed zouden hebben. Het beter zouden doen dan je moeder en ik. Ik was zo gefocust op jullie toekomst dat ik vergat dat het leven met een heleboel uitdagingen komt.' Mijn vader veegt een traan onder zijn oog vandaan. Zijn stem klinkt dun en breekbaar. Ik kan me niet herinneren dat ik hem ooit zo heb gezien. 'Ik heb jullie gepusht om het beste uit jezelf te halen,' praat hij verder, 'maar ik hoop dat jullie weten dat ik trots ben op jullie allebei.'

'Dat heb je nog nooit eerder gezegd,' stamelt Joey verbouwereerd.

'Maar ik meen het wel, jongen. Als ik ergens in mijn leven trots op ben, dan is het op dit gezin. Jij en je zus betekenen alles voor je moeder en mij.'

Twee uur later zijn Joey en ik uitgezwaaid door onze ouders en klimmen we achter elkaar aan het trappetje van onze boomhut op. Het eerste wat me opvalt is ons schilderij van een truck en een halfnaakte vrouw, in een flitsend nieuw houten lijstje.

Grijnzend haal ik het lijstje met twee handen van de muur.

Joey gaat op de houten planken naast het geïmproviseerde raam zitten. 'Mooi hè? Ik weet wel dat ik van mijn schuldhulpverlener eigenlijk geen geld mag uitgeven aan dingen die niet op het prioriteitenlijstje staan.' Hij trekt zijn knieën op en schokschoudert. 'Maar onze poster is van onschatbare emotionele waarde en heeft dus hoge prioriteit. Hij moest en zou in ere worden hersteld.'

'Dank je, Jo.' Lachend hang ik ons schilderij terug en ga ook zitten.

'Goed gedaan net,' zegt Joey ineens op serieuze toon. 'Ik weet niet wat er precies gebeurde, maar het was fijn. Met dit gevoel ben ik nog nooit bij pa en ma weggegaan.'

'Dank je wel dat we dit samen deden.' Ik glimlach opgelucht en buig mijn bovenlichaam een beetje naar mijn broertje toe. 'Hoe is het nu met alles, Jo? Lukt het je een beetje?'

'Nou, eigenlijk moet ik je bedanken. En niet alleen voor het geld van laatst. Ik denk dat ik eindelijk het licht heb gezien. Je hebt me geïnspireerd. Door jou wil ik knokken voor een beter leven. Ik ben er klaar mee om me altijd als een slachtoffer te gedragen. Ik word potverdorie iemands oom, het is tijd dat ik wat verantwoordelijkheid neem.' Hij grijnst zijn tanden bloot en tikt vervolgens op zijn petje. 'Maar zonder gekheid. Ik dacht altijd dat jij alles voor elkaar had en geen struggles kende. Al die tijd dat je je in allerlei bochten hebt gewrongen en wilde verdrukken wat er echt aan de hand was. Ik ken dat. Ik deed dat ook. Ik wil ook altijd alles zelf doen en werk me daarmee alleen maar meer in de nesten. Maar bij jou zag ik datzelfde gedrag eerst niet. Jouw kwetsbare kant, jouw problemen en uitdagingen, het is zo'n enorme eyeopener voor me geweest. Dat klinkt misschien een beetje raar, want ik gun je het beste leven dat je kunt leven. Echt. Maar, nou ja. Vanaf nu neem ik een voorbeeld aan jouw strijdlust.'

'Joey, ik weet gewoon niet wat ik moet zeggen...'

'Ik heb zelfs die vrouw van de woningbouwvereniging gebeld en ik open nu netjes al mijn post.'

Gloeiend steek ik mijn armen naar mijn broertje uit en trek hem naar me toe. 'Ik ben echt heel trots op je.'

'Dank je. Je bent de tweede vandaag.'

Ik blijf tegen mijn broertje aan geleund zitten en er valt een vertrouwde, prettige stilte.

'Wat moet ik nou doen met Celeste?' verzucht ik dan wanhopig.

'Niets. Je moet haar de tijd geven.'

'Weet je dat ik me nooit eerder zo emotioneel opengesteld heb in een liefdesrelatie? Zij is de eerste die mij emotioneel naakt ziet. Ze prikt overal doorheen.'

'Ja, zo is ze wel. Ik ken nog iemand die altijd overal doorheen prikt.'

Ik grinnik. 'Ik ga een feestje organiseren, omdat Javier, de Argentijnse vriend van Esmee, naar Nederland komt. In het restaurant, vlak voordat Celeste wegging, heb ik haar uitgenodigd.' Hoofdschuddend denk ik terug aan dat moment. 'Mijn timing was echt oerdom. Ze had me net verteld dat ze niet gezellig wilde eten samen en dat ze eerst moest nadenken.'

'Echt? Celeste heeft me daar niets over verteld. Hoe reageerde ze?'

'Niet… Ze stond op, gaf me een kus op mijn wang en vertrok. Sindsdien heb ik niets meer van haar gehoord. En dat is zenuwslopend, kan ik je vertellen.'

'Je hebt het goed te pakken, hè?' reageert Joey met een klein lachje rond zijn mond.

'Wat vind jij?' negeer ik zijn vraag met een wedervraag. 'Zal ik het verder met rust laten of moet ik doorpakken op mijn halfbakken uitnodiging en haar een appje sturen, zodra de dag en tijd van het feestje bekend zijn?'

Joey slaat zijn arm om mijn schouder en drukt een kus op mijn kruin. 'Je kunt haar altijd de details nog sturen, zus. Dan kan ze zelf besluiten of ze komt of niet.'

27

Op de avond van mijn besloten tuinfeestje kan ik er niets aan doen: ondanks het feit dat ik bijna de hele dag in de weer ben geweest om de organisatie tot in de puntjes te regelen, blijf ik alleen maar aan Celeste denken. Deze hele situatie heb ik goed verpest, en ik weet heus wel beter, maar omdat ik haar heb uitgenodigd blijft iets in me toch hopen dat ze zal komen opdagen.

Mijn huis is omgetoverd tot een waar paradijs. In de keuken heb ik verschillende hapjes, salades en kleine gerechtjes voorbereid en ik heb mijn tuin eigenhandig omgetoverd tot een feestelijke en uitnodigende plek. Kriskras hangen realistisch uitziende druivenbladslingers gespannen, met daaraan veel kleine witte lampionnen. Ze geven nu nog geen licht, maar het ziet er al wel heel gezellig uit.

Midden in de tuin, iets voorbij de aangeklede loungeset, staat een lange gedekte tafel voor acht personen. Als je een foto zou maken van de mooi gedecoreerde tafel zou die zomaar in een magazine geplaatst kunnen worden. Er ligt een prachtig crèmewit tafelkleed. Op het donkergroene servies liggen stoffen crèmewitte servetten in sierlijke gouden servetringen. Her en der liggen lauriertakken ter decoratie en in het midden tussen alle blinkende glazen aan weerszijden staan houten windlichten.

De jacuzzi is nog niet opgewarmd voor de bezoekers, maar zal later deze avond vast in gebruik worden genomen… ook al zal ik er op hun temperatuur geen gebruik van mogen maken. Nog zoiets: ik mag niet drinken, ik mag geen rauwe vis, en blijkbaar mag ik niet in een te hete jacuzzi. Zwanger zijn is een hele uitdaging. Wie wist dat je niet te heet in bad mag als je zwanger bent?!

Dat ik niet drink hoeft echter niet te betekenen dat mijn vrienden een alcoholvrije party tegemoet gaan.

De met een lichtslinger versierde bar staat helemaal klaar voor Jefs cocktailkunsten, net als de eerste keer. Alleen heeft hij deze keer wél toestemming.

Om klokslag zes uur wordt er aangebeld. Tegen beter weten in maakt mijn hart een hoopvol sprongetje, maar als ik de voordeur opendoe zie ik Jef staan.

'Wat ben je stipt,' zeg ik, vlak voordat ik hem omhels.

'Je zegt het alsof dat een slechte eigenschap is,' reageert hij als we elkaar weer loslaten.

'Sorry, je hebt gelijk,' grinnik ik. 'Kom binnen. Je bent de eerste, ik ben heel blij dat je er bent.'

Jef volgt me als we door de hal via mijn woonkamer naar de tuin lopen. Met open mond kijkt hij rond.

'Mooi?' vraag ik, zonder een poging te doen om mijn trots te verhullen.

'Prachtig! Maar, mijn hemel. Wat een werk! Heb je dit allemaal zelf gedaan?'

Bevestigend geef ik een knikje.

'En die lampionnen dan? Je gaat me toch niet vertellen dat jij op een wiebelig trappetje, in jouw…'

'Toestand?' vul ik aan met opgetrokken wenkbrauwen. 'Geloof me, Jef, zelfs zwangere vrouwen kunnen op een ladder staan.'

'Waarom heb je me niet even gebeld? Ik had je met alle liefde willen helpen.'

'Ik wilde je verrassen en dat is gelukt, toch? Kom. Ik heb achter onder de overkapping een privédomein voor je gemaakt.'

Jef volgt me en kijkt goedkeurend rond in de bar. Hij tilt een paar potjes kruiden op en grijnst.

'Hoe je lekkere drankjes maakt hoef ik jou geen twee keer te vertellen, hè? Shit, sorry,' reageert hij op mijn verbeten grimas. 'Dat was stom van me.'

'Geeft niet.'

In twee stappen staat hij naast me. Met zijn duim en wijsvinger richt hij mijn kin een stukje op, zodat we elkaar recht in de ogen kijken. 'Heb je er echt geen moeite mee als wij straks...'

'Als jullie drinken? Nee. Vertrouw me maar. Ik heb een andere taak die ik heel serieus neem.'

Ik verplaats mijn blik naar mijn buik en leg zachtjes mijn hand vlak onder mijn navel.

'Mag ik?'

Met een glimlach pak ik Jefs hand en leg hem op mijn buik, met mijn eigen hand eroverheen.

'Dag, kleintje. Hier is papa. Hoe gaat het daarbinnen?'

Mijn ogen schieten vol tranen en ik druk een kus op Jefs wang.

'Mama zei laatst dat je boft met mij als jouw papa, maar weet je, kleintje? Je boft ook heel erg met haar. Je hebt namelijk een kei van een mama. Ik ken geen vrouw die stoerder is dan zij. Ze vliegt enorme vliegtuigen de hele wereld over, dus eigenlijk is ze een soort superheldin. Maar ze is ook heel lief en dapper. Ik heb me laten vertellen dat ouders die aan zichzelf werken de beste ouders zijn.'

Een blos kleurt mijn wangen. 'Wie heeft jou dat verteld? Heb jij mijn psycholoog soms gesproken?'

Jef schudt lachend zijn hoofd en drukt een kus op mijn voorhoofd. 'Nee, maar ik heb zo mijn bronnen.'

Voor ik het weet komen ook Yara en Jeroen binnenvallen. Er volgen complimentjes over en weer over onze outfits – haar jurk heeft een zachte oranjeroze tint, in haar typische hippieachtige bohemienstijl. Mijn jurk is zilver, met wijd uitlopende mouwen. En opnieuw ontvang ik lovende woorden als ze de tuin zien. Een gloeiende warmte overvalt me, en ik excuseer me om even naar de keuken te lopen en mijn emoties bij elkaar te rapen. Hormonen. Die zijn absoluut de oorzaak.

Ik wil net een plateau hapjes naar de tuin brengen als de bel opnieuw gaat. Opnieuw schiet er een vonkje hoop door me heen. Ik loop naar de deur, en Joey valt me in de armen – maar mijn blik is gericht op de persoon die achter hem staat.

Celeste.

'Je bent gekomen,' breng ik verbluft uit, zodra mijn broertje me loslaat.

Celeste knikt en lijkt net als ik niet goed te weten hoe we elkaar moeten begroeten. Meteen word ik gevangen door haar ogen, die vandaag exact dezelfde kleur hebben als haar nauwsluitende, extreem sexy jurk. Lichtbruin.

Ik probeer mezelf een houding te geven, leun onhandig tegen de deurpost en verplaats mijn blik naar Joey. 'Niet via de schutting dit keer, broertje?'

'Dat mocht niet van de dame op rechts. Celeste heeft me thuis opgehaald, zodat ik een keer op tijd zou komen. Wie rijdt bepaalt de entree, blijkbaar.'

Een zenuwachtige grinnik verlaat mijn lippen en meteen sla ik beschaamd een hand voor mijn mond.

'Kom binnen. Ik ben heel blij dat jullie er zijn,' zeg ik snel. 'Blij' is een understatement, maar dat hoeven ze niet te weten.

Celeste en Joey gaan me voor naar de tuin en ik krijg zowaar even de tijd om onopvallend naar Celestes waanzinnige outfit te staren.

Ze is er. Ze is gewoon gekomen. Zou ze inmiddels hebben nagedacht? Heeft Joey haar soms moeten overhalen om met hem mee te gaan? En is ze hier gewoon als een vriendin, of betekent dit…

We lopen naar de anderen in de tuin, waar Jef onder de overkapping drankjes in elkaar aan het flansen is voor Yara en Jeroen. Celeste en Joey uiten zich in superlatieven over de aankleding, maar lang kan ik er niet naar luisteren.

Weer klinkt het geluid van de bel. Yara's blik en die van mij kruisen elkaar meteen, dwars door de tuin heen, en alsof het zo is afgesproken slaken we allebei een enthousiaste kreet. Heel even vergeet ik alles om me heen.

'Daar zal je ze hebben,' jubelt Yara, terwijl ze van de bar mijn kant op huppelt. 'Mijn hemel, Rox. Ik ben gewoon een beetje zenuwachtig. Jij?'

Ik neem een fanatieke hap lucht en knik ferm. 'En toch ben ik ook stiekem best benieuwd of wij hem een arrogant Argentijntje vinden. Kom mee.'

Met zijn tweeën openen we de voordeur. Als een stel kleuters steken we voorzichtig onze hoofden om de hoek. Javier en Esmee staan hand in hand en lijken op een droomkoppel uit een Hollywoodfilm. Esmee draagt een donkerblauwe nauwsluitende jurk met een hoge split, tot halverwege haar bovenbeen. Javier draagt een casual donkerblauwe pantalon en een smetteloos wit overhemd.

Mijn hemel. Esmee heeft geen woord te veel gezegd: Javier is adembenemend knap.

'Nou, welkom!' zeg ik, lichtjes van mijn stuk gebracht, hoewel ik me nog zo had voorgenomen om me niet door zijn looks te laten imponeren. Esmee glimlacht op een manier waarop ik haar nog nooit heb zien lachen, en Javier weigert haar op zijn beurt los te laten.

'*Welcome!*' zegt Yara met grootse, theatrale handgebaren. '*The pregnant one is Roxan and I am Yara.* Jullie twee zien er jaloersmakend gelukkig uit,' richt ze zich in het Nederlands tot Esmee, nog steeds met een stralende glimlach van oor tot oor. 'Het is echt verschrikkelijk om aan te zien.'

Javier grijnst zijn tanden bloot, slaat een vuist voor zijn mond en kucht zachtjes.

'Hij verstaat Nederlands hoor, Yaar,' verklaart Esmee. 'Zijn beste vriend woont in Amsterdam, weet je nog?'

Yara's wangen verschieten van kleur en worden vuurrood. 'Sorry, het was een grapje,' stamelt ze. 'Jullie zien er echt heel goed uit samen en het is zo leuk om je eindelijk te ontmoeten.'

Javier glimlacht charmant en steekt zijn hand naar haar uit. 'Esmee had me al gewaarschuwd voor de Hollandse nuchterheid,' zegt hij in het Engels. 'Maak je geen zorgen, Yara. Ik hou van die humor.'

Om beurten schudden we Javier de hand en we omhelzen onze vriendin, die zich even van Javier heeft moeten losrukken om ons te kunnen knuffelen. Een steek van jaloezie en hoop schiet door mijn buik. Wat nou als...

Nee, Rox, stoppen nou, berisp ik mezelf, en ik ga mijn vrienden voor naar de tuin om het gezelschap compleet te maken.

Een halfuur later zit iedereen aan tafel, behalve ik. Aan de kop van de tafel blijf ik statig staan en ik tik met een lepeltje tegen mijn wijnglas – waar uiteraard bruisend water in zit.

'Mag ik even jullie aandacht, alsjeblieft? Ik wil graag iets zeggen...' Ik tik nog een keer, kijk de groep rond en haal diep adem. Alle ogen zijn nu op mij gericht.

'Is het voor jou te volgen als ik in het Nederlands speech, Javier? Ik heb zojuist vernomen dat je dat aardig verstaat.'

Zonder verder iets te zeggen steekt hij lachend zijn duim op. Ik kijk expres niet naar Celeste, voordat ik mijn moed verlies.

'Goed. Ten eerste wil ik jullie allemaal bedanken dat jullie hier vandaag zijn. Het lijkt misschien gewoon een gezellig tuinfeestje met acht mensen bij elkaar, maar het is zoveel meer dan dat. Stuk voor stuk zijn jullie bijzonder voor mij en ik zou niet weten wat ik zonder jullie zou moeten. Of je er de afgelopen tijd nou voor mij bent geweest of dat je simpelweg met iemand samen bent van wie ik heel veel hou... Ik ben megablij met je.' Als ik opnieuw de groep rondkijk, laat ik een korte stilte vallen. 'Jullie weten dat ik de afgelopen periode een beetje de weg kwijt was. Ken je die mop van die piloot met vliegangst? Ja, dat was ik dus.'

Javier en Jeroen durven allebei duidelijk niet te lachen, maar dan kijk ik toch – Celeste heeft een aanmoedigende glimlach op haar gezicht.

God, wat ben ik gek op haar.

Met trillende handen breng ik het glas naar mijn mond en neem een slok van mijn water. 'Inmiddels doorloop ik een behandelingstraject bij ASG en ook al is dat in principe volledig anoniem, ik wil toch graag delen dat het speelt. Ergens voel ik me weer net een student door alleen in simulators te vliegen en in feite dus op de grond te blijven, maar het doet me ook goed. Het geeft me het vertrouwen terug dat ik gaandeweg was kwijtgeraakt. Als ik wil kan ik eindeloos noodprocedures oefenen met verschillende weersomstandigheden en wat al niet meer. Maar ik denk... Nee, ik voel,' zeg ik met een glimlach gericht op Yara, '... dat het bijna tijd is voor het echte werk. Al zit er natuurlijk een baby in mijn buik die ervoor zorgt dat ik het überhaupt niet te wild kan maken. En over die baby gesproken Jef en ik hebben iets voor jullie.'

Op mijn teken staat Jef op, loopt om de tafel heen en geeft iedereen behalve Jeroen en Javier een ingepakt rechthoekig cadeautje van glimmend zwart papier met een rood lint.

'Jullie mogen het openmaken en ik zeg alvast proost! Op liefde en echte vriendschap.'

Yara en Esmee kunnen hun nieuwsgierigheid niet langer bedwingen en scheuren het papier razendsnel van het fotolijstje af. Haast gelijktijdig kijken ze me aan door hun opwellende tranen heen.

'Dit is zo mooi,' stamelt Esmee, terwijl ze het houten fotolijstje tegen zich aan drukt.

'Je hebt niets gezegd!' zegt Yara quasiverontwaardigd. 'Jullie eerste echo!'

'Verrek! Dat is mijn neefje of nichtje,' roept Joey zodra hij zijn eigen lijstje bekijkt.

'Dit kindje is nu al fotogeniek,' zegt Celeste met een warme blik in haar ogen die me ontroert.

Jef knikt trots. 'Mogen we jullie voorstellen aan onze kleine? Gisteren hebben Roxan en ik de eerste echo gehad en alles ziet er goed uit. Vandaag is Rox precies negen weken zwanger.'

'Hij of zij is echt zo lief,' voeg ik eraan toe. 'De baby was heel druk aan het bewegen tijdens de echo, maar toen de echoscopiste gekscherend *cheese* zei om een goede echofoto te maken, bleef ons wonder netjes even stil liggen.'

'Dat kind is nu al net zo charmant als jullie!' roept Esmee, en het hele gezelschap barst in lachen uit. Inclusief Celeste.

Nog steeds hou ik haar reactie nauwlettend in de gaten. Of ze zou komen was vraag nummer één, maar ook haar reactie op de echo hield me constant bezig en hield me 's nachts wakker. Ik had me geen zorgen hoeven maken; ze glimlacht om Jefs woorden en onmiddellijk ben ik gerustgesteld.

Het is alsof ze voelt dat ik naar haar kijk; haar hoofd draait mijn richting op, en onze blikken kruisen elkaar. Meteen krijg ik het warm. Een mix van verliefdheid en verlangen overvalt me; een intens verlangen dat ik niet kan stillen.

De liefde die ik voor Celeste voel is een ander soort liefde dan gisteren tijdens de echo. Toen ik de baby op het echoscherm zag bewegen voelde ik plotseling alles waar het tot dat moment aan ontbrak. Pure liefde stroomde in golven door me heen. Het was intens en totaal overdonderend.

Ik was zo ongelooflijk onder de indruk van het oergevoel dat ik tot tranen geroerd was. Jef ervoer hetzelfde en samen huilden we stille tranen van geluk.

Sinds gisteren heb ik er alle vertrouwen in dat alles goed komt. Of beter gezegd, dat alles goed ís.

Anderhalf uur later zit het etentje erop en zet ik een stapel servies in de keuken. Jef komt naast me staan en zet ook een stapel vieze vaat op het aanrecht.

'Laat mij dit maar doen, joh. Ga jij lekker genieten. Je bent al de hele dag druk bezig.'

Ik sla een arm om zijn schouder en leg mijn hoofd even tegen hem aan.

'Rox,' zegt hij, terwijl hij zachtjes mijn arm vastpakt als ik wegloop. 'Ik zie heus wel hoe je naar Celeste kijkt. Zo heb je nooit naar mij gekeken. Ik wilde gewoon even tegen je zeggen: mijn zegen heb je.'

Een paar seconden lang staar ik hem perplex aan. Dan schieten mijn ogen vol tranen en omhels ik hem. 'Dank je wel. Dat betekent echt heel veel voor me.'

We laten elkaar los en ik veeg mijn neus oncharmant af met de mouw van mijn jurk. Mijn onderlip begint te trillen. 'Sorry. Sinds ik zwanger ben huil ik om de haverklap. Maar ik meen het wel echt, dank je wel, Jef. Ik weet dat het voor jou niet makkelijk is en...'

'We vinden wel een manier waarop het werkt. We worden gewoon een mega modern en eigentijds gezin waarin Celeste en jij de perfecte tortelduifjes kunnen uithangen, en ik een superpapa word.'

Als ik op mijn lip bijt pakt Jef mijn gezicht zachtjes vast tussen zijn handen. 'Wat is er nou, lief?'

'Niks.' Zijn strenge ogen ontmoeten de mijne, en ik geef toe. 'Ik twijfel niet aan jou, mij of de baby, beloofd, maar... tussen Celeste en mij is het niet zo rooskleurig als jij net omschreef.'

'Weet ik toch? Maar sommige dingen hebben tijd nodig. Los van Celeste ben je sterk genoeg om dit aan te kunnen. Kijk waar je mee bezig bent. Kijk van hoever je bent gekomen en wat voor stappen je maakt. Je bent een supervrouw.'

Ik zucht diep en merk dat zijn woorden me opbeuren. 'Je hebt gelijk. Het gaat ons als ouders gewoon lukken.'

Jef schenkt me een laatste glimlach en richt zich dan op mijn vieze servies.

De aanblik is bizar. Nog maar een paar maanden geleden kende ik hem niet en vond ik dat hij zich wel heel vrij bewoog in mijn huis, en nu is het alsof hij hier hoort. In mijn huis. In mijn leven.

Nee, wacht. In het leven van mij én mijn kind.

Met een gelukzalig gevoel loop ik terug naar de tuin. Bij de schuifpui blijf ik even staan. Gewoon, omdat het kan. Ultiem genietend van het uitzicht op mijn vrienden. Celeste zit met Yara en Esmee op de loungebank te kletsen en Joey, Javier en Jeroen staan onder de overkapping en lachen om iets wat Javier zojuist heeft gezegd.

'Zijn je ouders al een beetje gewend aan het idee dat ze opa en oma worden?' vraagt Yara, die mijn aanwezigheid heeft opgemerkt.

'Ze zijn heel enthousiast. Vanmiddag stuurde mijn moeder een berichtje dat mijn vader het hekje voor de sloot in hun tuin heeft gerepareerd en dat hij plannen maakt om de boomhut, waar Joey en ik vroeger in speelden, op te knappen.'

'Misschien moeten we dat schilderij van die naakte vrouw dan eerst even weghalen,' merkt Joey op als hij aan komt lopen. Mijn vriendinnen en Celeste moeten alle drie lachen.

'De baby is er nog lang niet en kan voorlopig ook nog niet lopen,' vervolgt hij. 'Maar toch een gaaf idee dat hij of zij straks al een heuse boomhut tot zijn beschikking heeft, toch?' Joey komt voor me staan en tovert van achter zijn rug een cadeautje tevoorschijn. Hij geeft het aan me en grijnst breed. 'Dit is voor mijn neefje of nichtje. En voordat je iets zegt over het prioriteitenlijstje en mijn schuldhulpverlener, ik kreeg opdracht van pa en ma om iets te kopen. Zij hebben betaald, maar ik heb het uitgezocht.'

Ik glimlach en staar naar het groen-paarse cadeaupapier, waar dieren uit de jungle op staan.

'Nou, maak open dan,' spoort Joey me aan. 'Ik wil je reactie zien.'

Ik scheur de cadeauverpakking los en ontdek een miniatuurversie van het grijze petje dat Joey vandaag draagt. Ik schiet in de lach en omhels mijn broertje.

Ineens vang ik Celestes blik. Ogenblikkelijk word ik erdoor gegrepen. Hoe ze daar zo op de loungebank zit, tussen mijn vriendinnen in… Van haar gezicht valt niets af te lezen, maar ik zou dolgraag willen weten wat er in haar omgaat. Wat denkt ze terwijl ze nu naar mij kijkt? Hoe is dit feestje voor haar? Wat waren haar beweegredenen om vandaag toch te komen?

Misschien moet ik gewoon het initiatief nemen en vragen of ik haar onder vier ogen kan spreken.

Plotseling gaat de muziek over in een totaal ander nummer waarvan ik vaag de intro herken.

Mijn broertje kijkt me aan en grijnst geheimzinnig.

'Sorry, zus. Dit wordt leuk. Ik moet weg.' Hij knipoogt en trekt een sprintje naar de overkapping, waar Jeroen en Javier allebei al klaarstaan…

Met een Hawaï-krans en een tropisch overhemd?!

Op hetzelfde moment stormt Jef door de schuifpui naar buiten, ook in een oerlelijk overhemd dat ik direct herken, en een wapperende bloemetjesketting rond zijn hals. Hij rent naar de overkapping en gooit Joey zijn ketting en overhemd toe.

Joey pakt direct zijn moment, trekt zijn shirt over zijn hoofd en zwaait ermee als een lasso. Celeste joelt hard. Met een brede grijns gooit Joey zijn eigen shirt in de richting van zijn publiek.

De anderen beginnen te dansen – op Javier na, die lachend een stap opzij zet en ritmisch meeklapt op een barkruk.

Celeste, Yara en Esmee zijn opgestaan en kijken verbouwereerd toe. Met zijn vieren schuifelen we dichterbij. Voorbij de tafel, waar we net aan hebben gegeten, naar onze mannen, die zich voor ons uitsloven op het geïmproviseerde podium onder de overkapping. Synchroon dansen ze naar hartenlust, en ik weet niet hoe ze het doen, maar het is zowel hilarisch als… heel sexy?

Alles hieraan is fout en hysterisch en ik ben er gek op.

Dan pas dringt de tekst van het liedje van Bruno Mars tot me door. Huilend van het lachen – of lachend van het huilen – bekijk ik het schouwspel. Door een waas van tranen vang ik Esmees blik, die ook in de gaten heeft wat er gebeurt. Yara heeft nog steeds niets door. Totdat haar eigen Jeroen naar voren stapt en Joey en Jef zijn achtergronddansers worden.

It's a beautiful night, we're looking for something dumb to do
Hey baby, I think I wanna marry you
Is it the look in your eyes or is it this dancing juice?
Who cares, baby, I think I wanna marry you

Yara slaat haar handen voor haar mond, maar het liedje gaat door. Jeroen en zijn achtergronddansers dansen vloeiend verder. Op een gegeven moment gaat Jeroen op één knie zitten en haalt hij een klein vierkant doosje tevoorschijn. Bruno Mars zingt onverstoorbaar verder en Jeroen zingt luidkeels met hem mee. Hij opent het ringdoosje en heeft alleen nog maar oog voor Yara.

Just say I do
Tell me right now, baby
Tell me right now, baby, baby

Juichend steekt Yara haar armen in de lucht. Haar antwoord lijkt uit haar tenen te komen: een volmondig ja.

Ze sprint op Jeroen af, die haar opvangt en rondzwiert als een prinses. Er klinkt gelach, applaus, gejoel en Joey fluit op zijn vingers. Jeroen zet Yara neer en zoent haar vol overgave. Ik vang de blik van Esmee en zie dat ik niet de enige ben die het niet droog houdt. Dít is wat geluk is.

Zodra het nummer is afgelopen feliciteert iedereen Jeroen en Yara en blijft de muziek hard aanstaan. Iedereen danst en is uitgelaten en uitzinnig van vreugde, tot…

'Kan ik je zo even spreken?' klinkt Celestes stem achter me. 'Onder vier ogen?'

'Ja, natuurlijk. Kom mee,' zeg ik kalmer dan ik me voel. Met een racende hartslag ga ik haar voor naar binnen en hou de deur van de schuifpui voor haar open. 'Laten we maar even naar boven gaan,' zeg ik, omdat iedereen aldoor door de woonkamer loopt, op weg naar de koelkast of de wc.

Celeste gaat me voor de trap op. Bovenaan houdt ze haar pas in en ik gebaar naar mijn slaapkamerdeur. Samen gaan we naar binnen.

Onwennig gaat ze op mijn bed zitten en kijkt om zich heen. Ik neem plaats op mijn roze fauteuil die naast het bed staat en vouw zwijgend mijn handen in mijn schoot.

'Leuk hè? Voor Yara,' doorbreek ik de doodse stilte in mijn slaapkamer, die nog eens extra versterkt wordt door de achtergrondmuziek van het feest in de tuin. 'Ze zei laatst nog dat Jeroen nooit iets romantisch doet en nu doet hij haar ineens dit aanzoek.'

Celeste knikt, maar haar blik is zo serieus dat ik niet weet waar ik het zoeken moet.

'Ik ben zo blij dat je vanavond bent gekomen,' wissel ik van onderwerp. 'Ik wist niet of je hier al aan toe zou zijn en ik twijfelde of mijn uitnodiging te enthousiast en voorbarig was. Maar Joey zei dat ik gewoon...' Ik maak een wegwuifgebaar zodra ik in de gaten krijg dat ik raaskal als een kip zonder kop in het tempo van een doorgesnoven rapper. 'Sorry, ik ben een beetje zenuwachtig, geloof ik.'

Celeste glimlacht en trekt een been onder zich op het bed.

'Wat wilde je zeggen?' vraag ik, terwijl ik mijn best doe niet te veel naar haar te staren. De manier waarop ze op mijn bed zit is bloedmooi. Celeste is zo puur en betoverend.

'Om eerlijk te zijn heb ik inderdaad even getwijfeld of ik vanavond zou komen. Het is natuurlijk gewoon een gezellig feestje, maar nou ja, na ons laatste gesprek voelde het toch een beetje gek...'

Fuck.

'Aan de andere kant voelde het ook raar om niet te komen, dus ik zat nogal in tweestrijd.'

Fuck. Fuck. Fuck. Dit gaat helemaal niet goed.

'Ik weet dat je keihard aan jezelf werkt en ik heb ook echt bewondering voor hoe je het aanpakt. Sinds ons gesprek in het restaurant heb ik goed nagedacht, Roxan. Eigenlijk laat het me niet meer los. Je domineert haast continu mijn gedachten.'

Wat? Ik kijk haar niet-begrijpend aan en frons. 'Hè, maar...'

'Ik meende wat ik tegen je zei vlak voordat je vertelde dat je zwanger bent. Jij bent niet te veel. Nooit.'

Verbouwereerd staar ik haar aan. Mijn brein is een gigantische warboel van gedachten.

'Je zwangerschap verandert voor mij niet hoe leuk ik je vind. Ik had even tijd nodig om dat voor mezelf te onderzoeken, maar eigenlijk komt het erop neer dat ik verliefd op je ben.'

'Je bent... verliefd op mij,' herhaal ik ongelovig.

'Smoorverliefd.' Celeste glimlacht warm. 'Ik weet niet precies hoe we dit gaan doen en wat de toekomst ons brengt, maar mijn gevoelens voor jou zijn echt. Daar kan ik niet langer omheen. Daar wíl ik niet langer omheen.'

'Je hebt geen idee hoeveel het voor me betekent om je dit te horen zeggen,' stamel ik. Mijn vingers jeuken om haar naar me toe te trekken. 'Ik ben ook verliefd op jou.'

Tranen van geluk vullen mijn ogen en ik veeg met mijn vingertoppen het vocht onder mijn ogen vandaan.

'Gelukkig.' Celeste lacht ontwapenend en lijkt daarmee de lucht te klaren van alle spanning die tussen ons in hangt. 'Toevallig heb ik twee kaartjes voor aanstaande vrijdag in het theater. Heb je zin om mee te gaan?'

'Ja!' roep ik ogenblikkelijk. 'Dat lijkt me ontzettend leuk.'

'Moet je niet vragen wat voor voorstelling het is?' vraagt Celeste met een flauwe grijns.

'Nee. Al gaan we naar een lezing over het verzorgen van wandelende takken. Het maakt me echt niets uit. Ik ga mee.'

Celeste stoot een lachje uit en dan kan ik de verleiding écht niet langer weerstaan. Razendsnel sta ik op van de fauteuil en ga naast haar op bed zitten. Zonder nadenken buig ik me naar Celeste toe.

Nog voordat onze lippen elkaar raken sluit ik mijn ogen, en wanneer haar mond dan eindelijk de mijne ontmoet spoelt er een golf aan tintelingen door mijn lichaam. Haar lippen zijn zacht op de mijne, nog steeds verslavend en warm, en ik snuif een vleugje van haar heerlijke parfum op.

Dit. Dít is wat ik gemist had.

Langzaam open ik mijn mond en onze tongen vinden elkaar. Een euforisch, bevrijdend geluksgevoel vult me van top tot teen. Voor het eerst in mijn leven is passie en lust vermengd met kwetsbaarheid en liefde. Celeste is de eerste en enige die mij op zowel lichamelijk als emotioneel gebied volkomen naakt mag zien. En dat voelt goed.

Héél goed.

Epiloog

Via de camera controleer ik wie er voor de cockpitdeur van de Boeing triple seven staat. Het is Esmee, met twee waterflesjes in haar handen. Ik druk op de knop om haar binnen te laten, sluit de veiligheidsdeur weer achter haar en draai mijn bovenlichaam een kwartslag naar mijn vriendin toe.

'Hoe is het hier?' vraagt ze, terwijl ze gezagvoerder Rob en mij een flesje water overhandigt. Ze laat haar blik langs de panelen van het dashboard glijden en kijkt door het dikke glas van de voorruit naar het uitzicht op de luchthaven van Schiphol.

'Perfect. Onze voorbereidingen zitten erop,' antwoord ik. 'Het weer en het vluchtschema zien er goed uit en we hebben er zin in. Hoe gaat het bij Yaar en jou?'

Esmee glimlacht. 'Alle passagiers zitten er klaar voor en wij zijn dat ook.'

Ik kijk opzij, van mijn vriendin naar de captain. 'Rob, vind je het goed als ik meeloop naar de businessclass om even met de passagiers te praten? Daar is nog tijd voor, toch?'

'Dat is prima, Roxan,' reageert hij. 'Ga maar. Ik zie je zo.'

Ik maak de driepuntsgordel van mijn beschermende harnas los en bevrijd mezelf uit mijn stoel. Achter Esmee aan loop ik naar haar werkgebied. Rob bedient de cockpitdeur voor ons.

Zodra ik zie dat Yara de familie Van Vliet nu al een tweede glas champagne aanbiedt verschijnt er een grote glimlach op mijn gezicht. Maar liefst zeven businessclass-stoelen worden door de familie bezet: Mariska en haar vier zoons en twee schoondochters vliegen vandaag met ons mee naar Mexico.

Naast de stoel van Richards vrouw sta ik stil en ik leg mijn hand op haar schouder. 'Ik ben zo blij dat we deze vlucht met elkaar maken. Weten jullie echt zeker dat jullie morgen niet liever zelf naar Chichen Itza willen gaan? Zonder ons?'

'Zonder jullie? Geen sprake van,' reageert Mariska beslist. 'Met jullie erbij is het alsof Richard er op een bepaalde manier toch een beetje bij is. Het maakt het compleet. Bovendien hebben we een reisleider nodig.' Ze verplaatst haar blik van mij naar Yara. 'Eentje die minstens zo gepassioneerd over de Mayacultuur kan vertellen als onze eigen Ries dat altijd deed. Hij had zo graag alle zeven wereldwonderen gezien.'

Yara glimlacht warm. 'Waarschijnlijk weet ik lang niet zoveel als uw man wist, maar ik ga een poging doen.'

'Dat gaat haar lukken, hoor,' reageer ik. 'Yara is bescheiden. Ze weet er echt heel veel van af en ze heeft er nog nooit moeite mee gehad om Esmee en mij tijdens onze reizen om de oren te slaan met haar kennis.'

'Goed zo,' reageert Mariska tevreden. 'Mijn man was net een wandelende reisbrochure, dus het zou mooi zijn als jij die rol op je wilt nemen.' Ze glimlacht nog een keer hartelijk naar mijn vriendinnen. Dan pakt ze mijn hand in haar beide handen en kijkt me zittend vanuit haar stoel ernstig aan. 'Hoe is het voor jou om dezelfde route vandaag te vliegen, Roxanne? Zie je ertegen op?'

Over de uitspraak van mijn naam zeg ik wederom niets. Ik buig me een beetje naar haar toe voor wat meer privacy en antwoord zachtjes: 'Ik heb deze specifieke vlucht zelf aangevraagd. Het is een tijdje moeilijk voor me geweest, maar daar heb ik hard aan gewerkt. Gelukkig voelt de cockpit nu weer als thuiskomen.'

'Daar ben ik blij om,' reageert Mariska. 'Het zou nooit Richards bedoeling zijn geweest om dat van je af te nemen. Hij hield zelf ook ongelooflijk veel van het vak. De vrijheid. Het avontuur. Vliegen was zijn lust en zijn leven.' Ze maakt een armgebaar naar haar familie. 'We vinden het allemaal heel fijn dat jij vandaag onze pilote bent en dat je dit voor ons wilt doen. Ik weet zeker dat Richard het geweldig zou hebben gevonden.'

'Dank je wel. Richard was een bijzondere man.' Ik glimlach en besluit mijn binnenpretje te delen. 'Hij noemde mij de koningin van de cockpit.'

Zijn familie lacht.

'Ik ben oprecht blij dat ik hem heb gekend. Toch is Cancún voorlopig mijn laatste verre bestemming.'

Mariska kijkt me bevreemd aan en ik zie iets van een schrikreactie in haar ogen.

'Ik ben zwanger,' praat ik snel verder, omdat ik haar geen spanning wil bezorgen. 'Het is een ongecompliceerde zwangerschap, dus ik heb een medisch certificaat gekregen om tot het einde van mijn tweede trimester te mogen vliegen. Er zijn wel voorwaarden verbonden aan het certificaat. Na deze reis ga ik tijdelijk binnen Europa vliegen en daarna krijg ik gedurende de rest van mijn zwangerschap vervangend werk aangeboden op Schiphol.'

'Wat enig! Gefeliciteerd! Je bent zwanger! Hoe ver ben je nu?' hoor ik achtereenvolgens van Mariska, een van haar zoons en een schoondochter.

Ik glimlach een bedankje en knik als de andere vier gezinsleden er ook hun felicitaties aan toevoegen. 'Dertien weken.'

'Wow! Ik had het helemaal niet aan je gezien,' zegt Mariska.

'Er valt ook nog niet zoveel te zien. Mijn buik staat tot nu toe alleen nog maar in standje te veel gegeten. In mijn pilotenuniform zie je daar niets van.'

'Als we het geweten hadden, dan hadden we een cadeautje voor de baby gekocht,' zegt een van de schoondochters.

'Ze zullen ook vast wel leuke babykleertjes in Mexico hebben, toch?' merkt de andere schoondochter naast haar op.

'Goed idee, meiden. We gaan iets leuks kopen,' beaamt Mariska. 'Je houdt je cadeautje nog tegoed en bent nog niet van ons af de komende dagen, Roxanne.'

'Ik zou niet anders willen,' reageer ik gemeend. 'We gaan zo vertrekken. Laten jullie je maar lekker in de watten leggen door Yara en Esmee. We zien elkaar in Cancún, oké?'

De familie knikt en we wensen elkaar een prettige vlucht. Ik keer terug naar de cockpit en mijn vriendinnen lopen een stukje met mij mee. In de galley en het gangpad, een stukje voor de veiligheidsdeur van de cockpit, blijven we met zijn drieën staan, buiten gehoorafstand van de passagiers.

'Alles oké?' vraagt Yara.

'Ja. Het gaat echt erg goed,' reageer ik. 'ASG begreep dat ik deze vlucht wilde maken, voordat ik alleen nog maar binnen Europa mag vliegen vanwege mijn zwangerschap.'

'Ik vind het zo stoer van je dat je het op deze manier wilt verwerken en afsluiten,' zegt Yara. 'En onze captain, klikt het?'

Ik glimlach en mijn vriendinnen knijpen hun ogen tot spleetjes. Ze pikken haarfijn op dat er meer achter mijn glimlach schuilt.

'Tegen niemand zeggen, beloofd?'

Yara en Esmee knikken ferm.

'Rob Akkerman is instructeur bij ASG. Alle mensen daar werken zelf ook in de luchtvaart. Hij heeft me de afgelopen periode geholpen. Eerst met gesprekken bij mij thuis en op kantoor en later met mijn simulatortrainingen. Ik heb zelf gevraagd of hij met me mee wilde gaan op deze vlucht. Gewoon, voor een extra goed gevoel. Rob geeft me net dat beetje meer zekerheid. Hij is van alles op de hoogte en ik voel me goed bij hem. Bovendien let hij er niet alleen op hoe ik vlieg, maar ook op hoe ik het vliegen ervaar, en dat is minstens zo belangrijk. Ik heb er echt alle vertrouwen in. Voor het eerst sinds onze vlucht met Richard bruist het weer. Ik wil dolgraag die cockpit in en vind het zo fijn dat wij toch samen onze reis kunnen maken, zoals we van plan waren.'

'Dat is ook echt geweldig,' zegt Yara. 'God. Ik zou jullie nu heel graag willen knuffelen, maar ik vermoed dat dat er niet erg professioneel uitziet voor de passagiers.'

Esmee lacht. 'Ik herken het gevoel. We zijn echt gigantisch trots op je, Rox.'

'Bedankt, lieverds. Zonder jullie was ik lang niet zo ver gekomen,' reageer ik geëmotioneerd.

'Moet je ons nu eens zien,' reageert Esmee. 'Jij krijgt een baby. Yaar gaat trouwen en we hebben alle drie iemand die thuis op ons wacht.'

'Javier maakt dus nog steeds geen plannen om weer terug naar Buenos Aires te gaan,' merk ik op, half als vraag, half als grap.

Esmee schudt haar hoofd en grijnst breed.

'Er is nog iets wat ik jullie moet vertellen,' zeg ik snel. Ik werp een blik op mijn horloge en kijk onwillekeurig naar de cockpitdeur. 'Eigenlijk wilde ik ermee wachten totdat we in Mexico zijn, maar ik kan het niet langer voor me houden.'

De nieuwsgierigheid is van de gezichten van Yara en Esmee af te lezen.

'Celeste en ik hebben afgelopen week een kopje thee gedronken bij mijn ouders. Ik heb haar voorgesteld, als mijn vriendin.'

De ogen van mijn vriendinnen worden groot en ik lach. 'Kijk maar niet zo. Jullie hinten al weken op het officieel maken van onze relatie. Maar goed... De komende dagen hebben we nog zat tijd om te kletsen. Laten we gaan. Iemand moet dit vliegtuig tenslotte naar Mexico vliegen.'

'Laat dat maar over aan de koningin van de cockpit,' zegt Esmee met een warme glimlach. Ik zou haar wel kunnen zoenen.

'We gaan er een goede vlucht van maken.' Ik druk op de bel van de cockpit en Rob laat mij binnen. Naast hem neem ik plaats en ik maak mijn harnas vast. We spreken de laatste dingen door en voeren de allerlaatste handelingen uit. Dan zetten we de motor aan en doen we waar we goed in zijn.

Een euforisch gevoel neemt beslag van mijn lichaam en ik weerst a de neiging om te juichen. We taxiën naar de Polderbaan en terwijl we daar even staan te wachten, totdat we toestemming krijgen om op te stijgen, denk ik aan de baby in mijn buik. De connectie die ik voel is magisch. Het is alsof mijn kindje intuïtief laat weten dat hij of zij mijn stemming haarfijn aanvoelt.

Heb je er zin in, kleintje? vraag ik in gedachten. *Straks zul je zien dat de wereld aan je voeten ligt. Klaar om door jou ontdekt te gaan worden. Ik ga heel goed voor je zorgen als je er bent, maar voor nu ben je veilig in mijn buik. Ben je er klaar voor? Oké, daar gaan we.*

Hardop vervolg ik uitgelaten: *'Mexico, here we come!'*

Lees ook van Madelein Kerseboom

Als stewardess vliegt Esmee de hele wereld over en bezoekt ze de meest verre oorden. Thuis wacht haar vriend Melvin op haar, al heeft hij het net zo druk met zijn eigen carrière als bestsellerauteur. Op het eerste gezicht lijkt Esmees leven op rolletjes te lopen, maar in werkelijkheid verloopt haar relatie stroef.

Als ze tijdens een vlucht naar Buenos Aires de knappe Javier tegen het lijf loopt, kan ze de verleiding dan ook niet weerstaan, en een stormachtige affaire begint. Juist dan slaat in Melvins leven het noodlot toe… waardoor hij haar harder nodig heeft dan ooit. Terwijl Esmee hem te hulp schiet, ontdekt hij haar geheim en stort hun leven als een kaartenhuis in elkaar. Is alles wat ze samen hebben opgebouwd voorgoed kapot?